Rob Lampe

DER FALL ASMUSSEN

Kriminalroman

hansanord

IMPRESSUM

1. Auflage 2022

ISBN 978-3-947145-64-5
ISBN E-Book 978-3-947145-65-2

Cover | Umschlag: Tobias Priessner
Satz: Christiane Schuster | www.kapazunder.de
Lektorat: Ute Wielandt

Für Fragen und Anregungen:
info@hansanord-verlag.de

Fordern Sie unser Verlagsprogramm an:
vp@hansanord-verlag.de

hansanord

hansanord Verlag
Johann-Biersack-Str. 9
D 82340 Feldafing
Tel. +49 (0) 8157 9266 280
FAX +49 (0) 8157 9266 282
info@hansanord-verlag.de
www.hansanord-verlag.de

Dem Moment Dauer geben!

INHALT

Laut der Polizeilichen Kriminalstatistik (PKS) wurden im Berichtsjahr 2020 unter ***»Straftaten insgesamt«*** bundesweit 5.310.621 Fälle registriert. Doch ganz egal, um welche Straftat es ging, die psychologische Grundfrage ist stets dieselbe: *»So geboren oder so geworden?« Oder wie die Amerikaner es formulieren: »Born or Made?«*

ERSTER TEIL

Die Dosis macht das Gift.

Tag 1
Mittwoch, 16. September 2020

Andreas schleppte seine Fracht in das Kellergeschoss, wo ihm dumpfe, abgestandene Luft entgegenschlug. Er durchschritt das Gewölbe bis zur hinteren Wand, legte die Beute im schwachen Licht der verdreckten Glühbirnen auf dem Bett ab und setzte sich daneben. Dann zündete er sich genüsslich eine Zigarette an und verfolgte, wie sich der Rauch im Raum verflüchtigte.

Der Typ ist schwerer als angenommen, dachte er, drehte sich zu ihm um und sah, wie sich der Brustkorb auf und ab bewegte. Ruhig und gleichmäßig. Zufrieden mit sich und der Welt wandte er den Blick Richtung Kopfverletzung. Sie hatte aufgehört zu bluten. Der liebe Gott, wenn es ihn denn gab, hatte es gut gemeint mit ihm. Er zog erneut an der Zigarette, während sich ein Lächeln auf Andreas' Gesicht abzeichnete. Er war erschöpft, aber glücklich. Nun lag der Anwalt Philipp Asmussen in seinem Revier. Er griff nach dessen linkem Arm, bog ihn sanft zum Kopfteil hoch und befestigte eine Kette um das Handgelenk. Es folgte der rechte Arm, dann die Beine. Dann ging er ins kleine Bad, hielt ein Frotteehandtuch unter den laufenden Wasserhahn und säuberte anschließend Asmussens blutbeflecktes Gesicht.

Die Beute erwachte.

»Was ist los? Wer sind Sie?« schrie der Anwalt panisch, während er seine Muskeln anspannte, um sich aufzurichten. Doch die straff gespannten und massiven Ketten hinderten ihn und rasselten stattdessen nur müde. Erschrocken schaute er auf seine Glieder. Gekreuzigt wie Jesus. »Was soll der Scheiß? Wer sind Sie? Was wollen Sie von mir?«

Andreas kramte seine Skimaske aus der Jackentasche und stülpte sie sich hastig über den kahlen Kopf.

»Das können Sie sich schenken. Hab Sie doch längst gesehen«, schrie die Beute weiter und stoppte abrupt. – Wenn das mal kein Fehler gewesen war! Er sollte besser die Klappe halten. Abwarten. Begreifen, was passiert ist. Er versuchte sich neu auszurichten, doch die aufkommenden Schmerzen durchkreuzten den gut gemeinten Vorsatz. Nicht nur die Kopfverletzung, auch die Rippen buhlten nun um seine Aufmerksamkeit. Reflexartig wollte er mit seiner rechten Hand den Kopf erfühlen und wurde ruckartig rasselnd ausgebremst. Schlimmer noch. Mit jeder weiteren Bewegung schnitt er sich den kantigen Kettenverschluss tiefer in sein schmales Bürohandgelenk. »Was ist mit meinem Schädel?«, fragte er mit schmerzverzerrtem Gesicht.

»Hast du dir gestoßen.«

»Und meine Rippen? Habe ich mir die auch gestoßen?«

Doch Andreas zuckte nur ausdruckslos mit den Schultern, während Philipps Erinnerung zurückkam. Es war kurz nach fünf gewesen, seine Sekretärin hatte bereits die Kanzlei verlassen, als eine Mandantin an der Tür geklingelt hatte. Sie hatten einen Termin. Vorgespräch zu einer geplanten Firmenübertragung stand in seinem Kalender. Er öffnete die Tür, empfing die Mandantin, ging voraus in sein Büro und wurde dort niedergestreckt, fiel mit dem Kopf auf die Tischkante. Natürlich! Das musste die Komplizin gewesen sein. Er schloss die Augen, versuchte sich weiter zu erinnern. Groß war sie gewesen, dunkle lange Haare, Pony, Brille und Mund-Nasen-Schutzmaske. Unmöglich, sie wiederzuerkennen. Sie waren also zu zweit. Mindestens. Plötzlich gesellte sich zu seinem Erinnerungsvermögen Angst. Angst ums nackte Überleben. Er wollte etwas Beschwichtigendes sagen, doch seine Gedanken zitterten – ebenso wie sein gesamter Körper.

Dann durchbrach ein Motorengeräusch die Stille. Andreas sprang auf und rannte wortlos nach oben. Vor dem Gebäude war ein Auto vorgefahren.

Zurück blieb ein verängstigter Philipp Asmussen, der versuchte zu erkennen, wo er war. Die normale Sicht in diesem düster leuchtenden Licht kehrte nur langsam zurück. Er war in ein großes Kellergewölbe gebracht worden, das nach feuchter Kälte roch. In früheren Zeiten musste das ein Vorratsareal gewesen sein. Im vorderen Teil, bei der Treppe, verwitterten alte Weinfässer und Kisten in Holzregalen. Fenster gab es keine. Oder zumindest keine mehr. Die Wände im hinteren Teil, wo er festgekettet lag, waren merkwürdig vertäfelt. Lärmschutz Marke Eigenbau, wie Philipp vermutete. Und er zählte drei, nein vier Steckdosen. Neben seinem Bett stand ein kleiner Holztisch aus Kiefernholz, davor ein halb vergammelter Plastikstuhl mit abgeschrubbten Fußballaufklebern. Er meinte Müller, Breitner und Beckenbauer darauf erkennen zu können. Dahinter eine Kiste Wasser. Rechts ging ein gekacheltes Zimmer ab. Ohne Tür. Von der Decke baumelten zwei verwaiste Glühbirnen, die über ein verdrilltes Kabelpaar provisorisch mit einem kleinen Stromgenerator verbunden waren und so zu neuem Leben erweckt wurden. Dann stierte er wieder auf die Kellertreppe am anderen Ende des Raumes. Um Hilfe zu schreien erschien ihm aussichtslos. Die Fahrerin des Autos, wohl ohnehin der 17-Uhr-Termin, würde ihm ohnehin nicht helfen wollen.

Irgendwann später kam Andreas mit silberfarbenem Alukoffer und Skimaske zurück, doch sein Gesicht hatte sich bereits bei Asmussen eingebrannt. Schmale braune Augen, Schnurrbart und eine silberne Creole im linken Ohrläppchen. Andreas setzte sich erneut zu ihm aufs Bett, öffnete wortlos den schmalen Koffer und ließ seinen Blick über die glänzenden Folterwerkzeuge schweifen. Zangen in allen erdenklichen Formen, zwei Skalpelle, eine Präzisionsdaumenschraube, Handsäge samt Ersatzblättern, Schere sowie ein mit seinen Initialen gravierter Hammer für den *finalen* Schlag. Doch das Skalpell in Größe vier mit dem geschwungenen Handgriff war sein Lieblingsspielzeug. Schon als Kind hatte er es geliebt, Mäuse und Vögel zu sezieren, doch damals konnte er noch nicht einmal von solch einer Sammlung träumen. Er nahm jedes Instrument aus dem grauen Schaumstoffeinsatz heraus und hielt es hoch, als präsentiere er eine Trophäe.

Immer noch sprach er kein einziges Wort. Musste er auch nicht. Auch so begriff der Anwalt, was sich gerade abspielte. Und er konnte seine Augen nicht von Andreas' Parade lösen, während sein Unterbewusstsein das, was diese Spielzeuge mit ihm anstellen würden, vorwegnahm. Es sog sie regelrecht in sich auf, ließ ihn schon spüren, wie jedes einzelne Teil seinen Körper durchbohrte. Er sackte innerlich zusammen, sein Blick trübte sich, alles verstummte. Dann schrie er mit letzter Kraft den Entführer an:

»Es reicht! Hören Sie auf damit! Meine Frau wird Ihnen jeden Preis bezahlen. Das versichere ich Ihnen. Sie müssen das nicht tun. Packen Sie das Zeug weg und rufen Sie meine Frau einfach nur an.« Philipps Mund war staubtrocken, er schluckte schwer. »Ich flehe Sie an. Lassen Sie den Unfug und rufen Sie sie an.« Erneut schluckte Asmussen. »Bitte.«

Doch Andreas schüttelte den Kopf.

»Nicht?«, fragte Asmussen erschrocken. Sein Schreien war längst zum Wimmern verkommen. »Was wollen Sie *dann* von mir?«

»Deine f*cking Aufmerksamkeit«, antwortete Andreas und streichelte sanft über den Koffer. »Und ich glaube dir gerade dafür die allerbesten Gründe gezeigt zu haben.«

»Die haben Sie doch schon. Zu einhundert Prozent.«

»Gut so. – Und nun, Anwalt, wirst *du* deine Frau anrufen. Du wirst sie davon überzeugen, eine Million Euro in 50er- und 100er-Schcinen zu besorgen. Und zwar für mich. Alles klar?«

Der Entführer zauberte ein Einweghandy aus der Jackentasche und durchdrang ihn mit einem Blick, der keinen Zweifel daran ließ, dass er sich durchzusetzen wusste und auf eine Bestätigung wartete. Philipp war trotz Todesangst erleichtert. Denn nun wusste er, was der Plan war. Er wurde entführt, man wollte Geld und er würde hier herauskommen. Allerdings verunsicherte ihn die Ansage, dass das Geld für ihn sei. Arbeitete der Maskierte etwa doch allein? Was war mit der Frau? War sie tot? Hatte er sie eben oben getötet? Philipp hatte jedenfalls kein Motorengeräusch eines wegfahrenden Autos gehört. Er war kurz vorm Durchdrehen. Doch nun ging es darum, seine Frau anzurufen. Er brauchte einen kühlen Kopf.

»Geben Sie mir das Handy«, erwiderte er nickend.

Zufrieden fuhr Andreas fort:

»Deine Frau hat 48 Stunden. Übermorgen um dieselbe Zeit meldest du dich erneut. Dann wegen der Übergabe. Alles klar?«

Philipp nickte weiter.

»Und sollte sie auf die idiotische Idee kommen, die Polizei zu informieren, werde ich meine Werkzeuge walten lassen. Alle. Erst bei dir, später bei deiner hübschen Frau *Julia*.

Das saß! Philipp Asmussen traf der Vorname seiner Frau wie eine Pfeilspitze mitten ins Herz. Er durfte den Entführer nicht unterschätzen, während ihm der kalte Angstschweiß von der Stirn tropfte.

Dann machte der Entführer Asmussens Handgelenke und Fußknöchel von den Bettpfosten los, ließ ihn Wasser trinken und reichte ihm das Handy.

»Und mach bloß keinen Fehler!«

Asmussens Hände waren klitschnass und seine Finger zitterten wie Espenlaub. Er vertippte sich. Einmal, zweimal. Andreas riss ihm das Telefon aus der Hand, zog einen Zettel aus der Hosentasche, tippte Julias Nummer und drückte auf Lautsprecher. Freizeichen. Er gab das Handy zurück und flüsterte:

»Reiß dich zusammen, Anwalt! Sprich langsam, sprich deutlich. Du hast 30 Sekunden. Wir wollen doch beide, dass das hier gut ausgeht. Alles klar?«

Asmussen schloss die Augen und hielt sich das Handy ans Ohr.

Das Freizeichen wiederholte sich.

Nichts passierte.

Das Freizeichen wiederholte sich erneut.

»Komm schon, geh endlich ran!«, flehte er.

Freizeichen, das vierte.

Philipps Flehen wurde lauter. Dann endlich hörte er die warm klingende Stimme seiner Frau und wusste, dass er sie nun, mit diesem Anruf, aus ihrer heilen Welt für immer herausreißen würde. Es war für ihn kaum auszuhalten, als er sie sagen hörte:

»Julia Asmussen.«

Philipp wollte etwas erwidern, ihr so viel sagen, doch er bekam kein einziges Wort heraus.

»Hallo? Wer ist da?«

Philipp räusperte sich und unternahm einen zweiten Anlauf.

»Schatz, äh … ich bin es. Philipp. Es ist wichtig, dass du mir jetzt ganz genau zuhörst.«

»Wieso rufst du mit unterdrückter Nummer an?«

»Das ist doch jetzt ganz egal. Schatz, du musst mir jetzt zuhören. Es ist wichtig. Kannst du das bitte machen?«

»Du machst mir Angst, Philipp. – Was ist los?«

»Deshalb rufe ich dich ja an. Kannst du mir bitte 30 Sekunden zuhören!? Mehr habe ich nicht.«

»Wieso hast du nicht mehr Zeit? Was ist passiert?«

»Ich bin entführt worden, aber man wird mir nichts tun.« Philipp hätte am liebsten losgeschrien, musste sich aber beherrschen. Er wollte Sicherheit ausstrahlen. Stark sein. Der berühmte Fels in der Brandung eben.

»Waaas???«, brüllte Julia hysterisch ins Telefon. »Du bist entführt worden? Wo bist du? Bist du verletzt? Geht es dir gut?«

»Bitte, Schatz. Hör mir bitte aufmerksam zu. Ich habe nur 30, jetzt nur noch 20 Sekunden. Okay?«

»Okay, Philipp. Okay.«

»Und beruhige dich. Bitte.«

»Ich soll mich beruhigen? Wie stellst du dir das vor? Rufst mich an und sagst mir, dass du entführt worden bist. – Und jetzt sagst du, ich soll mich beruhigen …«

»Ich bitte dich. Ich habe nur noch ein paar Sekunden.«

»Okay, okay Philipp. Schon gut. Ich versuche es.«

»Du musst eine Million Euro besorgen. Und zwar bis übermorgen. Wenn du das machst, wird mir nichts geschehen und ich komme wieder nach Hause. Mir geht es den Umständen entsprechend gut. Die wollen nur Geld. Und wir werden es ihnen geben. Hast du das verstanden, Schatz? WIR WERDEN ES IHNEN GEBEN!«

Sie hatte verstanden und fragte:

»Was kann ich noch tun?«

»Ich melde mich in zwei Tagen um die gleiche Zeit. Wichtig ist, dass du bis dahin das Geld in 50ern und 100ern besorgt hast und auf keinen Fall die Polizei alarmierst. Die wollen wir da rauslassen.«

»Aber …«

»Ich muss auflegen. Bis übermorgen. Ich liebe dich.«

Philipp reichte Andreas das Handy. Es bedeutete ihm viel, Julias Stimme gehört zu haben. Sie waren ein Team. Waren sie schon immer gewesen. Seitdem er damals die Kanzlei übernommen hatte, hielt sie ihm den Rücken frei. Auf sie konnte er zählen. Ein leichtes Lächeln überzog sein Gesicht. Und sie hatte blitzschnell geschaltet. Er liebte sie immer noch wie am ersten Tag und fühlte sich plötzlich wieder unbesiegbar. Dieses Gefühl galt es zu bewahren. Er schaute zur Skimaske rüber und sprach mit festem Blick:

»Sie werden Ihr Geld bekommen!«

***

Kaum hatte Philipp aufgelegt, rief Julia die 110 an. Ungeduldig lauschte sie dem monotonen Freizeichen. Es dauerte. Es dauerte lange. Es dauerte endlos. Müsste die Notrufstelle nicht dauerhaft besetzt sein? Fehlte nur noch, dass sie von einer Computerstimme in die Warteschleife weitergereicht wurde. Absurde Vorstellung! Ihr Mann entführt und sie musste sich bei *Siri* ausheulen.

Tuuut – Tuuut – Tuuut …

Dann die Erlösung.

»Notrufzentrale, mein Name ist Sebastian Fischer. Wie kann ich helfen?«

Weitere unzählige Gedanken rasten durch Julias Hirn, doch ihr Kopf glich einem Sieb, ohne Chance, einen Gedanken festzuhalten, und legte auf.

»Jetzt nur keinen Fehler machen«, flüsterte sie in die Leere, als ihr Handy plötzlich brummte. Sie schaute aufs Display. Unbekannte Nummer. Das musste ihr Mann erneut sein, der wohl etwas vergessen hatte. Sie wischte nach rechts und sagte:

»Philipp! Ich stehe total neben mir, mein Herz rast und ich weiß nicht mehr, was ich tun soll …«

»Guten Abend, Frau Asmussen. Hier ist nicht Philipp. Sie sprechen mit Sebastian Fischer von der Polizei-Notrufstelle. Sie hatten bei uns angerufen, doch das Gespräch wurde getrennt. Ich wollte sichergehen, dass bei Ihnen alles in Ordnung ist. – Ist bei Ihnen alles okay?«

»Ja, ja. Alles in Ordnung bei mir. Ich hatte mich verwählt. Entschuldigen Sie bitte«, antwortete Julia, beendete das Gespräch und verharrte reglos auf dem Sessel. Es war immer noch derselbe Sessel, auf dem sie vor etwa einer halben Stunde erschöpft eingenickt war und von Philipps Anruf in die Realität zurückkatapultiert wurde.

Sie stand auf und stolperte in die Küche, griff sich ein Glas, trocknete es abwesend mit einem Küchentuch ab und füllte es mit Leitungswasser. Immer noch befand sie sich zwischen zwei Polen. Polizei rufen oder nicht? Eigentlich sprach alles dafür, doch plötzlich kamen Zweifel auf. Und das Geld musste ohnehin bis morgen warten. Es war 19:20 Uhr, die Banken hatten längst geschlossen. Sie trank das Glas in einem Zug aus. Das kalte Wasser tat ihr gut, erfrischte ihre Sinne. Sie dachte wieder an Bertie, Philipps ehemaligen Mentor, ebenfalls Jurist und jetziger Innensenator von Hamburg. Ja, natürlich! Das ist die Lösung. Wieso nur, war sie nicht gleich auf ihn gekommen? Ihm vertraute sie, er würde sie nicht im Stich lassen. Sie holte ihr Handy vom Sessel und scrollte sich durch die Kontakte.

Keine zweieinhalb Stunden darauf klingelte Bertie an der Haustür. Braungebrannt, als komme er direkt aus dem Urlaub. Dabei arbeitete er seit seinem Wechsel in die Politik härter als zuvor. Tageslicht und Sonnenstrahlen waren Mangelware. Da musste die Steckdose im Rathaus ausgeholfen haben.

Julia pfiff auf die Corona-Inzidenzen, die in Hamburg nach dem Ferienreiseverkehr im Sommerurlaub wieder Richtung 20 stiegen, und umarmte Bertie.

»Danke, dass du so schnell gekommen bist.«

Bertie lächelte aufmunternd und erkannte sofort, dass Julia am Abgrund stand. Ihre Nerven lagen blank und er wusste nicht, wie lange sie das durchhalten würde. Auch schien sie sich in den letzten Stunden regelrecht die Seele aus dem Leib geweint zu haben. Mehr noch, es schien in reißenden Bächen aus ihr geweint zu haben. Hemmungslos, wie er vermutete. Ihr Lidschatten war verlaufen, die Augen und Nase gerötet. Er gab seinem Fahrer ein Zeichen, dass er Feierabend machen könne. Dann folgte er ihr durch den Flur ins Wohnzimmer, setzte sich auf das cremefarbene Sofa und erkundigte sich:

»Also, Liebes, was ist nun mit Philipp?«

Erst stockend, dann verzweifelt und schließlich völlig aufgelöst erzählte Julia in der nächsten Dreiviertelstunde von dem Telefonat, der Million und davon, dass sich Philipp in zwei Tagen um dieselbe Zeit erneut melden würde.

»Also Punkt 19 Uhr?«

»Ja.«

»Kannst du das Geld bis dahin beschaffen? Oder darf ich dir aushelfen?«

»Denke schon. 600.000 Euro haben wir im Haus. Den Rest hole ich morgen von der Bank.«

Bertie staunte nicht schlecht.

»Wieso habt ihr so viel Geld im Haus?«

»Kennst doch Philipp. Er braucht seinen Notgroschen unterm Kissen, sonst kann er nicht entspannen.«

»Schon richtig. Aber gleich 600?«

Julia zuckte mit den Achseln und nahm sich ein Taschentuch aus der Box neben ihr auf dem Sofa.

»Gut. Ich werde ein paar Anrufe machen. Du musst das nicht alleine durchstehen.«

»Danke, Bertie.« Julia fasste nach seiner rechten Hand und drückte sie. »Aber lass deine Kollegen da raus. Bitte. Philipp hat extra darum gebeten.«

Bertie war als Chef der Innenbehörde auch der Vorgesetzte des gesamten Hamburger Polizeiapparats, das wusste Julia. Doch Bertie war noch nicht überzeugt, die Polizei herauszulassen.

»Lass uns eine Nacht darüber schlafen«, sagte er, um Zeit zu gewinnen, stand auf und ging in die großräumige offene Küche. »Kannst du dir vorstellen, wer ihn entführt haben könnte? Arbeitet Philipp gerade an einem brisanten Fall?«

»Das weiß ich nicht. Er hat nie über seine Mandantschaft gesprochen«, schluchzte sie. »Um mich zu schützen. Das hast du ihm doch beigebracht.«

»Leider richtig. Auch wenn es uns jetzt möglicherweise geholfen hätte. – Hast du Sahne im Haus?«

»Nee, ist alle.«

Was hatte er bloß getrieben, dass es so weit kommen musste? Entführung mit einer Millionenforderung? Steckte das Milieu dahinter? Immer wieder hatte Philipp in den vergangenen Jahren zwielichtige Gestalten vor Gericht vertreten.

»Hast du sonst einen Verdacht? Wurdet ihr bedroht?«

»Das Übliche.«

Bertie legte seinen Kopf zur Seite, schaute ins Wohnzimmer, sein Nacken knackte. *Irgendwie passend, das Knacken,* dachte er, denn es fühlte sich an, als würde er in eine Schlacht mit ungewissem Ende ziehen müssen. Er massierte mit der linken Hand die verspannte Muskulatur.

»Das Übliche?«, fragte er. »Was meinst du?«

»Immer mal wieder anonyme Anrufe und so was. Aber die sind bestimmt auch schon wieder ein Jahr her.«

»Verstehe.«

Bertie kam mit einem Tablett Kaffee zurück, reichte Julia eine Tasse und ließ sich zurück auf den Dreisitzer fallen.

»Da wir heute Nacht ohnehin kein Auge zutun werden, können wir auch noch einen Kaffee trinken.«

Julia verstand und war sichtlich erleichtert. Das erste Mal seit Stunden.

***

In den fensterlosen Ziegelwänden hauste der Schwamm und seit wenigen Stunden auch der Anwalt Philipp Asmussen.

»Gut gemacht, Anwalt«, sagte der Entführer und nahm das Handy entgegen. »Dann solltest du in wenigen Tagen zu Hause sein.«

»Sie Mistkerl. Was tun Sie nur meiner Frau an?«

»Bleib mal locker, Alter. Und schöööön durch die Nase atmen. Alles klar? – Hat doch alles gut geklappt. Bis jetzt.«

Doch Philipp, vollgepumpt mit Adrenalin, hatte keine Lust auf lockeres Durchatmen und sah, da Hände und Füße nicht mehr festgekettet waren, seine Chance gekommen. Er sprang auf, rannte durch das Gewölbe Richtung Treppe und eilte sie hinauf. Dort griff er nach der Türklinke und drückte sie herunter. Keine Chance! Sie war verschlossen. Verzweifelt und fluchend rüttelte er immer wieder an der schweren Klinke, bis er Andreas hinter sich spürte. Philipp drehte sich um und schaute direkt in eine Pistolenmündung.

»Mensch, Asmussen«, knurrte der Entführer genervt in seine Richtung. »Was soll denn der Scheiß jetzt? Ich dachte, das liefe ganz gut mit uns. Was soll ich jetzt denn nur mit dir machen? Dich gleich hier erschießen?«

»Ich will hier raus und zwar sofort!«, schnaubte Philipp. Dann sank er an der Tür zusammen. »Warum ich? Warum ausgerechnet ich?«

»Nicht so viele Fragen stellen, habt ihr drüben auch nicht gemacht. Einfach die Lauscher aufsperren und machen, was ich sage. Mehr erwarte ich nicht von dir. Und nun: Hopp, hopp. Zurück ins Körbchen!«

Frustriert schlich Philipp die Stufen hinunter, ging die endlosen Schritte zurück, legte sich ohne Gegenwehr aufs Bett und ließ sich anketten.

»Haben Sie was gegen die Schmerzen? Mein Kopf und meine Rippen!«

Doch Andreas reagierte nicht und band seinen Millionenfang fest, verließ das Kellergeschoss und löschte das Licht. Zukünftig musste er dringend umsichtiger agieren. Fehler wie eben durften ihm nicht noch einmal unterlaufen.

***

Eine halbe Ewigkeit später vernahm Philipp erneut Schritte auf der Treppe und die zwei Glühbirnen blitzten auf. Der Entführer war zurückgekommen. Von der Frau fehlte weiter jede Spur.

»Klogang und Essen fassen!«, rief die Skimaske Asmussen entgegen, als er ihn erblickte. Dann stellte er die mitgebrachten Sachen auf dem kleinen Holztisch ab und löste behutsam die Fesseln. »Wenn du nochmal versuchst zu türmen, schneide ich dir ohne Wenn und Aber den kleinen Finger ab, schicke diesen deinem Frauchen und erhöhe die Summe auf 1,5 Millionen Euro. Alles klar?«

Philipp nickte und war froh, auf Toilette gehen zu können. Doch trotz randvoller Blase blieb er noch einen Moment sitzen, suchte Blickkontakt.

»Was denn noch?«, fragte der Entführer.

Philipp rollte demonstrativ mit den Augen und reckte den Kopf zum gekachelten Raum. Er hoffte, dass sein Peiniger genug Taktgefühl hatte, um ihm etwas Privatsphäre zu gönnen, doch dieser zischte nur ungeduldig:

»Musste jetzt oder nicht?«

»Doch schon. Es ist nur so ...«

Nun endlich war auch bei der Maske der Groschen gefallen.

»Neee, Alter. Das kannst du getrost vergessen. Du bist ja unberechenbar.«

Als Philipp kurze Zeit später aus dem Raum ohne Tür zurückkehrte und sich aufs Bett setzte, empfing ihn Andreas bereits mit einem stolzen Lächeln.

»Hoffe, du magst Erbsensuppe. Habe mir auf jeden Fall Mühe gegeben. Sollst ja bei Kräften bleiben.«

Philipp hätte ihm den Fraß am liebsten vor die Füße geschüttet und ihm mit den Spielzeugen aus dem Alukoffer die Kehle aufgeschlitzt. Doch das war keine Option. Er hatte unerträgliche Schmerzen und sowieso keine Chance. Diese Lektion hatte er gelernt. Stattdessen schaute er auf den Holztisch, den ihm die Skimaske ans Bett schob.

»Was ist das?«, fragte Philipp, zeigte auf das seltsame Konstrukt neben der Suppe und merkte, wie ihm ein kalter Schauer über den Rücken lief. Dort lag ein Golfball, eingefasst in einen Ledergürtel.

»Das wird uns helfen, besser miteinander auszukommen«, antwortete Andreas trocken.

Spätestens jetzt war für Philipp Asmussen klar, dass der Entführer alleine arbeitete. Der Irre hatte die Frau, die ihn in der Kanzlei überwältigt hatte, wohl wirklich ermordet. Er nahm den

Löffel und aß den Suppentopf leer. Die Erbsensuppe schmeckte besser, als es die äußeren Umstände erwarten ließen. Dann wischte er sich mangels Serviette mit dem Handrücken den Mund ab und zeigte auf die Spritze, die er neben dem Golfball entdeckte.

»Was ist da drin?«

»Ich dachte, du hast Schmerzen.«

Philipp wurde angst und bange bei dem Gedanken, dass der Typ ihm gleich eine Spritze in die Vene jagen würde.

»Haben Sie keine Tabletten?«

»Bin ich eine Scheiß-Apotheke?«

»Nein, natürlich nicht. Ich dachte nur …«

»Was dachtest du, Anwalt?«

»Ibu 400 zum Beispiel. Oder Aspirin. Das würde mir schon reichen.«

»Nee. Führen wir nicht. Und nun leg dich wieder hin. Ich will dich festmachen.«

»Darf ich Sie noch etwas fragen?«

Der Entführer nickte und ließ ihn gewähren, denn auch er war neugierig auf sein Gegenüber und wollte eigentlich mehr von ihm erfahren.

»Was denn noch?«

»Sind Sie verheiratet?«

Andreas stockte kurz bei dieser Frage. In der Tat war er so weit weg von einer Heirat wie der Teufel vom Weihwasser.

»Nein, bin ich nicht. Sonst noch was?«

»Werden Sie mich auch sicher freilassen, wenn Sie das Geld haben?«

»Natürlich. Meinst du etwa, ich will dich bis zum Ende meines Lebens um mich haben?«

»Immerhin habe ich Ihr Gesicht gesehen.«

»Na und?«, antwortete Andreas gelassen und lächelte schief. »Hast ja auch meinen silberfarbenen Koffer gesehen. Und wenn du nach der Freilassung aufmuckst, wird Julia den Koffer auch noch aus der Nähe bewundern können. Kommt da noch was Produktives rüber oder haben wir es jetzt?«

Philipp schluckte schwer und überlegte, was Julia tun würde. Sie würde wahrscheinlich versuchen Kontakt herzustellen, eine Verbindung zu ihm aufzubauen. Opfer-Täter-Beziehung oder wie so etwas heißt. Jedenfalls alles tun, was ihm die Umsetzung seines Vorhabens so schwer wie möglich machte.

Er bohrte weiter.

»Was wollen Sie mit dem Geld machen?«

»Mit dem Geld machen?«, wiederholte der Maskierte verwundert. »Spenden will ich das beschissene Geld. Was sonst?« Andreas schüttelte den Kopf und griff nach dem eilig zusammengebastelten Mund-Knebel-Konstrukt.

»Ich bin nicht naiv genug anzunehmen, dass ich der Erste bin.« Philipp Asmussen sagte das nicht als Frage und irritierte sein Gegenüber mit dieser Aussage.

»Häh? Was meinst du?«, fragte der Entführer und ließ vom Ledergürtel ab.

»Na, bin ich der Erste?«, versuchte Asmussen zu konkretisieren.

»Der Erste?«

»Der Erste, den Sie entführt haben?«

Der Maskierte beäugte Philipp durch die Augenschlitze seiner schwarzen Skimaske.

»Macht das 'n Unterschied?«

»Ich denke schon.«

»Für wen?«, fragte Andreas, der sich auf den Plastikstuhl neben dem Bett setzte und damit seine Bereitschaft signalisierte, sich weiter unterhalten zu wollen.

»Im Prinzip, tja, für uns beide.«

»Für uns beide? Interessant.« Der Maskierte kratzte sich am Kinn. »Was haben wir denn miteinander zu tun?«

»Nun ja«, setzte Philipp fort. »Wenn ich das erste Entführungsopfer bin, dann ist das für uns beide etwas Neues. Denn ich wurde noch nie entführt. Also bis heute. Und sollten Sie schon vor mir jemanden entführt haben …«, Philipp suchte nach den richtigen Worten, »dann folgt diese Entführung aller Wahrscheinlichkeit nach gewissen routinierten Abläufen. Gewissermaßen. Oder?«

»Könnte man meinen.«

»Und?«

»Müsst ihr Anwälte immer alles wissen?«

»Es würde mich beruhigen.«

»Es gibt da einen Witz. Worin unterscheidet sich die BRD von der DDR?«

Philipp Asmussen verstand weder, was er damit sagen wollte, noch kannte er die Antwort. Er zuckte mit den Schultern.

»Beide hätten dem jeweils anderen alles verkauft. Doch nur die DDR hat geliefert.« Andreas lachte dumpf, stand auf und griff erneut nach der Mund-Knebel-Konstruktion.

»Bitte nicht«, flehte ihn Philipp an. »Bitte nicht den Golfball. Ich bitte Sie.«

»Willst du auch artig sein?«

»Unbedingt. Ja!«

»Artig sein, bis sich unsere Wege wieder trennen?«

»Das verspreche ich Ihnen!«

Die Skimaske ließ vom Konstrukt ab und kettete Philipps Arme und Beine an die Bettpfosten.

»Einverstanden. Und jetzt geb ich dir ohne Theater die Injektion gegen die Schmerzen. Das Angebot kann ich gerne machen. Doch solltest du wieder aufmucken, dann Gnade dir Gott. Alles klar?« Der Maskierte ließ seine Fingerspitzen theatralisch vor dem Hals hin und her wandern und verabreichte ihm nach einer kurzen Sprühdesinfektion den Inhalt der Spritze.

Philipps Arm kribbelte und er spürte, wie sich die Flüssigkeit in seinem Blutkreislauf verteilte. Es fühlte sich angenehm warm an. Dann verschwand die Skimaske aus dem Keller und löschte das Deckenlicht. Und während Philipp im Dunkeln so dahindöste, inständig hoffte, dass er nicht der Erste sei, und immer müder wurde, hörte er oben einen Motor aufheulen. Der Entführer schien das Haus verlassen zu haben. Er war wieder allein. Irgendwo im Nirgendwo.

Tag 2
Donnerstag, 17. September 2020

Sie hatten viel geredet, noch mehr geweint, waren in gemeinsame Erinnerungen abgeschweift und hatten auch etwas schlafen können. Sie fühlten sich einander vertraut. Noch immer. Auch wenn der Anlass des Wiedersehens kein schöner war. Morgens gegen halb fünf rief Bertie ein Taxi und verabschiedete sich.

»Wenn etwas ist, ruf mich sofort an.«

»Danke, dass du da warst. Und gut zu wissen, dass du nicht gleich wieder für Jahre in der Versenkung verschwindest.« Julia hielt kurz inne und ergänzte: »*Philipp und ich* sind für deine Hilfe so unendlich dankbar.«

Ein vertrautes Grinsen überzog Berties attraktive Züge, dann ging er durch den Flur Richtung Haustür.

»Gegen 21 Uhr bin ich wieder zurück«, rief er ihr zu. »Versuch dich noch etwas auszuruhen, aber vergiss die Bank nicht. Vermutlich wird, wenn sich Philipp morgen Abend meldet, alles ganz schnell gehen. Hoffe ich zumindest. Wahrscheinlich ist er in zwei oder drei Tagen schon wieder bei dir und wir können zu dritt anstoßen.«

Müde sah Julia ihm vom Sofa aus nach, bis die Tür ins Schloss gefallen war.

***

Hinter einer verschlossenen Tür lag auch Julias Ehemann Philipp, als er gegen halb acht von einem Ruckeln an der Schulter unsanft geweckt wurde. Auch er hatte nur wenig geschlafen. Doch er schaute in ein maskiertes Gesicht – keine zehn Zentimeter von ihm entfernt.

»Dachte schon, du seist krepiert. Mach dich ja nicht vom Acker, bevor ich mein Geld bekommen habe. Hörst du?«

Doch Philipp war nicht nach Scherzen zumute. Sein Mund war trocken und er hatte Schwierigkeiten zu sprechen. Was hatte die Skimaske ihm gestern nur gespritzt?

»Übrigens«, setzte der Maskierte weiter fort, »du bist der Erste!«

»Darf ich etwas zu trinken bekommen?«, krächzte es aus Philipp heraus.

Andreas löste die Ketten und reichte ihm eine Flasche Wasser.

»Und aufs Klo kannst du auch gleich gehen. Danach gibt's Frühstück.«

»Was war das eigentlich für ein Zeug gestern? Morphium?«, fragte Philipp und rieb sich die Augen wach. »Ich bin vollkommen benebelt, als wäre ich unter eine Dampfwalze gekommen.«

»Jetzt mach mal halblang und entspann dich. Wenn alles gut läuft, ist morgen Abend um sieben dein großer Auftritt und Sonntag bist du wieder bei Mutti. So sagt man doch bei euch. ›Bei Mutti sein‹.«

»Mutti? Halblang?«, fragte Philipp und öffnete die Flasche. »Was faseln Sie da?«

Die Miene hinter der dunklen Skimaske verzog sich vor so viel Undankbarkeit. Sie hatten doch einen Deal gehabt. Keinen Mundknebel, dafür Ruhe! Andreas schnappte sich den Alukoffer, den er als Warnung neben dem Bett stehen gelassen hatte, öffnete ihn langsam und ließ seine Finger über die Werkzeuge fahren, bis er das Skalpell Größe 4 herausfischte.

»Kann es sein, dass ich hier irgendwas nicht richtig mitbekommen habe, Anwalt?«, fragte Andreas in einem deutlich strengerem Ton, griff sich Philipps linke Hand und setzte das Skalpell an. »Ich will ja nicht davon anfangen, dass wir die beste *Bros* geworden wären, wenn wir uns unter, ich sag mal, *normaleren* Umständen kennengelernt hätten, aber eigentlich lief das doch bis jetzt ganz gut mit uns. Abgesehen von deinem kleinen Aussetzer gestern und deiner Unfreundlichkeit jetzt. Willst du mir schon wieder auf den Sack gehen? Ist es das, was du willst?«

Philipp erstarrte zu einer sitzenden Salzsäule und verfolgte, wie sich das glänzende Werkzeug über seiner Hand hin und her bewegte.

»Mit neun Fingerchen bist du nicht weniger wert für mich, vergiss das bloß nicht in deiner Überheblichkeit.« Dann ließ der Maskierte von ihm ab. »Willst du jetzt wieder artig sein?«

Philipp hob den schweißbedeckten Kopf.

»Ja, will ich!«

Andreas steckte das Skalpell zurück in den grauen Schaumstoffeinsatz und nahm den ursprünglichen Faden wieder auf.

»Und nun mach dich frisch und iss dein Frühstück. Hopp, hopp!«

***

Zur gleichen Zeit setzte sich Julia in ihren Wagen und fuhr im milden Licht der Septembersonne zur HASPA-Filiale am Mühlenkamp. Wie in dieser beliebten Wohngegend üblich, plante sie einen großzügigen Puffer für die Parkplatzsuche ein und fand heute, wie sollte es anders sein, wenn man mal Zeit mitbrachte, sofort und direkt vor der Filiale eine freie Lücke. Nun war sie viel zu früh da. Sie ließ die Rückenlehne des Fahrersitzes herunterfahren und schloss die Augen.

Irgendwann klopfte es an der Beifahrerscheibe. Drei Mal. Julia erwachte, drehte den Kopf Richtung Lärmbelästigung und schaute in die Augen eines Fremden, der sie mitleidig anlächelte und ihr etwas mitteilen wollte. Sie ließ den Sitz hoch und die Scheibe herunter fahren.

»Gute Frau, Sie dürfen hier nicht im Wagen nächtigen. Es handelt sich um einen öffentlichen, gebührenpflichtigen Parkplatz.«

»Nein, nein, so ist es nicht.« Julia hüstelte und strich sich die Haare aus ihrem Gesicht. »Ich warte, bis die Sparkasse öffnet.«

Erst jetzt erkannte der Fremde in Julia die Ehefrau eines seiner besten Kunden.

»Oh, mein Gott. Entschuldigen Sie bitte, Frau Asmussen. Es tut mir leid, dass ich Sie nicht gleich erkannt habe. Mein Name ist Michels, ich bin der Leiter dieser HASPA-Filiale, und Sie müssen nicht mehr warten. Ich bin jetzt da. Für Sie da. Kommen Sie bitte herein.«

Julia zuckte überrascht mit den Mundwinkeln, stieg aus, warf ein Zwei-Euro-Stück in den Parkautomaten und legte den Parkschein hinter die Windschutzscheibe. Nun hatte sie eine Stunde, das sollte reichen.

Drinnen angekommen, geleitete Dr. Michels sie in sein Büro, bot ihr einen Stuhl an und kochte Kaffee. Dann setzte er sich zu ihr an den Besprechungstisch, schob ihr Tasse, Milch und Zucker hinüber und ließ Julia von ihrem Anliegen berichten. Zwei Tassen später kam er schließlich zu Wort:

»400.000 Euro in kleinen Scheinen?«

Julia nickte.

»Heute noch?«

»Unbedingt. Es ist wirklich dringend.«

»Eigentlich unmöglich. So viel haben wir nicht hier. Das kann schon zwei bis drei Tage dauern, Frau Asmussen.«

»Und uneigentlich?«

Michels lächelte angestrengt.

»Ich müsste beim Firmenkunden-Center am Adolphsplatz in der Innenstadt nachfragen, wie der tagesaktuelle Barbestand bei den Kollegen ist. Eventuell könnte sich das bei dieser Summe ausgehen.«

»Das wäre sehr freundlich. Tun Sie das bitte!«

»Sind Sie sicher, dass wir keine Polizei verständigen wollen?«

»Das bin ich, Herr Dr. Michels«, antwortete Julia und drehte nervös ihren Ehering am Finger.

»Nun gut. Es ist schließlich Ihr Geld.«

»Wie lange, meinen Sie, wird das dauern, also mit den Kollegen vom Adolphsplatz?«

»Wenn Frau Brahms aus dem Kassenbereich gleich im Hause ist, Sie verstehen, hier gilt das Vier-Augen-Prinzip, können wir das Geld mit etwas Glück bis halb, vielleicht um vier vor Ort haben. – Würde Ihnen das reichen?«

»Auf jeden Fall. Vielen Dank, Herr Dr. Michels.«

»Wollen Sie hier warten, bis Frau Brahms alles geklärt hat? Ich könnte Ihnen zwei halbe belegte Brötchen von der Bäckerei Junge bringen lassen. Gleich nebenan.«

»Sehr aufmerksam von Ihnen. Da sage ich nicht nein.«

Michels, der noch nicht gefrühstückt hatte, würde sich auch gleich drei halbe mitbestellen und alle fünf unter »Kundenbin dungsmaßnahme« auf dem Spesenkonto #2020 verbuchen lassen. Er nickte zufrieden und fragte:

»Doch bezüglich Polizei bleibt es bei Ihrem Nein?«

***

Für Philipp gab es keine belegten Brötchen vom Bäcker. Dafür 20 Minuten kettenfreie Zeit, in der er drei Schalen Früchte-Müsli mit lauwarmer Milch hinunterschlang. Der Maskierte saß auf dem beklebten Plastikstuhl und beobachtete Philipp. Viel gesprochen hatte er auch heute nicht. Bis jetzt.

»Leben deine Eltern noch?«

Philipp verschluckte sich fast und war dennoch froh über das Interesse. Bedeutete das doch, dass sich eine erste Verbindung zwischen den beiden aufbaute. Er dachte an Julia. Sie hätte sich sicherlich ebenso über diesen Fortschritt gefreut.

»Nein, meine Eltern leben nicht mehr, sie sind vor wenigen Jahren gestorben.«

»Habt ihr euch gut verstanden?«

»Hm, gute Frage«, murmelte Philipp und ergänzte nach einer kleinen Pause: »Ich denke, ganz normal. Mit allen Höhen und Tiefen, die eine Kindheit im Laufe der Jahre mit sich bringt.« Philipp legte den Löffel in die Schale. »Ich erinnere mich, dass ich als kleiner Steppke jeden Nachmittag mit meinem besten Freund aus der Nachbarschaft draußen rumgestreunt und oft erst spät und meist mit Schürfwunden vom Klettern oder vom Fußballspielen zurückgekommen bin. Heute wäre das undenkbar, wo sich Kinder jede Stunde zu Hause melden müssen. Aber meine Eltern haben sich nie Sorgen gemacht, haben mir vertraut und es gab nur selten Ärger. Also wenn wir richtig spät nach Hause kamen. Vielleicht hätten sie anders reagiert, wenn ich ein Mädchen gewesen wäre.« Ein leichtes Grienen zog sich über sein Gesicht. »Doch das änderte sich, als ich in der fünften Klasse aufs Gymnasium wechselte, genau das, wo auch meine Mutter als Lehrerin arbeitete. Nichts, was ich tat oder eben nicht tat, blieb ihr verborgen. Immer gab es jemanden, einen Lehrer, einen Schüler, der es meiner Mutter brühwarm steckte. Der reinste Horror. Und dann bekam ich meist Stubenarrest.«

»Stehst wohl auf Geheimnisse? – Solche Typen kenn ich zur Genüge. Sind immer der Ansicht, sie seien etwas Besseres, und mogeln sich so durchs Leben.«

Philipp wurde hellhörig und fragte irritiert:

»Wie meinen Sie das?«

»Ach, egal.« Andreas machte eine wegwerfende Handbewegung, stand auf und ging ein paar Schritte durch den Keller. Es schien, als überlege er etwas. Philipp hätte alles dafür gegeben herauszufinden, was das war. Dann kam die Skimaske zurück und setzte sich wieder zu ihm.

»Was ist mit Julia? Wie habt ihr euch kennengelernt?«

»Über einen guten Freund. Es war bei der Abschlussfeier des Studiums. Dort habe ich sie zum ersten Mal gesehen. Es war Liebe auf den ersten Blick.«

»Gibt es so was wirklich? Liebe auf den ersten Blick? Oder ist das nur eine Erfindung aus Hollywood?«

»Bei Julia schon! So viel kann ich Ihnen bestätigen. Bei ihr war ich schockverliebt.«

Andreas schaute ihn kalt durch die Augenschlitze an, während sich Philipps Herz erwärmte. Ihm tat dieses Gespräch gut.

»Und … wird sie dich jetzt verraten?«

Häh? Was redet der da?, dachte Philipp und biss sich auf die Lippen. Er wollte nicht mit einer unüberlegten Äußerung die zarte Blüte der Annäherung zertreten. Doch vielleicht hatte er sich auch nur verhört? Der Nebel und so!

»Was meinen Sie?«, fragte er mit gepresster Stimme.

»Hast mich schon richtig verstanden, Anwalt«, erwiderte Andreas im betont rüden Ton. »Da bin ich mir sicher.«

Rumms!

Von einer Sekunde zur nächsten fiel Philipps Hoffnung auf Annäherung, vielleicht sogar etwas wie Solidarität, zusammen. Angst durchströmte seinen Körper. Philipp war zurück im Hier und Jetzt, in der düsteren Realität. Im kalten, vom Schwamm durchzogenen Kellergewölbe, in der Gewalt eines brutalen Irren, wahrscheinlich sogar Mörders. Schmallippig fragte er:

»Wie? Mich verraten?«

»Mensch, Anwalt. Stehst doch sonst nicht auf der Leitung! Ich will von dir wissen, ob du glaubst, dass deine ach so tolle Julia den Bullen Bescheid gibt! Oder schon getan hat? Alles klar?«

»Nein. Nein. Nein.« Philipp schüttelte wild den Kopf, als wolle er beim Transport der Worte behilflich sein. »Auf keinen Fall würde sie das tun! Niemals!«

»Was macht dich da so sicher?«

»Ich habe es ihr gesagt. Sie waren doch gestern Abend bei dem Gespräch dabei.«

»Tut sie alles, was du von ihr verlangst?«

Philipp hatte keinen blassen Schimmer, wohin das Gespräch führen würde. Doch der Verlauf gefiel ihm nicht. Die Maske hatte einen Weg eingeschlagen, dessen Richtung er nicht mehr überblicken konnte. Er war von den Gerichtssälen in Sachen Psychospielchen einiges gewohnt, aber das war einfach nur schräg. Fast wünschte er sich, wieder am Bettgestell festgekettet zu sein und in Ruhe gelassen zu werden. Allerdings wartete der Peiniger immer noch auf Antwort.

»Und?«, hakte er nach, während seine Augen unverändert starr und ausdruckslos auf Asmussen ruhten. Würde er wirklich wieder seinen Alukoffer bemühen müssen, begann er zu überlegen, als Philipp erneut ansetzte:

»Was wollen Sie noch?«, fragte er und begann aufzuzählen. »Sie haben mich entführt, erhalten die nächsten Tage eine Million Euro, wie gewünscht in kleinen Scheinen, und werden ein reicher Mann sein. Reicht das nicht? Was sollen die Spielchen?«

Doch die Skimaske wollte nicht mehr. Ohne seinen Blick zu lösen, erhob sich Andreas und legte Philipp die Ketten an. Dann verabreichte er ihm eine weitere Spritze in den Arm und verließ wortlos das Gewölbe.

***

Julia hatte sich keine Gedanken darüber gemacht, wie viel Platz 400.000 Euro in kleinen Scheinen in Anspruch nehmen würden, als sie kurz nach vier vollbepackt nach Hause kam. Sie hatte auch nicht gewusst, dass sie so viel wogen. Das waren gut und gerne fünf, vielleicht sechs Kilo. Nur wohin damit? Der Safe war mit Schmuck und Philipps »Notgroschen« bis oben gefüllt. Sie eilte die Stufen zum Keller hinab und schnappte sich ein großes, orange-weißes Zalando-Paket, legte die Geldbündel hinein und verstaute es im Schlafzimmerschrank unter Philipps Infrarotlampe. Sie hatte ihre Hausaufgabe gemacht und setzte sich abgekämpft aufs große Doppelbett. Nun galt es abzuwarten. Oder gab es noch etwas, was sie tun musste?

Die Gedanken rasten unbeirrt durch ihren Kopf und klapperten sämtliche Bereiche ab. Es wird schon gut ausgehen, sagte die eine Stimme in ihr. Es wird genauso laufen wie geplant. Ganz sicher. Du hast nichts Falsches gemacht. Doch leider meldete sich auch die andere Stimme. Die war nicht so guter Laune und zeigte ihr akribisch auf, was alles schief gehen konnte. Und während Engelchen und Teufelchen weiter auf sie einhämmerten, hob sie ihre

Beine aufs Bett, legte sich hin, zog das Kissen unter ihrem Kopf zurecht und schloss übermüdet die Augen. Heute würde sie wohl nicht mehr richtig wach werden. Doch das war ein Trugschluss.

***

Philipp wusste nicht, wie lange er geschlafen hatte. Oder war es nur ein nebulöses Dösen gewesen? Er wusste auch nicht, wie lange er insgesamt schon hier unten ausgeharrt hatte. Er war der Zeit entwischt und wünschte sich, dass sie ihn wiederfand. Ausgerechnet ihm musste das passieren. Ausgerechnet ihm, der jede angebrochene Stunde mit 350 Euro abrechnete. Dieser Kontrollverlust machte ihn rasend und er ging in Gedanken die vergangenen Mahlzeiten durch. Abendessen, Frühstück, Mittag. Es musste Nachmittag oder Abend von Tag zwei sein. Er erschrak. Erst Tag zwei und bereits ein seelisches Wrack?

Er spürte die Schwere in seinen Beinen und Verspannungen in seinem Rücken, die sich zu den anderen Schmerzen hinzugesellt hatten. Nicht mehr so schlimm wie vor zwei Tagen, dafür hatten die Spritzen gesorgt, aber noch spürbar. Er brauchte einen Plan B und begann gerade sich darüber Gedanken zu machen, als er vor dem Haus ein Motorengeräusch vernahm. Klang irgendwie anders als beim letzten Mal! Die Polizei? Hatten sie ihn gefunden? Hatte Julia sie doch informiert? Hoffnung stieg in ihm auf. War das die Antwort auf seine Frage nach Plan B? Andererseits hatte er Julia ausdrücklich gesagt, sie solle die Polizei aus dem Spiel lassen, und das ursprünglich auch so gemeint.

Als dann Minuten später die schwere Kellertür geöffnet wurde und die beiden Glühbirnen an der Decke zu flackerndem Leben erwachten, hob Philipp den Kopf, soweit es die Ketten zuließen, und starrte gebannt zur Treppe. Doch die Hoffnung, dass jetzt das SEK hereinstürmte, verflog in dem Moment, als er eine einzelne Skimaske mit gewohntem Gangbild sah. Ernüchtert rief Philipp dem Entführer entgegen:

»Wie spät ist es?«

Doch Andreas war mit dem Ausbalancieren des Tabletts vollends beschäftigt und antwortete nicht. Am Holztisch angekommen, stellte er das Abendessen ab und Philipp sagte:

»Sie haben meine Armbanduhr!«

»Na und?«

»Darf ich sie wiederbekommen?«

»Was willst du denn damit? Hast du heute noch 'n Date?«

Philipps Augen blinzelten hektisch, mussten sich erst an das Licht gewöhnen, während sein vernebelter Verstand versuchte nachzudenken. Würde er dem Entführer zu verstehen geben, dass er seine Uhr brauchte, um ein wenig Struktur und Halt zu finden, würde er ihm signalisieren, dass er bereits nach einem Tag Macht über seine Ohnmacht besitzen würde. Das wollte er um jeden Preis vermeiden. Auch würde der Maskierte bei dieser Antwort vermutlich ohnehin verneinen. Wahrscheinlich war das auch der Grund dafür, dass er ihm die Uhr abgenommen hatte. Denn besonders wertvoll war das Stück nicht. Er brauchte etwas anderes, Profaneres und antwortete bemüht:

»Es fühlt sich einfach komisch an. So ganz ohne Uhr am Handgelenk. Als ob etwas fehlt.«

»Dafür hast du doch jetzt die Ketten«, erwiderte Andreas und wunderte sich über seine Schlagfertigkeit.

»Darüber wollte ich auch noch mit Ihnen sprechen.«

»Worüber?«

»Über die Ketten.«

»Was ist mit denen?«

»Wäre es möglich, mich davon zu befreien? Was kann ich schon anstellen? Allein in diesem Keller?«

»Was ist denn bei dir schief gelaufen, Anwalt?«

Philipp rasselte mit den Händen.

»Oder zumindest etwas weiter stellen?«

»Schluss jetzt mit dem Humbug. Jetzt gibt's paar Bemmen auf die Hand. Habe Schinken, Salami, Käse und einen heißen Kakao dabei. Ich will ja nicht, dass es morgen bei deiner Frau am Telefon heißt, ich würde mich nicht um dich kümmern.« Andreas beugte sich über Philipps Füße und begann die Ketten loszumachen. »Doch davor gehst du erst mal auf Klo. Alles klar?«

Philipp nickte und freute sich, die Ketten zumindest für einige Minuten los zu sein.

***

Gute vier Stunden später, nachdem sich Julia angezogen ins Bett gerollt hatte, schellte es unten an der Haustür. *Einbrecher?!*, durchflutete es ihr Hirn. *Haben da gerade Einbrecher geklingelt, um herauszufinden, ob jemand zu Hause ist?* Julia schoss in die Höhe und spürte ihren Herzschlag bis zum Hals. Es war immer noch Donnerstag und draußen bereits dunkel. Einbrecher kamen meist im Schutze der Dunkelheit. Sie rieb sich die Augen wach und tastete nach der Nachttischlampe. Ihr Wecker zeigte 20:08 Uhr. Doch dann fiel ihr Bertie ein, der nach der Arbeit hatte vorbeikommen wollen. Beruhigt schlug sie die Bettdecke zur Seite, stand auf, strich ihre Sachen glatt, band ihr Haar zu einem Pferdeschwanz und eilte die Treppe hinunter. Es klingelte erneut. Dieses Mal etwas länger.

»Ja, ja. Ich komm doch schon!«, schrie sie der Haustür entgegen und betätigte die Kippschalter für die Außenbeleuchtung, dann öffnete sie ihm.

»Habe ich dich geweckt?«, erkundigte sich Bertie und gab seinem Fahrer ein Zeichen. Dann folgte er Julia durch den Flur ins Wohnzimmer. »Soll ich uns etwas kochen? Ich habe den ganzen Tag nichts Ordentliches gegessen. Dafür aber mindestens zwei Kilo Schokoriegel.«

»Du, ich habe nicht viel im Hause«, antwortete Julia. »Eigentlich wollte ich vorgestern Vormittag einkaufen gehen und schob es auf gestern, wo mir etwas dazwischen kam, und dann … rief Philipp an.« Es klang, als wolle sie sich rechtfertigen.

»Und wann hast du das letzte Mal etwas gegessen?«

»Heute Morgen, bei Dr. Michels in der HASPA.«

»Hat alles geklappt mit dem Geld?«

»Ja. Ist oben.«

Bertie lächelte zufrieden.

»Und? Soll ich uns etwas zubereiten?«

Julia senkte den Kopf und murmelte:

»Es fühlt sich falsch an.«

»Was fühlt sich falsch an, Liebes?«

»Wenn wir es uns hier gut gehen lassen, während Philipp wahrscheinlich irgendwo bei Brot und Wasser um sein Leben kämpft?«

Bertie nahm ihre Hand.

»Das ist Quatsch, Julia! Du musst bei Kräften bleiben. Für Philipp. Dein Mann braucht dich. Jetzt noch mehr als sonst.«

»Aber …«

»Kein *Aber*«, unterbrach er sie sanft. »Ich gehe jetzt in die Küche und schaue mal, was ich aus den Resten zaubern kann, einverstanden?«

Julia und Philipp hatten schon immer Berties Kochkünste bewundert. Er konnte aus dem Nichts ein delikates Drei-Gänge-Menü kreieren. Beneidenswert! Und natürlich hatte er recht. Sie war halb verhungert und ließ ihn bereitwillig in die Küche ziehen.

Bertie legte sein Sakko über den Stuhl, krempelte die Hemdärmel hoch und widmete sich den Küchenschränken. Ein paar Kartoffeln waren noch da, Milch, Butter, eine Aubergine, Zwiebeln, Dosentomaten, Olivenöl, ein Rest Käse, Salz, Muskat. Schnell hatte er sämtliche Zutaten für einen Auflauf zusammen und begann, die Aubergine zu waschen und zu zerschneiden, gefolgt von den Kartoffeln, die er nach dem Schälen ebenfalls in dünne Scheiben schnitt.

Das abendliche Zubereiten einer Mahlzeit in einer modernen Küche entspannte ihn, und Philipp und Julia hatten eine Küche mit allem erdenklichen Schnickschnack einbauen lassen. Auch der Gedanke daran, dass er bereits einiges hatte anleiern können, mit dem Ziel, Philipps Entführern schnell auf die Schliche zu kommen, befreite Bertie. Philipp war wie ein jüngerer Bruder für ihn und zweifelslos der perfekte Mann für Julia. Die meisten ungewollt kinderlosen Ehen fuhren früher oder später gegen die Wand. Philipp und Julia hatte es stärker gemacht. Sie waren ein Team.

Gerade als Bertie die Backform in den vorgeheizten Herd schieben wollte, ertönte Julias Handymelodie. Philipp sollte erst morgen anrufen, dennoch drehte Bertie das Radio leiser und schaute gespannt auf Julias Gesichtsausdruck. Sie hatte das Gespräch bereits angenommen. Entwarnung! Es schien ihre Mutter zu sein, die der Tochter von ihrem Tag erzählen wollte, an dem, wie meistens, nichts Aufregendes geschehen war.

Tag 3
Freitag, 18. September 2020

Das Licht im Kellergewölbe hatte die Skimaske dieses Mal angelassen. Absicht? Gedankenlosigkeit? Im Prinzip egal! Es hob Philipps Laune in gleichem Maße wie die Tatsache, dass seine Schmerzen an Kopf und Rippen verschwunden waren. Der Entführer musste den Wirkstoff getauscht oder die Dosis erhöht haben. Zum ersten Mal konnte er wieder tief ein- und ausatmen, ohne dass der Brustkorb wehtat. Eine wohltuende Gelassenheit stieg mit jedem weiteren Atemzug in ihm auf.

Und während er weiter gekreuzigt auf dem Bett lag, sinnierte er über die Frage, ob Julia, entgegen seiner Bitte, die Polizei alarmieren würde? Oder hatte sie das schon gemacht? Im Normalfall hätte er nicht eine Sekunde an diesen Gedanken verschwendet. Viel zu abwegig. Doch nun stand die Frage im Raum. Unbeantwortet. Gestellt von seinem Peiniger. Mehr noch: Sie entfaltete sich mit der Zeit regelrecht zu einer Bedrohung, die sich plötzlich noch vor die Frage nach seiner Überlebensstrategie hier im Kellerloch schob. Denn hätte Julia die Polizei alarmiert, könnte die Übergabe platzen, was katastrophal wäre. Oder sie würde stattfinden und sein Peiniger im besten Fall geschnappt werden, was wiederum gut wäre.

Doch Philipps Gedanken gerieten ins Stocken. Moment! Wäre das wirklich gut? Gut für ihn? Schließlich schien die Skimaske jetzt allein zu arbeiten. Und das konnte bedeuten, dass er bei einer Verhaftung durch die Polizei, wenn die Maske im Anschluss schwiege, im Keller elendiglich verrecken würde. In spätestens fünf Tagen von heute gerechnet wäre er vielleicht schon tot? Panik stieg in ihm auf und der Nebel in seinem Kopf verstärkte sie. In seinem Gehirn braute sich fieberhaft eine Endzeitstimmung zusammen – mit ihm als Verlierer. Er musste Julia am Abend nochmals darauf hinweisen, dass sie die Polizei draußen ließe. Er wollte nicht sterben. Nicht so. Nicht hier. Nicht angekettet wie ein räudiger Hund.

Er bäumte sich auf und versuchte vergeblich mit aller Kraft die Ketten, die schwer und kalt auf seiner Haut lagen, vom Bettgestell zu reißen. Er stöhnte, schrie und kam doch keinen Millimeter voran. Voran kamen nur die engen Ketten, die sich weiter in sein Fleisch fraßen.

Wer war die Skimaske eigentlich? Und warum ausgerechnet er? Weil er einfach zu kidnappen war? Oder war es ein Akt der Rache gewesen? Weil er ihm in einem früheren Leben zu nahe gekommen war? Hatte er ihn oder einen Verwandten, einen Bekannten hinter Gitter gebracht? Sein Gesicht sagte ihm jedenfalls nichts. Und so sehr er sich auch bemühte, er kannte keine der Antworten und rüttelte weiter an den Ketten, deren schabendes Geräusch in seinen Ohren stechend widerhallte und seine seelischen Qualen noch verstärkte.

Schließlich gab er sich seiner Erschöpfung hin und bemerkte, wie Blutstropfen von seinen Handgelenken auf das Laken tröpfelten. Eins, zwei, drei … Er überlegte, ob er mit dem Blut eine Nachricht schreiben oder eine Art Uhr kreieren könnte. Jeder Tropfen eine Sekunde? 60 Tropfen eine Minute. Apropos Minute? Wie spät es wohl sein mochte? Er brauchte seine Armbanduhr zurück. Wann käme der Maskierte wieder zurück? Würde er überhaupt wiederkommen? Was, wenn ihm etwas zugestoßen war? Ein unbedachtes Überholmanöver an einer Kreuzung, das ihn für Tage ins künstliche Koma versetzt hatte? Das wäre Philipps Todesurteil gewesen.

Er ächzte laut. Nun bluteten nicht nur seine Handgelenke, sondern auch sein Herz. Würde er seine Julia überhaupt je wiedersehen? Das Verpasste der letzten Jahre mit ihr nachholen können? Den Segeltörn am Mittelmeer? Von nun an einen Blumenstrauß pro Woche? Öfters sagen, dass er sie liebte? Schweiß perlte von seiner Stirn. Längst war seine Panik einer diffusen Verzweiflung gewichen und seine Augen füllten sich mit Tränen.

***

Bertie war bereits seit Stunden im Rathaus, als Julia erwachte. Sie ging ins Bad und nahm eine Dusche, als ihr bewusst wurde, dass Philipps *Notgroschen* noch gar nicht in kleine Scheine getauscht war. Dieser bestand ausschließlich aus platzsparenden lilafarbenen 500er-Scheinen.

»Was für ein Mist!«, fluchte sie, sprang aus der Dusche in ein Badetuch und rannte zurück ins Schlafzimmer. Dort trocknete sie sich ab und zog sich an. Bluse, Jeans, Sneakers. Es war bereits kurz vor zwölf und Frau Brahms, so wie sie ihr beim letzten Mal erzählt hatte, immer nur bis 13 Uhr in der Filiale. Die feuchten Haare ließ sie unter einem beigen Basecap verschwinden, fischte sich ein weiteres Zalando-Paket aus dem Keller, lief zurück zum Safe in Philipps Arbeitszimmer und packte die 600.000 Euro um. Dann schwang sie sich in den Wagen Richtung Mühlenkamp.

»Nachweise? Was denn für Nachweise?«, fragte Julia irritiert, als sie nach 20 Minuten vergeblicher Parkplatzsuche das Auto frustriert in einer Garagenausfahrt in der Preystraße abgestellt hatte und in Dr. Michels Büro gehetzt kam.

»Liebe Frau Asmussen«, versuchte Michels wiederholt ruhig zu erklären. Er wollte um jeden Fall verhindern, dass sie sich bei ihrem Mann über seine bürokratische Engstirnigkeit beschwerte. Doch es gab Vorschriften, an die auch er sich zu halten hatte. »Natürlich tauscht Frau Brahms die 600.000 in kleine Scheine, wobei wir in der Regel auch hierbei, in dieser Größenordnung, einen Vorlauf von zwei bis drei Tagen benötigen. Doch davon unabhängig sind wir von der Bundesanstalt für Finanzdienstleistungsaufsicht angehalten, der Herkunft großer Mengen Bargeld nachzugehen. Sie wissen schon, Geldwäschegesetz.«

»Das müssen Sie meinen Mann nächste Woche fragen.«

»Das werden wir tun, dennoch müssen Sie uns die Belehrung in dem Moment quittieren, in dem wir für Sie das Geld wechseln sollen.«

»Quittieren?«

»Genau. Ihre Bestätigung, dass wir Sie über mögliche Straftatbestände hinsichtlich des GwG vollumfänglich informiert haben, gibt uns die nötige Rechtssicherheit. Ein entsprechendes von Ihrem Mann unterschriebenes Formular liegt uns selbstverständlich auch vor.

Julia sagte nichts. Sie nickte nur und dachte an den Wagen in der Ausfahrt.

»Sehr schön«, resümierte Michels, setzte sein gewinnendes Filialleiterlächeln auf und trank das Glas Mineralwasser in einem Zug aus. Dann fragte er:

»Und Sie sind sich immer noch sicher, dass wir nicht die Polizei informieren wollen?«

***

Philipp Asmussen hatte sich mittlerweile komplett eingenässt. Der stechende Uringeruch begann sich mit den Schimmelsporen in der Luft zu einem teuflisches Gemisch zu vereinen, als endlich die Skimaske die

Treppe runtergestolpert kam. Doch statt sich zu freuen, dass der Entführer nicht im Koma lag, schrie er ihn voller Verzweiflung an.

»Was soll denn dieser ganze Scheiß hier? Sagen Sie mal, haben Sie mich vergessen? Seit zig Stunden liege ich angekettet in meiner eigenen Scheiße.«

Eine nicht zu überhörende Hoffnungslosigkeit lag in seiner Stimme.

»Nun mal ganz locker, Anwalt. Manchmal laufen die Dinge nicht so, wie sie sollen.«

»Manchmal laufen die Dinge nicht so, wie sie sollen?«, wiederholte Asmussen und schwenkte um. Vergessen die Hasstiraden der letzten Stunden, vergessen auch, dass er sich in seinen eigenen Ausscheidungen förmlich wund lag. Er wusste aus Erfahrung, dass, wenn *die Dinge nicht so laufen, wie sie sollten,* es nur eines bedeuten konnte – und das war Ärger.

»Ist der Deal geplatzt? Hat meine Frau die Polizei alarmiert? Was ist passiert? Sprechen Sie schon!«

»Alles guuut, Anwalt. Alles guut. Alles gut«, versuchte die Skimaske zu beruhigen und stellte das verspätete Frühstück auf den kargen Holztisch neben dem Stahlbett. Dann roch er es auch und sah das Malheur, dass sich unter der Bettdecke ausgebreitet hatte. »Ach du heilige Scheiße!«

Sofort lief er zurück nach oben, um Klamotten, Bettwäsche, einen Müllsack und Einmalhandschuhe zu holen. Dabei ließ er die Tür weit offen, in der Hoffnung, dass zumindest ein wenig frische Luft das olfaktorische Gleichgewicht im Keller wiederherstellen würde.

Als er alles zusammengesammelt hatte, kam er mit einem rosafarbenen T-Shirt und einer grünen Jogginghose zurück. Die Bettwäsche, in dezentem Rot, hob sich nur unwesentlich davon ab.

»Nun schau nicht so, Anwalt. Wir sind hier nicht auf 'ner beschissenen Modenschau, sondern wir haben einen Pakt. Hältst du dich daran und bleibst weiter artig, kannst du heute Abend wie geplant zu Hause anrufen. – Also denk an deinen Blutdruck und komm endlich runter, damit ich dich losmachen kann. Du stinkst nämlich wie ein Iltis. Das ist ja nicht auszuhalten. Verdammte Kacke, stinkst du!« Dann löste Andreas angewidert die Ketten. »Los jetzt, hopp, hopp, mach dich frisch. Aufs Klo wirst du ja wohl nicht mehr müssen«, resümierte er trocken und konnte sich ein kurzes Auflachen nicht verkneifen.

Asmussen riss ihm wütend die lächerlichen Klamotten aus der Hand und tröpfelte ins kleine Bad. Er konnte sich nicht erinnern, wann er jemals so beschämt worden war.

Kaum hörte Andreas den Wasserhahn laufen, begann er die Bettwäsche und das Laken abzuziehen und in den Müllsack zu verfrachten. Die Matratze war auch hinüber. Diese Teile galt es zu vernichten, nie im Leben sollte wieder jemand darauf schlafen. Er am allerwenigsten. Er würde sich bald feinste Bettwäsche aus Seide leisten können. Für jeden Tag der Woche einen neuen Bezug. Ach was, für jeden Tag im Monat. Seine Laune stieg von Minute zu Minute. Er setzte sich, nachdem er das Bett frisch und bunt bezogen hatte, zufrieden auf den Plastikstuhl und wartete, bis sein Lottogewinn zurückkam. Doch dieser hatte Mühe, sich an dem kleinen Waschbecken komplett frisch zu machen. Andreas bekam ein schlechtes Gewissen und entschied, wenn der Anwalt irgendwann wieder zurückkäme, ihm in der nächsten Stunde ohne Ketten Gesellschaft zu leisten und mehr über ihn zu erfahren. – Zum Beispiel darüber, wie er zu dem wurde, was er heute war.

***

Die Türklingel riss *Julia* aus den Gedanken. Sie schaute auf ihre Uhr. Kurz vor sechs. Sie drückte ihre Zigarette aus, wischte sich die Augen mit den Ärmeln ab und fuhr sich mit den Fingern durchs Haar. Dann *öffnete sie die Haustür – und wich reflexartig* einen Schritt zurück. Bertie war nicht allein gekommen. Ein zweiter Mann mit dunklem Haar und markanten Gesichtszügen stand neben ihm. Es war keiner seiner Fahrer, denn der saß in der dunklen Limousine und wartete auf ein Zeichen.

»Wieso zu zweit?«

Misstrauisch beäugte Julia den Fremden im mittelguten Anzug. Jetzt, so aus dem Nichts ein Lächeln aufzusetzen und mit dem Unbekannten Smalltalk zu betreiben, erforderte mehr Sozialkompetenz, als sie heute Abend aufzubringen bereit war. Sie drehte Bertie den Kopf zu und erwartete eine Antwort. Doch stattdessen sagte der Fremde in gebührendem Abstand, und das nicht nur wegen Corona:

»Wenn ich mich kurz vorstellen darf. Ich bin Hauptkommissar Thoelke, heute aber als Privatperson hier. Der Innensenator bat mich um den Gefallen, ihn zu begleiten. Natürlich nur, wenn es für Sie in Ordnung ist, Frau Asmussen.«

Das Misstrauen blieb. Julia sah Bertie fragend an.

»Lass mich erklären, Julia«, begann dieser und signalisierte seinem Fahrer, er könne Feierabend machen. »Aber das sollten wir nicht hier draußen tun. Können wir reinkommen?«

Julia ging zurück ins verrauchte Wohnzimmer und bot den beiden einen Platz an. Keine Stunde mehr bis zum Anruf ihres Mannes. Sie war angespannt und wollte Antworten. Jetzt von Bertie, gleich von Philipp.

Nachdem sich alle drei gesetzt hatten, erklärte Bertie, dass es sich bei dem Hauptkommissar um einen sehr erfahrenen Polizisten handele, der heute Abend lediglich als Zeuge fungiere. Sechs Ohren hörten schließlich mehr als vier. Auch könne Thoelke bei der Übergabe helfen. Und später bei der Aufklärung und Wiederbeschaffung des Lösegeldes.

Julia schaute ununterbrochen auf ihre Armbanduhr und hörte nur halbherzig zu. Sich jetzt gegen den Fremden aufzulehnen, machte keinen Sinn und so ließ sie die Erklärung über sich ergehen und nickte brav. Gleich halb sieben. Noch eine halbe Stunde. Sie stand auf und legte ihr Smartphone auf die Schnellladestation in der Küche.

»Okay, Herr …«

»Thoelke. Thoelke mit oe.«

»Ja, richtig. Also Herr Thoelke, dann möchte auch ich mich für Ihre Zeit und Ihre Hilfe bedanken«, brachte sie sich zurück ins Gespräch.

Thoelke lächelte zufrieden, während Julia ungeduldig im Sessel hin und her rutschte.

Lange würde sie diese quälende Warterei nicht mehr aushalten. Sie wollte wieder zur Ladestation eilen und sich das Handy greifen, unterdrückte den Impuls aber in letzter Sekunde. Was hätte es gebracht? Sie musste warten.

»Was soll ich denn bloß sagen, wenn Philipp anruft?«

»Das Wichtigste ist, dass du Ruhe ausstrahlst. Das wird Philipp am meisten helfen. Sei sein Fels in der Brandung und erwähne uns nicht. Bleib ruhig und fokussiert. So, wie wir es heute Nacht durchgesprochen haben. Außerdem gehe ich davon aus, dass du sowieso nicht viel wirst sagen können. Philipp wird dir nur die Details der Übergabe nennen dürfen, die du dann bitte laut wiederholst.«

»Laut wiederholen? Ist das nicht etwas …«

»Auffällig?«

»Ja, genau. Ist das nicht auffällig?«

»Nein, überhaupt nicht. Das ist in Stresssituationen ganz normal. Wenn du es laut wiederholst, kann es sich dein Gehirn besser einprägen. Keiner weiß, dass wir hier sind. Vertrau mir.«

Die Zigarette in Julias Hand war mittlerweile ausgegangen und sie suchte eine freie Stelle im überfüllten Aschenbecher. Ein unmögliches Unterfangen. Überall ragten braun verfärbte Filterenden der letzten Stunden heraus. Als sie dennoch versuchte, die Kippen noch tiefer hineinzudrücken, sprangen sie wie Laubfrösche heraus und verteilten sich auf der Tischfläche. Bertie konnte diesem Trauerspiel nicht länger zusehen und brachte kurzerhand das Gesamtkunstwerk in den Müll in der Küche.

»Was ist, wenn er sich nicht meldet?«

»Frau Asmussen«, übernahm Thoelke mit ruhiger, sonorer Stimme. »Wenn ein prominenter Anwalt, wie ihr Mann es zweifellos ist, entführt und nur wenige Stunden später eine Lösegeldforderung am Telefon gestellt wird, dann melden sich die Entführer auch zum vereinbarten Zeitpunkt. Seien Sie versichert, die melden sich.«

Julia Asmussen lauschte seiner Stimme. Und dem Inhalt.

»Ja, natürlich. Sie haben sicherlich recht. Es ist nur alles etwas viel für mich. Die ganze Situation überfordert mich.«

Dann endlich klingelte Julias Handy. Sie sprang vom Sessel auf, rannte zur Ladestation, nahm es zur Hand und wischte nach rechts.

»Da bist du ja endlich. Ich hatte mir schon ausgemalt, was ich machen würde, wenn du dich nicht meldest.«

Stille in der Leitung.

»Philipp?«, fragte sie zögerlich. »Philipp? Bist du noch dran?«

»Guten Tag, mein Name ist Igor Münch und ich wollte Sie

fragen, wie zufrieden Sie mit Ihrem Handyvertrag sind? Sie wissen sicherlich, dass dieser in drei Monaten ausläuft. Sie hatten uns beim Abschluss gestattet, Sie frühzeitig auf neue Angebote hinzuweisen.«

»Mit meinem Handyvertrag? Sind Sie von allen guten Geistern verlassen?«, schrie sie zurück. Ihre Stimme überschlug sich dabei vor Anspannung. Julia schaute auf ihre Armbanduhr. Viertel vor sieben. Wutentbrannt drückte sie den lästigen Verkäufer weg und setzte sich wieder in den Sessel. Das Warten ging weiter. Sie schwieg, ihre Fingernägel bohrten sich in die Handinnenflächen. Abwechselnd schaute sie auf Armbanduhr, Smartphone, Bertie und Thoelke. Doch nichts passierte. Alles blieb stumm. Die Minuten verstrichen. Mittlerweile war es vier Minuten nach sieben, Philipp hätte sich längst melden müssen. Sie beschwor lautstark das Handy, endlich zu klingeln, und schoss aus ihrem Sessel hoch. »Was soll das alles hier? Wieso ruft er nicht an? Ich habe doch alles getan, was die wollten. Selbst die Million in klitzekleinen Scheinen liegt hier rum.«

»Beruhige dich. Die werden sich noch melden.«

Julia schaute auf die Uhr. Fünf nach sieben.

»Wann denn?«

»Gleich.« Bertie erhob sich ebenfalls, ging zu Julia, nahm ihre linke Hand und fuhr über die geröteten Stellen auf der Innenseite. »Gleich wird er sich melden. Die wollen doch das Lösegeld.«

»Das dachte ich auch. Die Frage ist nur, warum dann das scheiß Telefon nicht klingelt?« Julia stieß Bertie weg und drehte sich zum Hauptkommissar. »Ich soll mir also keine Sorgen machen? Die Entführer melden sich zum vereinbarten Zeitpunkt. Das haben Sie mir doch vor wenigen Minuten versichert!« Julia fauchte Thoelke an. »Dass ich nicht lache.«

Der Beamte in Zivil wischte sich über die schweißnasse Stirn und schaute ebenfalls jede Minute auf die Uhr. So etwas hatte er auch noch nicht erlebt.

»Ich verstehe es nicht. Dieses Verhalten ist völlig untypisch«, murmelte er. »Sie haben alle Anweisungen Ihres Mannes beziehungsweise der Entführer befolgt.«

»Plus einen Bullen«, ergänzte Julia und schien langsam zu begreifen. »Na klar, das ist es. Die haben mich observiert und gesehen, dass hier ein Bulle auf meiner Couch sitzt.«

Als bis acht kein Anruf auf Julias Handy einging, glich das Wohnzimmer einem Sarg. Dunkel, wenig Sauerstoff und noch weniger Hoffnung. Mit schüttelndem Kopf steckte sich Julia die nächste Zigarette an und inhalierte. Doch sie hatte schon zu viel Nikotin im Körper, als dass weitere tiefe Züge eine zusätzliche beruhigende Wirkung erzielen konnten. Immer wieder überlegte sie, was außer Thoelkes Erscheinen noch Unvorhergesehenes passiert sein konnte, das ihren Mann davon abgehalten hatte, sich wie verabredet zu melden. Doch auch sie fand keine Antwort.

Umso interessierter hörte sie Thoelke zu, als dieser irgendwann die gespenstische Ruhe durchbrach und von sich aus begann, Gründe aufzuzählen, warum der Anruf ausgeblieben sein konnte. Gründe wie zum Beispiel, dass sich vielleicht der Übergabeort durch eine unvorhergesehene Baustelle als nicht mehr praktikabel herausgestellt hatte. Und dass deshalb nun ein neuer Punkt samt Fluchtweg gesucht werden musste und der Anruf erst später erfolgen konnte. Der Hauptkommissar meinte damit das Wann, das Wo und vor allem das Wie.

Dann, es war mittlerweile kurz vor zehn, erhob sich Thoelke und verabschiedete sich von Julia.

»Sie können mich jederzeit anrufen, wenn er sich noch meldet, Frau Asmussen. Egal, wie spät es ist. Bitte vergessen Sie das nicht. Sie sind nicht allein.«

Julia, die immer noch nicht recht wusste, was sie von dem Hauptkommissar halten sollte, schenkte ihm ein aufgesetztes Lächeln und bedankte sich. Dann wandte sie sich Bertie zu und flüsterte:

»Aber du bleibst doch? Ich kann heute nicht allein sein. Ich verspreche dir auch, dass du dich sofort im Gästezimmer hinlegen kannst. Ich muss nur wissen, dass jemand Vertrautes im Haus ist.«

Bertie sah in ihr überfordertes Gesicht und bejahte.

Tag 4
Samstag, 19. September 2020

Der Duft von frischem Kaffee weckte Julia. Hustend setzte sie sich auf und schaute zu Bertie in die Küche.

»Darf ich auch einen haben?«

Bertie nahm eine zweite Tasse aus dem Hängeschrank.

»Entschuldige bitte. Ich wollte dich nicht wecken, nur schnell einen Cappuccino machen und dann los. – Aber wenn du schon wach bist, kann ich dir auch gleich noch zwei Eier machen.«

»Danke, ich habe keinen Hunger.«

»Sicher? Du solltest aber etwas essen. Du weißt doch, du musst stark sein. Also, ja oder ja?«

»Okay, okay.«

»Wie möchtest du die Eier denn?«

»Gespiegelt!«

»Was?«, fragte Bertie und sah zu Julia.

»Zwei Spiegeleier auf Toast wären toll. Wenn du mich schon fragst«, antwortete sie vom Sessel aus und streckte sich – in der rechten Hand das Telefon fest umklammert. Dann stand sie auf, legte es auf die Ladestation und öffnete die Terrassentür. Und schon holte sie die erdrückende Realität wieder ein. Philipp hatte sich am Vorabend nicht gemeldet. Irgendetwas lief richtig schief und sie fragte, immer noch mit Blick in den Garten:

»Was machen wir, wenn er sich heute auch nicht meldet?«

»Lass uns bis zwölf abwarten. Sollte, und ich betone, *sollte* sich dann keiner bei dir gemeldet haben, komm ins Rathaus. Ich bin heute den gesamten Tag dort. Dann besprechen wir alles Weitere.«

»Glaubst du, dass er sich heute meldet?«

»Ja. Natürlich glaube ich das.«

Doch die Zweifel in seiner Stimme waren nicht zu überhören. Bertie brachte die Cappuccini zusammen mit den Toasts ins Wohnzimmer, wo er seinen Kaffee trank.

Kurz darauf warf er die Haustür ins Schloss und Julia war allein. Allein mit Engelchen und Teufelchen. Und so liefen alle drei zwischen Schnellladestation und Sessel hin und her und gerieten mit jedem Gang tiefer in einen Taumel aus Hoffen und Bangen. Wobei *Bangen* Julias momentane Gefühlslage bei Weitem nicht richtig erfasste. Sie war in Panik. Nicht zu wissen, warum ihr Mann sich gestern nicht gemeldet hatte, machte sie fertig. Acht oder neun Runden später klingelte es plötzlich. Sie griff nach dem Smartphone, wischte nach rechts und bemerkte dabei gar nicht, dass *Mom* auf dem Display erschienen war.

»Hallo?«, fragte sie erwartungsvoll und setzte all ihre Hoffnung auf das andere Ende der Leitung.

»Kennst du mich noch? Hier spricht deine Mutter. Was ist los mit dir? Vor zwei Tagen hast du mich einfach abgewürgt, da dachte ich, dass du dich noch mal bei mir meldest. Aber Pustekuchen. Nichts! So habe ich dich nicht erzogen.«

»Ach so, ja, nein. Hallo Mami. Alles okay. Entschuldige, es ist gerade nur viel los.« Als sie die vertraute Stimme ihrer Mutter hörte, merkte sie, wie sich erste Tränen ankündigten. Doch sie wollte sie nicht unnötig belasten und versuchte das Gespräch schnell zu beenden. »Ich melde mich die Tage bei dir. Okay?«

»Natürlich, mein Kind. Habe dich lieb. Und grüß meinen tollen Schwiegersohn. Kommt doch mal wieder beide zum Essen vorbei. Nächsten Samstag?«

Pause.

Das war zu viel. Die Tränen in Julias Augen schwappten über und liefen ihr über die Wangen. Sie beendete wortlos das Gespräch.

Gegen elf stellte sie die unberührten Toasts zurück in die Küche und brachte ihr Gesicht auf Vordermann, nahm ihren Mantel samt Handtasche, stieg ins Auto und startete den Diesel Richtung Rathaus. Dort angekommen, parkte sie im Innenhof am Hygieia-Brunnen, der leise vor sich hin plätscherte, ging über den Hintereingang durch die große Eingangshalle und links die breiten Marmorstufen hinauf. Zaghaft klopfte sie an die Tür des Innensenators. Da sie kein »Herein« hörte, öffnete sie. Sie durchschritt das unbesetzte Vorzimmer und durchquerte auch die zweite Tür.

»Nichts?«, fragte Bertie mit besorgter Miene, als er sie eintreten sah.

Julia spürte einen schweren Kloß im Hals und schüttelte den Kopf. Dann erblickte sie Thoelke, der hinten rechts an der Wand lehnte, freundlich in ihre Richtung grüßte und dann weiter auf dem Smartphone tippte.

Bertie zeigte auf ihn und flüsterte:

»Ist doch okay, oder?«

Julia war nicht erfreut, nickte aber und setzte sich auf einen Stuhl vor dem Schreibtisch, ohne Bertie aus den Augen zu lassen. Sie war ziemlich durch den Wind und rang nach Luft.

Bertie war mittlerweile aufgestanden, blickte in ihre leer wirkenden Augen, sah ein Häufchen Elend vor sich sitzen und erkannte, dass Julia sich mit dem Gedanken vertraut zu machen begann, ihr Ehemann würde sich womöglich auch heute nicht melden. Ob sie sich auch schon über das Warum Gedanken gemacht hatte, konnte er nicht einschätzen. Er reichte ihr ein Glas Sprudelwasser, gefolgt von Schweigen, in dem Julia scheinbar die

Gefahr erkannte, langsam aus dem sicheren Hafen, der ihr Halt gab, herauszufallen. Sie trank aus, schenkte sich nach, leerte auch das zweite Glas. Das Innehalten brachte ihr Pendel wieder zum Schwingen.

»Vielleicht ist es zu früh, darüber zu spekulieren«, begann Julia, »aber in meinem tiefsten Inneren habe ich geahnt, dass die Entführer doppeltes Spiel treiben könnten.«

Kaum hatte sie den Satz ausgesprochen und damit bei Bertie und Thoelke Fragezeichen erzeugt, stand sie auf, ging zum Fenster und schaute zwischen den schweren Gardinen auf den Rathausmarkt. Sie konnte sich nicht erinnern, dass der Platz je zuvor an einem sonnigen Vormittag so leer gewesen war. Klar, viele arbeiteten weiter im Homeoffice, obwohl sich die Lage in den Sommermonaten beruhigt hatte. Doch seit einigen Tagen stieg die 7-Tage-Inzidenz auch in Hamburg wieder, manche unkten bereits von einer zweiten Welle. Und selbst die Wenigen, die den Platz überquerten, waren in Eile. Keiner von ihnen blieb stehen und genoss den Augenblick.

Tja, den Augenblick genießen! Davon war auch Julia meilenweit entfernt. War es ihr überhaupt noch mal vergönnt jemals einen Moment genießen zu können? Aber vielleicht hatte Thoelke recht und es gab einen ganz trivialen Grund für Philipps Nichtmelden.

»Was meinst du mit doppeltem Spiel, Julia?«, fragte Bertie.

Sie löste sich vom Fenster und ging zum Stuhl zurück.

»Das kann man doch relativ schnell sehen. Er hat sich nicht mehr gemeldet, trotz dieser stolzen Summe von einer Million Euro.«

»In der Tat sehr ungewöhnlich«, musste Bertie bestätigen. »Andererseits reden wir erst von wenigen Stunden.«

»Bei dieser Summe wartet man doch keine 17 Stunden, vielleicht 17 Minuten«, erwiderte sie schnippisch.

Bertie nickte.

»Wir können ihn als vermisst melden.« Bertie schaute zu Thoelke und zählte vor: »Er wird mehr als 24 Stunden vermisst. Aufenthaltsort unbekannt. Gefahr in Verzug.«

»Kann ich machen. Aber was bringt das? Außer der Möglichkeit, dass die Entführer – falls sie wirklich existieren – Wind von der Beteiligung der Polizei bekommen. Das kann nach hinten losgehen«, sagte Thoelke, steckte sein Smartphone weg und setzte sich auf den letzten freien Stuhl. Dann drehte er sich zu Julia.

»Es tut mir leid, dass ich Ihnen diese Frage stellen muss. Aber könnte es sein, dass Ihr Mann eine Geliebte hat?«

Julia fuhr zusammen. Das hatte sie nicht erwartet. Nicht einmal von ihm.

»Was soll diese Frage jetzt?«, warf sich Bertie dazwischen. »Und überhaupt, *falls die Entführer wirklich existieren?*«

»Lass nur«, erwiderte Julia und hob ihre Hand. »Nein, Herr Hauptkommissar, vorstellen kann ich mir das ganz und gar nicht. Auch wenn er in letzter Zeit etwas nervöser war als sonst.«

»Nervöser? – Hatte er vielleicht doch einen brisanten Fall auf dem Schreibtisch?«

»Nein, anders nervös«, versuchte Julia näher zu beschreiben. »Eher so wie früher, wenn man auf eine neue Schule kam und nicht wusste, was einen dort erwartet. Können Sie sich daran noch erinnern? Ich meine bei meinem Mann neben einer Vorfreude auch eine Art Furcht gespürt zu haben.«

»Haben Sie ihn darauf angesprochen?«

Julia nickte und winkte gleichzeitig ab.

»Alles in bester Ordnung, hat er gesagt.«

»Es könnte danach klingen, dass eine neue Person in sein Leben getreten ist«, sagte Thoelke.

»Oder eine alte Person aus der Vergangenheit zurückgekommen ist«, ergänzte Bertie und drehte achselzuckend die Handflächen nach oben.

Thoelke schüttelte den Kopf und schloss für einen Moment die Augen. Er musste nachdenken, sich konzentrieren. Irgendetwas passte nicht.

»Ich bin ja nun der Einzige hier, der Philipp Asmussen noch nicht kennt«, begann er leise und versuchte einen neuen Punkt einzubringen. Er stockte kurz und suchte Blickkontakt zu Julia, die es bemerkenswert fand, dass der Hauptkommissar die Formulierung »noch nicht« genutzt hatte. Das gab ihr Auftrieb, dass alles nach Plan laufen und sich Philipp heute melden würde, und erzeugte ein wohliges Gefühl – das allerdings nicht lange währte. »Deshalb bin ich der Einzige, der von außen … gewissermaßen unbefangen und emotional neutral auf die letzten mittlerweile 65 Stunden schauen kann.« Thoelke räusperte sich und sprach Julia direkt an:

»Könnte es sein, dass Ihr Mann seine Entführung nur vorgetäuscht hat?«

Ein Zucken huschte über Julias hübsches Gesicht.

»Warum sollte er das tun?«, fragte sie nach ein paar Sekunden.

»Um zu verschwinden.«

»Also doch eine Geliebte?«

»Vielleicht auch aus einem anderen Grund.«

»Aber, rein hypothetisch gesehen, hätte er dann nicht noch die Million mitgenommen? Als Startkapital? Und dann gestern deshalb angerufen?«, stellte Bertie in den Raum und ließ sich auf das Gedankenspiel ein.

»Reine Ablenkung«, skizzierte Thoelke mit schneidender Stimme und steigerte sich weiter in seinen Vortrag hinein. »Wenn ich recht haben sollte, hätte Philipp Asmussen bei der Planung seiner eigenen Entführung sicher bereits an das nötigte Kleingeld gedacht.« Er strich sich gedankenverloren eine Strähne aus der Stirn. Er gefiel sich in der Rolle des weitsichtigen Aufklärers. Das war schließlich auch der Grund gewesen, warum der Hamburger Innensenator ihn um Hilfe gebeten hatte. »Also, was wissen wir von den Entführern?«

Julia hielt dem Blickkontakt stand, schwieg und fragte sich ihrerseits, wohin das hier führen sollte. Was denn für eine Geliebte? Alles Quatsch! Sie wollte doch nur diesen blöden Anruf! Nervös blinzelte sie auf das Handy. Akku voll, Lautstärke zehn, Anrufe null.

»*Nichts* wissen wir von den Entführern«, beantwortete Thoelke seine eigene Frage. »Und was *haben* wir? Einen einzigen Anruf mit Lösegeldforderung und der Ankündigung eines erneuten Anrufs. Und jetzt wird es interessant, denn dieser Anruf kam von Philipp Asmussen persönlich!«

Die Spannung im Raum war für jeden greifbar. Doch Thoelke hatte noch nicht genug. Seine Theorie brauchte eine Vollendung.

»Darf ich offen sein?« Thoelke schaute kurz zum Innensenator hinüber, als wolle er seine Erlaubnis einholen. »Wir wissen von dem Anruf Ihres Mannes mit unbekannter Nummer nur von Ihnen. Als wir gestern Abend zugegen waren, gab es keinen weiteren Anruf, was bei der Aussicht auf eine Million Euro mehr als ungewöhnlich erscheint. Es gibt auch kein Schreiben. Weder von den Entführern noch von Ihrem Mann. – Nur Ihre Aussage, dass Ihr Mann Sie, Frau Asmussen, am Mittwoch wegen einer Entführung angerufen haben soll. Das war's.«

»Und das heißt was?«, fragte Julia, sichtlich um Contenance bemüht.

»Wenn mich der Innensenator nicht inoffiziell darum gebeten hätte ihn zu beraten, würde ich umgehend einen Haftbefehl beantragen.«

»Gegen mich?«

»Ja, Frau Asmussen. Gegen Sie. Wegen des dringenden Tatverdachts, dass Sie Ihren Mann getötet haben.«

»Das geht jetzt wirklich zu weit«, schaltete sich Bertie ein. »Entschieden zu weit.«

»Nein, lass ruhig«, versuchte Julia erneut ihn zu beruhigen. »Der Hauptkommissar versucht nur zu helfen. Er sieht es als Außenstehender. Und in dieser Funktion kann man diesen Gedankengang haben.« Sie wandte sich Thoelke zu und fixierte seine blauen Augen. »Nur für das Protokoll, Herr Hauptkommissar, und lesen Sie es von meinen Lippen ab: ICH HABE MEINEN MANN WEDER ENTFÜHRT NOCH GETÖTET.«

***

Zwei Stunden später war der Zirkus im Rathaus vorbei und der Zorn auf Thoelke zurück auf dem Hoch vom Tag zuvor. Entsprechend wütend stieg Julia schließlich im Innenhof in ihren Wagen und fuhr los. Der Verkehr an der Alster hatte zugenommen. Um konzentriert zu bleiben, schaltete sie die Klimaanlage ein. 18 Grad würden sie wachhalten. Sie fuhr über Ballindamm und Glockengießerwall zur Lombardsbrücke, rechts auf den Neuen Jungfernstieg und links weiter auf die Alsterglacis, dann über Mittelweg und Alte Rabenstraße nach links in den Harvestehuder Weg. Hier bog sie nach 200 Metern in die gekieste Einfahrt ein. Eine blickdichte und frisch getrimmte Buchsbaumhecke umgab das Grundstück und schützte vor aufdringlichen Blicken der Alsterspaziergänger.

Bertie und Thoelke würden gegen sechs folgen. Auch hatte sie der Nervensäge von Hauptkommissar gestattet, ihr Telefon abzuhören. Sie versuchte mit diesem Schritt, Thoelkes Theorie und Verdächtigungen zu entkräften. Doch jetzt musste sie dringend ihre Mutter zurückrufen. Ansonsten würde sie die nächsten Tage bei ihr auf der Matte stehen. Das wollte sie auf gar keinen Fall. Doch als sie allein die Stufen zur Eingangstür emporschritt, erfasste sie die geballte Last der Situation. Sie fühlte sich matt und ausgelaugt. Sie wollte nicht telefonieren, am besten gar nicht mehr reden müssen. Julia wollte nur noch ins Haus, aufs Sofa, *Adele* aufdrehen und nichts denken müssen. Sie steckte den Schlüssel ins Schloss, drehte zweimal nach rechts und schob die Tür auf. Dann war klar, dass nicht nur ihre Mutter erst einmal warten musste, sondern auch Adele! Denn was sie hinter der Eingangstür erblickte ließ ihr fast das Blut gefrieren und ihre Handtasche zu Boden fallen. Zwischen Flur und Wohnzimmer lagen zahlreiche lose Blätter, die vorher noch nicht dort gelegen hatten. Ohne nachzudenken, wie im Rausch, ging sie durch den Flur und hob jede einzelne Seite auf. Es waren Arbeitspapiere ihres Mannes.

»Philipp?«, schrie sie reflexartig, während ihr Herz heftig gegen den Brustkorb schlug und sich die Angst in ihr ausbreitete. Keine Antwort. Natürlich nicht! Plötzlich realisierte sie die Gefahr, in der sie sich befand, sah sich gehetzt um und machte auf dem Absatz kehrt. Mit den Papieren und ihrer Handtasche rannte sie zurück in den Wagen, verriegelte mit einem Knopfdruck die Türen. Das metallische Klicken der Schlösser ließ sie etwas zur Ruhe kommen.

Was war das gerade eben? War Philipp etwa zu Hause gewesen oder wurde gerade bei ihr eingebrochen? Waren die vielleicht noch da drinnen? War sie gerade gemeinsam mit denen im Haus gewesen? Ihr wurde ganz schlecht bei dem Gedanken, dennoch wollte sie ruhig bleiben. Einatmen – ausatmen. Einatmen – ausatmen. Sie dachte an ihr inneres Pendel, zog mit zittrigen Händen das Smartphone aus der Handtasche und wählte Berties Nummer.

***

»Fehlt etwas?«, fragte Thoelke, als er dank Handyüberwachung zwölf Minuten später mit zwei Kripobeamten vor der Villa erschien und Julia nur mit allergrößter Mühe überzeugen konnte, die Wagentür zu öffnen.

»Ich glaube nicht. Aber ich weiß es nicht. Ich bin nur bis zum Wohnzimmer gekommen. Bis zum Eingang des Wohnzimmers. Dort lagen Notizen meines Mannes. Also auch im Flur. Einfach überall verstreut. Auf dem Fußboden. Dann bin ich wieder raus und habe Bertie angerufen«, sagte sie.

»Gibt es keine Alarmanlage?«

»Doch, schon.«

»Ist aber augenscheinlich nicht angegangen.«

Thoelke schien einen Moment lang zu überlegen, warf einen kurzen Blick auf die Villa, schüttelte unmerklich den Kopf und bohrte weiter:

»Stand die Haustür offen, als Sie ankamen?«

»Nein. Ich habe sie aufgeschlossen.«

»Haben Sie sonst etwas wahrgenommen? Geräusche? Irgendwas?«

»Nein, Herr Hauptkommissar. Ich bin direkt vom Rathaus auf dem kürzesten Weg über Ballindamm und Lombardsbrücke hergefahren, habe aufgeschlossen und dann …« Julia stockte und verdeckte mit beiden Händen das Gesicht.

»Wo sind die Blätter jetzt?«

Julia zeigte auf den Beifahrersitz.

»Sie haben sie angefasst?«

»Ja, natürlich. Sie lagen doch auf dem Boden. Durfte ich das nicht?«

»Sie wissen schon, dass Sie damit möglicherweise unsere Hauptspur kontaminiert haben?«

Julia lächelte verkrampft.

»Alle Achtung, Frau Asmussen. Sie verstehen es wirklich, sich immer tiefer in die Scheiße zu reiten.«

»Aber …«

»Auch wenn ich nach wie vor inoffiziell hier bin, so sind die beiden Kripobeamten in Ihrem Haus das nicht. Die beiden sind hier dienstlich tätig. Das alles ist nun aktenkundig. Lange wird Ihr Versteckspiel nicht mehr aufgehen.«

»Aber ich …«, sie brach erschöpft ab und ließ die Schultern sinken.

Thoelke beobachte sie einige Sekunden schweigend, dann schaute er erneut zur Villa hinüber.

»Gut, gut. Ich schlage vor, dass Sie vorerst im Wagen warten. Ich gehe zu den Kollegen rein. Später kommt noch die Spurensicherung. Dann sehen wir weiter.«

»Und mein Ladekabel? Der Anruf!« Julia hielt ihr Handy hoch. »14 Prozent.«

»Sie meinen die Ladestation in der Küche?«

»Nein, ich habe noch ein Ladekabel im Schlafzimmer, auf dem Nachttisch. Wenn Sie mir das bringen würden, könnte ich das Handy im Auto aufladen.«

Der Hauptkommissar verstand und ging zu den beiden Uniformierten im Haus, die sich unverändert fragten, was Thoelke von der Mordkommission hier zu suchen hatte und warum ausgerechnet er den Hinweis eines möglichen Einbruchs gab. Als die Beamten ihn ins Wohnzimmer kommen sahen, sagte Thumfeld eifrig:

»Keine Einbruchsspuren zu finden, Kollege. Weder an Haustür, Terrassentür oder Kellertür noch an den zahllosen Fenstern. Da wird uns Spusi-Boris auch nichts anderes erzählen können.«

Thumfeld ging einen Schritt auf Thoelke zu, zog sich den Mund-Nasen-Schutz vors Gesicht und fuhr monoton fort:

»Also wenn Sie mich fragen, stimmt was mit der Asmussen nicht. Werfen Sie nur mal einen Blick in den Gemüsegarten hinterm Haus. Die Hälfte davon ist Brennnessel.« Er quiekte kurz auf. »Ausgerechnet Brennnessel!«

Doch bevor Thumfeld endgültig abschweifte, kam er zurück aufs Wesentliche.

»Allerdings ist die obere Etage durcheinandergebracht worden. Betrifft das gemeinsame Schlafzimmer sowie das Arbeitszimmer. Schaut aber mehr nach einer Entrümpelungsaktion aus. – Wie gesagt, ein Einbruch hat hier heute schon allein wegen fehlender Einbruchsspuren sicherlich nicht stattgefunden.« Um seiner Aussage mehr Gewicht zu verleihen, fuchtelte er mit der rechten Hand vor der Maske herum.

»Außer der Einbrecher hatte einen Schlüssel und wusste, wonach er sucht!«, antwortete Thoelke kühl und ging, ohne eine Reaktion abzuwarten, zur angeblichen Entrümpelung nach oben.

Bald traf auch Boris Wildenstein von der Spurensicherung im Harvestehuder Weg ein und begann nach kurzem Briefing durch Thumfeld seine Utensilien auszupacken. Doch auch er konnte in den nächsten Stunden keine verwertbaren Spuren am Tatort finden. Alles schien unberührt – inklusive des Safes in Philipps Arbeitszimmer.

Indes ging Thoelke mit dem Ladekabel zurück zu Julia Asmussen.

»Kennen Sie die Zahlenkombination des Schließfachs im Arbeitszimmer, Frau Asmussen?«

Rumms!

Julias Gedanken zuckten wie Blitze durch ihren Kopf und verpufften ergebnislos. Sie dachte an Zalando, an die beiden Pakete, riss die Wagentür auf, schob Thoelke unsanft zur Seite und rannte. Sie lief durch den Flur über die Treppe direkt ins Schlafzimmer zu dem weit geöffneten Schrank und sackte dort zusammen. Ohrenbetäubendes Schweigen schloss sich an, während Julias Verstand sich mühte, das Offensichtliche zu verarbeiten. Wie in Trance schaute sie auf die geleerten Kartons. Sie konnte den Anblick nicht ertragen, schloss die Pakete, strich mit den Handflächen darüber, als ob sie damit das Geld zurückzaubern könne, und öffnete sie wieder. Doch sie blieben leer.

Inzwischen war auch Thoelke im Schlafzimmer angekommen, stand im Türrahmen, das Ladekabel in der Hand, und sah mit an, wie sich Julias Tragödie vom Öffnen und Schließen der Pakete mehrfach wiederholte. Und er fragte sich, ob sie gerade ihr Masterpiece an schauspielerischer Fertigkeit ablieferte oder ob er sie zu Unrecht verdächtigte, als sich der Vulkan entlud. Julia bekam einen Schreianfall, in dem sie nicht nur die beiden orange-weißen Kartons zerriss, sondern auch alles, was auf dem Nachttisch stand, quer durchs Zimmer schleuderte. Thoelke schritt nicht ein, sondern rief stattdessen einen Krankenwagen, der Julia wenig später zur Notversorgung ins nahegelegene Universitätskrankenhaus Eppendorf in der Martinistraße brachte.

Was für ein Tag, dachte Thoelke, als er sich kurz nach acht, immer noch ratlos in Sachen Julia, Einbruch und Entführung auf die Stufen vor der Asmussen-Villa setzte, eine Zigarette anzündete und behutsam den Feierabend einläutete. Spusi-Boris, Thumfeld und der gesamte Rest hatten sich bereits in den selbigen verabschiedet. Er genoss das Nikotin und beobachtete, wie der nun aufkommende Wind mit den Schutzhüllen der Sonnenschirme im Vorgarten spielte, als sein Handy klingelte.

Es war der Innensenator.

»Es hat sich niemand gemeldet. Den dritten Tag in Folge. Weder Philipp Asmussen noch sonst irgendwer.«

»Soll ich vorbeikommen?«

»Ich bitte darum. Danke.«

Thoelke rauchte die Zigarette zu Ende und machte sich auf den Weg ins Rathaus.

Tag 5
Sonntag, 20. September 2020

Julias Augen brannten, als sie am nächsten Vormittag aus dem Krankenhaus entlassen wurde. Der Notarzt hatte ihr ein Beruhigungsmittel gegeben, die restliche Zeit hatte sie geschlafen. Zurück in Harvestehude ging sie sofort ins Badezimmer, entfernte sich die Kontaktlinsen und legte sie in den kleinen Aufbewahrungsbehälter mit Reinigungsflüssigkeit. Dann drehte sie das Badewasser auf, fügte Unmengen an Milch-Honig-Schaumbad hinzu und setzte sich auf den Toilettendeckel. Sie konnte immer noch nicht begreifen, was gestern passiert war. Die Entführer hatten sich nicht gemeldet und die Million war futsch. Ein Zufall? Nun hatte sie Angst, im Arbeitszimmer nachzuschauen, ob zumindest der Schmuck noch da war. Doch eigentlich war auch das schon nicht mehr wichtig. Sollten sich die Entführer oder Philipp doch noch einmal melden, wäre der Schmuck bei Weitem zu wenig. Sie zog sich aus und stieg in das dampfende Wasser, ließ sich bis zum Hals in die wohlige Wärme hineingleiten, drehte den Hahn zu und schloss die Augen. Sie überlegte, ob ihr Leben noch ein Sinn hatte.

»Ich brauche ein Zeichen, ein klitzekleines Zeichen«, murmelte sie in einer Art Stoßgebet, während der Schaum zwischen ihren gefalteten Händen zerrann. »Ein Zeichen, dass alles noch gut wird.«

Doch statt eines Zeichens erschien ihr das Teufelchen, das sie fragte, ob es nicht besser sei, sich einfach die Nase zu- und für drei bis vier Minuten den Atem anzuhalten. Dann wäre sie von all den quälenden Gedanken erlöst und würde zur Ruhe kommen. Julia gefiel der Gedanke irgendwie und sie hielt sich die Nase zu, während sie mit dem Kopf langsam nach unten rutschte.

Eins, zwei, drei, vier, fünf ..., begann sie zu zählen und dachte an Philipp, meinte seine Hand auf ihrem Gesicht zu spüren. *Zehn, elf, zwölf ...*, sie dachte an die Million, an Thoelke und an seine Vorwürfe, sie habe ihren Mann getötet. *Achtzehn, neunzehn, zwanzig ...*, auch den Einbruch schien er ihr zuzuschreiben wollen. *Vierundzwanzig, fünfundzwanzig, sechsundzwan ...*

»Stopp! Nein! Aufhören!«, erklang es plötzlich vom Engelchen. »So kannst du das unmöglich stehen lassen. Erst musst du dich bei Thoelke aus der Schusslinie bringen.«

Julia schreckte hoch, verschluckte sich regelrecht und tauchte auf. Oder war es das dumpfe Klingelgeräusch an der Haustür gewesen, das ihren *Fluchtversuch* zerschnitt? Sie hob den Kopf aus der Badewanne und strich sich die Haare hinter die Ohren. Sie wollte sich vergewissern, dass sie sich nicht unter Wasser verhört hatte. Da! Es klingelte erneut. Bertie? Sie sprang aus dem Nass, warf sich einen Bademantel über, wickelte ein Handtuch um den Kopf, glitschte die Stufen hinunter und öffnete die Tür. Doch Bertie war es nicht, der geklingelt hatte, auch der unangenehme Thoelke war es nicht gewesen.

Julia kniff die Augen zusammen und erblickte einen ihr unbekannten kahlköpfigen Mann mit schmalen braunen Augen, Schnurrbart und einer silbernen Creole am linken Ohr, der sie unsicher anlächelte und zu einer Begrüßung ansetzte:

»Entschuldigen Sie die Störung am heiligen Sonntag, Frau Asmussen. – Ich bin Andreas!«

Julia lauschte reglos und wartete darauf, dass noch irgendeine Erklärung folgte. Als dies nicht geschah, fragte sie schließlich:

»Und was wollen Sie?«

»Ich würde gern mit Philipp sprechen.«

Julia zog den Bademantelgürtel enger und schlug den Kragen

hoch. Sie fühlte sich sichtlich unwohl mit dem Unbekannten vor ihrer Haustür und wollte das Gespräch schnell beenden.

»Mein Mann ist nicht da. Kann ich ihm etwas ausrichten?«

»Nun ja«, stocherte Andreas herum und kam einen halben Schritt auf Julia zu. »Es ist nur so, dass ich erst jetzt von der Existenz eines Bruders erfahren habe. Deshalb bin ich hier.«

Soll dieser Typ jetzt das erhoffte Zeichen sein?, fragte sie sich und verstand kein Wort.

»Wann ist denn Philipp wieder zurück?«

»Wenn es um eine geschäftliche Angelegenheit geht, bitte ich Sie, morgen ab neun Uhr in der Kanzlei anzurufen und einen Termin mit meinem Mann zu vereinbaren.«

»Nein, es ist privat! Philipp ist mein Bruder, also mein Halbbruder, verstehen Sie?«

»Philipp, äh, mein Mann, ist … äh … ja … unterwegs. Auf Geschäftsreise sozusagen. Und sowieso, mein Mann hat keinen Bruder, auch keinen Halbbruder. Es muss sich um ein Missverständnis oder einen schlechten Scherz handeln. Außerdem ist es gerade«, sie zeigte auf ihr Frotteeoutfit, »etwas unpassend.«

»Kann ich ihm meine Nummer aufschreiben? Dann könnte er mich anrufen, wenn er wieder zurück ist«, fragte Andreas und begann in der Innentasche nach Stift und Papier zu suchen.

Doch Julia hatte genug von dem Unfug. Sie ging einen Schritt zurück, sagte noch, dass er verschwinden solle, und schloss die Tür. Mit ordentlicher Wut im Bauch war sie nun in der richtigen *Mir-ist-alles-scheißegal-Stimmung*, um im Schließfach nach dem Schmuck zu schauen. Hauptsache, die ganzen Irren da draußen würden sie einfach nur in Ruhe lassen. Sie ging in das Arbeitszimmer ihres Mannes, setzte sich aufs Sofa und ließ ihre Augen zur großen grauen Windmühle wandern. Es sah fast so aus, als wollten sich die Flügelräder nach all den Jahren unter den heraufziehenden dunklen Wolken, die ein ordentliches Unwetter ankündigten, in Bewegung setzen. Schon seltsam! Denn die Flügel der Mühle hatten sich noch nie bewegt. Nicht einen Millimeter. Doch die apokalyptische Atmosphäre passte. Eben noch mit Engelchen und Teufelchen in der Badewanne untergetaucht, dann dieser seltsame Vogel vor der Tür. Sie erhob sich, hing die Kopie des alten Ölgemäldes »Die Mühle von Wijk bij Duurstede« von der Wand ab und starrte auf das kühl dreinblickende Kombinationsfeld des freigelegten Safes. Sie wartete noch einen Moment, dann tippte sie ihr Geburtsdatum ein. Die Elektronikanzeige bestätigte die Eingabe mit einem langgezogenen Piepton, dann schwang die Safetür auf und gab den Blick auf den Schmuckkasten frei. Sie nahm die Lederbox heraus und öffnete sie.

***

Gar nicht erst in die Schusslinie geraten wollte Thoelke selbst. Seit Tagen war er für den Innensenator inoffiziell unterwegs. Als Berater ohne Mandat. Ein Zustand, den er für die Tragweite des Falls nicht mehr als gerechtfertigt empfand und der auch ihn selbst immer mehr in die Bredouille brachte. Ihm gingen gegenüber den Kollegen schlicht die Ausreden aus, wenn sie wissen wollten, wo er sich die ganze Zeit herumtrieb. Spätestens seit er das Einbruchsdezernat informiert hatte, war es nur noch eine Frage der Zeit, bis Asmussens Verschwinden bekannt wurde. Thoelke bevorzugte die Bezeichnung »Verschwinden« gegenüber »Entführung«. Er musste mit dem Innensenator reden, danach mit Polizeipräsident Cordt Möller. Es gab einen Fall, eher zwei, und die benötigten die bestmögliche Ermittlungsarbeit in sämtliche Richtungen. Das ging aber nur, wenn man sich ohne Wenn und Aber aller Kanäle bedienen konnte – ohnehin schwer genug bei der momentanen Corona-Situation. Länger damit zu warten wäre grob fahrlässig gewesen. Und er wollte den Fall Asmussen nicht nur höchst offiziell aufhängen, er wollte ihn auch leiten.

Die dringende Notwendigkeit dazu bestätigte sich umso mehr, als er am Vormittag über Ecken Thumfelds Bericht zwischen die Finger bekam. Formulierungen wie »seltsam, warum Hauptkommissar Thoelke aus der Mordkommission in Einbruchsdelikte involviert ist«, oder »fraglich, warum und wie Hauptkommissar Thoelke als erster vom Einbruch erfahren hatte«, konnten den Vorgesetzten nur übel aufstoßen.

Thoelke rief Bertie an, der ihn umgehend ins Rathaus bat. Eine Dreiviertelstunde später hetzte er durch das unbesetzte Vorzimmer ins Büro des Innensenators und polterte ohne Begrüßungsgeplänkel los:

»Wir können so nicht weitermachen, Herr Innensenator.« Er nahm den Aktenstapel vom Stuhl vor Berties Schreibtisch, legte ihn auf den Boden ab und setzte sich. »Jetzt, wo Asmussen sich nicht mehr gemeldet hat und vom Schlimmsten auszugehen ist, müssen wir die Ermittlungen aufnehmen. Dienstlich, mit allem Drum und Dran. Sonst wird uns, ich meine natürlich mir, das Ganze so was von auf die Füße fallen, dass ich demnächst Strafzettel verteilen muss.«

Bertie schaute kurz auf und rief seiner Assistentin, die gerade das Büro verlassen wollte, hinterher:

»Können Sie uns bitte noch zwei Schümli bringen, Sandra? Danach können Sie Feierabend machen.«

Erst jetzt bemerkte der Hauptkommissar, dass er nicht allein mit dem Senator war, und schaute verlegen zu Sandra. Er sah ihr nach, bis sie das Büro verlassen hatte, und wandte sich, jetzt im Flüsterton, erneut an Bertie:

»Sie lassen Ihre Assistentin auch sonntags arbeiten?«

Bertie lächelte kurz, musterte Thoelkes besorgte Miene und widmete sich wieder seiner roten Unterschriftenmappe.

»Die reden schon über mich. Haben Sie den Bericht von diesem … diesem … Thumfeld gelesen? Der hat schon so komische Andeutungen gemacht, warum ich bei der Asmussen war und so. Vergessen Sie bitte in diesem Zusammenhang auch nicht, dass die Überwachung von Julia Asmussens Handy nirgends schriftlich beantragt wurde.« Thoelke schaute mit weit aufgerissenen Augen über den Schreibtisch und wartete auf eine Antwort …

Vergeblich.

War er zu forsch gewesen? Wie würde der Innensenator reagieren?

Erst einmal gar nicht. Denn nun kam Sandra ins Büro zurück und stellte zwei Tassen Schümli mit einem Extraschälchen aufgeschlagener Sahne neben der blauen Vase mit Nelken auf dem Schreibtisch ab. Mit einem verschmitzten Lächeln verabschiedete sie sich und ging. Bertie indes zupfte einige Blütenblätter ab und ließ sie über die Sahnehaube rieseln, mit der er seinen Schweizer Kaffee Crema bereits bekrönt hatte.

Dann endlich richtete er sich mit ernstem Gesicht an Thoelke:

»Was Sie da eben vorgetragen haben, sehe ich ganz genauso. Bereits heute Vormittag habe ich mit Polizeipräsident Möller alles in die Wege geleitet. Und ja, Sie haben recht. Da wir mittlerweile von dem Schlimmsten ausgehen müssen, werden Sie bis morgen früh ein Team aus drei Kollegen zusammenstellen und ihm als Leiter der ›Mordkommission Asmussen‹ vorstehen. Alles läuft ab morgen über Ihren Tisch. Dabei bitte ich Sie, jedem Hinweis nachzugehen, auch in Philipps engstem Umfeld, denn ich bin ausschließlich an der

Wahrheit interessiert. Das bin ich ihm, mir und nicht zuletzt meinen Wählern schuldig.«

Bertie griff nach der Tasse und schlürfte genüsslich den Inhalt runter. Absichtlich laut, weil es dann besser schmeckte. Schließlich ergänzte er:

»Aber falls Sie einen *begründeten* Verdacht gegen Frau Asmussen hegen sollten, möchte ich als Erster darüber in Kenntnis gesetzt werden. Noch bevor sie damit konfrontiert oder Ihr Team informiert wird.« Bertie tupfte sich mit einer Serviette den Sahnebart ab. »Werden Sie mir diesen Gefallen tun können?«

Tag 6
Montag, 21. September 2020

Es war gerade mal 6:05 Uhr, die Sonne schlummerte noch, als Thoelke bereits in seine Schuhe schlüpfte und den braunen Trenchcoat überzog. Sein Hund hatte kein Erbarmen und jaulte ungeduldig. *Ist ja schon gut*, dachte er übernächtigt und griff sich den Schlüsselbund. Der Innensenator hatte Thoelke noch bis nach Mitternacht mit Infos und allerlei Schümli versorgt, sodass er gerade erst eingeschlafen war. Alles in ihm sehnte sich nach Dunkelheit. So war es Bill, der sein Herrchen über den Hohenzollernring und die Elbchaussee zur Hundeauslaufzone im Rosengarten zog, wo der Bordercollie meist schnell eine Gespielin fand. Heute war es der Kurzhaardackel der frechen LIDL-Verkäuferin vom Altonaer Bahnhof. Doch lange konnte Bill seinem Amüsement nicht nachgehen – Thoelke wollte spätestens um acht im Kommissariat sein, bis halb zehn sein Team zusammengestellt haben und umgehend mit der Arbeit beginnen. Gesagt, getan. Bereits 9:20 Uhr bestieg er zusammen mit Youssef Nadi, Kommissaranwärter und mit 27 Jahren jüngstes Mitglied der neu gegründeten MOKO Asmussen, seinen Dienstwagen.

»Wir müssen zur Ferdinandstraße«, gab Thoelke die Richtung vor und schnallte sich auf dem Beifahrersitz an, während sich der Nachwuchs dem Verkehrsfluss hingab. Über die Hindenburgstraße durch den Stadtpark zur Barmbeker Straße, vorbei an Kampnagel, bog er rechts auf die Grillparzerstraße ein, folgte Hofweg und Schwanenwik, dann passierte er das Atlantic Hotel und die Kunsthalle zur Ferdinandstraße. Wenn die Pandemie einen Vorteil hatte, dann dass man in der Innenstadt einen Parkplatz fand. Sie verließen den Wagen und betraten die Kanzlei Asmussen.

»Philipp Asmussen ist zurzeit außer Haus«, begrüßte sie Petra Brandt, Vorzimmerdame und gute Fee des Ganzen.

Nadi zeigte seinen Dienstausweis.

»Ich bin Polizeikommissaranwärter Nadi, neben mir Kriminalhauptkommissar Thoelke, Leiter der Mordkommission.« Nadi schaute auf das Namensschild am Empfangstisch. »Frau Brandt, wir wissen, dass Herr Asmussen seit Mittwoch vermisst wird. Deshalb sind wir hier. Können wir uns irgendwo ungestört unterhalten?«

»Vermisst?«, fragte die Vorzimmerdame erstaunt.

»Nicht?«

Petra Brandt setzte sich den Kopfhörer auf, tippte auf das rechte Ohr.

»Bin jetzt mobil. Lassen Sie uns in den Besprechungsraum gehen.« Sie erhob sich mit ihren 1,85 Meter Körpergröße. »Wenn ich kurz vorgehen darf.« Sie versicherte sich noch einmal, dass der Kopfhörer richtig saß, und betrat den gläsernen Besprechungsraum direkt neben dem Empfangsbereich. Dabei schaute Nadi neugierig auf ihr Schuhwerk herab. Sofort erhielt er von Thoelke einen unsanften Stoß mit dem Ellenbogen, der bemerkt hatte, dass sich der Herr *Anwärter* ablenken ließ. Petra Brandt setzte sich derweil an das hintere Ende des Tisches. Von dort konnte sie sicherstellen, auch den nächsten Besuch in ihre mütterlichen Fänge aufnehmen zu können. »Oh, pardon. Habe ich ganz vergessen. Darf ich Ihnen etwas anbieten? Kaffee, Tee, Saft, Wasser? Oder Biskuits?«

Thoelke winkte ab, Nadi folgte pflichtbewusst.

»Sie sagten, Herr Asmussen wird vermisst?«

»Das ist korrekt!«

»Ich habe gestern versucht, Frau Asmussen anzurufen, nachdem sich ihr Mann seit Donnerstag nicht mehr gemeldet hatte. Er reagierte weder auf Anrufe noch auf Mails. Aber sie ging nicht ans Telefon. Was mich beruhigt hatte.«

»Beruhigt hatte?«, fiel ihr Thoelke ins Wort. »Wieso das?«

»Na ja … Sie wissen schon.« Petra Brandt machte ungelenke Bewegungen mit ihren Händen und lächelte verlegen dazu.

»Nein, ich weiß nicht!«

»Herr Asmussen war gut drauf in den letzten Tagen. Er wollte Donnerstag und Freitag ein paar Sachen abarbeiten, hatte sich die Tage von Terminen freigehalten und angekündigt, eventuell von zu Hause aus zu arbeiten«, sagte Petra Brandt. »Aber weil ich auch Frau Asmussen nicht erreicht hatte … dachte ich … dass sie sich vielleicht ein verlängertes Wochenende gegönnt haben. Ostsee, Wellness, verstehen Sie?«

»Ja. Nein. – Also leider nicht.«

»Nicht?«, hinterfragte sie, stand plötzlich auf und verließ den Besprechungsraum.

Thoelke und Nadi blickten zur Tür, der Briefträger war eingetreten und übergab die tägliche Post, dann kam sie zurückgeeilt.

»Entschuldigung. Montags ist es immer etwas mehr. Eigentlich sollte man meinen, dass wegen der Digitalisierung die Post nicht mehr gebraucht werde. Aber das Gegenteil ist der Fall. Zumindest was die Fristsachen angeht. Da verlassen sie sich dann doch auf die gute alte Post. Irgendwie auch schön, dass bestimmte Sachen bleiben.« Petra Brandt bekam rote Wangen vom Reden und stützte ihren Kopf in die Hände. »Möchten Sie vielleicht jetzt etwas trinken, meine Herren? Oder Biskuits?«

Thoelke verneinte, für beide.

»Wo waren wir nochmal stehen geblieben? Wellness?«, fragte Petra Brandt.

Nadi schaute resigniert zu Thoelke.

Der Hauptkommissar übernahm.

»Wann haben Sie Philipp Asmussen zum letzten Mal gesehen?«, fragte er, fischte sein Handy aus der Tasche, legte es in die Mitte des Tisches und startete die Aufnahme.

»Aber das sagte ich doch schon, meine Herren«, erwiderte sie und achtete darauf, von nun an die Antworten direkt in Thoelkes App zu sprechen. Sie war es nicht gewohnt, dass sich gleich zwei Männer um ihre Aufmerksamkeit bemühten. Das letzte Mal war das der dicke Bernd mit dem Cousin gewesen. Damals im Sommerlager in Bayern. Schee war's!, hatte Bernd zum Abschluss gesagt und ward nimmer gesehen. Aber zurück! »Das war am Mittwoch, hier in der Kanzlei. Ich bin an diesem Tage um halb fünf gegangen, weil ich noch einen Friseurtermin bei mir oben in Volksdorf hatte.« Petra Brandt formte einige Haarsträhnen mit den Fingern zurecht, die möglicherweise durch das Tragen des Kopfhörers in Mitleidenschaft gezogen worden waren.

»Halb fünf?«

»Ja.«

»Da sind Sie sich absolut sicher?«

Petra Brandt schnappte kurz, errötete weiter. Diesen scharfen Ton hatte sie nicht erwartet. *Das war's wohl mit Aufmerksamkeit, dachte sie. Und schee war's wieder nicht!* Dafür war es viel zu kurz. Das Bemühen.

»Mein Termin war um halb sechs und ich war pünktlich vor Ort. Ja, Herr Hauptkommissar, ich bin mir sicher.«

»Und seitdem haben Sie nichts mehr von Philipp Asmussen gehört, gelesen oder sonst irgendwas?«

»Richtig. Keine Mail, kein Anruf, nichts!«

»Können Sie uns eine Liste aller Mandanten zusammenstellen,

mit denen er vergangene Woche Termine hatte? Das Gleiche gilt für mögliche Gerichtstermine. Können Sie uns diese auflisten?«

***

Zur selben Zeit, etwa zwei Kilometer nördlich, drückte Bertie in Harvestehude ungeduldig Julias Klingelknopf. Telefonisch hatte er sie nicht erreichen können und sorgte sich. Dann endlich öffnete sich die große, hölzerne Tür des eindrucksvollen Portals.

»Du gehst nicht ans Telefon! Wieso gehst du nicht ran, Julia?« Berties Tonfall verriet seine Sorge.

Julia schaute auf seine Begleitung. Wieder einmal war er nicht allein gekommen, obwohl sie Überraschungen hasste, zumindest in Form fremder Personen vor der Haustür. Sie musterte die platinblonde Frau, die mit pinkfarbener Handtasche und strassbesetztem iPhone in der einen, Corona-Schutzmaske an der anderen Hand neben Bertie stand.

»Das ist Sophia Bogdanovich«, sagte er. »Eine gute, langjährige Freundin von mir. Sie wird uns helfen können. Bei allem, was jetzt auf uns, auf dich zukommen wird.«

Julia hob die Augenbrauen, sie fühlte sich überfahren. Dennoch lächelte sie tapfer, bedeutete Sophia, dass sie ihretwegen die Maske nicht aufzusetzen brauche, und ließ die beiden ins Haus. Berties Freundin erinnerte sie an eine Frau aus der Netflixserie, die sie gerade erst zusammen mit Philipp geschaut hatte, nur irgendwie blinkender.

»Also«, fasste Bertie nach, als sich alle drei im Wohnzimmer gesetzt hatten. Seine Stimmfarbe war wieder im Normalbereich angekommen. »Wieso konnte ich dich nicht erreichen?«

Doch Julia war noch bei Netflix. Wie hieß nur diese Serie? Zwei

Staffeln hatten sie geschaut. »Stranger Things«? »The Witcher«? »New Amsterdam«?

»Julia?«

»Äh … ja – ich habe das Telefon leise gestellt. Mir ist alles zu viel. Der Arzt im Krankenhaus hat mir dringend geraten, Stress zu vermeiden.« Julia musste kurz auflachen. »Ein Witz eigentlich! Wie bitteschön soll das gehen? Nun ja, irgendetwas wollte ich aber machen und habe mit dem Telefon angefangen. Ich weiß doch ohnehin, dass deine Kollegen alles abhören.« Sie rieb sich die Augen, musste wach werden. »Aber vor allem weiß ich, dass sich Philipp nicht mehr melden wird. Nicht nach so vielen Tagen. Ich bin doch nicht blöd!« Julia schluchzte, zog ein Taschentuch hervor und tupfte ihre Augen ab. »Bin ich eine schlechte Ehefrau?«

»Waaas?«

»Eine Ehefrau, die die letzte Verbindung zu ihrem Mann einfach kappt, indem sie das Handy leise stellt?«

»Nein, nein«, versuchte Bertie zu beruhigen. »Du hast ja erstens nur auf lautlos gestellt und zweitens recht damit, dass das LKA alle Anrufe registriert. Und ja – es war kein Anruf von Philipp dabei. Dafür aber von deiner Mutter.«

»Oh mein Gott! Was soll ich ihr bloß sagen, Bertie? Sie ruft mich täglich an und ich bügele sie immer kurzerhand ab. Wie soll ich das alles erklären, wenn ich es doch selbst nicht verstehe.«

»Soll ich mit ihr sprechen?«, brachte sich die blonde Sophia behutsam ein. »Ich kann sie hierher einladen, wir sprechen zusammen mit ihr über das, was passiert ist, und bereiten sie auf das vor, was passieren wird.«

Bertie empfand das als gute Idee. Sophia hatte ihm schon früher geholfen. Er wusste, wie gut sie auf andere eingehen konnte, und schaute gespannt zu Julia.

»Was wird denn passieren?«, fragte sie.

»Eine ganze Menge«, sagte Sophia. »Die offiziellen Ermittlungen sind heute losgegangen und …«

Julia schnitt ihr mit einer knappen Geste das Wort ab und wandte sich schockiert an Bertie:

»Aber du sagtest doch, nein, du hattest mir versprochen, dass Thoelke nur als Beobachter dabei sei und nicht offiziell ermitteln würde. Ich habe dich letzte Woche als Freund angerufen. Als Freund von Philipp und mir. Wieso wird jetzt *offiziell* ermittelt? Ich habe dir vertraut! Ich hätte dich auch nicht anrufen müssen. Viel gebracht hat es ohnehin nicht.«

»Seit dem Einbruch können wir das nicht mehr unter den Teppich kehren. Und das ist auch gut so. Sieh doch, Julia. Philipp hat sich vor fünf Tagen das letzte Mal gemeldet. Keiner weiß, was los ist.«

Julia lauschte fassungslos.

»Und wir wollen doch wissen, was los ist, oder?«

Bertie schaute zu Sophia, die das Zeichen verstand und fortfuhr:

»Aufgrund der Prominenz Ihres Mannes wird die Klatschpresse nicht lange auf sich warten lassen und eher früher als später das Haus, Sie, Ihre Angehörigen und Nachbarn belagern. Sie werden auch eigene Recherchen anstoßen und graben.«

»Graben?«

»Nach Dreck graben«, übernahm Bertie abgeklärt, »den sie in reißerische Schlagzeilen überführen, um so die Reichweite ihrer Berichte zu steigern.«

Irritiert presste Julia die Lippen zusammen.

»Aber da musst du dir keine Sorgen machen. Philipp hat doch keine Leichen im Keller, richtig? – Außerdem kann ich jetzt, da die

Ermittlungen laufen, qua meiner Funktion als Innensenator hier nicht mehr ein- und ausgehen, geschweige denn täglich anrufen.«

»Nicht?«

»Nein, meine Liebe. Dafür haben wir Sophia. Ich vertraue ihr zu einhundert Prozent. Und du wirst sehen, das kannst du auch.«

Julia schaute zu Sophia. Ihr fiel ihr warmherziges Lächeln auf. Wahrscheinlich war Berties Idee zum jetzigen Zeitpunkt die einzig richtige.

»Ja, warum nicht«, antwortete Julia, fuhr mit allen zehn Fingern durch ihre Haare und kratzte mit den Fingernägeln nervös über die Kopfhaut. »Aber bitte erst morgen oder übermorgen meine Mutter einladen. Ich kann das vorher nicht.«

»Übermorgen wird zu spät sein, besser noch heute«, antwortete Sophia und reichte Julia das Smartphone.

***

Polizeiarbeit bestand nicht allein daraus, das Vergangene zu durchleuchten und Verbindungen zu erkennen. Es galt auch, vorausschauend zu denken, Informationen zu sammeln und sie zu einem Bild zusammenzufügen. Eine Mischung aus Schweiß, harter Arbeit, Intuition und Zufällen würde schließlich, so meinte Thoelke, zu einer Lösung führen.

Cordt Möller, alter Hase und mittlerweile Polizeipräsident, sah das anders. Für Möller bestand gute Polizeiarbeit seit seiner Ausbildung aus Beobachten und Warten. Vor allem Letzterem. Umso mehr war Thoelke deshalb verwundert, dass er heute zu ihm gebeten wurde.

Pünktlich halb zwei klopfte er im fünften Stock an die Tür und betrat Möllers Vorzimmer. Patricia Stieg, Anfang 30, kesse Zahnlücke, blonder Pferdeschwanz und liebgewonnene Assistentin des

Polizeipräsidenten, schaute kurz auf und geleitete ihn umgehend zu ihrem Chef.

»Hauptkommissar Thoelke ist soeben eingetroffen!«

Möller stellte seine Tasse Kaffee ab und streckte ihm coronakonform die Faust zur Begrüßung entgegen.

»Üble Sache. Ganz üble Sache. Und so viele Anrufe«, begann er bedeutungsvoll.

Thoelke setzte sich ihm gegenüber und wartete ab. Möller war noch nicht fertig.

»Immer diese Anrufe von Gott und der Welt. Und alle wollen Antworten. Aber ich habe keine!« Möller schaute zu Thoelke. »Die schlimmsten sind die von der Presse. Die reinsten Aasgeier, finden Sie nicht?«

Thoelke, der gerade mit einer Flasche Sprudelwasser zugange war, legte diese Frage als reine Rhetorik ab und zog es vor, weiterhin zu schweigen und einzuschenken.

Möller legte den Kopf zur Seite.

»Aber die Fragen bleiben. Auch ohne Antworten.« Der Polizeipräsident spielte mit seinem Füllfederhalter, einem Geschenk seines Vorgängers. »Wo ist Philipp Asmussen? Wo ist die Million? Gab es die Million überhaupt?« Den Fragen folgte eine Pause, in der er seine Worte wohl zu überlegen schien, ehe er fortsetzte und einen imaginären Bogen spannte: »Gibt es gar einen Zusammenhang zwischen Entführung und Einbruch?«

Hastig leerte Thoelke sein Glas. Es schien, dass Möller nun fertig gesprochen und ihm den Ball zugespielt hatte, schneller als gedacht. Der Sprudel ließ ihn kurz aufstoßen, er entschuldigte sich, schob das Wasserglas beiseite und sagte:

»Herr Polizeipräsident, ich denke, dass wir uns über einen möglichen …«

»Papperlapapp, Thoelke«, unterbrach Möller. »Ich habe Ihnen das schon mehrfach gesagt. Wenn keine Kameras laufen, einfach nur *Möller.*«

»Natürlich. Sie haben recht, Herr Möller.« Thoelke wischte sich mit dem Handrücken seine Lippen ab und startete einen neuen Anlauf. »Bevor wir uns über einen möglichen Zusammenhang Gedanken machen, sollten wir überlegen, ob es überhaupt eine Entführung und einen Einbruch gegeben hat. Ich habe erhebliche Zweifel an dieser Darstellung.«

Prompt sprang der Füllfederhalter aus Möllers Fingern und rollte über die Schreibtischplatte Richtung Sprudelflasche.

»Keine Entführung? Kein Einbruch?«

»Richtig.« Thoelke lehnte sich vor, griff nach dem Stift, reichte ihn Möller und fuhr fort. »Mein Gedankengang ist folgender: Es gibt weder Anhaltspunkte bezüglich einer Entführung, noch gibt es stichhaltige Hinweise darauf, dass sich eine fremde Person gewaltsam Zutritt zu Asmussens Villa im Harvestehuder Weg verschafft hat.«

»Also keine Verbindung zwischen den beiden Ereignissen?«

»Doch, schon«, lief sich Thoelke warm. »Julia Asmussen.«

»Julia Asmussen?«

»Ja, sie ist die Verbindung.«

Was folgte, waren 25 Minuten, in denen Thoelke den Polizeipräsidenten detailliert an seiner Theorie teilhaben ließ, Julia Asmussen sei eine Meisterin darin, sich selbst und andere auf Nebengleise abzulenken. Es sei nicht nur möglich, sondern sogar sehr wahrscheinlich, dass sie ihren Mann habe verschwinden lassen und den angeblichen Einbruch zur Ablenkung inszeniert habe. Jetzt müsse nur noch, gab er sich kämpferisch, das Motiv ermittelt werden. Genau wie der Verbleib des Leichnams und die Existenz möglicher Hintermänner. Den Gedanken, Philipp Asmussen könne untergetaucht sein, tat Thoelke als unbegründet ab.

»So so«, antwortete Möller gedehnt, stand auf und schaute aus dem Fenster. Es war ein herrlicher Herbsttag mit blauem Himmel. Er liebte diesen Ausblick. »Beweise für Ihre Theorie haben Sie aber keine mitgebracht?«

»Es ist der erste Ermittlungstag, Herr Möller. Nur Indizien.«

Der Polizeipräsident genoss für ein paar weitere Sekunden die Sicht, setzte sich dann zurück zu Thoelke und widmete sich seinem abgekühlten Kaffee. Er musste nachdenken. Die nächsten klugen Fragen raushauen. *Führen durch Fragen* war seit dem letzten Führungsseminar im vergangenen Jahr sein Motto.

»Der Innensenator ist bereits involviert?«

»Ja, Herr Polizeipräsi …, ähm, Herr Möller.«

»War er stets vor Ort?«

»Ja.«

»Warum?«

»Warum?«

»Warum war der Innensenator stets vor Ort?«

»Eigentlich wäre es mir lieber, Sie würden ihn das selber fragen, Herr Möller.«

»Das werde ich tun, Thoelke. Das werde ich gewiss tun. Aber ich möchte Ihre Sicht auf die Dinge wissen. Wie passt die stete Anwesenheit des Innensenators zu Ihrer Theorie?«

»Sie kennen sich.«

»Der Innensenator und das Opfer?«

»Auch.«

»Der Innensenator und Frau Asmussen?«

Thoelke nickte vielsagend und verließ wenige Minuten später mit flauem Magen das Büro.

Tag 7
Dienstag, 22. September 2020

Die Boulevardzeitungen hatten Philipp tatsächlich auf die Titelseiten gezerrt.

Hamburger Promi-Anwalt Philipp A. (39) seit Tagen verschwunden

Julia setzte sich in den cremefarbenen Sessel und ließ Philipps Bild aus der heutigen Morgenpost auf sich wirken. Fröhlich sah er aus. Sie konnte sich auch noch genau an den Tag erinnern, als Philipp dieses Foto für die neue Kanzlei-Website hatte aufnehmen lassen. Sie hatte ihm extra für das Fotoshooting eine neue dunkelblaue Krawatte geschenkt. Er hatte gelacht, als er das aufgestickte Hamburg-Signet aus feinem, goldenem Zwirn entdeckt hatte. »Ist das nicht zu hanseatisch?«, hatte er sie gefragt und die Krawatte in der Hand hin und her gewendet.

Dann las sie den Artikel. Ihr wurde heiß, kalt und schließlich schwindelig angesichts der prophezeiten Grabungen, die sie zu vermarkten begannen. Schockiert zerknüllte sie kurzerhand die Ausgabe und warf sie auf den Boden. Es beschämte sie, so als wäre auch sie von dem Journalisten erst zur Schau gestellt und anschließend plattgemacht worden.

Sie griff nach ihrem Handy, drückte den Button für den Web-Browser und schaute im Netz nach. Auch dort dasselbe Bild. Alle regionalen Plattformen machten mit Philipp auf. Das hätte sie nicht für möglich gehalten. Doch es ging weiter, ihr Smartphone hörte gar nicht mehr auf zu vibrieren. Unzählige Textnachrichten flogen ein. Freunde und Bekannte erkundigten sich, wie es ihr gehe, ob sie helfen könnten, schrieben, dass das mit Philipp furchtbar sei, und fragten, wie es dazu hatte kommen können.

Sie schaltete in den Flugmodus und legte das Handy auf den Tisch. Es fiel ihr schwer, klar zu denken, sie war überdreht, müde und leer. Der gestrige, unschöne Besuch ihrer Mutter bis halb eins in der Nacht hatte sie endgültig über ihre Belastungsgrenze gebracht und war doch nichts im Vergleich zu dem, was noch auf sie zukommen würde. So jedenfalls Sophias Einschätzung.

Julia schaute zur Uhr, bereits neun. Bald würde Sophia Bogdanovich vorbeikommen. Ein Lichtblick. Auch wenn sie noch nicht viel über sie wusste. Doch wenn Bertie für sie bürgte, reichte ihr das. Sie ging in die Küche zur Kaffeemaschine und begann den alten Kaffeesatz auszuspülen. Es sollte sie ablenken und die Zeit überbrücken.

Plötzlich klopfte es an die Terrassentür. Julia erschrak fast zu Tode. Sie hatte einen Schatten wahrgenommen und sank intuitiv zu Boden. Hinter der Kochinsel versteckt, spürte sie ihren Puls auf 200 steigen. *Verflucht!*, dachte sie. Das Handy lag im Wohnzimmer.

Es klopfte erneut.

»Bist du da?«

Julia erkannte die Stimme und atmete erleichtert auf. Sie erhob sich, ging zur Terrassentür und öffnete Sophia.

»Ich hab mir fast in die Hose gemacht, sag mal. Ich bin im Moment so schreckhaft. Wieso klingelst du nicht?«

Sophia, mit Post und Brötchen beladen, hätte sie am liebsten in den Arm genommen und die Angst aus ihrem Gesicht verscheucht. Doch sie blieb auf Abstand, um zu verdeutlichen, dass die Corona-Beschränkungen nicht nur im Fernsehen galten.

»Ich habe geklingelt, Julia. Mindestens fünf Mal, dann habe ich es auf dem Handy versucht. Zwei Mal.«

»Ach verdammt, ich habe die Klingel ausgeschaltet und mein Telefon auch. Aber komm doch erst mal rein.«

Sophia folgte ihr in die Küche und legte ab. Brötchen, Briefe, Prospekte.

»Dein Briefkasten quoll bereits über. Und das ist nur das, was oben rauslugte.«

»Ich weiß, ich hab mir vorhin auch nur die Zeitung geschnappt, aber das hätte ich mir besser schenken sollen«, antwortete Julia mit einem resignierten Gesichtsausdruck. Die haben meinen Mann doch glatt auf die Titelseite genommen, diese A*löcher!«

»Hab schon gesehen. Aber wir müssen weitermachen, ja?«

»Mmh.«

»Wo ist denn der Briefkastenschlüssel? Ich hole den Rest.«

Julia zögerte.

»Bitte! Erstens kann etwas Wichtiges von den Entführern drin sein und zweitens macht es kein gutes Bild, wenn die Presse sieht, dass du deinen Briefkasten vernachlässigst. Die stricken gleich die nächste Schlagzeile daraus. Dann aber mit dir auf der Titelseite.«

»Da hinten!«

Sophias Blick folgte Julias ausgestrecktem Arm Richtung Anrichte im Flur.

»Wenn du magst«, fuhr Sophia fort, »können wir die Post auch gleich zusammen öffnen. Vergiss nicht, du bist nicht allein.«

Julia zuckte mit den Schultern und brachte erst einmal den fertigen Kaffee ins Wohnzimmer.

***

Zurück im Kommissariat begann Thoelke vom Besuch in der Kanzlei zu erzählen. Er reichte Brandts Liste an Youssef Nadi weiter:

»Alle anrufen, herzitieren und befragen, aber subito.«

Nadi nickte, machte Notizen in seinen Block und bestätigte.

»Das ist noch nicht alles.«

»Nicht?«

»Nein, Youssef!«, Thoelke schloss für einen kurzen Moment die Augen. Von einem Kommissaranwärter, der frisch von der Polizeiakademie kam und ihm von Möller regelrecht aufs Auge gedrückt wurde, erwartete er mehr, als nur mit Block und Stift bewaffnet zu sein. »Befrage noch den typischen Verdächtigenkreis. Verwandte, Bekannte, Nachbarn. – Und checke das Archiv nach vergleichbaren Fällen von Freiheitsberaubung.«

Nadi kritzelte mit, schaute erneut hoch und verzichtete auf eine Bestätigung. Er war bereit, die nächste Aufgabe entgegenzunehmen.

»Und ansonsten heißt es für dich: Zugucken, zuhören und von uns lernen!«

Thoelke wandte sich an Krug, seit vier Jahren Kommissar in Alsterdorf und der zweite im *Asmussen-Team*. Er bat ihn, sich den Überwachungskameras im Treppenhaus und der Garage der Kanzlei in der Ferdinandstraße anzunehmen.

»Schau dir das mal genau an, Thomas, und zusätzlich die Kameras der benachbarten Bürogebäude.« Thoelke massierte sich die Schläfen. »Außerdem gibst du eine Fahndung nach Asmussens Porsche Cayenne raus. Das Auto wird uns zu ihm führen.«

»Mach ich! – Sonst noch was?«

»Ja, mach noch 'ne Funkzellenabfrage bei Asmussens Villa im Harvestehuder Weg. Sein Anruf soll am letzten Mittwoch um 19 Uhr eingegangen sein. Wenn das korrekt ist, muss es ein Signal gegeben haben.« Doch da war noch etwas, Thoelke hatte es vergessen. In Gedanken ging er die Erinnerungen an die drei Gespräche mit Julia Asmussen durch. Freitagabend mit dem Innensenator in Harvestehude, Samstagvormittag mit dem Innensenator im Rathaus und nachmittags mit den Kollegen vom Einbruchsdezernat erneut in Harvestehude. »Ach ja! Ganz wichtig. Überprüfe noch seine Kontobewegungen. Gibt es Auffälligkeiten? Größere Barabhebungen oder Umbuchungen?«

Die Vierte im Raum, Claudia Reimann, ebenfalls Kommissarin, komplettierte die eilig zusammengestellte Mordkommission »MOKO Asmussen«. Sie sollte sich um Asmussen kümmern. Also um das, was von ihm übrig geblieben war. Thoelke ließ keinen Zweifel daran, dass er von einem Tötungsdelikt ausging.

»Wir müssen herausfinden, Claudia, wo er festgehalten, versteckt und entsorgt wurde. Kannst du bitte in Abstimmung mit der Vermisstenstelle des LKA eine großangelegte Suche in die Wege leiten und umgehend alle verfügbaren Kräfte der Hundertschaften der Bereitschaft anfordern?«

»Welcher Umkreis?«

»Gute Frage.« Thoelke schätzte ihre methodische Arbeitsweise sehr. Längst hätte sie es verdient, selbst als Hauptkommissarin eine MOKO oder sogar SOKO zu leiten. Doch der Beförderung stand das krisenanfällige Privatleben, dass viel zu oft auf Stand-by gesetzt wurde, dazwischen. Pech für sie und Glück für ihn. »Ich würde sagen, im Umkreis von einer Autostunde. Mach mal 80 Kilometer. Von Itzehoe über Neumünster und Lübeck bis Soltau.«

»Wow! Das ist viel«, entfuhr es Claudia überrascht. »Bei diesem riesigen Gebiet sollten wir noch das Rote Kreuz, die Feuerwehr und das THW anfragen. Die haben schließlich die besten Ortskenntnisse.«

»Einverstanden. Und klappere noch die Immobilienanbieter ab. Gab es in den vergangenen Monaten kurzfristige Anmietungen von Lagerräumen oder von Häusern in schwer zugänglichem Terrain. Einfach alles. Es darf kein Stein auf dem anderen bleiben.«

»Was ist mit INPOL?«

Thoelke nickte auf Claudias Frage, ob sie auch die länderübergreifende elektronische Suche angehen solle, und verließ, als sein Handy klingelte, den Besprechungsraum.

***

Der Anchorman im Fernsehstudio schaute grimmig über den Schreibtisch, als Julia am Frühabend den Fernseher einschaltete. Hastig sammelte er seine Papiere zusammen, hob den Kopf und begann Punkt viertel vor sieben in die Kamera zu sprechen:

»Es ist 18:45 Uhr, Dienstagabend. Schön, dass Sie bei uns sind. Hier ist RTL aktuell, und das sind unsere Themen: Corona-Inzidenz steigt, Deutscher Ethikrat spricht sich gegen Corona-Immunitätsausweise zum jetzigen Zeitpunkt aus, Hamburg unter Schock.

Und wir beginnen mit Hamburg. Der über die Stadtgrenzen hinaus bekannte Anwalt Philipp Asmussen ist seit Mittwoch verschwunden. Zuletzt wurde er in seiner Kanzlei an der Hamburger Binnenalster gesehen. Nachdem eine erste Geldforderung eingegangenen war, brach der Kontakt überraschend ab. Heute Vormittag nun wurde eine großangelegte Suchaktion durch die Polizei sowie die lokalen Rettungsdienste gestartet. Wir schalten nach Hamburg zu meiner Kollegin Andrea Detmold.«

Eine Frau mit dunkler Kurzhaarfrisur und Mantel erschien auf dem Bildschirm. Eilig zog sie das Mikro vor den Mund:

»Hallo Peter.«

»Hallo Andrea, was gibt es Neues im Vermisstenfall Asmussen?

Hast du neue Informationen? Wie hoch war die geforderte Lösegeldsumme? Wie geht es der Ehefrau?«

»Ich stehe hier vor der Einfahrt der Asmussen-Villa im vornehmen Hamburg-Harvestehude. Der ganze Stadtteil steht unter Schock. Philipp Asmussen lebt seit knapp vier Jahren hier. Man kennt sich, man schätzt sich. Wenn es seine Zeit zuließ, packte er – wie mir ein Anwohner erzählte – mit an, wenn in der Nachbarschaft etwas zu tun war. Bis vergangenen Mittwoch. Seitdem ist er spurlos verschwunden, gilt als vermisst. Wenn Sie, liebe Zuschauerinnen und Zuschauer, Hinweise zum Verbleib von Philipp Asmussen geben können, bitte wenden Sie sich umgehend an die örtliche Polizei oder rufen 110 an, Stichwort: Asmussen.«

»Kannst du uns noch etwas über die Höhe der Forderung mitteilen? Ist dir die Summe bekannt?«

»Nein, die ist mir nicht bekannt. Es wurde Stillschweigen darüber vereinbart. Aber ich gehe von einer siebenstelligen Summe aus. Allerdings ist das reine Spekulation.«

»Andrea, eine Frage noch. Was ist dran an den jüngsten Vorwürfen, dass die Hamburger Polizei nicht schnell genug reagiert habe und erst mit einwöchiger Verspätung die Suchaktion gestartet hat? Kannst du uns dazu etwas sagen?«

»Ja, Peter, das ist in der Tat ein Vorwurf, der seit heute hinter vorgehaltener Hand erhoben wird. Noch ist es zu früh, die Hintergründe dieser Entscheidung zu erklären, aber ja, die Sache hat einen fahlen Beigeschmack. Wir bleiben dran!«

Gänsehaut breitete sich auf Julias Körper aus, als die Bilder durch das Wohnzimmer flimmerten. Sie schaltete den Fernseher aus und blieb sitzen. Das ging schnell. Heute Morgen in der Zeitung und abends bereits in den Nachrichten. Sie dachte an das Teufelchen in der Badewanne. Vielleicht hätte sie einfach nicht wieder auftauchen dürfen. Auch an den komischen Kauz, der sie aus der Wanne geklingelt und nach Philipp gefragt hatte, musste sie denken. Er wollte ihr seine Nummer geben, doch sie hatte ihn vom Hof gejagt … Sie drehte sich zu Sophia:

»Wo hast du die Post hingelegt?«

»Liegt seit heute früh auf dem Küchentisch. Willst du jetzt, dass wir sie aufmachen?«

Julia stand auf und ging wortlos zum Küchentisch. Es war nur eine vage Hoffnung, nicht mehr als der berühmte Strohhalm, der ihr Kraft gab, sich durch den Postberg zu wühlen. Dann folgte ein innerlicher Aufschrei.

»Jawoll, da ist es doch!«, sagte Julia dankbar. »Dich hab ich gesucht.«

Sophia, die ihr gefolgt war, sah, wie sie zufrieden mit einem zerknitternden Zettel, der zwischen zwei Briefen klebte, wedelte.

»Was ist das, Julia?«

Doch Julia antwortete nicht, sondern legte das Papier auf den Tisch und versuchte es mit dem Handrücken glatt zu ziehen, als es an der Haustür läutete. Sie schreckte auf.

»Wer kann das denn jetzt schon wieder sein?«

»Ich weiß nicht«, erwiderte Sophia schulterzuckend, ging zur Haustür, gegen die nun auch noch geklopft wurde, und öffnete. Es war der Hauptkommissar, der schnellen Schrittes nur Sekunden später in Julias Küche erschien und ebenfalls mit einem Papier in der Hand wedelte. – Dann übergab er Julia den Haftbefehl und nahm sie auf der Stelle mit.

Tag 8
Mittwoch, 23. September 2020

Man sagt, Schuld verjährt nicht. Sie verfolgt einen bis in den Tod. Doch traf das wirklich zu? Bertie wusste es nicht.

Seit sieben Uhr saß er wieder am Schreibtisch. Ähnlich ratlos wie um Mitternacht, als er die Innenbehörde verlassen hatte. Was war gestern nur in Thoelke gefahren? Warum hatte er ihn nicht vor der Verhaftung informiert? Sie hatten eine Abmachung. Den Haftrichter jedenfalls hatte er in der Nacht noch überzeugen können, Julia wieder auf freien Fuß zu setzen. Es bestand weder Fluchtgefahr noch Verdunklungsgefahr. Und Wiederholungsgefahr fiel ohnehin weg. In zwei Stunden würde Sophia sie vom Untersuchungsgefängnis abholen. Doch diese eine Nacht hatte er ihr nicht ersparen können. Aber weitere. Vorerst. Thoelke würde er sich später greifen.

Bertie lehnte sich vor und schaute erneut auf den kleinen Zettel aus Asmussens Briefkasten. Julia hatte ihn bei der Verhaftung unbemerkt Sophia zugesteckt, die ihn an ihn weitergab.

> Es würde mich freuen, wenn sich Philipp bei mir melden könnte. 0173 77865887
>
> P. S.:
> Entschuldigen Sie bitte nochmals die Störung am heiligen Sonntag. Andreas :-)

***

Thoelke eilte in sein Büro und nahm den Hörer ab:

»Der Chef möchte Sie sprechen«, hörte er die Zahnlücke aus dem fünften Stock sagen.

»Natürlich. Ich mach mich gleich auf den Weg.«

»Nein!«, widersprach die Assistentin. »Ich stelle durch!«

Das ist jetzt aber mal eilig, dachte Thoelke und setzte sich hinter seinen Schreibtisch. Er versuchte sich zu sortieren, als Möllers Stimme aufheulte.

»Was hat die Hausdurchsuchung ergeben?«

»Guten Tag, Herr Möller. Die Auswertung läuft noch«, antwortete Thoelke zaghaft. Irgendetwas hatte sich beim Polizeipräsidenten geändert. Er wirkte vital und fordernd. Vielleicht war er ja verliebt?

»Papperlapapp, Kollege. Nun mal Butter bei die Fische. Was haben wir?«

»Wir haben nichts gefunden, was wir mit dem unmittelbaren Verschwinden von Philipp Asmussen in Verbindung bringen könnten. Weder in der Kanzlei noch bei Julia Asmussen zu Hause.«

»Nichts?«

»Nichts Belastendes. Nein!«

Stille am anderen Ende der Leitung.

Thoelke rutschte unbehaglich auf seinem Stuhl hin und her, überlegte, was er noch Verwertbares vortragen konnte, und redete weiter.

»Auch die Bewegungen auf seinen Konten sind für eine Person seines Kalibers im Bereich des Erwartbaren. Die Auswertung des Laptops sowie die Befragung der Mandanten läuft noch.«

»Warum dann der Haftbefehl samt Durchsuchung? Was habt ihr eigentlich gesucht in Harvestehude?«

»In erster Linie Utensilien, die auf ein gewaltsam herbeigeführtes Verschwinden hindeuten – wie Klebeband, Seil oder eine Waffe.«

»Eine Waffe? – Wenn Frauen töten, dann mit Gift«, antwortete Möller strapaziert und beendete das Gespräch.

***

Zorn, Empörung und eine Stinkwut hatten Julia alle Strapazen der Nacht in der Zelle ertragen lassen. Und Thoelke sollte erst mal einen großen Bogen um sie machen. Am besten, er würde auch verschwinden, und zwar ohne Geldforderung! Sie öffnete die schwere Ausgangstür des Untersuchungsgefängnisses, setzte sich auf die Stufen und genoss die frische Luft in ihrer Lunge. Dann schaute sie umher und erblickte Sophia, die in ihrem SUV zu telefonieren schien. Sie sprang auf, lief zur Beifahrertür und stieg ein.

»Bloß schnell weg hier!«

Sophia nickte glücklich, beendete das Gespräch und umarmte sie. Das Coronavirus war ihr egal, zu schuldig fühlte sie sich, dass sie am Abend zuvor Thoelke samt Haftbefehl ins Haus gelassen hatte.

»Es tut mir so leid, Julia!«, schluchzte sie, während ihr schwarze Wimperntusche die Wangen herunterlief. »Es tut mir so wahnsinnig leid!«

»Du kannst doch nichts dafür«, antwortete Julia tapfer, als sie sich wenig später aus der Umarmung löste. Auch ihr standen die Tränen in den Augen, die sie in den vergangenen Stunden aus Stolz unterdrückt hatte. Niemand da drinnen sollte sehen, wie sie sich fühlte. Dann wischte sie sie weg, schnallte sich an, schaute durch das Beifahrerfenster am Stacheldraht auf der Mauer entlang und fragte: »Hast du den Zettel von gestern? Den ich dir gegeben habe, von diesem Andreas?«

Sophia bejahte, legte den Rückwärtsgang ein und wendete auf dem geschotterten Parkplatz den Wagen, um über Gorch-Fock-

Wall und Lombardsbrücke Richtung Harvestehude zu fahren. Links der Außenalster über Mittelweg, Krugkoppel und Fernsicht hätte es zu dieser Uhrzeit mindestens 20 Minuten länger gedauert. Sie griff in ihre Handtasche und gab Julia eine Kopie des Zettels.

»Eine Kopie?«

»Mit einem schönen Gruß vom Innensenator.«

Julia verstand und hielt das Papier fest in ihrer Hand. Bertie beruhigte sie. Er gab ihr ein wohliges Gefühl. Sie drehte sich zu Sophia.

»Woher kennt ihr euch eigentlich?«

»Bertie und ich?«

Julia nickte.

»Ursprünglich war er mein Anwalt. Mein Scheidungsanwalt. Und zwar bei Ehe zwei und drei.«

»Wie bitte?«, fragte Julia. »Du warst schon dreimal verheiratet?«

Sophia zuckte verlegen mit den Schultern.

»Nenn mich einfach eine hoffnungslose Romantikerin.«

Julia musste schmunzeln. Sie mochte Sophias Humor.

»Naja, jedenfalls bin ich Bertie sehr dankbar. Irgendwann ist aus einer Geschäftsbeziehung eine Freundschaft geworden. Deshalb tue ich ihm, wie beispielsweise jetzt, ab und an einen Gefallen, wenn es zeitlich passt. Und seit Ehe Nummer drei habe ich eigentlich immer sehr viel Zeit. Wenn du verstehst, was ich meine.«

Julia verstand natürlich und kam zurück auf den Zettel.

»Das Original hat also Bertie?«

»Ja. Ich war gestern nach deiner Verhaftung noch in der Innenbehörde, habe ihm alles erzählt und ihm die Nachricht gegeben. Er war außer sich vor Sorge um dich und wollte ein paar Anrufe tätigen, um dich schnell wieder da rauszuholen.« Sophia schaute kurz auf die Beifahrerseite. »Er bittet dich, also uns, dass du diesen Andreas anrufst. Und denk daran, dass Thoelkes Leute mithören.«

»Thoelke«, entfuhr es Julia wütend, »der kann mich mal!«

»Ich weiß«, sagte Sophia. »Dennoch hat er nur seinen Job gemacht. Vielleicht etwas übermotiviert, aber …«

»Etwas übermotiviert?«, unterbrach Julia. »Der hat mich verhaften lassen. Rigoros eingebuchtet. Hatte kein Ohr für meine Seite der Geschichte. Dieser Idiot!«

»Aber nun bist du wieder hier und er wird sich bei dir entschuldigen, Süße.« Sophia schaute sie mit einem *Ich-weiß-doch-auch-nicht-warum-Männer-immer-so-Testosteron-gesteuert-agieren-müssen!*-Blick an und pflügte weiter durch den Verkehr.

***

Thoelke, völlig genervt von der Aufhebung des Haftbefehls, wühlte gerade in einem Stapel Papier auf seinem Schreibtisch, als Dagmar Rolffs, seit Januar Teilzeitsekretärin, ohne anzuklopfen in sein Büro stürmte.

»T'schuldigung Chef, eilige Sache. Petra Brandt ist vorne und komplett durch den Wind. Ich habe sie erst mal mit etwas Kühlem beruhigt. Sitzt jetzt im Besprechungsraum und möchte mit jemanden sprechen.«

»Besprechungszimmer 1?«

Dagmar Rolffs nickte.

Der Hauptkommissar federte aus seinem Schreibtischstuhl, eilte über den Flur zum Raum mit der Glaswand und riss die Tür auf.

»Frau Brandt, was ist denn passiert?«

»Ich fürchte, ich weiß jetzt, was mit Philipp … Philipp Asmussen passiert ist.«

»Sie wissen, was passiert ist?«, fragte Thoelke, schloss die Tür und setzte sich zu ihr.

»In vier Wochen ist doch der große Berufungstermin vor der Strafkammer. Sie wissen schon!«

Thoelke wusste nicht.

»Nein. Erzählen Sie es mir.«

Sichtlich um Fassung bemüht, berichtete Petra Brandt, dass sie am Morgen begonnen hatte, den Berufungstermin vorzubereiten, indem sie alle betreffenden Akten zur Wiedervorlage heraussuchte und die einzelnen Termine der Vorbesprechungen nachhielt. Auch musste sie sich fragen, was zu tun wäre, wenn ihr Chef in den nächsten Tagen nicht auftauchen sollte. Was wäre dann mit der Strafkammer? Wann würde sie die Unterlagen an die andere Kanzlei weiterleiten müssen, damit eine reibungslose Verteidigung gewährleistet wäre? Oder müsste sie den Termin absagen? Verschieben? Auf wann? Blass schaute sie in Thoelkes Gesicht und resümierte:

»Für die anderen geht das Leben ja schließlich weiter.«

Thoelke hörte gespannt zu und wartete auf das Aha-Erlebnis, das er nach der Pleite mit Julia Asmussen dringend benötigte.

»Darf man hier eigentlich rauchen, Herr Hauptkommissar?«, fragte Petra Brandt und hatte eine bittere Vorahnung. Sie selbst bat jeden Mandanten mit derselben Frage vor die Tür. Doch ihre Aufregung ließ sie das Risiko eingehen.

»Das geht leider nicht, Brandschutzbestimmungen. Allerdings könnte ich Sie vor die Tür begleiten. Dort haben wir eine Raucherecke eingerichtet«, antwortete Thoelke und fragte sich, warum sie eigentlich zu ihm gekommen war.

Doch Petra Brandt winkte ab, atmete tief durch und erzählte schließlich, dass die Wójcik-Akten weg seien, einfach verschwunden. Am Montag der vergangenen Woche hatten Philipp Asmussen und sie noch über den bevorstehenden Wójcik-Prozess gesprochen und beredet, was dafür vorzubereiten wäre. Da standen die Aktenordner noch fein säuberlich geordnet in der Kanzlei.

»Wójcik«, flüsterte Thoelke leise, während ihm sofort Begriffe wie Organisierte Kriminalität, Glücksspiel und Rotlicht durch den Kopf schossen. »Meinen Sie etwa die Gebrüder Wójcik?«

Brandt nickte scheu.

Thoelke konnte kaum glauben, was er da zu Gehör bekam. Seit Jahren schon biss sich die Justiz an den Wójciks die Zähne aus. Immer wieder hatte sie sich im Firmengeflecht des Clans verzettelt. Auch der Presse war es nicht besser ergangen. Jede noch so kleine Nachricht über mögliches Fehlverhalten wurde von kreativen und spitzfindigen Juristen mit Unterlassungserklärungen zugepflastert. Mehr noch: Waren die Anwälte erst einmal fertig mit ihnen gewesen, blieb der Presse meist nur noch die *Klarstellung in eigener Sache*. Höchststrafe für jeden Journalisten und Blattmacher, mit der Folge, dass gar nicht mehr über Unstimmigkeiten berichtet wurde. Was für ein Persilschein für die Jungs! So hatten sie in wenigen Jahren Millionen durch Immobiliengeschäfte angehäuft. Und dennoch fehlte den beiden etwas: gesellschaftliches Ansehen!

Aber die Wójcik-Brüder wären nicht die Wójcik-Brüder, wenn sie nicht auch hier alles versucht hätten. Gerüchten zufolge waren sie am neuesten Prestigeobjekt der Stadt, dem Elbtower, beteiligt. Der 245-Meter-Gigant, der den östlichen Abschluss der HafenCity bilden sollte, beherbergte alles, was das Investorenherz begehrte. Büroflächen, Wohnungen, Ladengeschäfte, Gastronomie. Selbst Robert de Niros Hotelkette Nobu hatte sich bereits eingemietet. Das wäre ihre Eintrittskarte in die feine Gesellschaft. Jedoch schien die Brüder vor wenigen Monaten das Glück verlassen zu haben. Die Staatsanwaltschaft Hamburg hatte begonnen zu ermitteln.

»Sie denken, die Wójcik-Brüder stecken hinter dem Verschwinden der Akten?«

»Oder diejenigen, die sie im Knast sehen wollen«, ergänzte Petra Brandt. »Aber ja, das denke ich!«

Kurzes Schweigen. Er überlegte, was das bedeuten würde.

»Ich glaube, nun brauchen wir beide eine Zigarette«, sagte Thoelke und kramte eine Schachtel aus der Schublade.

***

Die vergangenen Wochen hatten an Andreas' Nervenkostüm gezerrt und ihm alles abverlangt. Physisch wie psychisch. Er musste aufpassen, dass sein Körper keinen Tribut forderte. Noch war das Ding nicht durchgestanden. Auch musste er sich mal wieder bei der Arbeit blicken lassen, bevor er keine mehr hatte. Dementsprechend müde lag er in seiner Wohnung in Hannover-Bemerode auf der schlumpfblauen Schlafcouch im abgedunkelten Zimmer, als sein Handy vormittags kurz nach zehn klingelte. Andreas kniff die Augen zusammen. Er wollte, dass es aufhört. Es war zu früh, doch der Klingelton wurde von Mal zu Mal lauter und bohrender. Er ließ wie ferngesteuert seinen rechten Arm von der Couch herunterfallen und suchte mit den Fingern den Fußboden ab. *Irgendwo muss das Scheißding doch sein*, dachte er im Halbschlaf – bis er es zu fassen bekam. Ungehalten zog er es an sein Ohr und meldete sich:

»Wer stört?«

»Ist dort …«, erklang es am anderen Strippenende, »… Andreas? Also der Andreas, der meinen Mann Philipp Asmussen sucht?«

Ausgerechnet jetzt muss die anrufen, durchschoss es Andreas und binnen einer Sekunde stand er aufrecht im Raum.

»Ja, das bin ich«, krächzte er und rieb seine geröteten Augen. »Bist du das, Julia?«

Julia erschrak ob der vertraulichen Ansprache. Sie hatte ihm an der Haustür beileibe nicht das Gefühl gegeben, er sei willkommen. Und nun duzte er sie. *Es war eine dumme Idee ihn anzurufen*, dachte sie und wollte ihn wegdrücken.

Doch Sophia, die mithörte, ergriff ihre Hand, schüttelte den Kopf und säuselte ein leises »Nein!«.

Julia hielt inne, dachte an ihren Mann und an Bertie, schüttelte sich innerlich und war wieder in der Spur.

»Ja, hier spricht Julia Asmussen. Sie wollten, dass ich mich bei Ihnen melde.«

Andreas, ebenfalls zurück in der Spur, antwortete:

»Eigentlich wollte ich ja mit Philipp, meinem Bruder, sprechen. Ist er da?«

Jetzt fängt der schon wieder mit dem Bruder-Getue an, dachte Julia und sagte:

»Was wollen Sie von meinem Mann?«

Der Gedanke, mit einem Unbekannten über Philipp sprechen zu müssen, missfiel ihr. Doch sie hatte es Sophia versprochen, ebenso, wie Andreas zu sich nach Hause einzuladen.

»Es geht um unseren Vater«, sagte er. »Er würde ihn gerne sehen.«

»Um *unseren* Vater?«, wiederholte sie, erneut nahe dran, ihn wegzudrücken. »Was soll denn der Unfug? Mein Mann hat keinen Bruder, das habe ich Ihnen schon mal gesagt. Finden Sie das lustig?«

»Kann ich vorbeikommen? Lass uns einfach mal aussprechen. Alles klar?«

Julia war außer sich durch dieses Geduze und schaute zu Sophia, die nun mit dem Kopf nickte und ein langgezogenes »Jaaaa!« flüsterte.

»Nun ja, okay, einverstanden. Kommen Sie vorbei. Sagen wir, morgen um zwölf?«

»Alles klar! Bis morgen dann, Julia«, antwortete Andreas, zog die Gardinen auf und setzte sich bestens gelaunt zurück auf die blaue Couch.

Auf die Couch setzte sich auch Julia, doch sie war alles andere als gut aufgelegt. Alles schien ihr zu entgleiten, sie fühlte sich zunehmend fremdbestimmt und versank in Gedanken. Selbst als es zwei Stunden später an der Haustür klingelte, reagierte sie nicht.

So ging Sophia, die die Zeit genutzt und die Küche auf Vordermann gebracht hatte, schnurstracks zur Tür und öffnete.

»Sie schon wieder!«, blaffte Sophia Thoelke an und versuchte reflexartig die Tür wieder zu schließen.

Doch Thoelke hielt seinen Fuß dazwischen und erklärte, dass er heute ohne Haftbefehl, dafür mit einer Entschuldigung kam. Sophia ließ ihn daraufhin gewähren und brachte ihn ins Wohnzimmer. Thoelke setzte sich zu Julia, die durch die lautstarken Aktivitäten an der Haustür langsam wieder zurück ins Hier und Jetzt gekommen war. Bevor sie etwas sagen konnte, begann er mit einem aufgesetzten Lächeln:

»Das mit dem Haftbefehl tut mir leid, Frau Asmussen, das war überzogen von mir. Dafür möchte ich mich bei Ihnen in aller Form entschuldigen.«

Julia nahm die Worte regungslos auf. Zu sehr saß ihr die Demütigung in den Knochen.

»Dennoch«, setzte Thoelke fort, »muss ich Ihnen aber auch deutlich mitteilen, dass Sie weiterhin zum Kreis der Verdächtigen gehören, die am Verschwinden Ihres Mannes beteiligt gewesen sein könnten.« Thoelke blickte hilfesuchend zu Sophia, die ihre Unterstützung verweigerte. Er nahm einen erneuten, einen anderen Anlauf. »Wenn Sie uns doch noch etwas mitzuteilen haben, wäre das jetzt ein sehr guter Moment dafür, Frau Asmussen! Helfen Sie uns bitte, Sie zu entlasten!«

Tag 9
Donnerstag, 24. September 2020

Auch heute, den dritten Tag in Folge, hatten die Titelseiten der Regionalpresse mit Asmussens Verschwinden aufgemacht. Doch der Fokus war ein anderer geworden. »Warum erst jetzt?«, titelte beispielsweise die Morgenpost. »Hamburger Polizei bereits im Lockdown?«, fragte das Abendblatt und brachte damit die Leitungen zwischen der Innenbehörde am Johanniswall im altehrwürdigen Kontorhaus und dem Polizeipräsidium am Bruno-Georges-Platz in Alsterdorf zum Glühen.

Möller und Bertie waren sich ohne viele Worte einig, dass umgehend eine Pressekonferenz anberaumt werden müsse. Dem von den Medien skizzierten Zusammenhang, die Pandemie bremse die Polizei aus und öffne der Kriminalität in der Stadt die Tore, musste entschieden entgegengetreten werden. »Da müssen wir klare Kante zeigen«, forderte Möller.

Vier Stunden später war es so weit. Die Pressekonferenz konnte coronagerecht im halbbestuhlten Saal in Alsterdorf beginnen:

»Guten Tag, meine Damen und Herren«, eröffnete Pohl, Pressesprecher der Hamburger Innenbehörde. »Die heutige Berichterstattung der hiesigen Presse veranlasst uns dazu, den vielen möglicherweise nun verunsicherten Bürgerinnen und Bürgern unserer Stadt mitzuteilen, dass es keinerlei Grund zur Sorge gibt. Die Polizei Hamburg ist für Sie da! Auch wenn es in unserer Belegschaft hin und wieder naturgemäß zu Corona-Fällen kommt, ist für die Sicherheit weiterhin gesorgt. Die Bürgerinnen und Bürger können sich jederzeit auf uns verlassen.

Mehr noch: Unsere Stadt steht fest zusammen gegen Corona.

Durch Disziplin und Sorgsamkeit ist es uns gelungen, die schnelle Verbreitung des Virus zu stoppen. Auch wenn die Zahl der Neuinfektionen seit einigen Tagen wieder leicht steigt. Immer mehr Menschen überstehen die Infektion und alle, die eine medizinische Behandlung benötigen, können diese erhalten. Die Polizei Hamburg versucht weiterhin mit Augenmaß und sozialer Kompetenz mitzuhelfen, die von der Politik beschlossenen und erforderlichen Auflagen umzusetzen. Sowohl von den Unternehmen als auch von den Hamburger Bürgerinnen und Bürgern. Und es wäre wünschenswert, wenn dieses Handeln auch von Ihnen, den Medien, entsprechend gewürdigt würde«, sagte Pohl voller Zuversicht und trank einen Schluck Wasser.

»Was heißt das für Philipp Asmussen?«, fragte ein Vertreter der Presse von seinem Stuhl aus nach. »Hat hier das Augenmaß versagt?«

Pohl schaute zu den Gästen, versuchte den Fragenden ausfindig zu machen, räusperte sich und setzte unbeirrt fort:

»Natürlich haben sich durch die Pandemie die Einsätze der Polizei in der Hansestadt verändert. Dennoch ist trotz erhöhter Kontrollen und vieler Demonstrationen die Zahl der Überstunden dabei nicht angestiegen, da im Gegenzug einige andere Aufgaben weggefallen sind. Es ist sogar so, dass im Vergleichszeitraum zum Vorjahr weitaus weniger Überstunden angefallen sind.« Der Sprecher schaute erneut kurz zum Publikum auf und schenkte ihm einen Moment seiner Aufmerksamkeit, als erwarte er zustimmenden Beifall. Dann ergänzte er in monotonem Ton:

»Dazu gehören etwa abgesagte Großveranstaltungen wie Fußballspiele oder Konzerte. Außerdem sind Polizeieinsätze zur Unterstützung in anderen Bundesländern vielfach ausgefallen.«

»Was ist denn nun mit Asmussen?«, wurde erneut aus der dritten Reihe gefragt und Pohl kam endlich nach Corona und Geisterspielen zum aktuellen Fall.

»Solange wir den als vermisst geltenden Philipp Asmussen nicht gefunden haben, können wir uns dazu nicht weiter äußern. Nur so viel: Wir verfolgen zurzeit mehrere Spuren.«

»Warum wurde die Suchaktion erst vor drei Tagen begonnen, also eine knappe Woche nach dem Verschwinden? Ist nicht hier doch der coronabedingte Ausfall von Beamten der wahre Grund? Oder menschliches Versagen? Ein Mix aus beidem?«

Pohl sah sein Konzept der Sedierung kippen und in Gedanken bereits die Schlagzeilen von morgen. Ihm wurde schlecht dabei. Seine Zuversicht war dahin.

»Ich bitte erneut um Verständnis, dass wir zum jetzigen Zeitpunkt keine weiteren Auskünfte geben können, da dies unsere Ermittlungen gefährden könnten. Vielen Dank für Ihre Aufmerksamkeit und Zeit. Die Pressekonferenz ist hiermit beendet.«

***

Es ist wie beim Fußball: Nach der PK ist vor der PK. Thoelke kannte die Spielregeln seines Geschäftes nur zu gut. Für die nächste Pressekonferenz musste er mehr Informationen liefern. Er trommelte sein Team zusammen und begann:

»Was haben wir?«

Thomas Krug zu Thoelkes Linken startete die Antwortrunde und schlug den Laptop auf. Er berichtete, dass die Treppenhauskamera in der Ferdinandstraße zur fraglichen Zeit um 17:02 Uhr aufgezeichnet habe, wie eine Frau die Kanzlei in der dritten Etage betrat. Dieselbe Frau wurde von zwei weiteren Kameras an benachbarten Gebäuden gesichtet. Einmal um 16:51 Uhr am Ballindamm und 16:58 Uhr am Alstertor. Gute 90 Minuten später, um 18:38 Uhr, fuhr sie mit Asmussens Cayenne aus der Garage. Aus der Aufnahme der Außenkamera zu schließen allein.

»Na klar. Asmussen wird im Kofferraum gewesen sein.«

»Ist zu vermuten. Ja.«

Thoelke schaute ungeduldig auf Krug, der noch immer am Laptop rumtastete.

»Was heißt denn ‚zu vermuten'? – Gibt es keine Kamera in der Garage?«

»Leider ist Asmussens Stellplatz der erste, gleich neben der Tür. Er wird von der Kamera nicht erfasst.«

»Wie bitte?«

»Übrigens auf besonderen Wunsch von Philipp Asmussen«, ergänzte Krug, der langsam daran verzweifelte, dass er die Überwachungsfilme nicht zum Abspielen brachte. »Ich habe mit der damaligen Installationsfirma gesprochen. Asmussen hat beim Einzug extra darum gebeten.«

»Sollen wir Matthias aus der IT holen?«, mischte sich Youssef ein, der mit diesem Einwurf seinen Kollegen entlasten wollte, aber das Gegenteil bewirkte.

»Hab's doch gleich, Mann«, zischte Krug.

»Und die Kamera im Treppenhaus? Die Verdächtige wird ja wohl kaum einen ausgewachsenen Mann in ihre Handtasche gesteckt haben.«

Irgendwie muss man dieses Teil doch zum Laufen bringen können, dachte Thomas und wünschte, alle Leute würden einfach nur mal kurz die Klappe halten. Ein Versuch noch – ansonsten musste halt Matthias kommen. Er schaute über den Monitor zu Thoelke und antwortete:

»Die Frau hat beim Verlassen den internen Fahrstuhl genommen. Der führt von der Kanzlei direkt in die Garage. Wir haben keine weiteren Bewegtbilder zur Verfügung.«

»Echt jetzt?« Thoelke griff sich ungläubig an die Stirn. Wieder das bittere Lachen. »Das ist Insiderwissen. Die muss schon früher mal in dem Gebäude gewesen sein.« Er dachte an mögliche Kontrahenten der Wójcik-Brüder. »Wir müssen den Kreis der Verdächtigen erweitern und auch Handwerkerfirmen einbeziehen, die in den vergangenen, sagen wir mal, zwölf Monaten im Gebäude zugange waren.«

»Ja, Chef!«, antwortete Youssef Nadi, der sich bei diesem Punkt angesprochen fühlte.

»Das heißt, Listen erstellen und Listen abarbeiten! Bringt keinen Spaß, muss aber sein!«

»Ja, Chef!«

»Du sprachst von einer Frau?«, brachte sich zu guter Letzt auch noch Claudia in die heitere *Meine-Frage-an-Thomas-Krug*-Runde ein.

»Das ist genau der Punkt«, sagte Krug, der das IT-Problem langsam in den Griff bekam. »Von Statur und Gang her zu urteilen tippe ich nämlich eher auf einen Mann. Ein Mann in Frauenklamotten und mit Perücke. – Aber warum schaut ihr nicht einfach selbst.« Krug drehte erleichtert seinen Laptop um, sodass alle auf den Bildschirm schauen konnten, setzte ein breites Grinsen auf und ließ die Film-Festspiele beginnen.

»Noch mal!«, brummte Thoelke, nachdem er alle angeschaut hatte. »Und kannst du das Zeug etwas heller einstellen? Geht das?«

Thomas schob den Helligkeitsregler nach rechts und drückte auf Wiederholen.

»Ein Mann, eindeutig ein Mann. Aber Sonnenbrille, Mund-Nasen-Schutz, Perücke … unmöglich, da das Gesicht zu erkennen«, sagte Thoelke resigniert und drehte den Kopf im Uhrzeigersinn Richtung Frischling Youssef Nadi.

»Und?«

»Ich bin in der Ferdinandstraße und Umgebung von Gebäude zu Gebäude und Etage zu Etage gegangen. Nix.«

»Niemand hat was gesehen?«

Youssef schüttelte den Kopf.

»Und was ist mit Brandts Liste?«

»Die läuft, der nächste Mandant wartet bereits«, antwortete Youssef und deutete auf eine Tür im vorderen Bereich des Ganges.

»Konntest du alle erreichen?«

»Alle bis auf den 17-Uhr-Termin am Mittwoch, eine gewisse Hanna Müller.« Youssef Nadi zeigte auf das Standbild am Laptop. »Unser Mann in Frauenklamotten.«

Thoelkes Laune verfinsterte sich weiter. Sie hatten zwar ein Überwachungsfoto, aber das sagte nichts aus. Schweigend sah er zu Claudia. Nun lag es an ihr, die dunklen Wolken in Alsterdorf wegzuschieben. Doch es blieb bewölkt, denn die von ihr koordinierten Suchtrupps im definierten Umkreis konnten bedingt durch die Corona-Maßnahmen nur eingeschränkt mit der Arbeit beginnen. Ergebnis gleich null.

Thoelke schluckte schwer. Das war nicht das, was er gebraucht hatte. Er dachte an Möller, an die Wójciks, an die Presse, wurde deutlicher:

»Leute! In jedem noch so abgelegenen scheiß Kuhdorf gibt es irgendwo eine Oma, die am Fenster hockt. – Und was macht die da? Genau, sie glotzt den ganzen lieben Tag raus und registriert alles, was in ihrer Straße Ungewöhnliches passiert. – Findet sie!«

***

»Sie müssen Andreas sein«, begrüßte Sophia mit aufgetürmter Blondmähne und Lächeln pünktlich um zwölf den Fremden an Julias Haustür. »So kommen Sie nur herein.«

Andreas kramte seine OP-Maske hervor und kam aus dem Staunen gar nicht mehr heraus. Er wusste nicht, was er erwartet hatte, aber Sophia übertraf alles. Es war richtig gewesen, dass er Kontakt zu Philipps Frau gesucht hatte.

»Frau Asmussen wartet auf der Terrasse. Und unseretwegen brauchen Sie die Schutzmaske nicht.«

Andreas steckte sie prompt zurück in die Jackentasche und fragte sich, wer *Blondie* eigentlich war, die nun vor ihm über den Flur stöckelte? Vielleicht Philipps Haushälterin?

»Darf ich Sie fragen, wie Sie mit Nachnamen heißen?«

»Sie meinen mich?«, stotterte Andreas.

Sophia nickte und schaute ihn erwartungsvoll an.

»Linnemann. Aber nenn mich bitte nur Andreas. Andreas genügt.«

Auf der Terrasse angekommen, hielt Andreas Julia Asmussen seinen Ellbogen zum Corona-Gruß entgegen.

»Hallo Julia. Erst einmal wollte ich dir sagen, wie leid mir das tut, das mit Philipp. Das darf doch wohl alles nicht wahr sein«, begann er aufgeregt und setzte sich auf einen freien Gartenstuhl mit grüner Polsterauflage. »Diese Schweine! Wenn ich irgendwas für dich tun kann, wenn ich helfen kann, sag mir nur Bescheid. Egal, was!«

Julia blickte kurz auf und nickte, während Sophia dem Gast ein Glas Wasser einschenkte und ihn ohne große Umwege bat, seine angebliche Verbindung zu Philipp Asmussen darzulegen.

»Helfen ist ein gutes Stichwort, Herr Linnemann. Genau das ist der Punkt. In welcher Beziehung stehen Sie zu Herrn Asmussen?

Warum suchen Sie ihn? Warum hinterlassen Sie Ihre Telefonnummer? Wenn Sie uns das erklären könnten, würde uns das schon sehr helfen.«

Andreas nickte ebenfalls und begann umgehend von seinem Vater zu erzählen. Klaus Linnemann hatte Anfang der 1980er Jahre für einen Job knapp zehn Monate in der damaligen DDR gelebt und in dieser Zeit eine gewisse Jutta aus Karl-Marx-Stadt kennen und lieben gelernt. Als Jutta dann mit Enrico schwanger geworden war, wollten sie heiraten und zusammen in den Westen gehen. Doch dazu sollte es nie kommen. Irgendwann war sie weg, verschwunden. Bis heute.

»Weg?«, fiel ihm Julia ins Wort, die sich immer noch fragte, was das alles mit Philipp zu tun hatte. »Wie weg?«

»Von der Stasi einkassiert. Frauengefängnis. Arrivederci. Ciao, ciao. Ende Gelände. Alles klar?«

Verwundert schaute Julia zu Sophia.

»Weil sie schwanger war?«

»Nicht doch«, verneinte Andreas, trank aus seinem Wasserglas und setzte fort: »Jutta war politisch noch nie ganz linientreu gewesen und der Stasi deshalb bekannt. Also lange schon bevor sie meinen Vater kennen gelernt hatte und von ihm schwanger wurde. – Und dann muss sie irgendetwas getan haben, das der Partei so gar nicht gefiel und sie in den Bau brachte. Dazu kam die Beziehung zu meinem Vater und damit ihr Kontakt in den Westen. Und Haft in dieser Konstellation konnte in seltenen Fällen Zwangsadoption bedeuten.«

Julia konnte nicht glauben, was Andreas erzählte. Alles in ihrem Kopf begann zu arbeiten, das Unterbewusstsein warf die Motoren an und ahnte bereits, dass ihr das Ende dieser *Jutta-Geschichte* nicht gefallen würde.

»Zwangsadoption gab es wirklich?«

Andreas bejahte und führte weiter aus, dass der kleine Enrico nach seiner Geburt zu Adoptiveltern gebracht wurde, einem Ehepaar wie aus dem sozialistischen Bilderbuch, das sich bereits aktiv um die Lösung gesellschaftlicher Aufgaben verdient gemacht hatte. Sie Lehrerin in einer Grundschule und er Ingenieur für …

»Ingenieur für Anlagentechnik«, beendete Julia flüsternd den Satz. Das war die Verbindung gewesen. Es klang wie ein Märchen aus längst vergangenen Tagen und war doch bitter-süße Realität gewesen.

»Volle Punktzahl, Julia«, antwortete Andreas beeindruckt. »Ingenieur für Anlagentechnik ist richtig.«

Sophia schaute überrascht zu Julia.

»Woher wusstest du das?«

»Stephan, Philipps Vater, also Philipps Vater, den ich kennengelernt habe, war Ingenieur für Anlagentechnik und Anett, seine Frau, Grundschullehrerin.«

»Oh mein Gott«, rief Sophia. »Wollen Sie etwa sagen, dass Philipp mal Enrico war?«

»Und mein Halbbruder ist«, schloss Andreas und ließ von der Stille der Überraschung übernehmen, die nur von dem Geräusch einer fernen Heckenschere gestört wurde.

Julia brauchte Zeit, um das Gehörte zu verarbeiten. Sie mühte sich, ihm einen Sinn abzuringen. Andreas hingegen hatte sein Vortrag sichtlich gut getan, er schaute sich gelöst um. Und ihm gefiel immer besser, was er sah. Anwesen, Villa, Sophia. Er malte sich aus, wie es wäre, wenn Julia ihn als Schwager annähme und er sich Sophias. Natürlich sollte sie ihren Job als Haushälterin behalten. Wahrscheinlich hatte Philipp ohnehin ein Verhältnis mit ihr gehabt. Das könnte er brudermäßig weiterführen. Vielleicht sogar ausbauen. Er war schließlich Single. Doch dafür war es heute zu früh. Noch wohnte er in Hannover-Bemerode.

***

Thoelke ließ wenig nach außen dringen, das Einblick in sein wahres Selbst gewährte. Nach der verkorksten Kurzehe mit Annika vor einer halben Ewigkeit war es erst Tanja Schubert im letzten Jahr gewesen, die seine raue Schale etwas aufbrechen konnte. Sie hatte seine Neugier auf das Leben neu entfacht und einen großen Platz in seinem kleinen Leben eingenommen. Doch ihnen war nur wenig gemeinsame Zeit vergönnt gewesen. Ihre Ermordung durch Carsten Pröpper, den Elbmörder, hatte alles in ihm wieder verstummen lassen. Viele hielten sein Desinteresse für Arroganz, was dazu führte, dass er von Kollegen wie von Tatverdächtigen meist unterschätzt wurde.

Julia Asmussen erinnerte ihn in Gestik, Mimik und Optik sehr an Tanja. Und zwar so frappierend, dass es manchmal schon wehtat, wenn er sie sah. Nur dass sie seinem Gespür nach am anderen Ende der Gutmensch-Skala zu Hause war. Die Asmussen war ein Wolf im Schafspelz, so sehr sie auch versuchte, das zu verbergen. Er glaubte ihr kein einziges Wort, genoss jedoch jedes Mal ihre Nähe. Schizophren? Vielleicht! Sollte er das mal psychologisch abklären lassen? Besser nicht! Gedankenversunken umfasste er Tanjas Amulett, das er seit ihrem Tod um den Hals trug, als plötzlich die Kollegin Claudia Reimann in sein Büro hereinplatzte.

»Chef, du wolltest mich sprechen?«

»Äh … ja … setz dich bitte.« Thoelke schaute auf und drückte innerlich den *Reset-Knopf.* »Wie läuft es zu Hause?«

»Zu Hause?«

Thoelke nickte und begann einen großen Bogen zu spannen, indem er auf die jüngsten zwei Fälle zu sprechen kam, an denen sie zusammen gearbeitet hatten, und sparte dabei ihre damaligen privaten Probleme nicht aus, die sich, wie er empfand, negativ auf die Ermittlungen ausgewirkt hatten.

Claudia fühlte sich falsch wiedergegeben, hob ihre Hand und insistierte.

»Das ist unfair, so kannst du das nicht sagen!«

»Erinnerst du dich noch, wie dir der Kerl in der *Ritze* durch den Keller entwischte, nur weil dich dein Freund kurz vorm Zugriff auf dem Handy angerufen hatte? Ich glaube, er wollte sich bei dir entschuldigen und dich mit einem Essen versöhnlich stimmen? Weißt du das noch?«

»Ja, schon. Aber warum kramst du das jetzt wieder auf den Tisch? Und überhaupt, wenn ich so furchtbar nutzlos bin, warum hast du mich dann wieder angefordert? Hatten die anderen Kollegen keine Lust mehr, mit dir zusammenzuarbeiten?«, donnerte es in einem Mix aus Angepisstsein und Provokation aus ihr heraus.

Thoelke musste schmunzeln und ihr teilweise sogar recht geben. Schließlich versicherte er ihr, dass sie ein sehr wichtiger Baustein in seiner Mordkommission sei und er den Fall nur mit ihr zusammen lösen könne. Aber nur, wenn sie auch zu 110 Prozent den Kopf frei habe. Sie dürften sich keinen Fehler erlauben, da sie schon jetzt minutiös von der Presse beobachtet wurden und man sie bei einer Panne wie auf dem Kiez öffentlich filetieren würde. Er wollte ein eindeutiges Statement von Claudia. Er stand auf, öffnete das Fenster und ließ spätsommerliche Luft herein.

»Weißt du«, fuhr er fort, als er sich wieder an den Schreibtisch setzte, »ich brauche deine pure Hingabe in diesem Fall. Ohne Störfeuer. – Kann ich auf dich zählen?«

Zurück in Hannover war Andreas glücklich. Er flog auf Wolke sieben. Er hatte in Hamburg alles gegeben und hoffte auf die Krönung durch den großen Jackpot. Philipp Asmussen, so viel war jetzt schon klar, sollte sein Leben von Grund auf verändern. Egal, wie die Geschichte für ihn ausgehen mochte. Andreas trank einen großen Schluck aus der Wasserflasche und dachte daran, wie Philipp ihm eines Mittags ganz unverhofft erzählt hatte, dass er sich zeitlebens einen Bruder gewünscht habe – okay, einen älteren Bruder zwar, aber geschenkt. Das war ein seltsamer Moment für Andreas gewesen. Und auch jetzt, bei dem bloßen Gedanken daran, überzog ihn eine Gänsehaut.

Ebenso habe Philipp, erzählte er, als er sich nach dem Studium mit der eigenen Kanzlei selbstständig machte und noch nicht gleich alles rund lief, einen Bruder gebraucht. Stets habe man von ihm verlangt, stark zu sein, dabei fühlte er sich so unendlich schwach. Auch seiner hübschen Julia gegenüber, die es wohl nicht immer leicht mit ihm gehabt hatte. In diesen Momenten hatte Andreas immer kurz das Bedürfnis überkommen, Philipp sofort laufen zu lassen, ohne an das Morgen zu denken. Er war froh, dass er es nicht getan hatte. Auch hätte er dann Sophia wohl nicht kennengelernt. Nee, nee! Wie die Sache jetzt stand, war es genau richtig, bestätigte sich Andreas. Da klingelte es an der Wohnungstür. Mit der Flasche Wasser in der Hand öffnete er die Tür.

Es war sein Kumpel Ole.

»Was denn mit dir los?«, fragte der erstaunt und zeigte auf die Sprudelflasche.

»Seit März kein Alkohol, seit Juni keine Zigaretten mehr«, erwiderte Andreas und schlurfte zurück in die Wohnküche. »Das Leben ist eben nicht nur lustig. – Was willst du?«

»Was ich will? – Wollte mal *hallo* sagen, gucken, ob du überhaupt noch unter uns weilst. Bist ja seit Wochen nicht mehr bei der Maloche gewesen. Was' denn los?«

»Ach, mir geht's nicht so gut, Ole. Weiß auch nicht«, schwindelte Andreas.

»Kein Wunder, wenn du nur Wasser säufst. Wollen wir 'ne Runde durch die Gemeinde machen? Dann geht's dir gleich besser. Versprochen!«

»Nee, bloß nicht, fühl mich wirklich … irgendwie … malad.«

»Wie fühlst du dich?«

»Äh … krank.«

»Geht doch. Warum nicht gleich so?«

Andreas lächelte amüsiert, nippte weiter am Wasser und setzte sich.

»Corona kann es ja nicht sein. Dann hättest du ja brav zu Hause in Quarantäne sein müssen. Warste aber nich. Jedenfalls nich die letzten zwei Wochen. Bin nach der Arbeit jeden zweiten Tag vorbeigekommen und wollte bei dir kieken. Nie warste da. Hast wohl was Besseres laufen?«

»Blödsinn. Alles gut. Nur eine kleine Auszeit, muss doch auch mal sein.«

»Warum haste dann nich aufgemacht?«

Andreas musste dringend das Thema wechseln, stand auf, holte einen kleinen Jägermeister aus dem Schrank und gab ihn Ole.

»Wie geht's deinem Bruder? Hab lange nichts mehr von ihm gehört.«

»Achim?«, fragte Ole und zuckte nachdenklich mit den Schultern. »Seitdem er in Hamburg ist, hab ich nichts mehr von ihm gehört. Also wohl ganz gut.«

Ole öffnete das Fläschchen, belegte seinen Freund mit einem *Möge-der-Saft-mit-dir-sein!*-Anstoßspruch und leerte den Inhalt.

»Puhhh!«, entwich es Ole. Er schüttelte sich und schob den geleerten Kräuterlikör zur Seite. »Hast du auch ein Bier zum Runterspülen?«

»Sicher!«

Andreas stellte zwei Flaschen Wolters Pilsener auf den Tisch, was Ole als Anstoß ansah, ohne Punkt und Komma loszureden. Die Worte sprudelten nur so aus ihm heraus, wie das Bier hineinlief. Doch da hatte Andreas längst auf Durchzug gestellt. Seine Gedanken waren bei Sophia. Hoffentlich wäre *Blondie* am Sonntag wieder mit von der Partie.

Apropos Sonntag und nächstes Treffen, schoss es Andreas durch den Kopf. Er musste an seinen alten Herrn denken und wollte ihm ein Update wegen Enrico geben. Er müsste nur noch die Sabbeltasche loswerden. Und da gab es zu dieser Uhrzeit nur zwei Möglichkeiten: abfüllen oder mitnehmen.

Zwei Stunden später schließlich tauchte Andreas bei seinem Vater auf – zusammen mit Ole.

Tag 10
Freitag, 25. September 2020

»Was haben wir?«, startete Thoelke am nächsten Morgen in die Runde und schaute fragend zu Krug an seiner Linken. »Was gibt's Neues?«

»Was ist mit einem Aufruf im Regional-TV?«

Thoelke zog die Stirn in Falten. Er hasste es, wenn Fragen mit Gegenfragen beantwortet wurden. Vor allen Dingen, wenn diese keinen Sinn ergaben.

»Ist das auf deinem Mist gewachsen?«

Krug schüttelte den Kopf.

»Nee, die Kollegen von der Vermisstenstelle meinten, dass sei eine gute Möglichkeit, zusätzlichen Druck auf die Entführer auszuüben.«

»Nach neun Tagen Funkstille? Ist das ihr Ernst? – Wie oft soll ich es noch sagen. Philipp Asmussen ist tot! Getötet von seiner eigenen Frau oder in ihrem Auftrag«, polterte es völlig genervt aus Thoelke heraus. Dann dachte er augenblicklich an sein Sodbrennen und fuhr zurück. »Und deshalb, lieber Thomas, macht diese gut gemeinte Idee der Kollegen von der Vermisstenstelle nicht viel Sinn.«

»Aber«, erwiderte Krug, »solange wir Philipp Asmussen nicht haben, handelt es sich um einen Vermisstenfall. O-Ton der Kollegen vom Landeskriminalamt. Und irgendwie scheint denen das wichtig zu sein. Politik und so …«

»Ist es denn noch unser Fall?«, erkundigte sich Youssef Nadi und zog alle Blicke auf sich.

»Ja, Youssef. Es ist unser Fall. Der Fall der MOKO Asmussen, deren Teil du bist. – Den idiotischen Kollegen geht es nur darum herauszufinden, wer den Längeren hat.« Thoelke drehte sich zurück zu Krug und wurde nachdenklicher.

»Okay, okay. Wir wollen in Ruhe arbeiten und brauchen verdammt nochmal keine Störfeuer. Von wem auch immer! Dann sprecht halt mit der Asmussen. Fragt sie, ob sie sich so etwas vorstellen kann … und macht diesen Aufruf«, kam ihm schließlich zögerlich über die Lippen. Dann verwies er noch darauf, was die Asmussen bei dem TV-Aufruf zu beachten habe, wie sachlich zu bleiben, nicht von *ihrem Mann*, sondern von *Philipp* zu sprechen, wenig Make-up, besser gar keins zu nutzen und glaubhaft zu vermitteln, dass sie bereit sei, »jede Forderungssumme« zu bezahlen. Schließlich sollte es nicht am Geld scheitern.

***

An Geld scheiterte es auch bei den Wójcik-Brüdern nicht, die bis zu einer rechtskräftigen Verurteilung gegen hohe Kautionszahlungen auf freiem Fuß blieben. Hauptkommissar Thoelke wollte zu ihnen, ihre Sicht der Dinge bezüglich der verschwundenen Akten und des verschwunden Anwalts hören. Er hoffte auf das Überraschungsmoment und nahm an, dass sich alles andere schon irgendwie ergeben würde. Den Innensenator hatte er ebenfalls nicht über den Besuch informiert. Er wusste um die Kontakte, die die Brüder zur Hamburger Politik pflegten.

Er stieg in sein Dienstfahrzeug und fuhr während der 19-Uhr-Nachrichten auf NDR 2 los. Das Corona-Update war alles andere als ermutigend. Die 7-Tage-Inzidenz lag in den Bundesländern Bayern, Berlin und Hamburg sehr deutlich, in Nordrhein-Westfalen deutlich und in Bremen leicht über dem bundesweiten Durchschnittswert von 13,0. Insgesamt wurden in Deutschland 280.223

laborbestätigte COVID-19-Fälle an das RKI übermittelt, darunter 9.443 Todesfälle in Zusammenhang mit der Erkrankung. In drei Kreisen überschritt die 7-Tage-Inzidenz 50 Fälle pro 100.000 Einwohner: SK Hamm, SK Remscheid und LK Dingolfing-Landau. Fallhäufungen zahlreicher COVID-19-bedingter Ausbrüche, so der Radiosprecher, wurden besonders im Zusammenhang mit Feiern im Familien- und Freundeskreis, in Alten- und Pflegeheimen sowie Krankenhäusern beobachtet.

Thoelke schaute instinktiv in sein Handschuhfach, ob er noch unbenutzte OP-Masken bei sich hatte, und fädelte sich in den Abendverkehr ein. Irgendwann lichteten sich die Reihen dicht aneinander gereihter Mehrfamilienhäuser und wurden durch Einfamilienhäuser ersetzt. Parallel wurden die Grünflächen großzügiger, die Autos teurer und die Architektur kostspieliger.

Es begann zu nieseln, als Thoelke am Fuße einer herrschaftlichen Villa in der Kronprinzenstraße, Ecke Dörpfeldstraße in Hamburg-Hochkamp anhielt. Er zählte drei Überwachungskameras. Zusätzlich war das Grundstück von einer hohen Mauer umgeben. Am schmiedeeisernen Einfahrtstor betätigte er wahllos die drei namenlosen Klingelschilder. Beim dritten wurde reagiert.

»Wer da?«, ertönte eine dunkle Stimme mit osteuropäischem Akzent.

»Kommissar Thoelke, Einsatzleiter der MOKO Asmussen. Ich möchte mit Tomasz oder Andrzej Wójcik sprechen. Es geht um Philipp Asmussen.«

»Sind beide auch okay?«, witzelte die Stimme und ließ den rechten Torflügel öffnen.

Thoelke fuhr die kopfsteingepflasterte Einfahrt hoch, vorbei an der Dreiergarage, und sah im Rückspiegel, wie sich das Tor wieder schloss. Am Hauseingang parkte er neben einer bordeauxroten Jaguarlimousine und einem schwarzen 911er-Modell, stieg aus und wurde von einem Mann mit Schäferhund begrüßt.

»Guten Tag Herr Wachtmeister, folgen Sie mir. Die Brüder Wójcik sind im Billardzimmer. – Spielen Sie Billard?«

Thoelke verneinte und folgte der dunklen Stimme, die wenig später im Westflügel vorsichtig eine breite Schiebetür aufschob und ihm bedeutete, dort zu warten. Thoelke trat über die Schwelle und stand in einem weitläufigen holzvertäfelten Raum, in dessen Mitte ein großer, hochwertiger Billardtisch stand, wahrscheinlich ein Profi-Turniertisch. Hier wurde nicht nur der reinen Sportlichkeit gefrönt. Hier wurde zelebriert! Auch wenn es sich für ihn nie erschlossen hatte, was Billard mit Sport zu tun haben solle. Ähnlich erging es ihm mit der Formel 1. Bei dem einen saß man zwei Stunden im Auto und drehte seine Runden und bei dem anderen stand man, wie lange auch immer, und ließ die Kugeln rollen.

Vom Billardtisch weg schaute er sich weiter in dem verrauchten Raum um und entdeckte in der hinteren rechten Ecke eine goldene Theke, dahinter zwei breit grinsende Visagen, die ihn die ganze Zeit gemustert hatten. Sie gehörten Tomasz und Andrzej Wójcik.

»Pool?«, fragte Thoelke zur Begrüßung und imitierte mit den Armen eine Queue-Bewegung nach. Er wollte Nähe aufbauen, so hatte er es in einem Seminar gelernt. »Eisbrecher-Fragen« zur Gesprächseröffnung, die das gegenseitige Kennenlernen erleichtern sollten, indem man zu Anfang kleine persönliche Dinge preisgab.

Doch die Visagen rümpften nur die Nasen.

»Pool ist was für Anfänger. Hier wird Karambolage-Billard gespielt«, erwiderte Tomasz und meinte, dass das stupide Einlochen was für Stümper und Ignoranten sei. »Aber Sie haben sicherlich nicht den weiten Weg gemacht, um uns Ihre Billardkenntnisse zu präsentieren. Liege ich da vielleicht ganz richtig?«

»Äh, ja, richtig. Vollkommen richtig.« Thoelke schritt durch den Rauch und stellte sich mit Rang und Namen vor, während er die aktuelle Ausgabe der Morgenpost auf den Tresen legte. Er zeigte auf Philipp Asmussen. »Und?«, fragte er nach einigen Sekunden.

»Das ist einer unserer sehr geschätzten Anwälte. Guter Mann, Herr Wachtmeister, guter Mann.« Tomasz schob die Zeitung zu seinem jüngeren Bruder Andrzej rüber. Dann fragte er den Hauptkommissar: »Es heißt, er sei verschwunden. – Wo ist er?«

»Diese Antwort habe ich mir von Ihnen erhofft, meine Herren.«

Andrzej sprang vom Barhocker, ging um den Tresen auf Thoelke zu und schmiss ihm wütend die Zeitung vor die Füße.

»Was wollt ihr Bullen uns denn noch anhängen? Dass wir unseren eigenen Anwalt verschwinden lassen?«

Tomasz griff nach dem Arm seines Bruders und zog ihn zurück.

»Lass den Wachtmeister doch mal aussprechen.« Dann schaute er wieder zu Thoelke. »Möchten Sie etwas trinken? Die Bar ist offen und reich gefüllt. Hier bleibt kein Wunsch unerfüllt. Wodka, Whisky, stilles Wasser?«

Thoelke verneinte, setzte sich auf einen Barhocker und erzählte, was in der Kanzlei Asmussen passiert war. Die verschwundenen Akten ließ er raus. Die beiden Brüder waren auch jetzt schon angsteinflößend genug, wie sie so dasaßen und jedes Wort auf die Goldwaage legten. Die laufenden Ermittlungen der Staatsanwaltschaft hatten Spuren hinterlassen, die Brüder waren angezählt.

Schließlich wiederholte Tomasz Wójcik seine Frage:

»Doch wo ist er jetzt?«

»Wie gesagt, Herr Wójcik, eine Annäherung an die Antwort darauf habe ich mir bei Ihnen erhofft.«

Dieselbe Antwort zu wiederholen klang für die Brüder wie eine

Anklage. Ihnen platzte der polnische Kragen. Nun sprangen *beide* auf, beugten sich quer über den Tresen und versuchten sich Thoelke zu greifen. Der wich zurück, entschuldigte sich, erhob zur Untermauerung beschwichtigend die Hände und stand auf. Es half nichts. Die Brüder hatten genug von dem Wachtmeister und bedachten ihn mit Verachtung und heimischen Vokabeln:

»Kurwa!«

»Spierdalaj!«

»Dupek!«

»Cholera!«

»Idiota!«

»Klamca!«

»Oszalales!«

Es bedurfte keiner Übersetzung. Hauptkommissar Thoelke wurde sein Platz in der Wójcik-Nahrungskette zugewiesen. Seine Unterlegenheit war eindeutig. Dann, zum Ende der Tiraden, holte Andrzej einen gefüllten Umschlag aus einer Tresenschublade, rollte ihn in Thoelkes Zeitung und gab ihm beides. Die Stippvisite war beendet.

Tag 11
Samstag, 26. September 2020

»Heute wende ich mich direkt an Sie – die Entführer von Philipp, seit 14 Jahren mein bester Freund und geliebter Ehemann, den Sie seit zehn Tagen und Nächten in Ihrer Gewalt haben. Ich sichere Ihnen auf diesem Wege erneut meine Bereitschaft zu, auf Ihre Forderung, ganz gleich welche, ohne Abstriche einzugehen. Nur tun Sie Philipp nichts an! Melden Sie sich! Nehmen Sie bitte wieder Kontakt zu mir auf! Ich flehe Sie an. Haben Sie Erbarmen und geben Sie mir Philipp zurück. Bitte!!!«

Ganze 29 Sekunden hatte der am Vorabend ausgestrahlte Aufruf im NDR-Regionalfernsehen gedauert. 29 Sekunden, in denen Julia an die Menschlichkeit der Entführer appellierte. 29 Sekunden, in denen sich Thoelke erneut fragen musste, ob Julia Asmussen nicht doch ein Opfer war. Wie auch immer. Der Aufruf war raus und Dutzende Hinweise flogen ein, Zeugen tauchten auf. Alle wollten plötzlich die Tat oder die Täter in den vergangenen Tagen gesehen haben. – Und die Entführer? Hatten sie Julias Bitte ebenfalls verfolgt? Anscheinend, denn soeben war eine Lösegeldforderung per E-Mail eingetroffen. Doch die Summe war gestiegen und sie verlangten sie in der Kryptowährung Bitcoins.

Während sich IT-Matthias sofort dranmachte, den Weg der E-Mail zurückzuverfolgen, fuhr Thoelke mit gemischten Gefühlen nach Harvestehude und informierte Julia Asmussen über die Neuigkeiten – dass nun wieder Bewegung reingekommen sei und sie vorbereitet sein solle. Jederzeit könne ein Anruf der Entführer folgen. Sprich, sie solle das Handy immer griffbereit haben. Die verschwundenen Wójcik-Akten hingegen erwähnte er auch hier mit keinem Wort.

»2,5 Millionen Euro in was für einer Währung?«, fragte Julia überfordert. Noch immer saß sie mit verschränkten Armen im Sessel und schien etwas im Garten zu beobachten. Dass Thoelke mit einer einfachen Entschuldigung davongekommen war, gefiel ihr ganz und gar nicht. Sie selbst sah sich als friedfertige Person, bei der gleiches Recht für alle galt, doch wenn jemand versuchte, ihr Leben ins Wanken zu bringen, konnte sie auch anders.

»In Bitcoins.«

»Ich soll jetzt also am Montag zur Sparkasse fahren und Frau Brahms bitten, mir 2,5 Millionen in Bitcoins zu tauschen? – Ist es das, was Sie mir zu sagen versuchen, Herr Hauptkommissar? Wie geht das überhaupt?« Julia drehte angewidert den Kopf Richtung Thoelke. Nur schwer ertrug sie es, mit ihm im selben Raum zu sein.

»Nein. Um Gottes willen, nein. Bevor wir nicht eine erneute Bestätigung der Entführer haben, brauchen Sie erst einmal gar nichts tun. Ein erneuter Anruf wäre deshalb Voraussetzung für den nächsten Schritt. Erst dann geht es um das Geld. Allerdings könnten Sie schon mal eine *Wallet*, eine Schnittstelle, einrichten lassen. Die Übergabe der Lösegeldforderung geschieht dann in Sekundenschnelle über eine Tradingplattform mittels eines generierten Codes. Also keine schweren Pakete mehr.«

Julias Blick wanderte zurück zum Garten. Das war bekanntes Terrain. Ohne eine weitere Frage zu stellen stand sie auf, öffnete die Terrassentür und ging ein paar Schritte hinaus. Thoelke fragte sich indes, warum sie mit keinem Wort die Erhöhung des Betrages angesprochen hatte, und verfolgte sie aus den Augenwinkeln. Wäre das nicht der erste Reflex gewesen? Immerhin hatten die Entführer

1,5 Millionen Euro mehr gefordert. – Oder hatte sie es nicht erwähnt, weil sie hinter dieser Ablenkung steckte?

Irgendwann kam sie zurück.

»Woher wissen wir, dass es sich bei dieser Mail nicht um einen Trittbrettfahrer handelt?«

Oder so, dachte Thoelke und antwortete:

»Wir können zurzeit nichts ausschließen, Frau Asmussen. Umso wichtiger ist es, dass Sie beim nächsten Anruf auf alles vorbereitet sind.«

»Sie gehen davon aus, dass die mich nochmals persönlich kontaktieren?«

Thoelke fühlte sich ertappt, in eine Sackgasse gedrängt. Ausgerechnet von Julia Asmussen, die ihn so an Tanja erinnerte. Auch sie hatte die Fähigkeit besessen, ihn nach Belieben in die Enge zu treiben. Nein! Natürlich glaubte er nicht, dass sich die Entführer, die Trittbrettfahrer oder wer auch immer, erneut melden würden, da er ja bereits in Julia die Täterin, zumindest die Auftraggeberin vermutete. Aber er hatte sie zum Tanz aufgefordert und musste nun mittanzen.

»Sicher! Seit Ihrem emotionalen Aufruf im Fernsehen nur noch mehr.«

Julia setzte sich zurück in den Sessel und zündete sich eine Zigarette an:

»Und weiter?«

»Was meinen Sie?«, fragte Thoelke.

»Worauf muss ich noch vorbereitet sein, wenn die mich anrufen?«

Der Sarkasmus in ihren Worten war kaum zu überhören. Sie versuchte noch nicht einmal mehr, ihren Abscheu gegenüber Thoelke zu überspielen, und schaute ihn fordernd an. Sie wartete auf eine Reaktion.

Der Hauptkommissar wischte sich mit der flachen Hand übers Gesicht. Er erinnerte sich an die Unterredung mit dem Polizeipräsidenten am Vortag und berichtete Julia davon. Cordt Möller wollte den Entführern im Falle einer weiteren persönlichen Kontaktaufnahme eine Verschnaufpause zugestehen. Die Polizei Hamburg würde die gezielte Fahndung aussetzen, sobald es ein neues Lebenszeichen von Philipp Asmussen gäbe und dessen Freilassung unmittelbar bevorstünde. Dieses Angebot könnte Julia Asmussen zusätzlich machen. Es würde den Entführern Zeit verschaffen, Übergabe und Flucht vorzubereiten, aber vor allem Sicherheit für Philipps Freilassung bringen.

Julia lauschte und zog an der Zigarette, während der Hauptkommissar alle Mühe hatte, dieses Konstrukt des sogenannten *rechtfertigenden Notstands* zu erläutern. Sie wirkte dabei so abwesend, dass er sich am Ende nicht sicher war, ob er es geschafft hatte. Er verwies auf das Strafgesetzbuch. Der Paragraf 34, so hieß es dort, regele die Konfliktsituation zweier rechtlich geschützter Interessen und erlaube die Verletzung des von der Gesetzgebung geringer bewerteten Interesses. Und Philipps Leben stach den Strafverfolgungsanspruch der Polizei. Damit schloss Thoelke. Es reichte. Er berührte sein Amulett und verabschiedete sich Richtung Ottensen. Es war Samstag. Er hatte auch ein Privatleben oder das, was davon übrig war.

Tag 12
Sonntag, 27. September 2020

Wie besprochen hatte Andreas bei seinem nächsten Besuch in Harvestehude Dokumente seines Vaters dabei, die seine Geschichte belegen sollten. Allen voran einen an Philipp adressierten handgeschriebenen Brief, eine Kopie der DDR-Geburtsurkunde, zwei Fotos, die Klaus Linnemann im heutigen Alter von Philipp zeigten, sowie ein aktuelles Bild von ihm.

Damit fing es an.

»Er sieht sehr freundlich aus«, stellte Julia fest und reichte das Bild an Sophia weiter. »Sieh doch nur, das Grübchen an der rechten Wange hat auch Philipp. Das ist verrückt.« Julia stand auf, holte von der Kommode einen Bilderrahmen und reichte ihn Andreas. »Sehen Sie nur – dasselbe Grübchen!«

Sie zündete sich eine Zigarette an und atmete tief den Duft der Gelassenheit ein. Zum ersten Mal in diesen endlos langen Tagen formte sich in ihr der Gedanke, dass sie an dieser Sache nicht zwingend zerbrechen müsste. Andreas' Auftauchen tat ihr gut, auch wenn er noch nicht ganz *stubenrein* war. Doch sie merkte, wie sich ihre Emotionen, zumindest temporär, ordneten. Es fühlte sich erfrischend an, halbwegs zusammenhängende, heitere Gedanken zu haben. Sie musste nur weitermachen und die bösen Vibes sowie Thoelke in Schach halten. Ja, sie war gewillt weiterzumachen. Stunde um Stunde, Tag um Tag – und heute war ein guter Tag.

»Was wollen Sie trinken, Andreas?«, fragte Julia und beschenkte ihn mit einem Lächeln.

»Hast du 'n Bier? Eigentlich habe ich ja damit aufgehört, aber heute ist mir irgendwie danach.«

»Bier?«

Sie zuckte mit den Achseln, während Sophia überrascht auflachte. Ihr helles Mädchenlachen steckte an und ließ auch Julia und Andreas schmunzeln.

»Ich schau mal nach«, sagte Julia, legte die Zigarette auf dem halbvollen Aschenbecher ab, ging in den Keller und kam mit drei Flaschen Flensburger zurück. Sie drückte jedem eine in die Hand, öffnete ihre, hielt sie hoch und sagte zu Andreas: »Ich bin Julia!«

Dann ließ sie sich in die Kissen fallen, griff nach der Zigarette, zog den handgeschriebenen Brief aus dem Umschlag und begann zu lesen.

Der Ton war wie das Foto freundlich, geradezu höflich. Er begann mit den Worten »Mein lieber Enrico«. Was folgte, waren zweieinhalb Seiten, in denen der Vater vom Kennenlernen der wunderschönen, begabten und mutigen Jutta erzählte, von der Schwangerschaft, der Vorfreude auf eine glückliche Familie, der Überlegung, zusammen in den Westen zu gehen, von den Träumen, der Zukunft und der Liebe.

Julia musste immer wieder die Augen zusammenkneifen und innehalten. Es gab keinen Zweifel. Der Verfasser dieser Zeilen war der leibliche Vater von Philipp. In jeder Zeile Klaus Linnemanns erkannte sie Philipp, der wohl für immer verschwunden war.

Tag 13
Montag, 28. September 2020

Es hatte sich merklich abgekühlt und regnete seit Stunden. Der Morgen brachte nicht nur eine Veränderung des Wetters, sondern auch der Laune Julias. Von der Ausgelassenheit am Vorabend war nichts mehr übrig. Die Schwermut hatte wieder Besitz von ihr ergriffen. Doch das war nicht alles. Kaum hatte sie Bertie die Haustür geöffnet, es war kurz nach halb acht und sie noch im Bademantel, ging es sukzessive weiter.

»Was soll der Mist, Julia? Wer glaubt denn den Kram? Wer ist das überhaupt? Und wieso taucht der hier so einfach auf?«, sprudelte es an der Türschwelle bereits aus Bertie heraus.

Julia bedeutete ihm mit einer Handbewegung, er könnte gern hereinkommen, und schlich in die Küche. Was sie brauchte, war Verständnis, Ruhe und Aspirin. Was sie nicht gebrauchen konnte, waren Vorwürfe, auch wenn sie von Bertie kamen.

»Ich wünsche dir auch einen guten Morgen!«

Bertie schüttelte den Regen ab, hing das feuchte Jackett an die Garderobe und folgte.

»Wovon sprichst du überhaupt?«, fragte sie schließlich, legte sich auf die Couch und deckte sich zu.

Bertie schaute in ein erschöpftes Gesicht, sieben leere Bierflaschen sowie zwei leere Pizza-Maxi-Packungen vom Lieferdienst. Er beruhigte sich und änderte seinen Ton. Seine Wortwahl ebenso.

»Und nun: Guten Morgen, Liebes. Bitte entschuldige die frühe Störung. Ich muss auch gleich weiter, wollte mich aber kurz bei dir über diesen Andreas erkundigen. – Soll ich uns einen Kaffee machen?«

Julia rieb den Restschlaf aus den Augen, nickte und fragte:

»Ich dachte, du wolltest jetzt erst mal nicht mehr vorbeikommen? Wegen der Presse und Thoelkes Leuten?«

»Habe ich das etwa gesagt?«, fragte Bertie augenzwinkernd und ging in die Küche.

Julia lächelte und erinnerte sich, dass Bertie schon immer das Spiel mit dem Feuer gesucht hatte. Beruflich wie privat. Anders als Philipp, der sich immer doppelt und dreifach abgesichert hatte, bevor er den nächsten Schritt tat.

Dann kam Bertie wieder zurück und stellte das Tablett mit zwei großen Bechern Kaffee, einem Extraschälchen Sahne und einem Glas Wasser für Julia auf den Tisch.

»Schön, dass du wieder Sahne im Haus hast! Ist wichtig. Verleiht dem Kaffee die besondere Note.«

»Ja, Sophia ist ein wahrer Goldschatz. Sie denkt einfach an alles.«

Bertie setzte sich.

»Also Julia, was ist das mit diesem Andreas? Wo kommt er so plötzlich her und was will er von dir?«

Julia nahm den Becher, er war noch heiß. Dabei fiel ihr Blick auf den Umschlag von Klaus Linnemann, der seit gestern dort lag. Sie schaute zu Bertie.

»Ist der Brief von ihm? Darf ich?«

Julia nickte, während sie den Kaffee mit dem Löffel umrührte.

»Aber sicher.«

Bertie holte das Papier heraus, las und verzog keine Miene. Im Anschluss steckte er das Schreiben wieder in den Umschlag, nahm seinen Becher und lehnte sich zurück. Er lächelte, ohne die Lider zu heben, rang nach den richtigen Worten und fragte:

»Beweise für das alles hat dieser Andreas sicherlich mitgeliefert!?«

Julia reichte ihm die Geburtsurkunde.

»Hm … das bezeugt aber nur die Geburt eines gewissen Enrico Barkhaus, geboren in Karl-Marx-Stadt, DDR, am 11. April 1981.«

»Genau.«

Bertie schaute auf.

»Na und?«

»11. April!«

»Was ist damit?«

»Es ist Philipps Geburtstagsdatum.«

Bertie schaute zurück zur Kopie in seinen Händen und kräuselte die Stirn.

»Zufall?«

Julia schob nun noch die Fotos von Klaus Linnemann über den Tisch und stand auf, um sich eine Aspirin aus der Küche zu holen. Sie fühlte sich wie eine Schülerin vor einer Prüfung. Die Aufregung stieg. Auf dem Rückweg blieb sie vor dem Panoramafenster stehen und blickte in den Regen.

»Schau dir bitte diese Ähnlichkeit an, Bertie. Kann das Zufall sein?«

Er legte die Aufnahmen nebeneinander auf den Tisch, im Wohnzimmer wurde es mucksmäuschenstill. Plötzlich stockte sein Blick. Das hatte er nicht erwartet. Er nahm eins der Fotos in die Hand, das Klaus Linnemann vor einer orangefarbenen kleinen Einbauküche zeigte, und hielt es Julia hin:

»Hast du das Grübchen gesehen? Das an der rechten Wange?«

»Sag ich doch, Bertie! Bist du jetzt bei mir?«

»Hast du den Vater schon getroffen? Es könnte immer noch ein Zufall sein.«

»Das glaubst du doch selbst nicht bei dieser Ähnlichkeit. Schau dir bitteschön die angewachsenen Ohrläppchen an, die Linien des Mundes.«

Bertie legte das Foto beiseite. Nie hatte er auf die Ohrläppchen, geschweige denn die Linien von Philipps Mund geachtet. Er wurde sachlich.

»Aber denk doch mal ganz nüchtern.«

»Woran?«

»An eure Hochzeit zum Beispiel.«

»Was ist mit unserer Hochzeit? Ich erinnere mich gern daran zurück. Es war der schönste Tag in meinem Leben, ein rauschendes Fest mit bestem Sommerwetter, den engsten Freunden und der Familie. Du warst selbst mit dabei.«

»Schon richtig, Julia, aber ich meine die Vorbereitungen, den ganzen Papierkram. Standesamt, Kirche.«

Langsam dämmerte ihr, worauf er hinauswollte. Sie selbst war ja auch anfangs skeptisch gewesen, hatte Andreas sogar unwirsch vom Hof gejagt. – Hatte sie ihre Skepsis zu schnell über Bord geworfen? War der bloße Gedanke an eine Familienerweiterung in Form eines Bruders von Philipp und des Vater so verführerisch gewesen, dass sie einem Schwindel aufgesessen war? Weil der gestrige Besuch von Andreas ihr zum ersten Mal seit Tagen so etwas wie ein gutes Gefühl, ein Ja zum Weitermachen vermittelt hatte? Sie war unsicher, sie hasste dieses Gefühl. Warum musste Bertie auch morgens zu ihr kommen und alles infrage stellen? Sie setzte sich zurück auf die Couch und warf die Tablette ins Glas.

»Familienbuch, Urkunden. Nirgends gab es einen Hinweis darauf, dass Philipp einen Bruder hat«, zählte Bertie auf und schüttelte vorsichtig den Kopf. »Geschweige denn, dass er adoptiert wurde.«

»Andererseits reden wir von Karl-Marx-Stadt in der DDR«, konterte Julia, die sich Andreas' Geschichte nicht ausreden lassen wollte. Sie verwies auf ihre Google-Recherche in der vergangenen Nacht, durch die sie viel gelernt hatte. »Bertie, es gab wirklich staatlich motivierte Zwangsadoptionen in der DDR. Beispielsweise, wenn dem Regime die Lebensweise einer Person nicht passte, es ungewöhnliche Westkontakte gab oder die Person als Staatsfeind eingestuft wurde.« Julia trank das Glas aus und fixierte Berties Gesicht. Er hörte ihr aufmerksam zu. »Das alles konnte schnell passieren. Eine unbedachte Äußerung bei der Arbeit, beim Einkauf im Konsum oder in der Kneipe nebenan, und schon war man im Visier der Staatssicherheit. In besonders extremen Fällen konnte das zur Folge haben, dass einem das Kind weggenommen und linientreuen kinderlosen Paaren weitergereicht wurde.«

Bertie musste schlucken, nahm nochmals die Geburtsurkunde zur Hand und inspizierte den Krankenhausstempel.

»Dieses Vorgehen«, fuhr sie fort, »gab es bis in die Mitte der 1980er Jahre. Und vergiss nicht, dass Klaus Linnemann aus dem Westen kam.«

»Habt ihr mal bei dem Krankenhaus angerufen?« Bertie hielt ihr die Urkunde entgegen. »Dort wird es ja ein Archiv geben, eine Notiz, eine weitere Kopie, irgendetwas.«

Julia war im Prüfungsmodus. Sie war auf die Fragen eingestellt. Die meisten hatte sie auch Andreas gestellt.

»Es heißt jetzt Klinikum Chemnitz, aber die konnten nicht helfen«, antwortete sie kurz. »Selbst bei der Staatssicherheit gab es meist nur verschlüsselte Vermerke über Zwangsadoptionen, und Dokumente bei anderen Behörden wurden nicht bis heute aufbewahrt.« Deshalb sei es jetzt, über 30 Jahre nach Zusammenbruch des Systems, schwierig bis unmöglich, einen Adoptionsnachweis zu finden.

Bertie schaute beeindruckt. Erst zu Julia, dann zur Uhr. Zwanzig vor neun. Er musste in die Behörde.

***

Der Innensenator hatte gerade die kiesbedeckte Auffahrt verlassen, als der Postbote heraufgeeilt kam und eben noch Julia Asmussen an der Haustür abfangen konnte. Natürlich hatte auch er, wie alle anderen in der Gegend, die Tragödie um Philipp Asmussen mitbekommen, sich seine Gedanken über Julia und den Inhalt der täglichen Briefe an sie gemacht. Zu gern hätte er Mäuschen gespielt. Doch nun, da sie leibhaftig vor ihm stand, erhoffte er sich Neuigkeiten aus erster Hand.

»Schön, dass ich Sie antreffe, Frau Asmussen. Guten Morgen«, eröffnete er das Gespräch. »Ich habe Post für Sie.« Er sprang vom Lastenrad, kramte in der hinteren Box nach der Asmussen-Post, die täglich immer mehr Briefe enthielt, und überreichte sie sehr behutsam, fast staatstragend. »Kann ich sonst noch etwas für Sie tun, Frau Asmussen?«, fragte er mit besorgter Miene.

Doch trotz aller Bemühung erntete er nur ein kurzes, wenn auch höfliches »Nein, danke«. Julia wandte sich ab und verschwand hinter der großen Holztür, während der Postbote enttäuscht in die Pedale trat und weiter auf die Nachrichten aus den Medien angewiesen war.

In der Küche wühlte sich Julia durch die Briefe und zahllosen Werbebeilagen, als ihr plötzlich ein handgeschriebener Umschlag ins Auge fiel. Sofort erkannte sie die kräftige, gewundene Handschrift wieder. Alles in ihr wurde kalt und taub. Sie sah ungeduldig zur Haustür. Wo blieb Sophia? Sie hätte schon längst da sein müssen. Sie warf den Umschlag zurück auf den Haufen und ging mit einer schlimmen Vorahnung in den ersten Stock, wo ihr Handy an der Steckdose hing.

Da klingelte es an der Tür. Endlich! Das musste sie sein. Sie zog das Handy ab, rannte hinunter, öffnete die Tür und zog Sophia ungeduldig in die Küche, ohne sie ablegen zu lassen. Dort zeigte sie auf den obersten Umschlag des Postbergs.

»Schau mal!«

Sophias Synapsen begannen zu arbeiten.

»Heilige Scheiße! Denkst du dasselbe wie ich?«

»Ich weiß nicht!«, entwich es leise Julias Lippen.

»Ich denke, dass der von Philipp ist«, trompetete Sophia heraus und bedachte sie mit einem optimistischen Blick. »Sieh nur, dein Aufruf im Fernsehen hat etwas gebracht!«

Julia wollte die Euphorie nicht teilen und zuckte nur vage mit den Schultern.

»Sonst noch was?«, hakte sie nach und wollte in Erfahrung bringen, ob Sophia die Handschrift auf dem Umschlag auch wirklich erkannt hatte, denn sie gehörte keinesfalls Philipp, da war sich Julia sicher.

Doch Sophia fragte nur:

»Sollen wir aufmachen?«

Julia, die beunruhigt auf den Zehenspitzen wippte, zuckte wieder mit den Schultern. Enttäuschung und Angst blieben, auch mit Sophia an ihrer Seite. Doch sie konnte ihren Verdacht nicht äußern. Noch nicht. Stattdessen schüttete sie sich lauwarmen Kaffee nach.

»Du auch?«

»Kaffee geht immer, Süße. – Also, was machen wir jetzt?«

Julia versuchte einen klaren Gedanken zu fassen, überlegte, ob sie den Brief nicht doch besser alleine öffnen sollte, und entschied sich dagegen.

»Wir öffnen! Du machst auf, ich lese«, gab sie die Marschrichtung vor und griff dabei nach Sophias Hand. Sekunden später las sie:

Meine geliebte Julia,
mir geht es den Umständen entsprechend gut. Ich bekomme zu essen, zu trinken, ansonsten lässt man mich weitestgehend in Ruhe. Es war so schön, deine Stimme zu hören, und ich hoffe, dass die Übergabe bald stattfindet. Denke bitte an meine Worte und informiere unter keinen Umständen die Polizei. Ich bin guter Dinge, dass dann alles reibungslos verlaufen wird.

Vermisse + liebe dich, Philipp

Julia schlug das Herz bis zum Hals, ihre Hände zitterten, ihr Körper auch. Auch wenn sich ihr Verdacht auf grausame Weise bestätigt hatte, interpretierte sie den Brief als Zeichen der Bereitschaft zum Austausch, zur Übergabe. Als Neubeginn der eingeschlafenen Kommunikation. Sie jedenfalls hatte die Lektion verstanden. Gleich morgen früh würde sie zur HASPA fahren und sich um die Kryptosachen kümmern. Sie faltete den Brief zusammen, ließ ihn mit dem Umschlag in ihrer Bademanteltasche verschwinden und ging mit Sophia zur Sitzecke im Wohnzimmer. Sophia hängte ihre Jacke über einen Stuhl, setzte sich zu ihr, nippte an der lauwarmen Plörre, die seit Stunden die Bezeichnung Kaffee verloren hatte und wartete ab.

»Er ist ein toller Kerl, groß, eloquent und wahnsinnig sexy«, begann Julia irgendwann wie aus dem Nichts, und ein Lächeln zeichnete sich auf ihrem Gesicht ab. »Eigentlich hatte ich mich nie für die netten Männer interessiert, stets die bösen Jungs bevorzugt. – Bis Philipp auftauchte, wusste ich gar nicht, was ich mit einem Mann anfangen sollte, der mich nicht gleich vom ersten Tag an wie Scheiße behandelt.«

Doch bei Philipp hatte sie es gewusst. Und dann ging alles recht schnell. Julia erzählte, wie er sie, vielleicht zwei oder drei Monate später, seinen Eltern vorstellte, also der Lehrerin und dem Ingenieur, und dass sie beide vom ersten Moment an ins Herz schloss. Sie waren immer für sie dagewesen, wenn sie sie brauchte. Bis beide vor dreieinhalb Jahren auf der A9 nahe Nürnberg bei einem schweren Autounfall aus dem Leben gerissen wurden.

»Es hatte viel geregnet an diesem Tag, die Straßen glichen Flüssen und dann kam dieser Kamikazefahrer, der meinte, in einem Schnellboot zu sitzen.« Julia machte eine Pause, steckte sich eine Zigarette an und inhalierte tief. »Und dann kam eines zum anderen und der Brückenpfeiler aus Beton. Stephan war sofort tot, Anett starb nur wenig später im Hubschrauber auf dem Weg ins Krankenhaus. Es war furchtbar. Vor allem für Philipp, der sich nicht verabschieden konnte. Es wäre schön gewesen, wenn er da schon von der Existenz eines Halbbruders gewusst hätte. Na ja, vielleicht auch nicht.«

Julia tätschelte den Brief in der Bademanteltasche und schaute ausdruckslos zu Sophia, die unbeirrt den halbvollen Becher in ihren Händen hielt und sich nicht ganz sicher war, was sich gerade vor ihr abspielte.

***

»Was ist mit der Funkzellenabfrage?«, rief Thoelke in das Büro hinein, während er am Türrahmen stehenblieb. »Gibt's da schon was?«

Thomas Krug, der sich ausgerechnet in diesem Moment zwei Schokostücke gleichzeitig in den Mund stopfte, schreckte auf und wäre am liebsten im Erdboden versunken. Er kaute, hustete, schluckte, hielt sich die Hand vor das Gesicht und nuschelte:

»Ja, Chef.« Er schluckte weiter und zwang sich auszuatmen, dann setzte er fort. »Julia Asmussen hat in der Tat am Mittwoch, den 16. September, in der Zeit von«, er schaute auf die Auswertung, »19:01:24 bis 19:02:18 Uhr einen Anruf auf dem Handy erhalten. – Allerdings kam dieser Anruf von einem nicht registrierten Prepaid-Handy, das noch vor der Änderung des 111ers gekauft wurde.«

»Also keine Chance?«

Thomas schüttelte den Kopf und verbannte mit seiner linken Hand die Resttafel Schokolade in die Schublade.

»Aber was beweist das schon?«, bohrte Thoelke nach, um die Antwort gleich mitzuliefern. »Nur dass es in der Zeit von 19:01 bis 19:02 Uhr einen Anruf auf Julia Asmussens Handy gab. Es sagt nichts darüber aus, dass die Geschichte von der Entführung ihres Mannes wahr ist.«

Thomas nickte bestätigend.

»Was ist mit der E-Mail? Schon herausgefunden, wer sie verschickt hat?«

»Nicht wirklich, Chef. Matthias hat die Mail bis zu einem Server irgendwo in Istanbul zurückverfolgen können, aber von dort ist sie nicht versendet worden. Klingt seltsam, ist seltsam, aber mehr konnte Matthias noch nicht sagen.«

Thoelke betrat nun das Büro und setzte sich zu Youssef.

»Was machen die Nachbarn, Bekannten und Verwandten?«

»Ein Nachbar hat gesehen, wie sich Herr Asmussen am Montag, also zwei Tage vor dem Verschwinden, an der Auffahrt in Harvestehude mit einer Frau gestritten hat. Brünett, 1,70 bis 1,75 Meter, Bubikopf, helle Jacke, dunkle Hose. An die Schuhe konnte er sich nicht mehr erinnern. Wahrscheinlich aber bequeme Sneakers, meinte der Nachbar noch.« Youssef versuchte die Aussage des

Nachbarn so gut wie möglich wiederzugeben. Er wollte auf keinen Fall etwas vergessen. Zufrieden und aufgeregt zugleich schlug er seinen ockerfarbenen Notizblock zu. Es war seine erste Mitarbeit an einem so spektakulären Fall mit prominenter Beteiligung. »Vielleicht ja eine Spur, Chef?«

»Bei dieser Beschreibung könnte das jeder gewesen sein. Jede Frau oder, wie wir ja mittlerweile gelernt haben, jeder Mann mit Frauenperücke«, reagierte Thoelke wenig euphorisch. »Dennoch: Eine Idee, wer das sein könnte?«

»Nee«, antwortete der Anwärter einsilbig. Seine Aufregung war verflogen.

»Und die Handwerkerfirmen? Irgendwelche Auffälligkeiten?«

»Nein. Leider nicht.«

Thoelke wandte sich an Claudia Reimann.

»Was macht die Oma?«

»Wir sind dran!«

Es war deprimierend. Alle Hinweise, auch die zahlreichen infolge des regionalen TV-Aufrufes waren ins Nichts gelaufen. Das einzig Vorzeigbare war der Schwarz-Weiß-Ausdruck einer Überwachungskamera von einem Mann in Frauenklamotten mit Brille und OP-Maske sowie ein angeblicher Streit mit einer geheimnisvollen brünetten Frau in bequemen Sneakers. Doch von Asmussen, seinem Handy und seinem Wagen fehlte jede Spur. Thoelke schaute auf die Uhr. 16 Uhr vorbei. Er musste zu Möller.

***

Jede Spur fehlte auch Bertie, und zwar zu Julias Unschuld. Dieser eine Anruf an diesem Mittwochabend, bei dem Philipp gesagt haben sollte, er sei entführt worden, war einfach zu wenig. Zu wenig, um sie aus dem Kreis der Verdächtigen zu streichen. Tja, was hieß hier eigentlich Kreis der Verdächtigen? Sie war die Einzige! Und wenn er nicht seine schützende Hand über sie gehalten hätte, säße sie immer noch in einer kleinen Zelle in Dammtor fest. Und dann noch dieser *Einbruch ohne Einbruchsspuren* in Harvestehude, wo ausgerechnet er und Thoelke ihr Alibi waren …

Konnte Julia wirklich so gewieft sein? Hatte sie die Polizei und ihn selbst mit einem Geniestreich in die Irre geführt? Bertie schüttelte den Kopf, als wolle er die Gedanken neu durchmischen. Natürlich glaubte er ihr, wenn sie sagte, der Anruf sei genauso abgelaufen, wie sie ihn bereits mehrfach geschildert hatte. Andererseits wusste er aber nicht, warum das alles passiert war und was möglicherweise noch passieren würde. Er trank am Schreibtisch von seinem Schümli und schloss für einen Moment die Augen.

Gemeinsame Erinnerungen mit Julia stiegen an die Oberfläche. Hunderte Bilder fluteten sein Hirn und malten viele bunte Bilder. Capri, Nizza, Montreal. Sie waren ein mondänes Paar gewesen, das auf jeder Jetset-Party willkommen war. Sie hatten viel Spaß und noch mehr Flausen im Kopf gehabt, auch wenn er meist hätte verbindlicher zu ihr sein können. Doch dann kam Philipp. Dieser große, immer hungrige, gutaussehende und sehr begabte Philipp Asmussen. Frisch von der Uni hatte er nicht auf Flausen gesetzt, sondern Nägel mit Köpfen gemacht. Das hatte Julia beeindruckt. Sie hatten geheiratet und waren glücklich geworden. Sehr glücklich sogar, waren sich selbst genug, sodass Bertie sich irgendwann neue Spielkameraden gesucht hatte. Mit den Händen fuhr er sich durchs graumelierte Haar. Was war nur passiert? Konnte er sich so in Julia getäuscht haben? Eine Mischung aus Schwermut und Schuld erfasste ihn.

ZWEITER TEIL

Schweigen ist manchmal

der größte Schrei.

Tag 14
Dienstag, 29. September 2020

»Treffer!«, rief Krug und las, was der polizeiinterne Ticker vermeldete. *»Doppelter Leichenfund im Staatsforst Göhrde – unweit von Hamburg – zwischen Lüneburg und Uelzen. Erste Leiche: männlich, etwa 40 Jahre alt, dunkle Haare, sportliche Figur, 1,82 Meter. Zweite Leiche: weiblich, ebenfalls etwa 40 Jahre alt, blonde Haare, sportliche Figur, 1,66 Meter.«* Sofort leitete er den Link ans MOKO-Team weiter. In einem Update war zu lesen, wie die Kollegen aus Lüchow-Dannenberg in der vergangenen Nacht im schwer zugänglichen Unterholz die Toten vorgefunden hatten. Ein Pilzsammler hatte sie entdeckt und die Polizei verständigt. Da beide Leichen keinerlei Papiere bei sich hatten und die Fingerabdrücke keine Treffer ergaben, baten sie nun die angrenzenden Bundesländer wie Hamburg um Amtshilfe. Ungeduldig schaute Krug zu den Kollegen, bis sie fertig gelesen hatten. »Sieht zwar nach einem Pärchenmord aus, aber ich ruf da mal drüben an. Die sollen uns paar Fotos rüberschicken.«

»Göhrde? Ist das nicht da, wo vor Urzeiten diese Doppelmorde passiert sind? Doch, doch, das war da. Das zweite Paar wurde gerade im Wald ermordet, als die Polizei nur wenige Meter entfernt Spuren vom ersten Tatort sicherte, oder?«, fragte Claudia in die Runde.

Thoelke bestätigte. Erst letzte Woche hatte er eine dreistündige Dokumentation darüber gesehen. Fast 30 Jahre waren die Göhrde-Morde ungeklärt geblieben. Doch er hoffte, mit seinem Team schneller zu sein. Schnell zumindest fand der Transfer der Leichenfotos statt, die bei Thomas Krug kurz nach dem Anruf auf dem Monitor erschienen. Das gesamte Team versammelte sich um den Computer.

»Nee, das ist er nicht!«, stellte Thoelke nach wenigen Sekunden fest und zeigte auf die Ohrläppchen. »Die hängen, Philipp Asmussen hat angewachsene Ohrläppchen.«

Der Hauptkommissar ging zur Arbeitswand, nahm ein Foto von Philipp Asmussen und legte es zum Abgleich vor Krugs Computer.

»Scheiße! Sie haben recht, Chef!«, bestätigte Krug leicht eingeschüchtert und zog seinen imaginären Hut vor Thoelkes Beobachtungsgabe. »Chapeau!«

Wer auch immer in Göhrde ermordet aufgefunden worden war, es war nicht Philipp Asmussen, und das bedeutete, die MOKO Asmussen stand wieder da, wo sie sich seit zwei Wochen befand – ohne Leiche.

»Moooment mal«, ging Thoelke dazwischen, der sich nun das Foto der Frau genauer ansah. »Die Tote trägt keine Halskette.«

»Ist das nicht egal, Chef? – Sie ist nicht Philipp Asmussen. Und sie ist auch nicht der Mann in Frauenklamotten, der ihn aus der Kanzlei verschleppt hat. Dafür ist sie viel zu klein. Diese Frau hier ist … äh … 1,66 Meter.«

»Wir sind Polizisten – und als Polizisten haben wir die verdammte Aufgabe, bei sämtlichen Straftaten, zu deren Aufklärung wir beitragen können, auch beizutragen«, insistierte Thoelke, während sein Blick nicht von dem Frauenfoto abwich. »Wenn ich in unseren Gefilden einen weiblichen Leichnam ohne Halskette sehe, muss ich zwangsläufig an den *Elbmörder* denken. Dieser hat im vergangenen Jahr seinen weiblichen Opfern immer die Halskette abgenommen und später im Jenischpark bei Teufelsbrück deponiert.«

»Aber der sitzt doch noch, oder?«, fragte der Anwärter.

»Schon richtig. Glücklicherweise. Aber unterschätze nie die Anziehungskraft solcher Taten auf kranke Idioten. Und wenn das stimmen sollte, wird der Elbmörder den Nachahmer vielleicht sogar kennen und schauen, ob er ihn nicht in schlechtes Licht rücken kann. Das wäre dann ein Ansatz für die Kollegen«, sagte Thoelke und schaute zu Thomas Krug. »Kannst du den Kollegen bitte die Akte des Elbmörders rüberflanken?«

Er selbst wollte sich über Asmussens Partneranwälte erkundigen. Die *Unterredung* mit den Wójciks in Hochkamp hatte sein Bild bestätigt. Bei den Machenschaften der Brüder handelte es sich um abgeschottete Parallelstrukturen, in denen Aggressivität als Aufrichtigkeit galt. Für Thoelke stellte sich derzeit die Frage, warum eigentlich nicht? Warum sollen nicht die Brüder hinter den verschwundenen Akten stecken – und die Entführung gilt nur der Ablenkung? Oder umgekehrt. Ja, das ist es! Weil Asmussen zu viel vom Beziehungsgeflecht des Clans gewusst hat, musste er verschwinden. Anwaltliche Schweigepflicht hin oder her! Dass ein Berufsstand wie Anwalt oder Polizist keinerlei Wertschätzung und Respekt bei den Brüdern hervorruft, hat er vier Tage zuvor am eigenen Leibe im Billardzimmer mitbekommen.

***

Wertschätzung und Respekt wurden auch in der ehemaligen DDR oftmals vergeblich gesucht. Bertie malte sich Philipps düsteres Szenario aus: Da schmeißt dich die Evolution durch das Zufallsprinzip in irgendeine Familie, doch das Schicksal hat noch nicht genug. Es spielt weiter Ping-Pong mit dir. Schmettert dich auf die andere Seite des Netzes, zu einer neuen Familie. Bäm! Dein Glückstag? Weißt du nicht genau, denn du lebst ja nur das eine Leben, auf der einen Seite. Bäm! Im Falle seines Freundes Philipp Asmussen war es allerdings noch heftiger. Philipp wusste nicht mal, dass er zum

Spielball der Ideologie mutiert war. Doppel-Bäm! Bertie hielt kurz inne. Klang das plausibel? Spielball der Ideologie? Konnte es sein, dass Philipp von nichts gewusst hatte? Konnte es wirklich sein, dass seine Adoptiveltern nie etwas geäußert hatten? Keine noch so kleine Andeutung, kein unbedachtes Wort? In 40 Jahren? Nicht ein einziges Mal? War das glaubhaft? Ein Richter hätte solch einen Gedankengang sicherlich als *abwegig* abgetan. So empfand auch er und es stellte sich für ihn die Frage, wie gut er eigentlich seinen ehemaligen Schützling kannte. Er musste an Julia denken. Hoffentlich würde sie an diesem ganzen Lügenkonstrukt nicht zerbrechen, das – da war er sich sicher – mit der Zeit wie ein Kartenhaus in sich zusammenfallen würde. Er öffnete die Manschettenknöpfe und krempelte die Ärmel seines Hemdes hoch, während seine Gedanken zurück zu Philipp schweiften.

Zwangsadoption in der DDR? Ja, natürlich hatte er davon schon gehört. Allerdings stets im Konjunktiv formuliert. Das könnte so gewesen sein, aber eben auch nicht. Angespannt irrte sein Blick im Büro umher und suchte nach Halt, bis er schließlich an der Wandaufnahme der Kollegen kleben blieb, die bei der letzten Innenministerkonferenz im Dezember 2019 gemacht worden war. Schon komisch, dieses Foto aus Lübeck war erst wenige Monate alt, doch die Welt, seine Welt hatte sich ins Gegenteil verkehrt. Vor neun Monaten gab es Masken nur während des Karnevals, Corona war noch ein Bier und Julia war keine Tatverdächtige gewesen. Er seufzte schwer und griff zum Telefon.

***

Etwa zur selben Zeit saß Julia mit einem Kaffeebecher und einem Stück Salami am Küchentisch und wartete auf Sophia. Auch heute war in ihr das reinste Gefühlschaos, ein Auf und Ab der Emotionen, ohne Schimmer, wie es weitergehen sollte. Ständig fand sie sich in dem Spannungsfeld zwischen Engelchen und Teufelchen wider. Und der Schalter konnte jederzeit umgelegt werden – nur nicht mehr von ihr. Sie hatte das Gefühl, die Kontrolle verloren zu haben. Prompt tauchte ein totenbleiches Gesicht vor ihrem geistigen Auge auf, nur für einen Bruchteil einer Sekunde. Es war Philipp, der sie teuflisch grienend anschaute! Sie erschauderte, ließ die Wurst fallen und lief bestürzt die Treppe hinauf. Es ärgerte sie, das Sophia in letzter Zeit immer unpünktlicher wurde.

Oben angekommen, nahm sie das Handy und wählte ihre Nummer. Es läutete. Zweimal, dreimal, viermal. Dann sagte die ihr so vertraute Stimme: »Ich bin zurzeit nicht erreichbar. Bitte hinterlassen Sie eine Nachricht, ich rufe zurück.« Julia legte auf und versuchte es erneut. Sie hoffte, dass Sophia nur in einem Funkloch steckte. Doch die Ansage wiederholte sich. »Ist ja klar«, murmelte sie und drückte auf Stopp. Die Pieptöne, die Ansage, alles wirkte einschüchternd und aufdringlich, als ob sich die Welt gegen sie verschworen hätte. Sie brauchte gute News, jetzt, und zwar so dringend wie ein Junkie den nächsten Schuss. Sie überlegte, das Telefon noch in der Hand, Andreas anzurufen und danach Dr. Michels.

Julia wollte gerade zur HASPA fahren, als nach weiteren 20 Minuten Sophia endlich im Harvestehuder Weg erschien.

»Entschuldige die Verspätung, aber ich musste noch unbedingt etwas für dich einkaufen gehen. Heute ist doch Markttag.« Sophia hob ihre Arme, an deren Enden drei schwere Tüten baumelten. »Alles dabei. Obst, Gemüse, Fisch und frische Blumen.«

Julia schossen Tränen in die Augen. Sie umarmte Sophia, die ganz überrascht von diesem Gefühlsausbruch war, und nahm ihr die Einkäufe ab. Sophia folgte ihr beschwingt in die Küche, wo sie auf die auf dem Boden liegende Wurst zeigte.

»Hast du dir einen Hund zugelegt?«

***

Einen richtig guten Spürhund hätte dagegen Thoelke gebrauchen können. Weder Claudias Suchaktion noch die jüngsten Observierungen der Wójcik-Brüder oder die Beobachtung Julias hatten zum Auffinden von Philipp Asmussen geführt. Alle drei hatten ihre Häuser so gut wie gar nicht verlassen. Er dachte mit Schrecken an die Göhrde-Dokumentation. Die damalige Sonderkommission in Niedersachsen hatte etwa 10.000 Personen vernehmen müssen, bis sie schließlich den Täter überführt hatten. Doch da war der Mörder bereits 24 Jahre tot. Was für eine Odyssee! Und seine Fortschritte bei Julia gestalteten sich seit der Haftbefehlssache ähnlich schwierig. Da musste jemand anderes ran. Jemand Unverbrauchtes. Jemand, bei dem zu Hause auch nicht alles rund lief. Er schnappte sich Claudia Reimann und fuhr mit ihr nach Harvestehude.

»Was wollen wir bei Julia Asmussen?«, fragte Claudia, als sie sich im Dienstwagen auf dem Beifahrersitz anschnallte. Eigentlich war sie mit der Koordinierung der Suchaktion voll ausgelastet, hatte bereits zig Überstunden angesammelt.

Doch das interessierte den Hauptkommissar nicht. Er wollte *Hingabe* von ihr, öffnete das Fenster und begann ihr von Sophia Bogdanovich, etwa ihr Alter, zugegebenermaßen etwas schrill, zu erzählen. Davon, wie sie vom Innensenator als Verbindungsglied eingesetzt worden war und seitdem nahezu täglich bei Julia Asmussen zu Hause auf dem Schoß saß.

Claudia, nicht nur kontaktfreudig, sondern vor allen Dingen geradlinig, redete nicht lange um den heißen Brei:

»Und ich soll jetzt *deine* Verbindung werden oder was?«

»Mehr noch«, antwortete Thoelke und bedachte sie mit einem nachdenklichen Blick, während er den Wagen durch die Stadt manövrierte.

»Na klar!« Claudia drehte den Kopf und schaute aus dem Fenster. »Na klar!«, sagte sie und lachte laut auf. »Ich soll die Dritte in der *Gang* werden. Schon klar. Soll mich nicht nur mit Julia anfreunden, sondern auch mit Sophia Bog … Bog …«

»Bogdanovich«, ergänzte Thoelke und nickte zufrieden. Er wusste einfach, was er an der Kollegin hatte, und bog schwungvoll im Harvestehuder Weg in die gekieste Auffahrt ein.

»Bekomme ich auch Spesengeld? Ich meine für die Mädelsabende im Dollhouse?«

»Dollhouse? – Davon kann ich nur abraten.«

»Zu anrüchig? Oder auferlegter Sparzwang der Behörde?«, fragte sie bissig.

»Eher auferlegte Corona-Maßnahme«, lachte Thoelke. »Schon vergessen, dass der Senat Ende August beschlossen hat, die Hamburger Verordnung zur Eindämmung des Coronavirus bis Ende November zu verlängern? Ich sag nur: Feierobergrenze, Kontaktlisten ausfüllen, Abstand halten und kein Tanzen – eure Mädelsabende sollten besser in Harvestehude stattfinden. Wobei ja mit dir dann drei Haushalte aufeinandertreffen …«

Thoelke schmunzelte, brachte den Dienstwagen zum Stehen und stieg aus. Er war erleichtert, dass er durch Claudia zwei Fliegen mit einer Klappe schlagen konnte, und umfasste Tanjas Amulett.

Tag 15
Mittwoch, 30. September 2020

Der Zeitpunkt war verdächtig. Keine Frage! Wie aus dem Nichts war Andreas, Philipps angeblicher Halbbruder, auf die Bühne gekommen und hatte dementsprechend für Aufregung gesorgt. Einen dramaturgisch besseren Moment hätten selbst Regisseure der zahllosen Miniserien, die bei den Streamingdiensten rauf und runter liefen, nicht inszenieren können. Doch nun war *Kai aus der Kiste*, und es war Berties verdammte Aufgabe, diese Kiste zu durchleuchten. Familiär wie strafrechtlich. Thoelke sollte von seinen Überlegungen erst einmal nichts erfahren, die Presse sowieso nicht.

Bertie setzte seine Brille auf, zog die Tastatur zu sich heran und scrollte durch die E-Mails der vergangenen Stunden. Jede Menge vorgefiltertes Zeug und nichts, was nicht hätte warten können. Er sortierte den nicht enden wollenden Wust nach Absendern und wollte mit den Mails seines Innenstaatsrats Bernd Klotz anfangen, der gestern früh die Aufgabe bekommen hatte, seine Fühler in Sachen Asmussens möglicher Adoption auszustrecken. Beginnend bei der Stasi-Unterlagen-Behörde bis hin zu heutigen Beratungsstellen für Betroffene von DDR-Zwangsadoptionen. Einfach alles. Bertie verlangte nicht weniger als eine 360-Grad-Analyse in 24 Stunden. Und Bernd Klotz war der richtige Mann am richtigen Platz. Ein ehrgeiziger Typ, der dabei stets sympathisch blieb. Eine seltene Kombination, zumindest in der Innenbehörde.

Bertie zählte acht Mails von Klotz, die seit gestern Abend, 23:17 Uhr, eingeflogen waren. Er startete, ganz so, wie es ihn das Politikerleben gelehrt hatte, mit der aktuellsten Nachricht. Seit acht Minuten lag diese erst im Postfach und war im Betreff mit den Zauberworten »Finales Fazit« belegt. Er klickte sie auf und sah, dass sich sein Staatsrat durch Dutzende Dokumente durchgearbeitet und diese in Rubriken wie »Gynäkologische Anamnese«, »Sterbeurkunde«, »Weitergabe«, »Verkauf«, »Zeugenbefragung betroffener Mütter, Krankenschwestern und Ärzte« unterteilt hatte. Was er schließlich darin vorfand, ganz gleich, in welche Rubrik er klickte, klang ungeheuerlich und grausam, es schockierte ihn zutiefst. Danach gab es endlose Dramen, die ein Schicksal einte: Unerlaubte Wegnahme des eigenen Kindes.

Kathrin P. aus D. beispielsweise, die seit der Geburt ihres Sohnes im Jahr 1978 dachte, ihr Kind sei bei der Geburt gestorben. Nie hatte sie ihren Sohn zu Gesicht bekommen. Oder Frauke W. aus P., 1984, der man ebenfalls direkt nach der Geburt gesagt hatte, ihre Tochter sei unerwartet gestorben, aber sie sei noch jung genug und könne es nochmals versuchen. Die einzige Erinnerung von Frauke W. an ihr Kind war, wie eine Krankenschwester ein in ein blau-weiß-gestreiftes Handtuch gewickeltes Baby auf dem Arm aus dem Kreißsaal getragen hatte. Oder Andrea B. aus T., ein besonders makaberes Beispiel der DDR-Obrigkeit. Ihr hatte man im Februar 1979 unmittelbar nach dem Kaiserschnitt mitgeteilt, das Baby habe Fehlbildungen gehabt und sei sofort nach der Geburt gestorben. Später hatte man ihr ein Papier gereicht, das sie noch unter Einfluss des Narkosemittels zu unterschreiben hatte. Bis heute ahnte sie nur, was sie dort gegengezeichnet hatte. Ihr Kind hatte sie niemals zu Gesicht bekommen. Auch Ingrid A. aus S. erging es nicht besser, als sie im Frühling 1976, schwanger mit Zwillingen, ins Krankenhaus gekommen war und man ihr direkt nach der Geburt die Kinder weggenommen hatte. Am Abend desselben Tages hatte man ihr im Patientenzimmer gesagt, das erste Kind habe es nicht geschafft. Am Morgen des zweiten Tages die nächste Hiobsbotschaft: Auch das zweite Kind sei nun gestorben.

Bertie wischte sich Tränen aus dem Gesicht. Nach einer kurzen Pause, in der er die Fenster des Büros ordentlich aufgerissen hatte, las er weiter, Aussagen von Eltern, die nach einer staatlich motivierten Zwangsadoption mit ihren Fragen alleingelassen wurden. Selbst Kindergräber öffneten diese zurückgelassenen Eltern in ihrer Verzweiflung, doch niemand hatte drin gelegen. All diese Babys wurden noch im Krankenhaus weitergereicht oder gegen Devisen in den Westen verkauft – überwacht von der Partei.

Doch Klotz wusste auch von Fällen zu berichten, bei denen Kinder zu einem späteren Zeitpunkt, deutlich nach der Geburt, wenn die Eltern durch aktives regimekritisches Verhalten in Ungnade fielen und deshalb in Haft kamen, weggenommen wurden. Manche verbrachten Zeiten in Kinderheimen, bevor sie von kinderlosen Genossen, die sich um den Sozialismus verdient gemacht hatten, adoptiert wurden. Es war grotesk – und dieses Thema noch lange nicht in der Öffentlichkeit angekommen. Denn auch heute noch schien die Aufklärung und Forschung in diesem Bereich mehr als lückenhaft zu sein. Die Aktenlage undurchsichtig, teilweise chaotisch. Einige wenige Schicksale konnten geklärt und getrennte Kinder wieder zusammengeführt werden.

Dann las Bertie die Ergebnisse der Vorstudie über die *Dimensionen und wissenschaftliche Nachprüfbarkeit politischer Motivation in DDR-Adoptionsverfahren 1966 bis 1990* im Auftrag des Bundesministeriums für Wirtschaft und Energie. Allein die Definition des Ganzen ließ ihn schaudern. Dort stand geschrieben, dass man unter »politisch motivierter Adoption in der DDR« die »staatliche Maßnahme der Herausnahme eines oder mehrerer Kinder aus einer Familie und deren Wiedereingliederung in eine andere Familie gegen den offensichtlichen Willen der leiblichen Eltern« verstehe,

»wobei die Ahndung von Verhaltensweisen der Eltern, die offenkundig nicht das Wohl des betreffenden Kindes gefährdeten, das zentrale Motiv dieser Maßnahme darstellte«.

Die Studie aus dem Jahr 2018 hatte zwar ergeben, dass sich die politisch motivierte Adoption nicht als ein systematisch angewandtes Mittel der Repressionspolitik des SED-Staates gegen vermutete oder tatsächliche politische Gegner rekonstruieren ließ. Auch konnten in der Hinsicht keine generellen Anweisungen und konzeptionellen Ausarbeitungen der Staatssicherheit nachgewiesen werden. Dennoch – es hatte diese politisch motivierten Adoptionen gegeben und vor allem Personen und Familien betroffen, die des sogenannten »asozialen Verhaltens« nach Paragraf 249 des DDR-Strafgesetzbuches verdächtigt und bezichtigt wurden.

Bertie wurde die Unmöglichkeit seiner Bitte vom Vortag an den Staatsrat klar. Es fehlte überall an Beweisen, so auch im Falle von Enrico Barkhaus aus Karl-Marx-Stadt im Südwesten Sachsens. Ohrläppchen, Grübchen, Linienführung des Mundes zum Trotz. Auch in den Stasi-Unterlagen der Familie fand sich kein Hinweis auf staatlich angeordneten Kindesentzug. Es bestätigte sich lediglich der Kontakt zwischen Jutta Barkhaus und Klaus Linnemann zwischen dem 11. Januar 1980 und dem 4. April 1983. Und der Geburt eines Jungen namens Enrico am 11. April 1981, gleichzeitig der Geburtstag von Philipp Asmussen. Bernd Klotz' folgerichtiges Fazit konnte daher nur lauten, dass eine durch die DDR-Schergen angeordnete Zwangsadoption von Philipp Asmussen nicht belegt sei. Doch was für eine Aussagekraft hatte diese eintägige Recherche?

Der Innensenator nahm seine Brille ab und rieb sich damit die Nase. Er machte sich mit dem Gedanken vertraut, dass sein alter

Freund und Protegé ihn und Julia jahrelang angelogen hatte. Den Gedanken, dass Philipp von seiner Herkunft nichts gewusst haben sollte, beerdigte er im selben Moment.

***

Dass sie sich jetzt mit ihrer Fahrt nach Hannover-Bemerode in große Gefahr begeben würde, blendete Julia aus, als sie kurz vor drei im Hedwigsweg ankam. Hier war sie mit Andreas verabredet. Mit dem Mann, der mittelbar oder unmittelbar mit der Entführung ihres Mannes zu tun hatte. So viel war klar. Es war nicht nur, dass die kräftige, gewundene Handschrift auf dem Umschlag des Briefes und die auf dem Zettel mit der Telefonnummer einander wie ein Ei dem anderen glichen. Andreas hatte in seiner Unbekümmertheit sogar denselben grünen Kugelschreiber benutzt. Doch war das wirklich Unbekümmertheit? War es vielleicht sogar Absicht? Wollte er ihr etwas sagen? Oder war es nur unfassbare Dummheit? Egal, was es war, es gefiel ihr ganz und gar nicht.

Sie schüttelte den Kopf. Warum tauchte er auf? Das Geld konnte es nicht gewesen sein. Sie war überzeugt, dass sich Andreas mit Philipps Schlüssel bereits die Million unter den Nagel gerissen hatte. Wollte er mehr? Schließlich barg sein Erscheinen auf der Bildfläche ein großes Risiko. Warum aus dem Versteck kommen und den Kontakt suchen, wenn Philipp längst tot war? Und wäre er tot, würde man das Geld nehmen, die Familiengeschichte Familiengeschichte sein lassen und im Dunklen bleiben. Doch *er* hatte sich für das Licht entschieden, bei ihr geklingelt, als sie in der Badewanne drohte unterzugehen, ihr seine Handynummer aufgedrückt und beim ersten Besuch gleich ganz locker mit Sophia geflirtet. Lebte Philipp vielleicht doch noch, obwohl er sich nicht mehr meldete? Es war verwirrend und beängstigend. Sie musste sicherstellen, dass Andreas auf freiem Fuß blieb. Nur so würde er sie früher oder später zu Philipps Schicksal führen.

Sie schaute durch das Seitenfenster auf ein einfaches, aber von außen betrachtet recht geräumiges Rotklinkerhaus. Im gepflegten Kleingarten standen unzählige Tierfiguren, Igel, Hasen, Hunde und Katzen. Hier wohnte Klaus Linnemann, Philipps leiblicher Vater. Dann bemerkte sie einen Schatten neben sich, der größer wurde. Es war Andreas, der direkt an ihre Fahrertür herantrat. Julia zog den Zündschlüssel ab, öffnete die Tür und stieg aus. Als sie ihm nun gegenüberstand, fuhr ein beklemmender Schauer über ihren Rücken und sie fragte sich, warum sie Sophia nichts von dem Treffen erzählt hatte.

»Bist du allein gekommen?«, fragte Andreas enttäuscht. Er hatte *Blondie* auf dem Beifahrersitz erwartet.

»Nun ja, Andreas«, stotterte sie und überlegte eine plausible Antwort. »Sophia dachte, das könnte vielleicht für deinen Vater etwas viel sein. Gleich zwei Fremde im Haus. Aber ich soll dich von ihr grüßen.«

»Ach, Quatsch. Wär schon okay gewesen. Ich hätte mich auf jeden Fall gefreut und mein Vater sicherlich auch.«

Andreas ging voran über den Bürgersteig und öffnete die kleine Tür des Jägerzauns Richtung Haustür. Julia steckte den Schlüssel in die Handtasche, folgte Andreas entlang der Tierparade und betrat nach wenigen Metern das Haus. Vom Eingangsbereich führte ein alter Parkettboden ins Wohnzimmer, das bis ins letzte Detail schön, aber etwas überladen eingerichtet war. Am Ende des Raumes stand ein schwarzer Steinway-Flügel, umrahmt von zwei großen chinesischen Vasen. Zur Linken war ein Kamin eingebaut, der im Winter für angenehme Abende sorgen würde. Alles wirkte harmonisch und sehr gemütlich. Der verspielte Zoo aus dem Vorgarten konnte nicht zu dem Mann gehören, der hier wohnte und nun aus dem Sessel aufstand. Er wirkte deutlich jünger, als er war. Als er lächelnd auf sie zuschritt, bemerkte sie das Grübchen an der rechten Wange. Julias Unsicherheit wegen Andreas war verflogen.

»Ich bin Klaus Linnemann und freue mich, dass ich Sie kennenlernen darf, Frau Asmussen, auch wenn ich mir dies unter erfreulicheren Umständen gewünscht hätte«, begrüßte er den Besuch aus Hamburg in gebührendem Ein-Meter-fünfzig-Abstand, den er die nächsten vier Stunden beibehielt. Dann bat er seinen Sohn, die Tortenstücke und den Kaffee aus der Küche auf die Terrasse zu bringen. Er gehörte mit seinen 82 Jahren zur vulnerablen Gruppe und wollte der Empfehlung des Gesundheitsministers Folge leisten, private Zusammenkünfte von Personen aus mehreren Haushalten möglichst im Freien abzuhalten.

***

Auch in Harvestehude trafen zur selben Zeit zwei Menschen aufeinander, die sich erst kürzlich kennengelernt hatten. Kommissarin Claudia Reimann, die ihre neue Aufgabe, drittes Mitglied in Julias Girlsgang zu werden, nun mit Leben füllen wollte, traf mit dem Dienstwagen in der Einfahrt auf einen Hummer-SUV. Beide bremsten und blieben Lenkrad an Lenkrad stehen. Claudia Reimann erkannte hinter dem Steuer die Blondmähne von Berties Vermittlerin Sophia Bogdanovich. Beide ließen die Seitenfenster herunter und grinsten.

»Sie ist nicht zu Hause«, rief Sophia. »Soll ich ihr etwas ausrichten? Oder kann ich vielleicht helfen?«

Das war die Chance und Claudia griff zu.

»Ja, in der Tat können Sie mir helfen.«

Sophia stellte den Motor aus.

»Was denn?«

»Das ist blöd zu erklären, so von Auto zu Auto«, begann Claudia und schaute zu Sophia hinauf, die sofort verstand. Der SUV war um einiges höher als Claudias Behördenwagen. Ohne Umstände stieg Sophia aus, ließ ihren Wagen in der Auffahrt stehen, ging um die Motorhaube herum zur Beifahrertür der Kommissarin und setzte sich.

»Gibt's den eigentlich auch schon als Elektrofahrzeug?«, fragte Claudia und zeigte auf Sophias Wagen.

»Noch nicht, aber ich bin dran«, plapperte sie in Jungmädchenstimme los. »Laut Händleraussage wird im Herbst nächsten Jahres das erste Elektro-Modell von Hummer vorgestellt. Ich bin gedanklich schon auf der Warteliste.« Sie grinste weiter. »Also, Frau Kommissarin, wie kann ich helfen?«

»Wir sind ja sozusagen Kolleginnen«, begann Claudia zu improvisieren.

»Kolleginnen?«, fragte Sophia und musterte Claudia von oben bis unten im Fahrersitz. Dann schaute sie an sich herab und verglich Reimanns Diensttreter mit ihren Stilettos. »In welchem Bereich denn?«

»Nun ja, Sie sind im Auftrag des Innensenators und damit des Chefs des Chefs meines Chefs hier. Und ich bin im Auftrag meines Chefs hier.«

»Und das macht uns zu Kolleginnen?«

»Ja, schon. Irgendwie«, antwortete Claudia zögernd und merkte, dass sie hier im Dienstwagen nicht recht weiterkam. »Sagen Sie, Sophia, wollen wir uns nicht einen Coffee-to-go holen und ein paar Schritte an der Alster gehen? Wir können mit meinem Wagen fahren und ich bringe Sie anschließend wieder zurück.«

»Etwas frische Luft wird mir gut tun. Warum eigentlich nicht«, antwortete Sophia und die Kommissarin legte zufrieden den Rückwärtsgang ein.

Tag 16
Donnerstag, 1. Oktober 2020

Am nächsten Morgen wurde Thoelke von Lärm geweckt. Bauarbeiter rissen mit riesigem Gefährt den Asphalt und Beton der Straße direkt unter seiner Wohnung in Hamburg-Ottensen auf, türmten den Schutt auf und hatten sich bis zu seinem Trommelfell vorgehämmert. Sein Kopf war kurz vorm Zerplatzen und es war doch nur ein schmeichelhafter Vorgeschmack auf das Beben, das ihn in Alsterdorf erwartete. Dort waren die Stiche filigraner und in Druckerschwärze gesetzt. Auf allen Titelseiten der Regionalpresse sowie im Netz wurde das späte Agieren von Politik und Polizei angeprangert. Mehr noch: Der Vorwurf des verspäteten Reagierens beschäftigte nun auch das Hamburger Parlament. Erst am Vortag hatte sich die Opposition dem blutrünstigen Rudel angeschlossen und einen Untersuchungsausschuss gefordert. Die Tatsache, dass der Polizei Hamburg unter der Einsatzleitung von Hauptkommissar Thoelke nach wie vor jede Spur zu Philipp Asmussen fehlte, war dabei nicht besonders dienlich.

Kaum im Büro angekommen, entdeckte er zwei gelbe Post-it-Zettel an seinem Bildschirm. Beide waren von der kessen Zahnlücke. Er warf seinen Trenchcoat über den Stuhl und trabte durchs Treppenhaus in den fünften Stock.

»Es geht wieder los!«, dröhnte Möller, als Thoelke eintrat. Und dieses Donnern war größer und lauter als alles, was das bisherige Hamburger Herbstgewitter zu bieten gehabt hatte. Er ging in großen Schritten zur Pinnwand in der hinteren Ecke des weitläufigen Büros und zeigte auf die Top 3 seiner ausgerissenen Schlagzeilen. »Aber dieses Mal geht's ans Eingemachte, Thoelke. An die Substanz!«

Platz 3, Sonntag, 27. September 2020

Corona-Chaos. Die Hütte brennt

Hamburg. Es mangelte an vielem zu Beginn der Pandemie im März und April – an Desinfektionsmitteln, an Toilettenpapier, an Schutzanzügen und Handschuhen, nicht aber an großen Versprechen und warmen Worten für systemrelevante Berufstätige. Bundeskanzlerin Angela Merkel (CDU) sagte am Freitag gegenüber Journalisten, sie wisse, dass das Verfolgen von Infektionsketten oder das Anordnen von Tests und Quarantäne einen »unfassbaren Mehraufwand« für die Gesundheitsämter bedeute. Die Behörden seien »zum Teil am Anschlag«.

Platz 2, Mittwoch, 30. September 2020

Planlos-Polizei

Hamburg. Wo soll das nur enden? Seit Wochen stochert die Polizei im Fall des entführten Rechtsanwalts Philipp Asmussen (39) aus Hamburg-Harvestehude im Dunkeln. Von einer Strategie fehlt genauso jede Spur wie vom Opfer.
Wann greift Polizeipräsident Cordt Möller endlich durch?

Platz 1, Donnerstag, 1. Oktober 2020

Polizei vor den Untersuchungsausschuss

Hamburg. Innensenator Adalbert von Gerte, besser bekannt als Bertie, soll sich vor einem Untersuchungsausschuss zum späten Eingreifen der Polizei im Fall Asmussen äußern. »Wenn die Opposition dies wünscht«, sagt er, »werde ich mich dem nicht entgegenstellen.« Die ganze Story lesen Sie auf den Seiten 2 und 3.

Möller ging auf den Balkon, zog sich eine Zigarette aus der Packung und ließ sie zwischen Daumen und Zeigefinger hin und her rollen. Er schaute zurück, machte ein Zeichen, dass Thoelke ihm folgen solle, und fuhr schließlich fort:

»Wir brauchen die nächste Pressekonferenz. Noch heute.«

Thoelke nickte.

»Ist denn was dran an den Vorwürfen der Schmierfinken?«

Thoelke überlegte, wie er den Bogen zum Innensenator möglichst geräuschlos schlagen könne.

»Sie wissen doch sicherlich, dass der Innensenator …«

»Was hat denn der damit zu tun?«, unterbrach Möller wütend, steckte die Zigarette in den Mund und zündete sie an, bevor er sie noch zwischen seinen Fingern zerdrückte.

»Der Innensenator und Philipp Asmussen kannten … äh, kennen sich doch seit Jahren und deshalb …«

Erneut wurde Thoelke gestoppt.

»Was ist denn nur los mit Ihnen, Herr Kollege. Jeder kennt den sehr geschätzten Anwalt Philipp Asmussen. Ein wirklich wertvolles Mitglied unserer Gesellschaft übrigens.« Doch Möller hatte genug von Thoelkes Halbsätzen und wollte seine Zigarette besser allein auf dem Balkon genießen. Er hatte gesagt, was es zu sagen galt. »Ich denke, Sie sollten sich jetzt gleich wegen der PK mit Pohl kurzschließen. 14 Uhr wäre eine geeignete Uhrzeit. Dann kommen wir noch in die Abendnachrichten. – Sie wissen doch, die Opposition ist immer im Wahlkampf. Nützt ja nichts.«

***

Wurde die erste Pressekonferenz noch allein vom Pressesprecher der Innenbehörde durchgeführt, sollte Thoelke ihn heute in seiner Funktion als Einsatzleiter der MOKO Asmussen begleiten. Es war die Idee von Pohl gewesen. »Es strahlt mehr Glaubwürdigkeit und Vertrauen aus«, hatte der Pressesprecher gemeint. Doch wahrscheinlich wollten sie nur die Verantwortung auf mehrere Schultern verteilen. Für den Hauptkommissar war es okay. Auch wenn er mittlerweile nicht mehr so scharf darauf war, seinen Namen in der Presse zu lesen. Und da er das späte Reagieren in dieser Sache nicht zu verantworten hatte, war er auch weitestgehend entspannt, was diesen Vorwurf betraf. Nun galt es noch am *Wording* zu feilen.

Punkt 14 Uhr betraten beide den Raum und sahen, dass erneut jeder zweite Platz mit einem Maskenträger besetzt war. Pohl nickte zur Begrüßung und begann eine gemeinsame Erklärung vorzulesen, die den Ablauf der Geschehnisse der letzten 15 Tage darlegte.

»Man hat umgehend nach dem Einbruch reagiert. Die Polizei Hamburg hat noch am selben Tag eine von Hauptkommissar Thoelke geleitete Kommission eingerichtet, die seitdem einer Vielzahl an Hinweisen aus der Bevölkerung nachgegangen ist. Darüber hinaus gab es einen TV-Aufruf und man arbeitete vom ersten Tage an sehr eng mit den Kollegen der angrenzenden Bundesländer zusammen. Vor dem Einbruch bei Familie Asmussen am Samstag, den 19. September 2020, gab es einen Anruf von Philipp Asmussen bei seiner Frau. Dieser erfolgte am Mittwoch, den 16. September 2020, verbunden mit der eindeutigen Aufforderung, nicht die Polizei zu kontaktieren. Diesem Wunsch kam Frau Asmussen nach. Bis zum Einbruch drei Tage später. Daraufhin informierte uns Frau Asmussen allumfänglich über das Verschwinden ihres Mannes. Somit weisen wir den Vorwurf des späten Reagierens von uns und als unbegründet ab.«

Thorsten Kling vom Abendblatt war der Erste, der seinen Arm hob, um eine Frage zu stellen. Der Mann mit der randlosen Brille und den fettigen Haaren, die er zu einem Pferdeschwanz zusammengebunden hatte, war als streitbarer Kollege bekannt. Seit Corona die Weltpresse fest im Griff hielt, fiel er in manchen Kommentaren vereinzelt als Querdenker auf. Pohl und Thoelke kannten ihn seit Jahren.

»Sie wollen Nebenschauplätze aufmachen und uns mit ihren ach so vielen polizeilichen Aktivitäten nur Sand in die Augen streuen.« Klings Adrenalinschub ließ ihn vom Stuhl aufstehen. »Ist es nicht so? Es geht doch heute um die Frage des verspäteten Reagierens. Was ist zwischen Mittwoch und Samstag polizeilich gelaufen?« Kling hob seine rechte Hand und zählte für jeden Tag sichtbar mit seinen Fingern bis drei. »Wir reden hier über 72 Stunden! Das ist eine Ewigkeit, wenn eine geliebte Person plötzlich verschwunden ist und jeder weiß, dass die ersten Stunden bei einer Entführung die wichtigsten sind! Wollen Sie uns wirklich glauben machen, dass Philipp Asmussen entführt worden ist, sich bei seiner Frau mit einer Lösegeldforderung meldet und sie nicht die Polizei informiert? Wollen Sie uns wirklich glauben machen, dass Frau Asmussen, alles alleine wuppen wollte? Allein das Lösegeld beschaffen, allein zur Übergabe fahren und schließlich allein ihren Mann, wo auch immer, abholen? Ist es das, was sie uns hier und heute verkaufen wollen?« Kling wandte sich persönlich an Thoelke: »Herr Hauptkommissar, Sie tragen die Verantwortung, was sagen Sie dazu?«

Thoelke drückte auf den Knopf des Tischmikrofons, räusperte sich kurz und antwortete:

»Ja. Das ist korrekt, Herr Kling. Ich leite diese Kommission und freue mich, dass Sie stellvertretend für Ihre Kollegen und Kolleginnen und auch für weite Teile der Bevölkerung, die ähnlich wie wir geschockt sind über das, was am 16. September in der Hansestadt passiert ist, diese Frage gestellt haben. Vielen Dank dafür.« Thoelke wischte sich eine Strähne aus der Stirn. »Aber es ist so, wie es der Sprecher der Innenbehörde Klaus Pohl vorgetragen hat. Die Polizei Hamburg kann nur aktiv werden, wenn wir kontaktiert und um Hilfe gebeten werden. Wir müssen Kenntnis über eine Straftat haben. Deshalb ist es auch so wesentlich, und das sage ich hier noch einmal in aller Deutlichkeit, bei Straftaten umgehend die Polizei zu kontaktieren. Wir können nur eindringlich davon abraten, in welcher Konstellation auch immer, allein aktiv zu werden. Gerade weil auch die Ermittler in der Rekonstruktion von Entführungen geübt sind. In 90 Prozent der Fälle werden Entführungen in Deutschland aufgeklärt.« Thoelke trank einen Schluck Wasser. »Um etwaige andere Fragen bezüglich des aktuellen Standes gleich vorweg zu beantworten. Aufgrund der laufenden Ermittlungen können wir dazu nichts sagen. Nur so viel: Solange nicht das Gegenteil bewiesen ist, gehen wir davon aus, dass wir Philipp Asmussen lebend zurückbekommen.«

Thoelke drückte auf die Stummtaste und zog sich seinen Nasen-Mund-Schutz übers Gesicht. Pohl nickte zustimmend und schloss die Pressekonferenz:

»Ich danke Ihnen für Ihre Zeit.«

Dann verließen die beiden Männer den Saal. Mit etwas Glück hatten sie sich mit diesem Auftritt einige Tage Verschnaufpause verschafft.

***

Eine Verschnaufpause hatte auch Julia nötig. Sie war durch den gestrigen Besuch und der Begegnung mit Andreas und seinem Vater in Hannover aufgewühlt und durcheinander. Sie hatte den Kopf voller Fragen. »Hör auf, wie eine hilflose Frau zu denken, sei du selbst!«, sagte sie leise vor sich hin. »Beginne mit den Sachen, die du weißt!«

Doch was wusste sie? Da war zum einen Philipp! Sie vermisste ihn und wollte ihn zurück. Der Gedanke, er könne jetzt wirklich tot sein, erdrückte sie von Tag zu Tag mehr. Ihre Herzen schlugen noch immer im selben Takt. – Doch dass er nie mit ihr über die Adoption gesprochen hatte, war auch so eine typische Philipp-Sache, die sie nicht verstand. Wo war das Problem gewesen? Scham? Fehlendes Vertrauen? Julia schüttelte verzweifelt den Kopf und schluckte das Unverständnis darüber hinunter. Sie wollte nicht abschweifen, musste sich konzentrieren, wollte keinen Fehler machen und kam in ihren Überlegungen auf das Wesentlichste zurück: Andreas, ihren *Neu-Schwager* und das größte Fragezeichen von allem. Scheinbar Bruder und Bruderentführer in einer Person sowie der Schlüssel zu Philipps Versteck. Sie tat richtig daran, bei ihrer Strategie zu bleiben, ihn in der Nähe zu halten. Doch ansprechen wollte sie es nicht, noch nicht. Und falls er wirklich mehr Geld wollte und das der einzige Grund seines Auftauchens war, würde sie das auch regeln können, selbst wenn sie sich dafür etwas einfallen lassen musste.

Dr. Michels jedenfalls, der einst so aufmerksame Sparkassenleiter, war bei ihrem Besuch am Dienstag, als sie sich über Kryptowährungen, Wallets und Tradingplattformen informieren wollte, wesentlich reservierter als sonst. Als er das Wort *Bitcoins* hörte, hatte er ihr unaufgefordert den Hinweis gegeben, dass bei Lösegeldforderungen zum Teil auch der Staat vorstrecken könne. Okay, das war neu. Doch Michels hatte sich noch gesteigert, was sie als bodenlose Impertinenz empfand. Noch immer hallten ihr seine Worte in den Ohren: »Die liquiden Mittel Ihres Mannes wurden mit der letzten Abbuchung arg überstrapaziert.« Schlimmer noch, er erinnerte mit sehr besorgter Miene an die monatliche Kreditrate in Höhe von knapp 8.400 Euro für die Villa sowie andere Fixkosten, etwa die Kanzleimiete in ähnlicher Höhe, die zum jeweils 15. eines Monats, also in zwei Wochen, fällig war. »Jetzt, da keine Anwaltsrechnungen mehr geschrieben werden, kann es schnell eng werden.« Julias Return, die Villa sei bestimmt auch noch ein paar Euro wert, verfing sich dagegen flugs im Netz. »Das Kerngeschäft einer Sparkasse, Frau Asmussen, liegt in der Kreditvergabe und nicht im Notverkauf von Immobilien.« Das Ergebnis war schnell ausgemacht: Punkt. Satz. Game over.

Das Klingeln an der Haustür katapultierte sie aus der Sparkasse zurück in ihre Küche. Sie schaute auf ihre Uhr am Handgelenk, kurz vor zehn, ging durch den Flur und öffnete.

Sophia plapperte gleich los:

»Wo warst du gestern? Bist weder ans Handy gegangen noch hast du zurückgerufen. Ich war kurz davor, Thoelke zu bitten, dich orten zu lassen.«

»Darüber wollte ich auch mit dir sprechen«, sprudelte das schlechte Gewissen aus Julia raus.

»Über Thoelke?«

»Nein, Quatsch. Ich war gestern in Hannover. Bei Andreas' Vater!«

»Du hast bitteschön was gemacht?«, fragte Sophia irritiert.

Julia nahm Sophia die Jacke ab und hängte sie an die Garderobe.

»Ich habe mich gestern mit Andreas in Hannover getroffen. Wir haben zusammen seinen Vater besucht. Ein älterer und sehr liebenswerter Herr.«

»Das wird ja immer besser«, Sophia rollte mit den Augen. »Wieso hast du mir nichts gesagt? Ich wäre doch mitgekommen! – Oder wolltest du mich nicht dabei haben? Habe ich was falsch gemacht? Ich dachte, wir sind ein Team?«

Julia ging einen Schritt auf Sophia zu, drückte sie fest an sich und flüsterte:

»Es tut mir leid. Hörst du, es tut mir so leid. – Das war blöd von mir.«

»Und unklug. Auch wenn Andreas nur ein armes Würstchen ist, das keiner Fliege was zuleide tun kann.«

Julia löste die Umarmung.

»Darüber möchte ich mit dir sprechen.«

»Über Andreas?«

Julia nickte verlegen.

»Vergiss es, ich bin nicht interessiert.«

»Aber das weiß ich doch«. Julia musste unweigerlich kurz auflachen. Sie wollte es nicht, doch ihr Lachen rutschte ihr reflexartig heraus. »Setz dich bitte. Ich hole uns etwas zu trinken und erzähle dir alles.«

Gesagt, getan. Die nächsten 40 Minuten gehörten Julia. Zuweilen hatte sie Mühe, ihre Zunge ihren Gedanken folgen zu lassen. Sie erzählte, wie sie Andreas spontan angerufen und ihn gebeten hatte, seinen Vater kennenzulernen, davon, wie herzlich sie von Klaus Linnemann empfangen wurde und wie sie auf der Terrasse bei zu viel Torte geredet hatten. Davon, dass Andreas ihrer Ansicht nach mit der Entführung ihres Mannes zu tun hatte, sagte sie, obwohl sie es spontan vorgehabt hatte, nichts.

»Also ist Klaus Linnemann wirklich Philipps biologischer Vater?«, fragte Sophia, die Mühe hatte, alle Einzelheiten zu verstehen, und endlich wieder zu Wort kam. »Ist es das, was du mir sagen willst?«

»Davon bin ich seit gestern noch fester überzeugt! Ich hoffe nur nicht, dass der eine gehen musste, damit der andere kommt …«

Ein Hauch von Tragik lag in ihrer Stimme.

»Was hältst du davon, wenn wir deine Überzeugung in Sicherheit tauschen?«

Julia verstand nicht.

»Ich meine, wir könnten doch einen DNA-Test machen lassen!«

In diesem Moment klingelte es erneut an der Haustür und Julia schreckte hoch.

»Ich gehe schon«, beruhigte Sophia, sprang auf, stöckelte los und kam mit Claudia Reimann zurück.

Besorgt schaute Julia zu ihr hinauf, als wolle sie am Gesichtsausdruck der Kommissarin den Grund des Besuches ablesen. Hatte die Polizei herausgefunden, dass Andreas etwas mit der Entführung zu tun hatte?

»Guten Tag, Frau Asmussen«, begann Claudia. »Darf ich mich zu Ihnen setzen?«

Julia nickte und bedeutete ihr, sich in den freien cremefarbenen Sessel zu ihrer Linken zu setzen. Doch bevor die Kommissarin etwas sagen konnte, übernahm Sophia und berichtete Julia nun ihrerseits vom Tag zuvor. Davon, dass sie bei Julia vor verschlossener Türe stand, in der Auffahrt fast mit Claudia zusammengestoßen wäre und beide sich daraufhin mit einem Kaffee an die Alster setzten.

Julia schien erstaunt, verwundert, sogar etwas besorgt.

»Warum habt ihr einen Kaffee zusammen getrunken?«

»Wir haben uns Sorgen um dich gemacht, Süße«, erklärte Sophia. »Du warst nicht zu Hause, warst nicht erreichbar und ich in

Todesangst um dich.« Sie nahm einen Schluck aus ihrem Wasserglas. »Du kannst dir sicherlich vorstellen, wie froh ich war, als in diesem Moment die Kommissarin auftauchte.«

Julia wandte sich Claudia Reimann zu. Sie wollte den Grund für den gestrigen Besuch hören.

»Was wollten Sie denn von mir?«, fragte sie angespannt.

»Ich wollte mich bei Ihnen entschuldigen!«

»Entschuldigen? Wofür?«

»Lass sie doch erst mal aussprechen«, versuchte Sophia das Gespräch zu lenken.

Julia schaute kurz zu Sophia und sah in ein warmherziges Lächeln. Es war dasselbe Lächeln, das Sophia ihr bereits bei ihrem ersten Besuch, damals mit Bertie, geschenkt hatte. Es beruhigte sie und sie wusste, es würde alles gut werden. Sie schaute wieder zur Kommissarin, lächelte betreten und sagte:

»Ich muss mich entschuldigen. Ich habe Sie unterbrochen.«

Nun lächelte auch Claudia und fuhr fort:

»Ich möchte mich für das Verhalten von Hauptkommissar Thoelke in den letzten Tagen und Wochen entschuldigen. Und diese Worte des Bedauerns kommen nicht von mir, sondern direkt von oben.«

»Vom Innensenator?«

Claudia hob die Hände und winkte ab.

»Nicht doch. Den Innensenator kenne ich nur aus den Zeitungen. Nein, nein. Polizeipräsident Cordt Möller bat mich darum, Ihnen diese aufrichtige Entschuldigung auszurichten in der Hoffnung, dass Sie sie annehmen.«

Julia war erleichtert, sah zu Sophia, dann wieder zurück, denn die Kommissarin war noch nicht fertig.

»Das heißt, dass ich ab sofort Ihre direkte Kontaktperson bin. Nicht mehr Hauptkommissar Thoelke, sondern ich.« Die Kommissarin fixierte Julias Gesicht. »Also, wenn ich helfen kann, offiziell, inoffiziell, sagen Sie es mir einfach. Ich bin für Sie da!«

»Inoffiziell?«

Claudia Reimann beugte sich im Sessel vor.

»Ich meine damit, wenn Sie eine Frage zu den aktuellen Ermittlungen haben, eine Auskunft benötigen, vielleicht sogar einen Gedanken gemeinsam *Off the Record* zu Ende spinnen wollen, der nicht gleich aktenkundig gemacht werden soll. – Sie wissen schon!?«

Julia stand auf, holte der Kommissarin aus der Küche ein Glas, füllte es und begann davon zu erzählen, worüber sie gerade mit Sophia gesprochen hatte, bis es klingelte. Und sie fragte sich nun, wo doch alle so gemütlich beisammen saßen, ob die Kommissarin das übernehmen könne.

»Eine DNA-Analyse?«

Julia nickte kurz, aber bestimmt.

»Ja. – Meinen Sie, das könnten Sie für mich tun? Inoffiziell?«

»Aber sicher, Frau Asmussen. Ich brauche lediglich zwei Proben zum Abgleich.«

***

Nach der Pressekonferenz rief Thoelke in Alsterdorf Thomas Krug und Youssef Nadi zusammen. Er wollte die paar Tage Ruhe, die er nun vor den Medien zu haben glaubte, nutzen, um effektiv weiterzuarbeiten. Er brauchte Ergebnisse, zumindest aber eine Leiche, sonst würde ihm der Fall in spätestens 14 Tagen abgenommen werden. Ohne Leiche kein Mord. Ohne Mord keine MOKO, sondern lediglich ein Vermisstenfall, der über kurz oder lang zu den Akten gelegt werden würde. Eine Horrorvorstellung! Würde dieses Scheitern einen Knick in seiner ohnehin fragilen Vita bedeuten?

»Was haben wir?«, begann Thoelke und schaute in zwei stumme Gesichter, die nichts Neues zu vermelden hatten. Er schlug mit der flachen Hand auf die Tischplatte. »Leute, aufwachen! Was – haben – wir?«

Er schaute fragend zu Krug.

»Was ist mit dem Alibi der Wójcik-Brüder, Thomas? Wo waren die beiden am Mittwoch zwischen 16 und 19 Uhr?«

»Die beiden waren zur Tatzeit zwar in der Nähe der Ferdinandstraße, aber hatten einen Geschäftstermin in den Katakomben des Millerntor-Stadions des FC St. Pauli. Es ging dort um mögliche Sponsorships. Die Wójciks wollen sich noch mehr in Hamburg engagieren und vor allen Dingen sichtbarer werden. Anscheinend haben sie nun den Fußball für sich entdeckt. Die Besprechung lief von halb vier bis kurz vor acht. Viele Zeugen. Absolut wasserdicht.«

»Könnte natürlich auch extra so gelegt worden sein! Die Wahrscheinlichkeit, dass wir bei den Ermittlungen auf die Wójcik-Brüder stoßen würden, war hoch. Deshalb dieser Termin, während andere die Drecksarbeit verrichteten.«

»Möglich, ja.«

»Die Observierung unbedingt weiterlaufen lassen!«, sagte Thoelke und wandte sich an Youssef:

»Was sagt das Archiv?«

»Vor zwei Jahren gab es einen Vermisstenfall in Geesthacht. Aufgrund der Ausgangslage gab es den Anfangsverdacht einer Entführung. Man hatte auf dem Parkplatz eines Discounters einen PKW mit halb offener Fahrertür entdeckt und den Fahrzeughalter nicht persönlich kontaktieren können. Weder zu Hause noch am Handy. Doch als nach 42 Stunden der Halter wieder auftauchte, war der Spuk auch schon vorbei.«

»Wo hatte er sich denn die zwei Tage lang rumgetrieben?«

»Weiß man nicht genau, denn der alleinstehende Speditionskaufmann, damals 54 Jahre alt, konnte nur wenig zur Aufklärung beitragen. Das Einzige, woran er sich laut Ermittlungsakte erinnern konnte, war ein dumpfer Schlag auf den Hinterkopf, als er nachts gegen 23:30 Uhr ins Auto steigen wollte. Dann Filmriss. Entweder konnte oder wollte er sich nicht mehr erinnern.« Der Anwärter blätterte die nächste Seite seines Notizblocks auf und kam zum nächsten Fall. »Der letzte vergleichbare Fall in Hamburg unter prominenter Beteiligung war Jan Philipp Reemtsma im März 1996. Reemtsma wurde allerdings direkt von zu Hause aus, in Blankenese, entführt und ins knapp 150 Kilometer entfernte Garlstedt, nördlich von Bremen, gebracht.«

»Nur dass der Kontakt der Entführer zu Frau Reemtsma niemals abbrach!«, ergänzte Thoelke, der sich noch gut an diesen Fall erinnern konnte. Damals gab es allerdings eine Verabredung mit den Medien, nicht darüber zu schreiben, und die komplette Journaille hatte sich daran gehalten. Tja, das waren noch andere Zeiten. Er legte seine Stirn in Sorgenfalten und musste an die Göhrde-Morde denken. Die perfekten Verbrechen waren meist die, bei denen Täter und Opfer keinerlei Berührung hatten, im Prinzip Fremde waren. Er fühlte Tanjas Amulett auf der Brust.

»Hast du den Kollegen aus Lüchow-Dannenberg die Akte des Elbmörders rübergegeben?«

Youssef nickte.

Wenigstens eine gute Nachricht.

»Und?«

»Haben sich bedankt, Chef.«

***

»Was zählt, ist das gelebte Leben«, hatte Andreas' Tante Ilona immer zu ihm gesagt, als er noch klein war, und dabei ein wissendes Lächeln zur Schau getragen, das fast an das der Mona Lisa erinnerte. Doch damals hatte er die Worte nicht verstanden und ihr Lächeln nicht deuten können. Er fragte sich damals nur, ob es neben dem gelebten Leben auch ein ungelebtes Leben gab. Allmählich verstand er die Worte.

Beflügelt von dem spontanen Besuch Julias bei seinem Vater, wollte Andreas endgültig den Absprung aus dem Mief des Kuhkaffs schaffen und sein altes Leben hinter sich lassen. Denn wenn er etwas im Überfluss besaß, dann war es *ungelebte* Zeit. Die wollte er nun in wahres Leben eintauschen, bevor es zu spät wurde. Vielleicht sogar zusammen mit Sophia? Einen Job als Fachkraft für Lagerlogistik würde er im Hamburger Hafen trotz Pandemie schon finden. Da war er sich sicher. Die Wohnungssuche hingegen würde sich schwieriger gestalten. Dafür brauchte er Unterstützung, Vitamin J sozusagen. Er rief bei Julia an, der sein Anruf sehr gelegen kam. Sie lud ihn zum Abendessen ein, schließlich benötigte sie noch Andreas' DNA.

***

Die Dämmerung breitete sich längst über Hamburg aus, es regnete leicht, als Bertie bei Sophia eintraf. Er wuchtete sich aus der dunklen Limousine, griff sich Jackett und Laptop und signalisierte dem Fahrer, dass er Feierabend machen könne. Es war schon lange her, dass er bei Sophia gewesen war. Das musste im Wahlkampf gewesen sein. Damals noch mit Nina Schmidt, die eigentlich seinen Job wollte und sich kurze Zeit später aus der Landespolitik zurückzog. *Das Geschäft ist viel zu schnelllebig geworden*, dachte er, als er die fünf Stufen zur Tür hinaufging und die Hausglocke betätigte.

»Da bist du ja endlich! Konntest du dich wieder nicht loseisen?«

Bertie lächelte und folgte den goldenen Stilettos ins Esszimmer, wo Sophia einen kleinen Imbiss vorbereitet hatte. Bertie hatte immer Hunger. Also hatte sie eine vegane Zucchinisuppe mit Karotten und Kartoffeln vorbereitet, die sie jetzt nur kurz zu erwärmen brauchte.

»Setz dich bitte, Bertie«, forderte sie ihn auf und reichte ihm eine Flasche Wein samt Korkenzieher.

»Wie läuft es mit dir und Julia? Kommt ihr miteinander aus?«

»Oh ja«, sprach Sophia. »Scheint aber etwas labil zu sein, deine Julia.«

Bertie horchte auf. Er kannte Julia aus dem Effeff, doch Labilität hatte er noch nie bei ihr diagnostiziert.

»Inwiefern labil?«, fragte er und öffnete den 2016er Toskana-Tropfen. Er mochte die geraden Jahrgänge und füllte beide Gläser.

»Weißt du«, begann Sophia und erzählte ihm vom Herd in der Küche aus, dass Julia gestern nach Hannover zu Andreas und seinem Vater gefahren war, ohne ihr Bescheid zu geben. Und dass sie seit einigen Tagen irgendwie anders auf sie wirkte. Genauer konnte sie diese Veränderung nicht beschreiben.

»Interessant«, bemerkte Bertie, schwenkte sein Weinglas und fuhr fort: »Interessant insofern, als ich mir vorhin die Überwachungsfilme vom 16. September aus der Asmussen-Kanzlei noch einmal angeschaut habe. Doch dieses Mal habe ich es mit Andreas' Foto verglichen. – Es ist nur ein Verdacht, aber vielleicht kannst du dir die Streifen selbst mal anschauen. Du hast ihn ja bereits live und in Bewegung erlebt.« Bertie folgte Sophia in die Küche, öffnete den Laptop und spielte das Überwachungsvideo ab, auf dem die unbekannte Person die Kanzlei betrat. Dann, nach einer Wiederholung, ließ er die Sequenz auf Sophia wirken.

»Oh mein Gott, Bertie! Du hast recht! Von den Bewegungen, auch von der Größe in etwa könnte diese Frau mit Perücke wirklich Andreas sein«, stellte Sophia erschrocken fest, drehte sich um und wollte sofort zu Julia fahren. »Wir müssen zu ihr. Sie ist in Gefahr.«

Doch Bertie zog sie sanft an der Hand zurück.

»Bleib bitte hier.«

»Warum denn? Du hast es doch selber gesehen. Andreas hat ganz offensichtlich etwas mit Philipps Entführung zu tun und Julia ist in Gefahr!«, wurde sie lauter.

»Gib mir eine Sekunde«, bat Bertie im ruhigen Ton.

»Was denn noch?«

»Schau mal: Erstens glaube ich, dass Julia das mit Andreas bereits selbst irgendwie herausbekommen hat. Deshalb auch ihr verändertes Verhalten.«

»Warum aber hat sie sich dann weder dir noch mir anvertraut?«

»Gute Frage! Müssen wir klären!«

Sophia nickte und fragte:

»Und zweitens?«

»Zweitens habe ich die Überwachung in Harvestehude bereits verstärken lassen. Wir können also beruhigt zusammen essen. Julia ist in Sicherheit.« Bertie nahm Sophia den Holzlöffel ab. »Warum setzt du dich nicht an den Esstisch und ich bringe uns diese wirklich hervorragend duftende Suppe.«

»Du willst jetzt einfach so essen? Was ist mit Andreas? Ist er schon verhaftet?«

»Mit welcher Begründung hätte ich das tun sollen? – Weil er mit Frauenperücke die Asmussen-Kanzlei zur Tatzeit betreten hat und mit Philipps Wagen weggefahren ist?«

»Ja. Genau deshalb!«

»Wir sollten abwarten, bis er sich durch irgendetwas selbst verrät. Für seinen Auftritt könnte Andreas eine Menge Erklärungen haben, die wir ohne Philipps Aussage nicht widerlegen können. Er hat schließlich ordentlich geklingelt und ihm wurde geöffnet. Somit fällt auch Sachbeschädigung weg. Nein! Nach spätestens 24 Stunden wäre er wieder auf freiem Fuß. Und die Presse würde noch mehr auf uns einschlagen. Dann zu Recht, übrigens.« Bertie schüttelte den Kopf. »Es ist auch nicht absehbar, was solch eine Verhaftung bei den Komplizen auslösen würde. Wie würden sie reagieren? In Panik verfallen? Nein, ich denke, dass uns Andreas Linnemanns Verhaftung bei der Suche nach Philipp jetzt, nach über zwei Wochen, nicht weiterbringen würde. Entweder, und das halte ich für sehr wahrscheinlich, ist mein alter Freund bereits tot, was aber Linnemann nie zugeben würde, geschweige denn, dass er uns zu der Leiche führt oder Philipp lebt noch. In diesem Fall wird uns Linnemann eines Tages von selbst zu ihm führen. Bewusst oder unbewusst. – Wir müssen an ihm dranbleiben.« Bertie folgte Sophia ins Esszimmer, schöpfte mit einer Kelle Suppe in die tiefen Teller, brachte den Topf zurück in die Küche und setzte sich. »Bekommt du das hin – das mit dem Dranbleiben?«

Die unschuldige Sanftheit seiner Stimme, gepaart mit einem unbändigen Durchsetzungswillen, warf Sophia immer wieder vom Hocker. Der *schöne Bertie*! Hach! Was wären sie für ein Powerpaar! Aber drei Ehemänner hatte sie schon verschlissen. Es würde nicht gutgehen. Stattdessen antwortete sie mit einem Lächeln:

»Natürlich bekomme ich das hin, aber der Hunger ist mir vergangen. Die Suppe hier kannst du alleine auslöffeln.«

Tag 17
Freitag, 2. Oktober 2020

Die Luft war angenehm, der Morgen hell und die morgendliche Runde mit dem Bordercollie Bill lag bereits hinter ihm, als Thoelke um halb neun im riesigen Empfangsbereich der *Sozietät Wurzel Rechtsanwälte, Steuerberater, Notare* stand – Philipp Asmussens Partneranwälten. Man erkannte sofort, dass diese Kanzlei zu den größten Kanzleien in der Hansestadt, wenn nicht in ganz Deutschland gehörte. Die Büroflächen waren auf vier Etagen verteilt, so etwas hatte der Hauptkommissar bis jetzt nur bei »Boston Legal« und »Suits« gesehen. Er blieb stehen, schaute sich das rege Treiben an. Mit ihren Mäppchen und Coffee-to-go-Bechern bewegten sich alle wie die Ameisen. So viele. So beschäftigt. So in Eile. Sie schoben sich an ihm vorbei, hielten an und schwärmten weiter, bis sie schließlich über die Fahrstühle I bis IV sortiert in ihre Büros fuhren. Hier schien man weder vom Stellenwert des Homeoffice besonders überzeugt zu sein, noch jemals etwas von der Aufforderung der Bundesregierung gehört zu haben, es Arbeitnehmern zu ermöglichen.

Er schaute weiter zur Übersichtstafel neben den Fahrstühlen. Dort standen 40, vielleicht 50 Namen über- und nebeneinander, die alle Felder abzudecken schienen, die es rechtlich zu vertreten galt. Er las von Aktienrecht, Arbeitsrecht, Familienrecht über Versicherungsrecht, Bankaufsichtsrecht, Private Equity und Produkthaftung bis hin zu Venture Capital. Was zum Teufel waren Venture Capitals? Okay, das ging sicher über seine Gehaltsklasse hinaus.

Hinzu kam noch die Assistenz aus den einzelnen Bereichen. Was für ein riesenhafter Pott! Gerade im Vergleich zu Philipp Asmussens Zwei-Mann-Klitsche. Er war beeindruckt! Thoelke scannte erneut die Übersicht und wusste gar nicht, wo er anfangen sollte. Er erinnerte sich an Krüger, seinen Ausbilder von der Polizeischule, der immer gesagt hatte, der Fisch stinkt vom Kopf her. Gut das passte jetzt nicht ganz, aber oben anzufangen, würde einfach Zeit sparen. Er ging zur Informations- und Auskunftsstelle, zeigte seine Dienstmarke und bat darum, den Chef des Ganzen zu sprechen.

»Sie meinen sicherlich unseren Managing Partner, Dr. Wurzel. Ist es nicht so?«, fragte die aufmerksame Brünette mit verständnisvollem Nicken, nachdem sie die Marke inspiziert hatte, und reichte ihm einen Fahrstuhlchip. »Bitte nehmen Sie den Fahrstuhl I und halten Sie diesen Chip vor das kleine Fenster links neben der Tür. Sie werden dann automatisch zu Herrn Dr. Wurzel gebracht.«

Eindeutig besser als ›Boston Legal‹, dachte Thoelke, nahm das Fahrstuhlteil entgegen, fuhr mit der rechten Hand über seinen Scheitel und dann nach oben. Mit dem ganzen Brimborium hier hatte er nicht gerechnet. Es ärgerte ihn fast ein wenig, dass er keine Krawatte dabei hatte. So strich er noch schnell seinen braunen Trenchcoat glatt, bevor er nur Sekunden später von Frau Ahrendt, der Vorzimmerdame, empfangen wurde. Sie wusste bereits Bescheid, dass die Polizei im Hause war, und führte ihn zu Dr. Wurzel.

Dort begann der Hauptkommissar bei einer Tasse schwarzem Tee von dem Verschwinden der Wójcik-Akten zu berichten. Er sagte, er wolle sich mit seinem Besuch persönlich erkundigen, wie die Vorbereitung des Berufungstermins laufe und ob für eine reibungslose Verteidigung gesorgt sei. Immerhin seien nicht nur die Akten, sondern auch Philipp Asmussen verschwunden – ein schwerer juristischer Verlust, nehme er an.

Doch sein Gegenüber zuckte nur unbeeindruckt mit den Schultern. Nach einer längeren Pause antwortete Wurzel:

»Sie müssen verzeihen, Herr … äh.«

»Thoelke. Hauptkommissar Thoelke, mit oe.«

»Ja, richtig. Also, Sie müssen verzeihen, Hauptkommissar Thoelke, aber das unterliegt der Schweigepflicht. Selbst wenn ich wollte, dürfte ich nicht. Sie verstehen sicherlich, dass dieser Prozess von höchster Brisanz und größtem öffentlichen Interesse ist. Deshalb ist es hoffentlich für Sie nachvollziehbar, dass ich Ihnen über unsere Strategie keine Informationen geben kann.«

»Nein, nein«, versuchte Thoelke sich bei Wurzel Gehör und Gewicht zu verschaffen. Er hob beschwichtigend beide Hände. »Es geht mir nicht um Einblick in die Akten oder gar in Ihre Strategie. Wo denken Sie hin? Ich wollte nur Ihre Einschätzung zum jüngsten Verschwinden der Wójcik-Akten aus der Kanzlei Ihres Partneranwalts Philipp Asmussen erfahren. Würden Sie diese, Ihre Einschätzung mit mir teilen wollen?«

Thoelke schaute beinahe flehend zu Wurzel, der weiterhin ungerührt wie ein König unter dem riesigen Ölgemälde seines Vaters und Kanzleigründers Willibald Wurzel thronte und sich gerade scheinbar genötigt fühlte, hier und jetzt mit dem Fußvolk Hof zu halten.

»Sie werden sicher verstehen, dass ich zu der Sachlage nichts sagen werde. Weder zum Kollegen Asmussen noch zu den Akten, die, wie Sie sagen, beim Kollegen verschwunden sind.«

»Schon richtig, die Schweigepflicht«, wiederholte Thoelke und schenkte sich Tee nach. Eigentlich mochte er keinen schwarzen Tee. Der war Gift für seinen Magen. Doch ihn ließ das Gefühl nicht los, dass er gehen müsse, wenn seine Tasse erst einmal leer war. So nippte er tapfer weiter und setzte nochmals an: »Aber mir geht es um Ihre ganz persönliche Einschätzung. Was denken Sie darüber?«

»Was ich persönlich denke, wollen Sie wissen?«

»Ja, Herr Dr. Wurzel.«

Thoelke sah sich nach zwei Tassen endlich am Ziel dieses zähen Morgens.

»Ich persönlich denke, dass Sie, also Sie persönlich, Herr Hauptkommissar Thoelke mit oe, ein Problem haben.«

»Ich?«, fragte Thoelke verdutzt. »Warum sollte ich ein Problem haben?«

»Waren Sie vergangene Woche Freitag bei den Wójciks zu Hause?«

Thoelke wusste nicht, worauf Dr. Wurzel hinaus wollte, war aber über jeden weiteren Austausch dankbar.

»Ja, das ist korrekt. Ich war ermittlungsbedingt dort.«

»Sie geben es also zu?«

»Was soll ich zugeben?«

»Dass Sie bei meinen Mandanten, den Brüdern Wójcik, waren.«

»Ja, das gebe ich zu. Was ist so schlimm daran?«

Thoelke nahm ein klitzekleines Funkeln wahr, das bei seiner Antwort in Wurzels Augen leuchtete. Es hatte etwas Triumphierendes.

»Meine ehrenwerten Mandanten, namentlich Tomasz und Andrzej Wójcik, haben sich über Ihren Besuch vom vergangenen Freitag, also vor genau einer Woche, beschwert.«

»Wie, beschwert? Über mich?«

»Sie scheinen seltsame Ermittlungsmethoden zu haben. Tauchen nachts ohne Anhaltspunkte, ohne Termin im Privatdomizil meiner Mandanten auf, behandeln sie wie Tatverdächtige, sollen sogar geschrien haben, um nur einige Anschuldigungen zu wiederholen.«

»Das ist absoluter Unsinn, bei allem Respekt! Und von nachts kann nun weiß Gott keine Rede sein …«

»Das ist gut, Herr Hauptkommissar. Ich habe Ihren Berufsstand auch smarter in Erinnerung. Dennoch stehen diese Vorwürfe im Raum und Sie geben zu, dort gewesen zu sein.«

»Aber …«

»Noch ist die Beschwerde nicht zugestellt. Lassen Sie mich einmal eruieren, was ich vermitteln kann«, verkündete Dr. Wurzel majestätisch, erhob sich aus dem schweren Ledersessel und signalisierte damit, zweite Tasse hin oder her, das Ende der Audienz.

***

Als Thoelke nach dem Besuch bei König Wurzel kurz vor zehn Uhr im Kommissariat in Alsterdorf eintraf, hatte er das Gefühl, mit einer einzigen Frage in ein Gespräch hineingegangen und mit Tausenden wieder herausgekommen zu sein. Er ging die Stufen hoch, schlenderte den Flur entlang, vorbei an Dagmar Rolffs' Büro, blieb stehen, drehte bei und enterte mit der typischen *Ich-brauch-jetzt-ein-Schlückchen-zu-trinken*-Handbewegung ihre Acht-Quadratmeter-Box. Er wusste nur zu genau, dass sie in ihrer Schublade nicht nur Süßes, sondern auch Hochprozentiges lagerte. Genau das brauchte er nun, als Gegengift zum schwarzen Tee.

Nach dem kurzen Tankstopp ging er beschwingt weiter, flegelte sich in seinen Bürostuhl und ließ sein MOKO-Team anrauschen. Es gab Redebedarf. Dann ließ er seinem angestauten Frust ohne Umschweife freien Lauf. Er erzählte von seinem Totalschaden bei Wurzel, der ihn komplett gegen die Wand hatte fahren lassen. Dieser eitle Schnösel, der sich wie ein römischer Feldherr aufgeführt hatte und vor Kraft kaum sprechen konnte; dessen Herrschaftsanspruch unendlich gewesen wäre, wenn es nicht dieses kleine gallische Dorf inmitten seines Reiches gegebenen hätte.

»Römischer Feldherr? Gallisches Dorf?«, fragte Youssef verwirrt und kritzelte in seinem Block.

»Kennst du nicht Asterix und Obelix, die unbeugsamen Gallier?«, versuchte sich Thoelke an einer Übersetzung.

»Doch, schon.«

»Aber gelesen hast du sie nicht?«

»Nein«, antwortete der Kommissaranwärter kleinlaut, schaute in Thoelkes Gesicht, das ihn zu bedauern schien, und schob vorsichtshalber ein »leider!« hinterher.

»Wir befinden uns im Jahre 50 vor Christus. Ganz Gallien ist von den Römern besetzt … Ganz Gallien? Nein!«, erlöste ihn Thomas Krug von dem Rätsel und bezog sich auf die legendären Anfangssätze eines jeden der Asterix-Magazine, die er in seiner Jugend verschlungen hatte.

Thoelke nickte mit einem Spitzbubenlächeln. Er müsste häufiger bei der Rolffs stoppen. Das Zeug löste die Zunge und die Stimmung. Er fuhr fort:

»Dabei ist Dr. Wurzel, der eine der größten Sozietäten führt, im Wójcik-Prozess nur Junior-Partner. Während Philipp »Asterix« Asmussen, als kleines Zwei-Mann-Dorf, sagt, wo es langgeht. – Schon seltsam, Leute, oder?«

»Du meinst, Dr. Wurzel steckt hinter der Entführung?«, fragte Claudia.

»So weit will ich noch nicht gehen, aber er ist zweifellos ein Nutznießer des Ganzen. Der Zeitpunkt hätte nicht besser gewählt sein können.« Thoelke musste in seiner Aufregung kurz aufstoßen, was ihn aber nicht aus dem Konzept brachte. Im Gegenteil, seine Wangen glühten, der Motor lief. »In der ersten Instanz hat Asmussen als Senior-Partner mit Wurzels 50-Mann-Laden als Junior-Partner den Prozess verloren. Jetzt im Berufungstermin, vorausgesetzt, Asmussen bleibt weiterhin verschwunden, wäre »Cäsar« Wurzel automatisch in der ersten Reihe. – Wenn er das Ding dann noch gewinnen würde ...«

»Dann wäre er die Nummer eins«, beendete Thomas Krug den Satz.

»Richtig. Und Gallien erobert.«

Alle schwiegen.

Dann war es Claudia, die die Stille durchbrach.

»Wen haben wir denn alles auf unserer Verdächtigenliste?«, bohrte sie nach und begann gleich selbst mit der Aufzählung. »Zum einen die Wójcik-Brüder.«

»Motiv?«

»Weil Asmussen zu viel von den Clangeschäften wusste.«

»Beweise?«

»Nope.«

»Müssen wir dranbleiben und die Brüder werden ja auch weiter observiert!«

»Zum anderen, unverändert, seine Ehefrau Julia«, zählte Claudia weiter.

»Motiv?«

»Eifersucht?«

»Worauf?«

»Möglicherweise hatte Philipp Asmussen eine Affäre?«

»Beweise?«

»Nope.«

»Aber vielleicht ... ja vielleicht hatte ja auch ... Julia ... eine Affäre? Beziehungsweise eine neue Liebe? Könnte doch sein?«

»Neue Liebe?«

Thoelke wurde hellhörig und kramte in seinen Papierstapeln nach den Verbindungsnachweisen von Julias Handy. Ihm war dort, seit einigen Tagen erst, vermehrt eine neue Telefonnummer aufgefallen, die er mit einem gelben Filzstift markiert hatte. Von dieser Nummer wurde nicht nur Julia zu verschiedenen Uhrzeiten angerufen, sie hatte sie auch selbst mehrmals angewählt. Er wies auf die entsprechenden umrahmten Zeilen und reichte den Ausdruck an Claudia weiter.

»Bitte überprüfen, was es mit dieser Nummer auf sich hat, ich bleibe weiter an den Brüdern dran.«

Claudia schaute auf die Markierungen und war überzeugt, dass die Nummer zu Andreas Linnemann gehörte. Sie fragte sich, warum Thoelke über dessen plötzliches Auftauchen in Julias Leben nicht informiert war, trotz Abhöraktion. Egal! Sie hatte ihn schließlich auch nicht informiert und der Innensenator anscheinend ebenso wenig. Ihr gefiel dieser Gedanke. Er hatte Potenzial. Und gedanklich war Claudia ohnehin schon einen Schritt weiter. Sie dachte bereits darüber nach, ob es nicht eine Verbindung zwischen Andreas Linnemann und den Wójcik-Brüdern gab? Vielleicht war Andreas der Laufbursche der Wójciks gewesen?

***

Arm oder reich? Rotlicht oder roter Teppich? Freiheit oder Knast? Tomasz und Andrzej Wójcik hatten sich schon oft im Spannungsfeld zweier Pole befunden. Nur dass mit der Zeit die Luft dünner, die Abwärtsspirale schneller und die Aufmerksamkeit größer wurde. Früher, ja früher hatten sie um jeden Preis auffallen wollen, heute waren sie froh, wenn die Geschäfte unter dem Radar abliefen. Und die Geschäfte liefen gut. Längst waren die Brüder das Maß aller Dinge, die ungekrönten Könige von St. Pauli. Und nicht nur das. Auch auf Mallorca und Ibiza trieben sie angeblich ihr Unwesen und versorgten Insulaner und Touristen mit feinstem Kokain. Dies allerdings war reine Spekulation. Doch auch ohne die Inselgeschäfte winkten mehrere Jahre Gefängnis, und das nur, weil die Brüder ungern teilten. Viele ehemalige Weggefährten und intime Kenner der Strukturen fühlten sich abgehängt und für dumm verkauft. Sie wurden lauter und lauter, bis die Brüder schließlich in die Anklageschriften der Justiz gelangten. Dort tummelten sich so illustre Straftatbestände wie Steuerhinterziehung, Beihilfe zum Betrug, Untreue und der Vorwurf, mit illegalen Geschäftspraktiken einen millionenschweren Bankkredit erschlichen zu haben. Eine lange Haftstrafe schien denkbar. Anders als in ihrer Heimat Polen. Dort saß nämlich ihr Onkel seit unglaublichen 27 Jahren in der Landesregierung. Dort ging immer was. Doch Jammern und Fernweh nutzten den beiden nichts. In drei Wochen begann der Prozess. Insofern waren sie gut beraten, den Ball flach zu halten und Feldherrn Wurzel mit seinen Truppen machen zu lassen. Eigentlich! Aber Tomaszs Motto »Wer Hilfe braucht, ist besiegbar« sprach dagegen. Sie mussten weiter aktiv die Zügel in der Hand halten.

»Was machen wir mit dem Scheißkerl?«, grummelte Andrzej in die drückende Atmosphäre des verregneten Nachmittags hinein.

»Wachtmeister Thoelke?«

Andrzej nickte und kaute nervös an den Fingernägeln seiner rechten Hand. Die verlorene erste Instanz und damit einhergehende Gefahr, in den Knast wandern zu müssen, hatte bei dem Jüngeren der beiden Angstattacken ausgelöst. Auch ahnte er, dass die Beschwerde bezüglich des Thoelke-Besuchs nur von kurzer Freude sein würde, wenn sie überhaupt aufkam.

»Wir lassen uns nichts von dem anhängen, wir müssen ihn im Zaum halten.«

»Aber wie, Bruderherz? Den Umschlag hat er nicht angenommen, nicht mal reingeschaut.«

»Dabei hat er einen neuen Anzug dringend nötig«, witzelte Tomasz und wurde wieder ernst: »Aber vergiss nicht. Jeder hat eine Achillesferse. Frau, kleines Kind, kranke Mutter. Auch der Wachtmeister hat seinen wunden Punkt, glaub mir.«

***

Claudia hingegen schien Thoelkes Achillesferse längst ausgemacht zu haben: Er war schlecht informiert. Irgendjemand aus der oberen Etage ließ ihn im Dunkeln tappen, wahrscheinlich um einer wiederholten übereilten Verhaftung vorzubeugen. Doch Claudia konnte das *Warum* egal sein. Das Schicksal meinte es gut mit ihr. Sie musste jetzt mithilfe der Girlsgang den Wissensvorsprung weiter ausbauen und diesen an der richtigen Stelle platzieren. Sie dachte an den Polizeipräsidenten persönlich. Doch sie konnte ja nicht einfach bei ihm reinstolpern. Es musste gut vorbereitet sein und würde ihr alles abverlangen. Sie hatte nur einen Schuss und wollte diese Chance unter keinen Umständen ungenutzt verstreichen lassen.

Doch sie wollte auch ihr Privatleben in den Griff bekommen. Christian, ihr Langzeitverlobter, drehte mal wieder seit Tagen am Rad und damit an ihrem Nervenkostüm. Seit etwa einem Jahr hatte seine Autorentätigkeit Fahrt aufgenommen. Die ersten Verkaufszahlen stimmten alle glücklich, mehrere Lesungen waren für den Frühling vereinbart gewesen, doch durch Corona waren erst die Leipziger Buchmesse im März und dann Woche um Woche alle weiteren Termine gestrichen worden. Ohne Lesungen – weniger

Einnahmen. Auch der Buchhandel würde spätestens bei der zweiten Welle erneut seine Pforten schließen. Ohne Buchhandel – noch weniger Einnahmen.

Dann blieben allein der Verkauf über Onlineplattformen und Christians nicht auszuhaltender Frust, der sich, da hatte Thoelke Recht, auf Claudias Gemüt auswirkte. Sie war schließlich keine Maschine, der das nichts ausmachte. Sie merkte, wie sie schon beim bloßen Gedanken daran verzweifelte. Sie war angefressen, richtig angefressen: auf Christian, auf Corona, auf den Buchhandel! Und letztlich auch auf den fehlenden Weltfrieden. – Doch andererseits wäre sie dann arbeitslos.

***

Die Asterix-Obelix-Analogie hatte etwas sehr Anschauliches gehabt, lobte sich Thoelke nach der Besprechung. Die Frage war nur, ob Philipp Asmussen auch einen Zaubertrank dabei hatte. Thoelke stand auf, öffnete das Fenster und lehnte sich hinaus. Der Regen war stärker geworden. Dennoch meinte er in der Ferne »Billie Jean« von Michael Jackson zu hören und summte gerade den Refrain mit, als plötzlich Matthias aus der IT im Türrahmen auftauchte.

»Wir haben das Handy des Toten orten können. Es wurde für knapp 90 Sekunden eingeschaltet!«

»Von welchem Toten?«, fragte Thoelke und schloss das Fenster.

»Philipp Asmussen, Chef. Ich habe das Zielgebiet auf den Rechner geschickt.« Matthias folgte Thoelke an den Bildschirm. »Allerdings war die Zeit zu kurz dafür, die exakten Koordinaten festzustellen. Aber eine Annäherung, immerhin. Das Handy befindet sich zwischen Buxtehude und Hollenstedt, etwa 25 bis 35 Kilometer Luftlinie von hier.«

»Gute Arbeit, Matthias«, lobte Thoelke, informierte Claudia und bat sie, die Suchtrupps entsprechend zu konzentrieren. Dass das Handy eingeschaltet wurde, wenn auch nur kurz, konnte nur bedeuten, dass die Entführer – oder die vermeintlichen Entführer, sollte Julia Asmussen sie engagiert haben – ungeduldig wurden. Dass Philipp es selbst eingeschaltet hatte, schloss er aus. Asmussen hätte nicht anderthalb Minuten damit verplempert, irgendwelche Nachrichten abzuhören. Im Gegenteil, er hätte mit einem Notruf bei der Polizei welche produziert.

Tag 18
Samstag, 3. Oktober 2020 / Tag der Deutschen Einheit

Bertie schaltete die 20-Uhr-Nachrichten ein und sah, wie Bundespräsident Steinmeier bei der zentralen Einheitsfeier in Potsdam zum 30. Jahrestag der Deutschen Einheit an den Zusammenhalt der Gesellschaft appellierte und zugleich dazu aufrief, offen über Fehler und Ungerechtigkeiten zu sprechen. Der Umbruch, so Steinmeier, habe Ostdeutsche härter getroffen als Westdeutsche. Es sei unterschätzt worden, wie langlebig Benachteiligungen sein können.

Genau das ist der Punkt, dachte Bertie und musste an seinen ost-west-deutschen Freund Philipp denken. Was hatte er alles ertragen müssen? Bertie ging in die Küche, holte die aktuelle Ausgabe der Morgenpost, die er noch nicht gelesen hatte, während im Hintergrund weiter der Fernseher lief. Auch heute lächelte Philipp von der Titelseite. Thoelke schüttelte den Kopf. Was für ein Wahnsinn! Und die Mechanismen der Boulevardblätter liefen dabei stets nach demselben Muster ab. Kaum hatte eine Person einen gewissen Bekanntheitsgrad erreicht, ein gewisses Interesse geweckt, wurde sie von der Öffentlichkeit als Allgemeingut betrachtet, bei dem sich Distanz und Respekt vor Privatsphäre auflösten. Die Menschen wollten mehr über diese Person erfahren und die Medien fütterten sie, begannen Persönliches und Unpersönliches auszuschlachten. Alles für die Auflage. Genauso lief es im Fall Philipp Asmussen.

Die direkte Belagerung der Asmussen-Villa ließ zwar seit einigen Tagen nach. Dafür wurden nun alte Weggefährten ausgegraben und ins Rampenlicht gezerrt, die auch ihren Senf beisteuerten. In der Schlussredaktion wurde das Ganze gestreckt und unter dem

Thema »Neues in Sachen Asmussen« abgedruckt. Und Thoelkes Team durfte am nächsten Tag jedem noch so kleinen an den Haaren herbeigezogenen Hinweis nachgehen.

Heute allerdings gab es keinen Hinweis, heute erfuhr die interessierte Öffentlichkeit Philipps Spitznamen aus Kindertagen. Wow! Tim Krüger, der seit 15 Jahren im Ruhrpott lebte und zusammen mit Asmussen die Grundschule besucht hatte, ließ diese investigative *Bombe* in einer kleinen Anekdote platzen, mit der er, wie er vorgab, Julia Asmussen Mut machen wollte. Bereits in der Schule, berichtete Krüger einen Absatz weiter, sei Philipp, von allen nur »Fipsi« gerufen, ein sehr willensstarkes Kind gewesen. Und er sei sich sicher, dass er auch die Entführung gut überstehen und bald zu seiner Ehefrau nach Hause zurückkehren würde. Tadaa! Was für eine aufmunternde Nachricht musste das für Julia sein, heute, am Tag der Deutschen Einheit.

Tag 19
Sonntag, 4. Oktober 2020

Von Montag bis Freitag war es einfacher für Julia als an den Wochenenden, wenn die Zeit fast stillzustehen schien. Denn dann war sie allein, Sophia musste sich zu Hause um alles kümmern und so blieb es nur bei einem *Hey-alles-gut*?-Anruf. Wer hätte es ihr verdenken können. Doch für Julia hieß es, sich ablenken zu müssen. Rausgehen? Nicht, wenn es irgendwie vermeidbar war. Sie war es leid, das Tuscheln hinter vorgehaltener Hand weiter ertragen zu müssen. Kein Nachbar, kein Bekannter, niemand, den sie in den vergangenen Tagen auf der Straße getroffen hatte, war mitfühlend genug, sie ganz direkt auf Philipp anzusprechen. Sie hatten es sicherlich alle gut gemeint, wollten sie nicht in Verlegenheit bringen. Dabei hätte sie genau das gebraucht, die direkte, die echte Anteilnahme von Menschen, die Philipp nicht nur aus der Zeitung kannten.

Wehmütig ging sie in ihrem seit Freitag unveränderten Casual-Weekend-Schlabberlook, bestehend aus Philipps hellblauem Langarm-Shirt, Frotteehose und Wollsocken, zur TV-Kommode, zog die unterste Schublade auf und wühlte sich durch die DVDs. Sie wollte Philipp sehen, sein Lächeln, seine Bewegungen, seine Stimme hören. Doch alles, was sie fand, war »Notting Hill«, »Hangover 1–3«, »Bridget Jones«, »Batman«, »E-Mail für dich«, »Tatsächlich Liebe«, »Eat Pray Love«, »The Circle« und die Staffel eins bis acht von »Game of Thrones«. Sie arbeitete sich weiter vor. Endlich! Da war die DVD, ein Geschenk ihrer Freundin Gaby. Sie legte das Hochzeitsvideo ein, schmiegte sich mit Herzklopfen in die Kissen und zog sich die Decke über die Beine. Schon erklangen die ersten

Gitarrenklänge von David Bowies »Space Oddity« aus den Lautsprechern und ließen sie in andere Welten abheben.

***

Statt ebenfalls in andere Welten abzuheben, machte Thoelke auch am Sonntag einen kurzen Abstecher nach Alsterdorf. Erfahrungsgemäß waren sonntags weniger Kollegen dort, sodass es keinen störte, wenn er Bill mitnahm. Doch kaum hatte er im Büro den Hundenapf mit Wasser gefüllt, klopfte es an der Tür.

»Ich habe gehofft, dass Sie heute hier sind!«

Thoelke schaute auf und sah eine aufgelöste Petra Brandt vor sich stehen.

»So kommen Sie bitte rein.« Thoelke wies mit der Hand auf den ausnahmsweise leeren Bürostuhl. »Setzen Sie sich doch. Möchten Sie etwas trinken? Darf ich Ihnen etwas aus dem Automaten holen?«

»Nein, danke.«

»Oder etwas anderes?«

»Nein, vielen Dank.«

Petra Brandt tätschelte dem Hund die Flanken und beobachtete, wie Bill aus dem Napf trank. Dann setzte sie sich und kam ohne Umschweife auf den Punkt.

»Wir hatten noch mal Besuch.«

Thoelke verstand sofort, was sie meinte.

»Gestern Nacht?«

»Nee.« Petra Brandt schüttelte aufgeregt den Kopf. »Vor zwei Wochen.«

»Vor zwei Wochen?«, fragte er verwundert und verstand doch nicht.

»Also am Freitag nach dem Mittwoch. Am Mittwoch, den 16. September, wurde Philipp Asmussen verschleppt, richtig?«

»Achso, ja.«

»Und dann der Freitag danach, am 18. Da hatten wir in der Kanzlei noch mal Besuch, kurz vor halb sechs.«

Noch konnte Thoelke folgen, wollte aber Geschwindigkeit und Aufregung herausnehmen.

»Wollen Sie nicht doch etwas trinken, Frau Brandt? Ein Wasser vielleicht?«

»Vielleicht ganz gut, ja«, antwortete sie und atmete kurz durch. »Ein stilles Wasser wäre schön.«

Thoelke kramte in der Schublade nach Kleingeld, ging zum Getränkeautomaten am Ende des Flurs und kam mit zwei Flaschen Wasser und zwei Gläsern zurück. Dann resümierte er das soeben Gehörte.

»Am 16. wurde Philipp Asmussen kurz nach fünf in der Kanzlei durch eine unbekannte Person mit Frauenperücke verschleppt. Und zwei Tage später, am 18., gegen halb sechs, kam diese Person erneut bei Ihnen in der Kanzlei vorbei. Habe ich das so weit richtig verstanden?«

»Fast! – Erstens kamen am Freitag *zwei* Personen in die Kanzlei, zweitens ohne Maskerade und drittens haben sie die Akten mitgenommen.«

»Welche Akten?«

»Na, die Wójcik-Akten!«

Thoelke formte seine Hände zu einem Dach, legte sie an sein Kinn und resümierte erneut ruhig, obwohl es in ihm zu brodeln begann:

»Das verstehe ich jetzt nicht, Frau Brandt. Das müssen Sie mir erklären. – Sie waren doch vor etwa zehn Tagen hier bei mir und berichteten, dass die Akten der Wójcik-Brüder verschwunden seien! Ist das denn jetzt korrekt?«

»Ja, Herr Hauptkommissar. Das trifft zu.«

Thoelkes Miene zog sich zu, von seinen Augen waren nur noch kleine Schlitze zu sehen.

»Aber wie kann es dann sein, dass Sie heute, zehn Tage später, wieder hier sitzen und sagen: April, April. Die Akten sind doch nicht verschwunden, sondern ich hatte nur vergessen zu erwähnen, dass ich sie bereits am 18. September zwei Kollegen ausgehändigt habe.« Thoelke nahm langsam Betriebstemperatur auf. »Wie kann das sein, Frau Brandt? Das ist doch nichts, was man so nonchalant vergisst oder durcheinanderbringt! Wissen Sie eigentlich, dass ich gerade bei den Brüdern zu Hause gewesen war und es dort …«

Doch dann bremste Thoelke abrupt ab. Er wollte Petra Brandt weder anfahren noch maßregeln. Vor allem aber wollte er sich nicht aufregen. Deshalb war er nicht sonntags nach Alsterdorf gekommen. Nicht, um sich ein Magengeschwür zu holen. Es wunderte ihn nur, dass ausgerechnet die Brandt etwas so Elementares vergessen haben sollte. Er hatte einen anderen Eindruck von ihr gehabt. Nach kurzer Stille, in der beide von ihrem Wasser tranken, setzte er in sanfterem Ton fort:

»Also, liebe Frau Brandt, ich benötige Namen und Anschrift der beiden Mandanten oder Kollegen, denen Sie am 18. die Wójcik-Akten ausgehändigt haben.«

»Die kann ich Ihnen geben, Herr Hauptkommissar. Nur dass ich denen die Akten nicht ausgehändigt habe.«

»Nicht?«, fragte Thoelke verblüfft und griff sich instinktiv an den Bauch, um sich zu beruhigen.

»Nein, habe ich nicht. Das ist es doch, was ich Ihnen die ganze Zeit zu sagen versuche, deshalb bin ich ja hier. – Die beiden haben die Akten an sich genommen, *nachdem* ich die Kanzlei am Freitag verlassen hatte. – Und bis gestern Abend hatte ich keine Ahnung davon.« Petra Brandt zückte einen silberfarbenen USB-Stick aus der Handtasche und reichte ihn Thoelke herüber. »Am besten, Sie schauen selbst!«

Thoelke hatte trotz Vollbremsung den Überblick verloren und steckte, mit zahllosen Fragezeichen im Kopf, den Stick in den Rechner. Während sich der *Media Player* öffnete, erzählte Petra Brandt weiter, dass sie am Tag zuvor, warum auch immer, plötzlich das Gefühl hatte, sämtliche Überwachungsfilme anschauen zu müssen. Und zwar auch von den Tagen *nach* Asmussens Verschwinden. Also Donnerstag, Freitag und so weiter. Dadurch erfuhr sie, dass am Freitagabend, kurz vor halb sechs, zwei Mandanten die Kanzleitür geöffnet hatten und keine zehn Minuten später mit drei großen, vollgepackten Reisetaschen auf demselben Weg verschwunden waren. Sie nahm die Wasserflasche und goss sich nach. Dann kramte sie den Zettel mit Namen und Anschrift aus der Handtasche und legte ihn auf den Papierstapel auf Thoelkes Schreibtisch.

Doch der Hauptkommissar, der sich soeben die beiden Filmchen angesehen hatte, benötigte keine Namen mehr, noch weniger die Anschrift. Er kannte beides. Es waren die Wójcik-Brüder aus Hamburg-Hochkamp, die sich die Akten geschnappt hatten.

Tag 20
Montag, 5. Oktober 2020

»Guten Moooorgen!«, rief Thoelke Montagfrüh in die MOKO-Runde und ließ Brandts silberfarbenen USB-Stick ablaufen. Doch dieses Mal hatte er seinen Gruß mit einem Subtext versehen und spielte auf die Verschlafenheit der Truppe an. »Warum«, fragte er, nachdem beide Überwachungsfilme abgespielt waren, »warum nur ist uns das nicht aufgefallen? – Wie wäre es, wenn wir anfangen über den Tellerrand zu schauen und nachzusehen, welche Überraschungen dahinter auf uns warten?« Thoelke redete langsam. Doch aus dem Klang seiner Stimme war herauszuhören, dass er erregt war – und immer erregter wurde. »Da klauen zwei Typen kurz nach Asmussens Verschwinden Akten, die unmittelbar mit unseren Ermittlungen zu tun haben, aus seiner Kanzlei, und wir bekommen es nicht mit, obwohl das Beweismittel auf unserem Tisch verstaubt. – Wie kann das sein? Habt ihr wichtigere Sachen im Kopf? Wenn ja, was? Erzählt es mir, damit wir das jetzt und gleich abhaken können und ihr euch voll auf Asmussen konzentrieren könnt! – Oder ist euch der Fall zu belanglos? Ich versteh es einfach nicht! Also, Leute. Was ist los mit euch?«

Youssef Nadi, der ihn wie ein geprügelter Hund anschaute, spielte an seinem Notizblock und begann für das Team in die Bresche zu springen:

»Ich, wir wussten ja nicht, dass …«

Doch Thoelke hob die Hand, während sein Blick zu den anderen beiden wanderte. Erst zu Thomas, dann zu Claudia, die schließlich sagte:

»Chef! Was sollen wir denn noch machen? Wir sind bis Oberkante Unterlippe voll. Es gilt Tausenden von Hinweisen, seien sie noch so abwegig, nachzugehen. Und Philipp Asmussen ist am Mittwoch verschwunden. Wieso hätten wir uns bei dieser Personaldecke Filme anschauen sollen, die Tage *nach* der Tatzeit aufgezeichnet wurden? Es konnte doch keiner ahnen, dass die wiederkommen!«

»Vielleicht, nur so ein Gedanke, Claudia, weil das Verbrechen niemals schläft, um nur einen Grund zu nennen. Oder weil die Täter gern zum Tatort zurückkehren«, antwortete Thoelke resigniert, seinen nächsten Vier-Augen-Anschiss bei Möller im Kopf. »Wir müssen endlich anfangen, antizyklisch zu denken. So wie die Brüder auch!«

Es klopfte an der Glastür. Dagmar Rolffs gab dem Hauptkommissar ein Zeichen, dass Thumfeld vom Einbruchsdezernat eingetroffen war, die Wójcik-Brüder ebenfalls. Ohne ein weiteres Wort zu verlieren, verließ Thoelke samt Laptop die Runde, folgte der Sekretärin über den Flur und bog rechts zum Vernehmungsraum A023 ab. Er setzte sich und spielte Brandts USB-Stick erneut ab. Zusätzlich betätigte er die Start-Taste des Aufnahmegerätes in der Mitte des Tisches, wies die Brüder auf zwei Kameras an der Decke hin, die die Vernehmung aufzeichnen würden, und nannte die Namen der Anwesenden sowie das heutige Datum mit Uhrzeit. Die Vernehmung konnte beginnen.

»Warum sind wir hier?«, fragte Tomasz Wójcik, nachdem beide den Film gelangweilt zur Kenntnis genommen hatten.

»Warum sind wir hier?«, wiederholte Thoelke und schaute amüsiert zu Thumfeld. »Wollen Sie unseren Gästen einmal darlegen, was der Grund der Einladung ist, Herr Kollege?«

Thumfeld, der von Thoelkes Lockerheit überrascht war, nahm den Ball auf und wiederholte dezidiert die Vorwürfe, die das heutige Treffen erst möglich gemacht hatten. Er sprach vom »gewaltsamen Zutritt« zu den Geschäftsräumen der Asmussen-Kanzlei am Freitag, den 18. September, um 17:26 Uhr mit anschließendem »Diebstahl« mehrerer Aktenordner.

»Einbruch und Diebstahl?«, erkundigte sich Tomasz. »Ist es das, was Sie uns vorwerfen wollen?«

»Dazu kommt noch Hausfriedensbruch, eventuell Sachbeschädigung«, ergänzte Thoelke, der die Gesprächsführung wieder übernahm. Er beugte sich zum Mikrofon und fuhr fort:

»Genau das ist es, meine Herren, was Ihnen zur Last gelegt wird.«

Tomasz Wójcik musste lachen und zeigte auf den Laptop.

»Das ist doch lächerlich, Herr Wachtmeister!«, begann Tomasz, als es an der Vernehmungstür klopfte.

Thoelke sprang auf, öffnete und erblickte seinen Spezi, Dr. Wurzel. Doch heute war es Thoelke, der Hof hielt.

»Das ging ja schnell!«

»Anscheinend nicht schnell genug«, antwortete Wurzel, der auf seine Mandanten im Zimmer zeigte und unaufgefordert eintrat. »Übrigens, bevor ich es vergesse. Ich habe in der fünften Etage etwas für Sie abgeben lassen.«

»Was denn?«

»Ich bin mir sicher, dass Sie das zu gegebener Zeit erfahren werden.« Wurzel legte seine Mappe auf den Tisch. »Aber nun geht es mal nicht um Sie, Thoelke, sondern um meine ehrenwerten Mandanten Tomasz und Andrzej Wójcik. – Wäre es möglich, dass ich allein mit beiden spreche?«

»Sie haben fünf Minuten!«

Thoelke drückte auf die Stopp-Taste und ging zusammen mit Thumfeld in Dagmar Rolffs' Büro. Nach exakt fünf Minuten kehrten sie zurück. Ohne ein Wort zu sagen, setzte sich Thoelke, betätigte erst die Taste des Aufnahmegerätes, dann die des Laptops. Er spielte beide Filme erneut ab, jetzt als Exklusivvorstellung ohne Popcorn für den Anwalt.

Doch Wurzels fahles Gesicht wirkte beim Betrachten der Sequenzen weiter farblos, nur an seinen Augen erkannte Thoelke seinen wachen Verstand. Er ratterte auf Höchstleistungen.

»Noch mal?«

Wurzel räusperte sich kurz, verlangte nach einem Glas Wasser. Dann antwortete er:

»Das wird nicht nötig sein.«

»Ihre Mandanten geben also Einbruch und Diebstahl zu?«

»Das werden meine Mandanten nach Rücksprache nicht zugeben.« Wurzel griff nach dem Glas Wasser, das ihm von einem Beamten gereicht wurde. »Ich sehe nichts auf dem Film, das diese Vorwürfe erhärten würde. Im Gegenteil.«

»Wie bitte?!«, ging Thoelke giftig dazwischen. »Haben wir dieselben Filme gesehen?«

Wurzel wies mit kalkulierter Mimik auf den Laptop und nickte unaufgeregt.

»Darf ich weitermachen? Ihnen erklären, was ich wahrgenommen habe?«, erkundigte sich Wurzel und fuhr fort: »Ich sehe dort zwei Mandanten, die in größter Sorge um ihre Existenz alles tun, um den unerwarteten Ausfall des ihnen anvertrauten Anwalts bestmöglich zu substituieren. Da ist es doch nur logisch, nachvollziehbar und ja, sogar dringend erforderlich, dass sie sich die Akten besorgen. – Was würden Sie machen, wenn Sie unverschuldet nur wenige Tage vor dem wichtigsten Prozess Ihres Lebens ohne Anwalt dastünden? Ohne den Anwalt, dem Sie in den Wochen und Monaten zuvor vertraut haben. Der, wie auch die beiden Mandanten selber, an die Wahrheit glaubt und für diese kämpft. Für die Wahrheit, für die Unschuld dieser beiden Personen, die Sie auf ungeheuerliche Art und Weise haben vorladen lassen. Und die wiederum auch für viele weitere Familien Verantwortung tragen.« Wurzel zeigte fürsorglich auf die Brüder, die ihm brav zuhörten. »Es wird für jeden mehr als ersichtlich sein, dass die beiden nicht tatenlos zusehen, wie sie blindlings in ihr Verderben laufen, sondern dass sie anpacken und kämpfen, um die wenigen verbleibenden Tage bestmöglich zur Vorbereitung zu nutzen. Für ihren Kampf für die …«

»Ja, ja.« Thoelke hatte genug gehört und beendete Wurzels Satz. »Für ihren Kampf für die Wahrheit.«

»Genau!«

Thoelke, bereits einiges an Ausreden gewöhnt, war beeindruckt von dieser neuen Stufe kreativen Auswuchses. Doch er dachte an Asterix und gab sich kämpferisch.

»Sie haben schon gesehen, dass sich Ihre Mandanten unerlaubt Zutritt verschafft haben? Die Kanzlei Asmussen war an diesem Freitag 17:26 Uhr nachweislich nicht mehr besetzt.«

»Ist das so? – Jetzt muss ich Sie aber einmal fragen, ob wir gerade dieselben Filme geschaut haben.« Wurzel schaute Thoelke fast schon bemitleidend an. »Mir ist nichts davon bekannt, dass das Schloss manipuliert worden sei. Wäre es gewaltsam, wie Sie andeuten, geöffnet worden, hätte die von mir sehr geschätzte Petra Brandt wohl keine zwei Wochen benötigt, um diesen von Ihnen angedeuteten«, Wurzel hob jeweils zwei Finger und deutete Anführungszeichen an, »*Einbruch* aktenkundig zu machen. Nein, Thoelke, meine Mandanten haben ein sehr vertrauensvolles Verhältnis zu Philipp Asmussen. – Und eines Tages einen Kanzleischlüssel von ihm erhalten.«

»Das behaupten Sie!«, fauchte Thoelke schmallippig.

»Richtig. Aber wir können liebend gern Philipp Asmussen hierzu befragen. Er wird es Ihnen sicher bestätigen.« Wurzel lächelte diabolisch. Längst war er vom Feldherrn zum Teufel gereift. »Ach nein, das geht ja nicht. Sie haben ihn ja noch nicht finden können, den Kollegen.«

Thoelke merkte, wie sich sein Sodbrennen zurückmeldete und bereits die Speiseröhre hochwanderte. Er atmete tief ein und lächelte wacker.

»Und der Diebstahl der Akten?«

»Wieso so brachial, Thoelke? Kann man etwas stehlen, das einem ohnehin gehört?«

Thoelke brauchte einen Moment, um dieses Unsinns und des Sodbrennens Herr zu werden. Schließlich antwortete er trocken:

»Bullshit! Das ist doch alles Bullshit!«

Eine dreiviertel Stunde später wurden Tomasz und Andrzej Wójcik von zwei Uniformierten in die Mitte genommen und dem Haftrichter in Dammtor vorgeführt.

***

Vorgeführt wurde nur Minuten später auch Thoelke. Von Möller. Der Polizeipräsident hatte ihn unmittelbar nach der Wójcik-Verhaftung zu sich in den Fünften kommen lassen und ihm Wurzels Schreiben präsentiert.

»Lesen Sie, Thoelke! Es geht um Ihre Ermittlungsmethoden. – So hatte ich mir das aber nicht vorgestellt, als ich unseren Kommissaranwärter Youssef Nadi in ihre Obhut gegeben habe.« Möller fummelte eine Zigarettenschachtel hervor und ging Richtung Balkon. »Sie müssen doch Vorbild sein, sich stets unter Kontrolle haben!«

Alarmiert las der Hauptkommissar das Schriftstück, das mit dem Briefkopf der *Sozietät Wurzel Rechtsanwälte, Steuerberater, Notare* verziert war. Er begann zu lesen und las etwas von »flegelhaftem Verhalten«, einem »Auftritt, der eines Staatsbediensteten unwürdig« sei, und »Erpressung«. Mit den ersten beiden Punkten hätte er gut leben können und heftete dies als Kavaliersdelikt im Einsatz ab, aber der dritte Vorwurf wog schwer. Zerknirscht zerknüllte er das Schriftstück in seiner rechten Hand, als könnte ihm das irgendeinen Nutzen bringen. Er blickte zu Möller, der an einer Zigarette zog und den Kopf schüttelte. Er folgte ihm auf den Balkon.

»Herr Möller, ich habe nie gedroht oder auch nur angedeutet, dass ich Schweigegeld erpressen wolle«, brach es aus Thoelke heraus. »Warum auch? Ich will Fälle lösen.«

»Das andere stimmt demnach?«

Möllers Schultern hingen, seine Wangen ebenso.

»Nein, natürlich nicht! Sie kennen mich! Lassen Sie mich erklären!«, sprach Thoelke und begann seine Sicht auf die Situation im Billardzimmer der Brüder Wójcik darzulegen. Dass er am besagten Abend die aktuelle Ausgabe der Morgenpost dabei hatte und Ermittlungsfragen über das Verschwinden Philipp Asmussens gestellt habe. Das sei alles. Nichts in der Beschwerde Aufgelistete habe sich so zugetragen.

Möller verschränkte die Arme vor der Brust und fixierte ihn mit einem Blick, der seine Mannen früher, als er noch auf der Straße war, immer zum Zittern gebracht hatte – und nun Thoelke.

»Das sieht nicht gut aus, Kollege. Schlechtes Timing.«

Thoelke verstand kein Wort und folgte Möller erneut, der vom

Balkon zurück ins Büro ging und sich dort an den Besprechungstisch setzte.

»Was denn für ein schlechtes Timing, Herr Möller? Ich habe nur meinen Job gemacht. Vor ein paar Tagen bei der Befragung der Brüder in Hochkamp und soeben bei deren Verhaftung, wegen Einbruchs und Diebstahls in der Kanzlei Asmussen.«

»Das ist es ja eben. – Das Timing!«

Thoelke verstand immer noch nicht, setzte sich zu Möller und strich nervös das Wurzel-Schreiben an der Tischkante wieder glatt.

»Sie haben die Jungs zu Hause aufgesucht, bedroht und Schweigegeld erpresst. Als Ihnen dies verwehrt wurde, haben Sie kurze Zeit später, Überraschung, die beiden Kanzleifilme hervorgezaubert und die Wójciks verhaften lassen.«

»Aber Herr Möller, ich hatte doch keine Kenntnis von den Filmen. Petra Brandt, Vorzimmerdame der Kanzlei Asmussen, ist erst später darüber gestolpert und hat mich gestern informiert. In Hochkamp war ich vor … äh … zehn Tagen. Sie sehen, es passt schon zeitlich nicht!«

»Schon richtig, aber Ihre MOKO hatte jederzeit Zugriff auf die Filme, die allerdings, wie Sie behaupten, von Ihrer Truppe nicht ausgewertet wurden.«

»Genauso war es.«

»Mag für Ihr Team zutreffend sein, aber vielleicht kannten Sie die Filme?« Möller riss Thoelke die Beschwerde aus der Hand und legte sie beiseite. Dieses Hin-und-her-Geglätte nervte ihn. »Entweder Sie werten nicht alle Beweismittel aus, was kein gutes Licht auf Ihre Arbeit wirft, oder Sie sind käuflich, was ebenfalls kein gutes Licht auf Sie wirft.«

»Aber …«

»Das ist es schließlich doch, was die Presse daraus machen wird.

Sie hatten Kenntnis von den Filmen, Sie hatten Zugriff auf die Filme und haben dieses Wissen zur persönlichen Bereicherung nutzen wollen. Und als dieser Plan nicht aufging, haben Sie die beiden vom Kollegen Thumfeld verhaften lassen. – Das stinkt gewaltig. Die werden Sie zerreißen, wenn das publik wird. Können wir gar nicht gebrauchen, hier bei der Polizei Hamburg.«

»Aber Herr Möller …«

»Ich werde Sie vorübergehend suspendieren müssen. Sie kennen das ja vom letzten Jahr.«

Thoelkes Mund erstarrte zu einer harten Linie. Nur zu gut erinnerte er sich an die Suspendierung beim Elbmörder-Fall. Damals ging es wie heute um haltlose Behauptungen.

»Wie lange dieses Mal?«

»Bis etwas Gras über die Sache gewachsen ist.«

Möller deutete mit seiner Hand an, dass ihm Thoelke Dienstmarke und Dienstwaffe aushändigen solle, dann sagte er:

»Wenn Sie dennoch im Kommissariat vorbeikommen wollen, um sich, natürlich ohne dass ich davon detailliert Kenntnis hätte, mit ihrem Team auszutauschen, wäre das sicher für alle Beteiligten in Ordnung. Die Arbeit wird ja nicht weniger. Und, ganz wichtig, Sie würden den Anschluss während der Suspendierung nicht verlieren. Oder was meinen Sie, Herr Kollege?«

Thoelke war noch nicht überzeugt, legte Dienstmarke und Dienstwaffe auf den Tisch und verabschiedete sich. Dann ging er über das Treppenhaus zurück zu seinem Team, um es zu informieren.

Na, das läuft ja besser als erhofft, dachte Claudia und sah sich bereits am Besprechungstisch mit dem Polizeipräsidenten sitzen, als Thoelke von seiner *Zwangspause* fertig berichtet hatte. Doch jetzt, und das war gar nicht so einfach, galt es erst einmal die Contenance zu wahren und sich dem Chor der Bedauerungsbekundungen der Kollegen anzuschließen. Frei nach Udo Jürgens' »Vielen Dank für die Blumen« wusste nämlich auch sie nicht, wie es ohne Thoelke weitergehen sollte, aber sie würde es mal probieren …

Eigentlich lag ihr so ein Geschwafel fern, doch irgendetwas musste sie tun, sonst wäre sie vor Freude an die Decke gesprungen. Dann summte ihr Handy in der Tasche. Eine SMS. Sie holte es heraus und schaute auf das Display. Vom Labor.

***

Seit Samstagfrüh durchkämmten Einsatzkräfte der niedersächsischen Polizei mit Metallstäben und Hundeführern das angrenzende Waldgebiet zwischen Buxtehude und Hollenstedt am östlichen Zipfel Niedersachsens. Doch die Suche nach Philipp Asmussen, tot oder lebendig, blieb auch heute ergebnislos. Dafür fanden die Kollegen etwas anderes: *Die Oma am Fenster*.

In diesem Fall hieß sie Käthe Schramm und saß in einer Erdgeschosswohnung in Moisburg. Vor genau neuneinhalb Wochen hatte die 84-Jährige angefangen zu beobachten, wie sich ein ihr unbekannter Mann über drei Tage hinweg im Dreiklang des Dorfkerns – bei Bäcker Schulte, in der Schlachterei Frisch und am Kiosk bei Else – aufgehalten und sich verdächtig verhalten hatte. Sie wohnte schräg gegenüber mit ungestörtem Blick auf diese drei Läden. Einige Wochen später sei der Mann erneut erschienen und von da an nahezu täglich, bis er vor zehn Tagen wieder genauso schnell verschwunden sei.

»Ob ich meine Beobachtungen auch notiert habe?«, fragte sie den Uniformierten, der sie nachmittags im Moisburger Dreieck aufgespürt hatte. »Natürlich habe ich das, junger Mann.« Sie zog ihren Kalender vom Tisch und reichte ihn durch das offene Küchenfenster. »Sehen Sie nur, ich habe bei den jeweiligen Tagen Anmerkungen hinzugefügt.«

Der Beamte studierte die Notizen, konnte aber nur Hieroglyphen erkennen und reichte den Kalender mit einer fragenden Miene zurück.

Oma Schramm musste hinter der OP-Maske herzhaft lachen.

»Sie haben wohl nie Stenographie gelernt, junger Mann. Ein Jammer.«

»Nein, bedaure!«

»Kann aber sehr hilfreich sein, wie Sie sehen. Nicht nur beim Kalender, sondern auch bei den Einkaufslisten.«

»Aber warum ist Ihnen diese Person überhaupt aufgefallen, Frau Schramm? Was war so auffällig?«

»Er trug immer eine große blaue NIVEA-Papiertüte mit sich herum. Doch das nächste NIVEA-Haus befindet sich in der Hamburger Innenstadt, am Jungfernstieg. – Ist doch klar, dass der nicht von hier kam.«

Der Beamte schaute sie mit großen Augen an. Es müsste mehr von diesen Oma Schramms geben, dann wäre die Welt ein besserer Ort.

»Ein Autokennzeichen haben Sie aber nicht zufällig notiert, in Ihrem Steno-Kalender?«

»Aber wo denken Sie hin, junger Mann. Natürlich habe ich das Kennzeichen notiert!«

»Sie haben?!«

»Warten Sie einen Moment, das war so ein moderner Geländewagen in schwarz, äh«, Käthe Schramm flog mit ihren durch die Gicht verkrümmten Fingern über die Notizen, »hier haben wir es. HH-KA 987.«

Der Beamte machte von den betreffenden Einträgen mit seinem Smartphone Fotos und verabschiedete sich. Er wollte noch die drei Ladenbesitzer zur NIVEA-Tüte befragen.

***

Das war Claudias Einlass gewesen. Unbürokratisch und inoffiziell. Die DNA-Auswertung aus dem Labor. Nun würde man ihr vertrauen und sie in die Girlsgang aufnehmen. Dementsprechend gut gelaunt fuhr sie mit dem Ergebnis nach Harvestehude. Das Ergebnis der Proben von Philipps Kamm und Andreas' Glas vom letzten Besuch war mit einer Übereinstimmung von fast 24 Prozent eindeutig.

»Andreas und Philipp sind also wirklich Halbbrüder«, sagte Julia nüchtern, nachdem sie den Bericht gelesen hatte.

»Nicht nur das«, antwortete Claudia. »Es verstärkt auch den Verdacht, dass sich die Geschichte der Zwangsadoption damals so oder ähnlich zugetragen haben muss. Dass Andreas von Philipps Existenz gewusst und ihn gesucht hat. Es scheint, als hätte Andreas mit allem, was er dir erzählt hat, die Wahrheit gesagt.«

Andreas! Die Wahrheit! Julia schossen Gedanken durch den Kopf, die nun endlich raus mussten, endlich besprochen werden mussten. Ein Fehler? Würde man sehen! Sie stand auf, holte aus dem Arbeitszimmer Andreas' zerknitterten Notizzettel sowie den Umschlag von Philipps Brief und legte beides nebeneinander auf den Tisch.

»Ich muss euch was beichten!«, begann sie, immer noch unsicher, ob es richtig war, die beiden zu involvieren, und zeigte auf die beiden Schriftstücke.

»Was ist das?«, fragte Claudia, nahm das Papier, las es und reichte es an Sophia weiter, die scheinbar wissend abwinkte.

»Ich kenn das schon. Danke.«

Doch Julia insistierte:

»Nein, nein, Sophia. Schau es dir bitte noch mal an. – Und vergleiche die Schrift!«

Nun sah sie es auch.

»Ach du Scheiße! Du hast recht«, pflichtete sie ihr bei. »Selbst der Stift scheint derselbe zu sein.« Sophia reichte beides zurück an Claudia und musste an die Überwachungsfilme denken, die sie gemeinsam mit Bertie geschaut hatte. »Also ist Andreas wirklich einer der Entführer von Philipp!«

Julia nickte angestrengt mit zusammengepressten Lippen.

»Wie lange weißt du das schon, Süße?«

»Seitdem der Brief angekommen ist. Ich habe die Schrift sofort erkannt!«

»Und warum hast du mir nichts gesagt? Mir ist nichts aufgefallen!«

Julia zuckte mit den Schultern, während Sophia Julias Ausflug zu Klaus Linnemann einfiel.

»Und dann fährst du noch allein zu Andreas nach Hannover? Was für ein Wahnsinn! Willst du, dass er dich auch noch entführt?«

»Wenn ich so herausbekomme, wo Philipp ist, gern!«

»Moment mal! Nicht so schnell, meine Damen!«, mischte sich Claudia ein, die immer noch nicht ganz verstand, warum Julia tagelang nichts von ihrer Vermutung gesagt hatte. »Wer weiß alles von deinem Verdacht? Mit wem hast du bereits darüber gesprochen?«

Mittlerweile war man zum Du übergegangen.

»Nur mit euch beiden. Jetzt, in dieser Sekunde.«

»Das kann ich aber unmöglich unter Verschluss halten, Julia. Das ist kein Kavaliersdelikt. Hier ist Gefahr im Verzug.«

»Aber was soll das bitteschön bringen?«, fragte Julia, artikulierte ihre tausendfach durchdachten Gedankenspiele, dass Andreas' Verhaftung nichts bringen würde, und traf damit, ohne es zu ahnen, die Einschätzung von Bertie. Auch sie befürchtete, dass er dann komplett dicht machte und sie nie erfahren würden, wo Philipp geblieben war. Selbst wenn er nicht mehr am Leben sein sollte. »Ein frei herumlaufender Andreas ist zurzeit besser als ein weggesperrter.«

Was folgte, war Schweigen. Kalt, erbarmungslos, quälend.

»Aber wie soll das gehen?«, durchbrach Claudia irgendwann die Stille. »Schon von Amts wegen bin ich angehalten, ja verpflichtet, Hinweisen auf mögliche Straftaten nachzugehen, sobald ich Kenntnis davon erlangt habe.« Sie wischte sich mit der Hand übers Gesicht. »Ich kann das nicht für mich behalten, Julia. Sorry! Aber das ist unmöglich!«

»Und was ist mit der DNA-Auswertung?«, erinnerte Julia.

»Das ist etwas anderes gewesen. Das war ein Gefallen. Ein Freundschaftsdienst zwischen Mädels. Aber das hier«, Claudia schüttelte vehement den Kopf, »geht ja schon in Richtung Selbstjustiz.«

Sie schaute weiter zu Julia, die nun wie ein Häufchen Elend auf dem Sofa saß und sich nicht sicher war, ob sie ihren Verdacht nicht besser für sich hätte behalten sollen. Sie atmete stoßweise ein und aus. Ihre Stirn war nass und ihre Hände zitterten. Claudia beugte sich zu ihr und nahm ihre Hand.

»Es tut mir wirklich leid!«

»Du bist doch …«, stotterte Julia um inneren Ausgleich bemüht. »Du bist doch unsere Chefermittlerin. Trage doch einfach, was du gehört hast, in deinem Herzen und nicht in deinen Akten.

Das ist alles, worum ich dich bitte.« Julia nippte am Wasserglas. Die Flüssigkeit tat ihr gut. »Ich sage ja nicht, dass du dieses Beweisstück unter den Tisch fallen lassen sollst. Nur präsentieren musst du es ja nicht gleich. Noch nicht.«

Tag 21
Dienstag, 6. Oktober 2020

Claudia hatte nur wenig geschlafen. Immer wieder hatte sie den gestrigen Tag rekapituliert. Erst die Suspendierung von Thoelke und dann Julia, die einen der Entführer auf dem silbernen Tablett servierte. Natürlich wollte sie dies alles dem Polizeipräsidenten im Eins-zu-eins-Gespräch mitteilen. So war ihr Plan. Sie wollte Hauptkommissarin werden. Unterschlagung von Beweisstücken wäre da nur wenig hilfreich gewesen. Kurz vor Mittag wollte sie in den Fünften fahren. Doch ihre Vorfreude auf den Polizeipräsidenten währte nicht lange. Kaum hatte sie morgens das Polizeigebäude in Alsterdorf betreten, stieß sie beim Kaffeeautomaten mit Thoelke zusammen.

»Was machst du denn hier?«, fragte sie perplex und spürte, wie ihr die Gesichtszüge entglitten. Sie musste auf Thoelke wirken, als habe sie einen Geist gesehen.

»Ich wünsche dir auch einen guten Morgen, Claudia«, erwiderte Thoelke und fischte sich mit den Fingerspitzen den heißen Becher hervor. »Du kannst gleich mitkommen. Ich wollte sowieso gerade zu euch.«

Claudia folgte ihm zum restlichen Team, das beim Anblick Thoelkes anders reagierte, als sie erwartet hatte. Nämlich gar nicht. Weder Verwunderung noch Erleichterung. Einfach nichts. Alles wie immer. Als ob die Suspendierung nicht stattgefunden hätte. Was waren die Kollegen nur oberflächlich! Sie hätte kotzen können. Im Strahl. Bis nach Moisburg zu Oma Schramm.

Sie setzte sich genervt an ihren Platz und hörte zu, was Thoelke zu sagen hatte. Doch die Frage, warum er überhaupt hier aufgetaucht war, irrte ungehindert weiter durch ihren Kopf und formte sich allmählich zu einer Theorie. Wahrscheinlich so ein Männerding! Weniger von Thomas Krug oder dem Anwärter, sondern eher vom *Kerl* aus dem fünften Stock initiiert, dem größten Strippenzieher hier im Gebäude. Der Polizeipräsident hatte Thoelke wahrscheinlich in einem *Eine-Hand-wäscht-die-andere*-Deal geraten, trotz Suspendierung täglich vorbeizukommen, um nach dem Rechten zu sehen und am Ball zu bleiben. Und wahrscheinlich wussten das auch alle anderen – außer ihr. Claudia verzog das Gesicht und sah ihren Platz am Besprechungstisch der großen Jungs in weite Ferne gerückt. Sie traf eine Entscheidung.

»Claudia? – Claudiiaaa?«, rief Thoelke und riss sie aus ihren Gedanken. Er neigte den Kopf. »Was ist denn heute nur los mit dir?«

Die Verwunderung in Thoelkes Gesicht spiegelte Claudias wider und sie musste beinahe darüber lachen, wie ähnlich Thoelke doch ihrem Freund Christian war. Der konnte auch Scheiße ohne Ende verzapfen und – hoppla di hopp – so tun, als ob nichts geschehen sei. Ohne Anzeichen von Selbstreflexion.

»Hmm?«

»Was gibt es Neues in Sachen Suchaktion?«

Claudia schaute in ihre Unterlagen und sprach von einer Zeugin Schramm, die in dem 1.800-Seelen-Dorf Moisburg zu Hause war und dort in den vergangenen neuneinhalb Wochen immer mal wieder einen Fremden beobachtet hatte, der mit einem Geländewagen unterwegs war. Nach Überprüfung des amtlichen Kennzeichens handelte es sich bei dem Fahrzeug um den vermissten Porsche Cayenne von Philipp Asmussen. Zurzeit wurde mithilfe der Kollegen vor Ort ein Phantombild des Fremden angefertigt. Julias gestrige Beichte bezüglich Andreas' Mittäterschaft erwähnte Claudia hingegen nicht.

»Aber das heißt doch, dass sich Philipp Asmussen im Umkreis von, sagen wir mal, sechs bis acht Kilometern um Moisburg befinden muss. Sehr gut, Claudia. Sehr gut«, resümierte Thoelke. »Sonst noch was?«

Claudia, die sich noch im Angriffsmodus befand, nickte und fragte mit hochgezogenen Schultern:

»Was machst du eigentlich hier?«

***

»Kaufen oder mieten?«, fragte Sophia, als sie kurz nach drei vor die Gertigstraße 66 eilte. Hier, unweit der Barmbeker Straße, hatte Andreas zehn Minuten später die erste von drei Wohnungsbesichtigungen. Sie hatte sich von ihm und Julia gleichermaßen breitschlagen lassen, als zweite Meinung und Glücksbringer zu fungieren. Julias Hintergedanke bei diesem Vorhaben lag dabei klar auf der Hand, doch Sophia fürchtete, auch Andreas' Gedanken zu erahnen. Niemandem war seine Flirterei verborgen geblieben, am wenigsten ihr.

»Eigentlich wollte ich erst mal mieten. Andererseits ist es wohl gar nicht so einfach, in Hamburg eine Wohnung zu bekommen.« Andreas wies mit dem Kopf resigniert auf die Schlange am Hauseingang, die sich bereits bis auf den Bürgersteig hinauszog. »Als ich vor zehn Minuten ankam, dachte ich zuerst, hier wird das neue iPhone verteilt, aber nein, die stehen doch tatsächlich alle hier, um sich die Bude anzuschauen. – Da ist dann Kaufen vielleicht doch einfacher.« Andreas schürzte die Lippen und machte große Augen.

»Tja, das ist Hamburg. Keine Wohnungsbesichtigung ohne Armee an unerschrockenen und kampferprobten Mitbewerbern!«, erklärte Sophia trocken.

»Sollen wir dann besser gehen und ich kaufe stattdessen? Vielleicht für uns zusammen?! Was meinst du?«

»Für uns?«, fragte Sophia und verdrehte die Augen. Sie hasste diese Art von Anspielungen. Wenn man so wollte, hätte man den Spruch bereits als sexuelle Belästigung werten können. Doch sie war ein großes Mädchen, lächelte die Bemerkung weg und erinnerte: »Wir sind ausschließlich deinetwegen hier, Andreas. Ich habe ein Zuhause.«

»Aber vielleicht möchtest du dich verändern?«, startete Andreas die nächste Charmeoffensive und sprach sogleich weiter: »Wenn es etwas ist, was mir wirklich absolut gefällt, dann würde ich es auch kaufen.«

»Aber du weißt schon, was so eine Immobilie in dieser Lage kostet? Fünf- bis sechshunderttausend ist da keine Seltenheit«, rechnete Sophia vor. Sie konnte es nicht leiden, wenn Männer so taten, als würden sie sich auskennen, obwohl sie in Wirklichkeit nicht den blassesten Schimmer hatten.

»Ach echt? Ist das so?« Andreas' Stimme klang seltsam erstickt.

Sofort spürte sie, dass sie mit dieser süffisanten Bemerkung zu weit gegangen war. Andreas, so einfach er auch gestrickt zu sein schien, war immer noch einer der mutmaßlichen Entführer von Philip Asmussen, vielleicht sogar sein Mörder.

»Aber lass uns die drei Wohnungen doch erst mal in Ruhe anschauen«, setzte sie eilig fort und wippte aufgeregt mit dem Kopf. »Dann können wir ja immer noch etwas zum Kauf suchen.«

Sophias Blick schwenkte tapfer zur maskierten Menschenmasse: Alleinstehende, Paare, hier und da eine Mutter, ein Vater mit dem pubertären Nachwuchs. Vermutlich alle mit regelmäßigem Einkommen, beneidenswerten Referenzen oder zumindest guten Bürgschaften. Andreas hatte keine Ahnung davon, was ihn in diesem Wettbewerb der Eitelkeiten erwartete.

Fünf Stunden und drei Besichtigungen später, mittlerweile waren beide von der Gertigstraße über die Geibelstraße im Hochparterre vom Poelchaukamp 4 angekommen, war der Massentourismus beendet. Dreimal hatte Andreas einen vorgefertigten Mieterinformationszettel ausgefüllt und ihn ohne jegliche Referenzen Petra Kirschstein, Geschäftsführerin des Immobilienbüros Kirschstein & Partner, in die Hand gedrückt. Man könne ja die nächsten Tage telefonieren, hatte er zum Abschied aus Wohnung drei gemeint und war geradezu euphorisiert.

»Ich denke«, sagte er, als sie wieder auf der Straße angelangt waren, »dass ich meine neue Wohnung gefunden habe. Auch wenn ich den blöden Wisch dreimal ausgefüllt habe, so will ich doch eigentlich nur die eine.«

Sophia bedachte ihn mit ihrem eigens für Überraschungen einstudierten Blick.

»Welche soll's denn werden?«, fragte sie eher aus Höflichkeit und wusste, dass er von Petra Kirschstein nie wieder hören würde.

Andreas zeigte zurück in Richtung Gertigstraße. Es sollte die erste, die großzügig geschnittene Vier-Zimmer-Wohnung mit Balkon werden. Die einzige, die überhaupt einen Balkon hatte und bei der nur dieses riesige braune Monstrum von Einbauschrank im Flur und die zu klein geratene Küche störten. Doch seit dem Ausbruch der Corona-Pandemie und einem möglichen nächsten Lockdown konnte der Wert eines Balkons nicht hoch genug eingeschätzt werden.

***

Julia hatte zeitgleich Besuch von Claudia Reimann, die ihr von den neuesten Ermittlungserfolgen in Moisburg berichtete. Käthe Schramm, so berichtete sie, hatte nicht nur Philipps Porsche Cayenne gesehen, sie hatte auch Andreas Linnemann zweifelsfrei als dessen Fahrer identifiziert. Am Vormittag hatte Claudia selbst die alte Dame aufgesucht und am Küchenfenster befragt. Die anderen beiden Fotos, die ihr die Kommissarin gezeigt hatte, um ihre Theorie einer Verbindung zwischen Andreas und den Wójcik-Brüdern zu untermauern, fielen hingegen durch. Käthe Schramm erkannte weder Tomasz noch Andrzej auf den Fotos.

»Das muss ja nichts heißen«, warf Julia bezüglich der Wójcik-Brüder ein. »Dafür kann es auch eine einfache Erklärung geben.«

»Möglich. Ja.«

»Hast du es eigentlich gemeldet?«

»Den Notizzettel und Umschlag mit Andreas Handschrift?«

»Ja.«

Claudia presste die Lippen zusammen und schüttelte den Kopf, während sie ein kleines, rechteckiges schwarzes Metallding aus der Tasche kramte, das wie ein Zündschlüssel aussah. Sie legte es behutsam auf den Tisch.

»Das ist ein Peilsender.«

»Für Andreas?«

Julias Augen wanderten zum Sender und wieder zurück zu Claudia, die in den höchsten Tönen von dem Bewegungsalarm, dem Geo-Zaun-Alarm und der Reichweite dieses Smart-Moduls schwärmte.

»Mit diesem Teil unterm Arsch ist er unser. Und auf einen Meter ortbar, rund um die Uhr. Und nicht nur das. Wir können jederzeit einen Streckenplan der gefahrenen Wege abfragen. Irgendwann wird uns dieses Teil zu Philipp bringen!«

Julia stand auf, öffnete die Terrassentür, schaute hinaus. Sie war erleichtert, dass Claudia dichtgehalten hatte, war aber unsicher, was Andreas mit ihr vorhatte. Dann begann sie nachdenklich:

»Das ist doch absurd, dass Andreas seinen eigenen Bruder entführt hat. Dazu ist der Junge doch gar nicht in der Lage! Und warum sollte er das machen? Nur wegen Geld? Das macht doch keinen Sinn! Ich kann das einfach nicht glauben! – Sie kannten sich ja noch nicht einmal.« Julia drehte sich um, holte aus der Kommode eine neue Packung Zigaretten, setzte sich wieder und starrte den Sender an. »Das ist alles so surreal.«

Claudias Blicke scannten Julias kreidebleiches Gesicht. Damit hatte sie nicht gerechnet. Wieso nahm sie Andreas ausgerechnet jetzt in Schutz, als sie den Peilsender zeigte? Sie war es doch gewesen, die ihn mit der Entführung in Verbindung, ja ihn überhaupt ins Spiel gebracht hatte.

»Ja, irgendetwas stinkt hier ganz gewaltig«, legte Claudia nach und kam auf Philipps Brief zu sprechen. »Du sagtest gestern, dass der Brief am Montag letzter Woche, also am … ähh … 28. September, bei dir im Briefkasten lag. An diesem Tag war dein Mann bereits seit zwölf Tagen verschwunden. Und wenn man sich den Text genauer anschaut, klingt er eher danach, als sei er im Anschluss an euer Telefonat vom 16. September geschrieben worden. Also vielleicht einen oder zwei Tage später, aber auf keinen Fall nach knapp zwei Wochen Funkstille.«

Claudia griff nach dem Brief, der noch auf dem Tisch lag, und las laut vor:

> Meine geliebte Julia,
> mir geht es den Umständen entsprechend gut. Ich bekomme zu essen, zu trinken, ansonsten lässt man mich weitestgehend in Ruhe. Es war so schön, deine Stimme zu hören, und ich hoffe, dass die Übergabe bald stattfindet. Denke bitte an meine Worte

und informiere unter keinen Umständen die Polizei. Ich bin guter Dinge, dass dann alles reibungslos verlaufen wird.

Vermisse + liebe dich, Philipp

»Er schreibt, dass er es *schön fand, deine Stimme gehört zu haben.* Ich bitte dich, Julia, dieser Brief, ja okay, er ist von Philipp, aber er wurde bei Weitem früher geschrieben …«

Julia nahm sich den Brief und begriff sofort, was das bedeutete: Philipp war längst tot. Und die Krypto-Forderung, von wem auch immer, eine Finte.

»Andreas ist die einzige Verbindung zu Philipps Verbleib. Er ist der Schlüssel«, wiederholte Claudia in leisem Ton und versuchte zu Julia durchzudringen, die sich mittlerweile eine Zigarette angesteckt hatte und gedankenverloren dem Rauch nachsah, der sich im geräumigen Wohnzimmer verteilte. »Und ich weiß, wie schwierig die Situation für dich sein muss.«

»Ach ja? Woher willst du das wissen?«, blaffte Julia ungewohnt scharf dazwischen. »Hast du auch deinen Mann verloren?«

Claudia kniff verschreckt die Augen zusammen und zählte leise bis drei. Eins. Zwei. Drei. Es war völlig okay, dass Julia sie anfuhr, ihrem Ärger freien Lauf ließ. Besser jetzt, bei ihr alles ungefiltert rauslassen als später bei einem Schmierfinken, der sonst noch was für Schlagzeilen daraus produzieren würde. Nicht ohne Grund wurden sie in der Polizeiakademie auf solche Situationen vorbereitet. Dann rutschte Claudia auf ihrem Sessel nach vorn und korrigierte sich:

»Nein, du hast recht, Julia. Entschuldige bitte. Ich weiß natürlich nicht, wie es ist, den eigenen Mann zu verlieren. Und es tut mir so unendlich leid.« Sie zählte erneut bis drei, um das Gesagte wirken zu lassen. Dann setzte sie fort: »Was ich aber weiß, ist, dass Sophia und ich uneingeschränkt für dich da sind. Was ich noch weiß, ist, dass wir mithilfe des Peilsenders bald die Wahrheit herausfinden werden.«

Julia wischte sich über die Augen und sah aufgeregt zu Claudia.

»Weißt du, was mir gerade einfällt?«

»Was?«

»Philipp hatte an dem Morgen, also an diesem Mittwochmorgen, zu mir gesagt, er würde sich aufs Wochenende freuen. Er wollte mit mir wegfahren, mir etwas zeigen.«

»Was wollte er dir zeigen?«

Julia zuckte die Schultern.

»Weiß nicht.«

»Nicht den Hauch einer Ahnung?«

»Nein, leider nicht«, schluchzte Julia.

***

Bertie tat es leid, dass er sich in letzter Zeit nicht in dem Maß um Julia hatte kümmern können, wie sie es verdient und gebraucht hätte. Doch der Parlamentarische Untersuchungsausschuss, der das späte Reagieren im Fall Asmussen auf die heutige Tagesordnung gesetzt hatte, schwebte wie ein Damoklesschwert über seinem täglichen Tun. Die Regierungskoalition hing ohnehin am seidenen Faden, laut der aktuellen Forsa-Umfrage lag die Zahl der Befürworter im Keller. Auch das Agieren seit Pandemiebeginn im März wurde nicht honoriert. Seit der jüngsten Wahl hatte sie etwa fünf Prozentpunkte verloren. Seit Corona zwei. Das Einzige, worauf er sich – neben dem Wissen, richtig gehandelt zu haben – noch verlassen konnte, waren seine persönlichen Beliebtheitswerte in der Hamburger Bevölkerung. Da lag er noch vor dem Bürgermeister auf Platz zwei. Doch man wählte Parteien und nicht Personen, und einen Innensenator schon gar nicht. Er orderte bei Sandra einen Schümli und dachte an Philipp.

Sein alter Freund musste an irgendeiner Kreuzung verkehrt abgebogen sein, sich mit den falschen Leuten eingelassen und seinen inneren Kompass verloren haben. Bertie zweifelte daran, ihn jemals wieder in die Arme schließen zu können. Auch wenn es keine Seltenheit war, dass sich Entführungen über Wochen hinzogen und schließlich glimpflich ausgingen. Hinzu kam, dass Philipp, ähnlich einem Chamäleon, ein wahres Anpassungswunder war. Schon immer hatte er auch schwierige Situationen perfekt annehmen können. Bertie stockte kurz und fragte sich, ob es sich bei dieser Fähigkeit um Empathie, bloßes Anbiedern oder schlicht um einen darwinistischen Überlebensinstinkt handelte. Doch wie auch immer, dieses Verhalten würde Philipp auch bei den Entführern das richtige Gewand finden lassen. Bertie dachte an das *Stockholm-Syndrom.*

Doch sobald der Kontakt abbrach, musste mit dem Schlimmsten gerechnet werden. Zumal die Hochphase von Kapitalentführungen lange vorbei war. Bertie erinnerte sich an den ALDI-Nord-Gründer Theo Albrecht, an Axel Sven Springer, die Schlecker-Kinder sowie an Jan Philipp Reemtsma mit über 30 Tagen und Richard Oetker mit über 40 Tagen. Er schüttelte angewidert den Kopf. Nein! Es war richtig gewesen, erst einmal dem Wunsch von Philipps Entführern nachzukommen und nicht sofort die Polizei offiziell einzuschalten: allen Beteiligten Zeit für den Aufbau einer Verhandlungsbasis zu geben. Doch warum nur brach der Kontakt dann ab? Und nicht nur das. Ausgerechnet jetzt wollte die politische Konkurrenz Profit aus Philipps Schicksal schlagen? Oder aus seinem?

Andererseits, so viel hatte Bertie in der kurzen Zeit gelernt, war man auf der Suche nach Nächstenliebe in diesem Polit-Zirkus falsch aufgehoben. Jede Schwäche des Gegners wurde gnadenlos für die eigenen Umfragewerte ausgenutzt. Und der Parlamentarische Untersuchungsausschuss schien die perfekte Bühne zu sein. Würde er nach einem Jahr bereits zurücktreten müssen? War heute sein letzter Tag als Innensenator der Freien und Hansestadt Hamburg? Er hatte noch die Worte des Ersten Bürgermeisters im Ohr, als dieser drei Jahre zuvor damit begonnen hatte, ihn in die Politik zu holen. Er hatte ihm nach der ersten Offerte geantwortet, dass er unsicher sei, da »Politik ein schmutziges Geschäft« sei. Darauf hatte der Bürgermeister erwidert: »Ja, das ist sie. Aber nicht in ihrem Wesen an sich, sondern nur, wenn Politiker ihre Macht falsch gebrauchen.« Das hatte ihn letztlich überzeugt.

Bertie nahm aus dem Augenwinkel eine Bewegung wahr, schaute auf und sah, wie Sandra mit einer Tasse Schümli, etwas Sahne und einer Vase mit frisch geschnittenen Nelken vor ihm stand und alles geschickt zwischen den Papierstapeln auf dem Schreibtisch platzierte. Dabei fiel ihr auf, dass der Innensenator noch in Gedanken war, und sie wandte sich wortlos ab. Bertie schätzte dieses Feingefühl sehr. Doch dann klingelte das Telefon und holte ihn endgültig zurück. Am anderen Ende saß Pohl, sein Pressesprecher, der ihn fragte, ob er ihn gleich zum Ausschuss bringen dürfe, er wolle ihm noch etwas mit auf den Weg geben. – Er durfte.

»Achten Sie auf Schneider und Mölling, das sind die Wortführer des Ganzen. Auch wenn Sie die beiden nie zu einhundert Prozent auf ihre Seite ziehen können, so sollten Sie zumindest versuchen, sie zu beschwichtigen. Verteilen Sie Leckerlies aus anderen Bereichen. – Haben Sie die beiden, haben Sie alle!«, umriss Pohl wenige

Minuten später das momentane Grundrauschen der verschiedenen Fraktionen noch einmal zur Erinnerung für den Innensenator. Pohl musste schnell sein, da der Weg zum Ausschuss nur wenige Schritte umfasste.

»Noch was?«

»Halten Sie alles so allgemein, wie es nur geht, und zünden Sie eine Bombe.«

»Welche Bombe?«

»Die Wójcik-Brüder.«

»Die Wójcik-Brüder?«

»Ja. Irgendjemand hält hier immer noch die schützende Hand über die beiden und die offene Hand hin. Werfen Sie die Brüder ins Feld und warten ab, was passiert.«

»Reinwerfen und abwarten also?!«

»Fangen Sie damit an, dass, auch wenn die Umstände der Entführung noch nicht vollständig aufgeklärt sind, schon jetzt aber von einer gewissen Nähe zum Wójcik-Clan ausgegangen werden muss. Nicht ohne Grund sitzen beide in U-Haft. Verkaufen Sie die Tatsache, dass sich die Brüder dieses Mal nicht mit einer Kaution herauskaufen konnten, als Ihren Erfolg. Gehen Sie weiter, sprechen Sie davon, dass man sich vom Berufungsprozess der Brüder neue Erkenntnisse bezüglich der Hintergründe und des gesamten Geflechts erwarte. Aber auch, und das ist wichtig zu erwähnen, dass man sich nicht darauf verlasse, wie die neuesten Ermittlungserfolge der Polizei zeigen. Durch deren hervorragende Arbeit konnte nicht nur der Kanzlei-Einbruch in kürzester Zeit aufgeklärt, sondern auch das Gebiet, in dem Philipp Asmussen vermutet wird, auf einen Radius von zehn Kilometern um Moisburg eingegrenzt werden. Es sei nur noch eine Frage von Stunden, bis Philipp Asmussen gefunden und die Entführer dingfest gemacht würden.«

Sie waren da. Bertie fuhr sich mit der Hand über den Kopf und betrat den Plenarsaal im Rathaus. Es war sein erster Untersuchungsausschuss und er setzte sich auf den letzten freien Stuhl. Unter Einhaltung des Schutzkonzepts konnte das Tribunal beginnen.

Bertie wusste in den nächsten dreieinhalb Stunden davon zu berichten, dass anders als bei anderen Kapitalverbrechen opferfixierte Straftaten wie Entführungsfälle oftmals vor und manchmal auch von der Polizei bewusst verschwiegen wurden. Man wolle damit nicht nur die Opfer schützen, sondern auch verhindern, dass sich Nachahmungstäter und Trittbrettfahrer anschließen. Potenzielle Entführer, so traurig dies auch klinge, sollten nicht dadurch motiviert werden, dass hohe Geldsummen, immerhin eine Million Euro im Falle von Philipp Asmussen, mit wenig Arbeit erbeutet werden können. Zum anderen gehe es auch um den Schutz der zurückgebliebenen Familien und Angehörigen, die allesamt traumatisiert seien. Auch hier verwies der Innensenator auf die unerträgliche Situation in Harvestehude mit der Journalisten-Meute. Die Medien zu informieren könne nur der allerletzte Schritt sein. Insofern habe die Polizei Hamburg im Fall Philipp Asmussen alles richtig gemacht, indem sie erst aktiv wurde, als der Kontakt zwischen Täter und Familie abbrach. In diesem kritischen Moment sei man sogar gezwungen gewesen, über alle verfügbaren Kanäle den Kontakt zu reaktivieren. Zum Ende hin bedachte er die MOKO-Truppe Asmussen mit Lob, die Ermittlungen schritten voran.

Dass sie noch kein zufriedenstellendes Ergebnis hatten, war dennoch der Kasus knaxus, aber anders als von Pohl und Bertie erwartet. Denn die anschließenden Fragen der Opposition waren erstaunlich blass und harmlos. Alle im Ausschuss zeigten sich zwar unzufrieden mit dem Ermittlungsstand, aber andererseits warfen sie der Innenbehörde plötzlich kein Fehlverhalten mehr vor, geschweige denn, dass sie einen Rücktritt forderten. Keiner der Anwesenden hatte Lust, in der jetzigen Situation Berties Platz einzunehmen. Es erinnerte ihn an Berlin, an die nicht enden wollende Debatte um den unglücklich agierenden Bundesgesundheitsminister. Dieser hatte zu Beginn der Pandemie gesagt, dass *»wir einander wahrscheinlich viel verzeihen müssen«*, und reichlich Beifall aus der Öffentlichkeit dafür erfahren. Und dennoch: Seine politischen Widersacher schlugen ununterbrochen auf ihn ein, waren aber gleichzeitig froh, dass er nicht zurücktrat. Dann war die Fragestunde vorbei und der Hamburger Innensenator konnte ohne nennenswerte Blessuren zurück an den Schreibtisch.

Tag 22
Mittwoch, 7. Oktober 2020

Männerding hin oder her. Claudia kratzte mit den Fingernägeln bereits am Telefon, wollte trotz allem Möller anrufen, sich beim Präsidenten auf den Plan rufen. Doch Thoelke schlenderte auch an diesem Tag locker-lässig mit Trenchcoat und Hängetasche um die Schulter kurz vor elf zur Stippvisite ins Büro. »Er solle jetzt erstmal mehr so als Innenminister, statt als Außenminister agieren«, hatte er ihr vorgestern noch mit auf den Weg gegeben und ihre Laune damit unter den Gefrierpunkt fallen lassen. Trotz Suspendierung konnte er intern die Leitung der MOKO behalten. Was das für sie hieß? Ihr blieben auf die Schnelle nur drei Möglichkeiten: Klappe aufmachen und alles der Presse stecken, Klappe zumachen und tot stellen oder Klappe halten und den Fall selbst lösen.

Und während sie darauf wartete, ob das Lichtlein über Tor 1, Tor 2 oder Tor 3 anging, war Thoelke schon wieder nach Witzen zumute. Als er sich von Tasche und Trenchcoat befreit hatte, zeigte er auf den verwaisten Platz von Thomas Krug:

»Wo ist denn der Kollege? Auch suspendiert?«

Doch keinem im Raum war nach Lachen zumute. Anwärter Youssef Nadi antwortete stattdessen:

»Eine Arbeitskollegin von Thomas' Frau ist gestern Abend positiv getestet worden. Als mittelbare Kontaktperson arbeitet er jetzt von zu Hause aus.«

»In Quarantäne?«

»Ja, Chef. Reine Vorsichtsmaßnahme.«

»Oh je! Wie geht es ihm?«

»Ihm geht's gut. Seine Frau hat aber Fieber.«

»Fieber ist nicht gut«, murmelte Thoelke und massierte seine

Schläfen. »Gar nicht gut. Denn Fieber bedeutet, dass jede Kontaktperson ebenfalls 14 Tage in Quarantäne muss.« Thoelke sprang auf und klatschte zweimal in die Hände. »Leute, habt ihr verstanden, was ich gerade gesagt habe? Habt ihr euch heute schon testen lassen? Wenn nicht, dann aber subito.« Thoelke zog umgehend seinen Mund-Nasen-Schutz über das Gesicht.

»Natürlich, Chef, haben wir. Auch wenn wir nur die Kontaktpersonen der Kontaktperson der Kontaktperson sind und uns das eigentlich nicht mehr betrifft.«

»Wer sagt das?«

»Der Infektionsschutzflyer der Bundesregierung.«

Thoelke legte die Stirn in Falten und überlegte, ob ihn diese Antwort beruhigte.

»Was ist mit der Kontaktnachverfolgung über das Gesundheitsamt?«

»Läuft schon. Bis zu Thomas.«

»Bis Thomas also, so so. Wer soll da denn bitteschön noch durchblicken?«

Youssef holte den angesprochenen Flyer aus dem Drucker und ging auf Thoelke zu, der mit großen Augen abwehrend beide Hände hob.

»Gaaanz langsam und schön auf den Abstand achten, Kollege! Ein Meter fünfzig!«

Der Anwärter schüttelte den Kopf, machte einen langen Arm und zirkelte das Papier auf den äußersten Rand des Tisches. Zusätzlich legte er mit der anderen Hand einen Schnelltest hinzu.

Thoelke nahm den Flyer sowie den Schnelltest und verabschiedete sich von der Truppe. Seit Tanjas Ermordung hatte er mehrere Berichte über die heilende Kraft der *Work-Life-Balance* gesehen und wollte mehr auf die innere Ausgeglichenheit achten. »In der

Ruhe liegt die Kraft« oder »Wer immer in Eile ist, begegnet niemandem, nicht mal sich selbst« – das waren nur zwei Weisheiten, die als kleine farbige Post-its an seinem Kühlschrank hefteten. Er sprang in den Wagen und entschied sich für einen Umweg über den Fischmarkt. Er wollte bei Dieter vorbei, zwei leckere Aal-Brötchen einheimsen. *Hoffentlich gibt es dort einen Außer-Haus-Verkauf*, überlegte er und warf Flyer und Test auf die Rückbank.

***

Ohne Brötchen, dafür mit vielen Fragen, klingelte Ole in Hannover bei seinem Freund Andreas. Doch keine Reaktion. Ole klingelte noch einmal und klopfte lautstark an die Wohnungstür. Nichts. Resigniert holte er sein Handy aus der Hosentasche, wollte Andreas anrufen und wissen, warum er bei der Arbeit gekündigt hatte. Doch er hatte kein Guthaben mehr. »F*ck!«, fluchte er und schlich frustriert das Treppenhaus hinunter.

Warum nur hatte er ihm nichts davon gesagt? Schon klar. *Lager* war kein Traumjob, aber sie wurden pünktlich bezahlt und die Kollegen waren allesamt korrekt. Umso rätselhafter war es, dass sich Andreas in letzter Zeit so rar gemacht hatte. Ach, was heißt rar gemacht, er war seit Wochen überhaupt nicht mehr bei der Arbeit aufgetaucht. Stattdessen verschickte er gelbe Scheine und heute die Kündigung. Sein ganzes Verhalten mutete seltsam an, auch dass er nur noch Wasser trank und nichts rauchte, wunderte Ole. Ob das alles so gesund war? Er würde sich mal bei seinem Bruder Achim erkundigen, also, wenn er wieder Guthaben hatte. Vielleicht wusste der ja mehr? Früher waren Achim und Andreas beste Kumpels gewesen, da passte kein Blatt dazwischen, bis Achim nach Hamburg zog.

Ole war im Erdgeschoss angekommen und sprang von der vorletzten Stufe, wie er es immer tat. Da ging die Eingangstür auf und Andreas erschien mit vier zusammengefalteten Umzugskartons.

»Alter, was' denn mit dir los?«, fragte Ole verblüfft und streckte ihm die Faust zum Gruß entgegen. »Willst du jetzt auch noch weg oder was?«

Andreas bedeutete ihm, die Kartons zu übernehmen, damit er die restlichen aus dem Auto holen konnte. Ole übernahm und schleppte sich, ohne eine Antwort erhalten zu haben, zurück nach oben, wo er unschlüssig vor der Tür stehen blieb. Als Andreas mit weiteren drei Kartons unterm Arm endlich aufgeschlossen hatte, folgte er ihm ins Wohnzimmer, ließ die Kartons zu Boden fallen und warf sich aufs Sofa.

»So, und nun Alter«, sagte er, »erzählst du mir mal bitteschön, was überhaupt los ist?«

Andreas nickte stumm, holte zu Oles Beruhigung zwei Flaschen Bier aus der Küche und begann, während er den ersten Umzugskarton aufbaute, von Hamburg, von der Gertigstraße und von Sophia zu schwärmen. Dann griff er sich aus dem Wandregal einige Bücher und stapelte sie nacheinander in den Pappkarton. Bei der dicken Filmenzyklopädie hielt er inne, schlug genüsslich das Fünf-Kilo-Werk auf, blätterte und blieb bei »Ben Hur« kleben.

»Was glaubst du, aus welchem Jahr stammt Ben Hur? Und wie viele Oscars hat er bekommen?«

Andreas war absoluter Filmfan. Einmal war er sogar bei einem Furtwängler-Tatort in Hannover Statist gewesen. Damals gab es neben einem verwackelten Selfie mit der blonden Kommissarin noch 90 Euro auf die Hand. Doch als er sich bei der lang herbeigesehnten Ausstrahlung in der ARD nicht entdecken konnte, hing er seine Statisten-Karriere kurzerhand unvollendet an den Nagel.

»Den alten Schinken mit Charlton Heston?«

»Ja!« Andreas nickte begeistert. »Komm schon, Ole. Nenn mir die magischen Zahlen!«

Ole leerte die erste Flasche Wolters und tippte:

»1965 und zwölf. Zwölf wie bei *Titanic* mit dem DiCaprio und der … äh … Kate Winslet.«

»Gar nicht schlecht, aber doch daneben«, lobte Andreas anerkennend und klärte auf, dass der 1959 gedrehte Film bei der Oscar-Verleihung im Jahre 1960 elf von zwölf Trophäen bekommen hatte und damit bis heute zusammen mit »Herr der Ringe – Die Rückkehr des Königs« und »Titanic« den Rekord hielt. Dann schlug er das Buch wieder zu und ließ es ebenfalls im Karton verschwinden.

***

Es stürzen keine Wände ein, wenn das eigene Leben zusammenbricht. Im Gegenteil. Es geht still und leise vonstatten. Spätestens wenn Sophia und Claudia die Villa verlassen hatten, wurde es leise und still. Und so schlich Julia heute zur beleuchteten großen Glasvitrine, öffnete sie und nahm eine noch geschlossene Whiskyflasche in die Hand. Sie beobachtete, wie sich der bernsteinfarbene Inhalt im Nachmittagslicht brach und über ihre Handfläche tanzte. Es strahlte etwas Beruhigendes aus und forderte sie zum Mittanzen auf.

Viereinhalb Stunden später, die Flasche war ein gutes Stück leerer, verfasste sie, auf der Couch in die Decke gerollt, in Gedanken ihren eigenen Nachruf. Sie war sich zwar sicher, dass sich keiner dafür interessieren würde, doch das war ihr egal. Nach fünf halben

Gläsern edlen Tropfens war ihr so einiges völlig egal. Sie bedankte sich bei ihrer Mutter, die sie als Einzige je wirklich verstanden hatte. Bei ihrer Grundschullehrerin Frau Schmitt, die sie immer angetrieben hatte, für ihre eigenen Ideale zu kämpfen, und das nicht nur, wenn es um die Pausengestaltung auf dem Schulhof ging. Und sie bedachte Klaus Linnemann. Tja! Wo würde sie jetzt sein, wenn sie Klaus Linnemann früher kennengelernt hätte? Wo würden sie alle zusammen stehen, wenn auch Philipp seinen leiblichen Vater kennengelernt hätte? Ihr gemeinsames Leben hätte möglicherweise eine ganz andere Wendung genommen. Eine bessere? Eigentlich wäre jedes Leben besser gewesen als dieses, in dem sie betrunken, ohne Ehemann alleine auf der Couch hockte und eine kitschige Dankesrede à la Hollywood fabulierte. Sie stellte das Glas zurück auf den Tisch, bekreuzigte sich und stieß einen lauten Fluch aus. Vielleicht hätten sie dann auch Kinder adoptiert, die es, sie schaute auf die Uhr, gleich zu Bett zu bringen gälte. Die Bude wäre voller Lärm, voller Liebe, voller Leben statt dunkel, düster und depressiv. Julia war müde geworden und wollte nur noch schlafen.

Tag 23
Donnerstag, 8. Oktober 2020

Thoelke waren Claudias Anspielungen und ihre Verwunderung, dass er trotz Suspendierung im Büro auftauchte, nicht verborgen geblieben, und es ärgerte ihn. Dieses Verhalten war unprofessionell und kostete nur unnötig Energie, die das Team besser für Philipp Asmussen aufbringen konnte. Gerade jetzt, da Thomas aus dem Homeoffice agieren musste. Er würde mit ihr sprechen, wenn er seine Schulterklappen zurückerhalten hatte. Davor würde er sie mit einem Vier-Augen-Gespräch nur weiter provozieren. Doch heute wollte er ins Untersuchungsgefängnis zu Tomasz Wójcik fahren. Er gab Youssef Nadi ein Zeichen, dass er ihn begleiten solle. Denn ohne Dienstmarke gab es keinen Zutritt.

Als beide wenig später im Verhörraum in Dammtor auf den älteren der Brüder warteten, erinnerte Thoelke an die Aufgabenverteilung:

»Nicht vergessen. Zugucken, zuhören und von mir lernen!«

Kaum war der gut gemeinte Rat ausgesprochen, öffnete sich die gegenüberliegende Tür. Tomasz Wójcik wurde von einem Vollzugsbeamten in den Raum gebracht, der durch seine Nüchternheit bei den Inhaftierten ein Gefühl der Ausweglosigkeit vermitteln sollte. Als er Thoelke am Tisch erblickte, potenzierte sich dieses Gefühl und Tomasz drehte ab. Er fuhr den Beamten an, warum er nicht gleich gesagt habe, welcher korrupte Bulle hier auf ihn warte, dann wäre er in seiner Zelle geblieben. Doch noch bevor der Beamte etwas erwidern konnte, begann Thoelke:

»Geben Sie mir fünf Minuten Ihrer geschätzten Zeit, Herr Wójcik. Ich möchte Ihnen einen Deal anbieten.«

»Einen Deal?«

Thoelke nickte bestimmt.

»Dann sollten wir auf den Anwalt warten.«

»Lassen Sie mich doch erst erklären. Im Anschluss können Sie sich immer noch mit Dr. Wurzel beraten.« Thoelke beugte sich über den Tisch zur Glasscheibe und faltete seine Hände. »Nur fünf Minuten. – Bitte nehmen Sie Platz.«

Missmutig, aber durchaus neugierig setzte sich Wójcik an den Besuchertisch.

»Okay, was bietest du, Wachtmeister?«, fragte Tomasz und verschränkte die Arme. »Die Uhr tickt.«

Thoelke entspannte sich in seinem Stuhl und steckte mit Stichworten wie Untreue, Steuerhinterziehung, Beihilfe, Betrug und illegalen Geschäftspraktiken den groben Rahmen ab, den Wójcik beim Berufungsprozess mindestens zu erwarten hatte, und summierte alles auf acht bis neun Jahre mindestens. Zusätzlich war da noch der Strafprozess wegen Einbruchs in der Anwaltskanzlei Asmussen, dreieinhalb bis vier Jahre mindestens. Dann kam Thoelke auf den Punkt. Er erklärte, wenn Tomasz ihm jetzt und somit deutlich vor Beginn der Prozesse einen Tipp über Philipp Asmussens Aufenthaltsort geben würde, dann könnte er dafür sorgen, dass die einzelnen Strafen zusammengelegt und der Mittelwert ermittelt würde. Das könne ihm zwei bis drei Jahre Haft ersparen.

»Du meinst so 'ne Art Mengenrabatt?«

»Wenn Sie so wollen.«

Tomasz lehnte sich in seinem Holzstuhl zurück, bis er knarrte, und begann schallend zu lachen.

»Willst du mich erneut erpressen? Und jetzt noch vor Zeugen? – Ist es das, was du willst, Wachtmeister?«, rief er ungläubig und zeigte mit dem Kopf auf den Beamten, der in der Ecke saß und die Szenerie reglos verfolgte. »Kommst mit deinem billigen Discounteranzug her und bietest mir Mengenrabatt an. – Seid ihr schon so verzweifelt auf der Wache?« Tomasz schob den Stuhl zurück, stand auf und signalisierte damit, dass Thoelkes Uhr abgelaufen war. Dann verschwand er mit dem Vollzugsbeamten durch die Hintertür.

Zurück blieben Thoelke und der Anwärter, der sich mit hochrotem Kopf verwundert die Augen rieb und fragte, was da bitte gerade passiert war? Es kam ihm so vor, als hätten sie gegen irgendetwas verstoßen, auch wenn er nicht vermochte zu sagen, gegen was. Thoelke hingegen schlug zufrieden seine Mappe zu, nahm seinen Kugelschreiber und war ebenfalls zum Aufbruch bereit. Ein weiterer Nadelstich war gesetzt.

***

Sophia stockte kurz der Atem, als ihr am nächsten Tag in Harvestehude die Haustür geöffnet wurde. Julias Gesicht glich einem Trümmerfeld aus zwei großen Ringen unter rot unterlaufenen Augen, umgeben von tiefen Schlaffalten. All der Schmerz und die Wut schienen sie von innen heraus aufzufressen, während die Endgültigkeit der Situation von außen wie eine schwere Last auf ihren schmalen Schultern lag.

»Was ist passiert, Süße?«, fragte Sophia, sichtlich um Fassung bemüht.

»Ich fühle mich schuldig, habe ein schlechtes Gewissen und habe eindeutig zu viel gesoffen«, flüsterte Julia, die zurück ins Wohnzimmer ging, wo sie die Nacht verbracht hatte. Auf dem Tisch stand die halbleere Flasche Whisky. Die helle Decke, ein paar Kissen und unzählige Papiertaschentücher lagen auf dem Boden verteilt. »Ich habe mir ausgemalt, was die Entführer mit ihm angestellt haben. Meinst du, sie haben ihn langsam zu Tode gequält, oder ging alles ganz schnell? Mit einem Schuss in den Kopf?« Julia deutete mit der linken Hand eine Pistole an und hielt sie sich gegen die Schläfe. »Und das nur, weil ich nach dem ersten Anruf Bertie angeschleppt habe – und der den Thoelke. Das hätte ich nicht tun sollen.«

Sophia nahm Julia in den Arm, die am ganzen Körper schwitzte und zitterte.

»Aber was erzählst du denn da bloß? Philipp lebt noch. Da bin ich mir sicher.«

Doch Julia reagierte nicht.

»Hörst du? Philipp lebt.« Sophia löste langsam die Umarmung und suchte Blickkontakt. »Was hältst du davon, wenn du dich frisch machst, während ich hier aufräume und uns einen Kaffee koche?«

Julia drehte ab und schlich in den ersten Stock, obwohl sie die Stille, die sie dort oben seit Philipps Verschwinden umgab, als immer bedrohlicher empfand. Früher hatte sie sich nach Ruhe geradezu verzehrt, war froh über jeden Moment, in dem sie in die eigenen vier Wände flüchten konnte. Doch jetzt war die Stille zu ihrem Dämon geworden.

Als Julia 40 Minuten später zurückkam, schien sie wie ausgewechselt. Die kalte Dusche und frische Klamotten hatten aus ihr, zumindest für den Moment, einen neuen Menschen gemacht, der Tatendrang verspürte.

»Hier riecht es aber gut«, lobte sie Sophia, zog die Terrassentür zu und ging weiter zur Kommode. Dort nahm sie den kleinen Peilsender in die Hand und hielt ihn hoch. »Lust auf einen Ausflug nach Hannover?«

»Welches adoptierte Kind macht sich keine Gedanken über seine leiblichen Eltern, fragt sich, wo die eigenen Wurzeln liegen? Das ist doch ganz natürlich und absolut nachvollziehbar«, erklärte ein gut aufgelegter Klaus Linnemann, der sich über den spontanen Überraschungsbesuch von Julia und Sophia freute, gleich Andreas anrief und ihn bat, mit ein paar Kuchenstücken vorbeizukommen. »Und natürlich habe ich mich mein Leben lang gefragt, was mit dem kleinen Enrico passiert ist, ob es ihm gut geht, ob er selber eine Familie hat.«

»Warum haben Sie dann nicht früher angefangen, nach Ihrem Sohn zu suchen? Ich meine, direkt nach der Wende?«, hakte Sophia dazwischen, während sie mit den Fingerspitzen an ihrem hellblonden Pferdeschwanz zwirbelte.

»Das gab es zwei Gründe. Erstens meine Angst!«

»Angst? Wovor denn?«

»Wovor ich Angst hatte, fragen Sie?«

Sophia nickte.

»Vor Enricos Reaktion natürlich. Wusste er überhaupt, dass er adoptiert worden war? Wenn nicht, wie stellen Sie sich das vor, nach acht oder neun Jahren? Sollte ich als wildfremder Mann plötzlich vor der Schule mit einem Plüschtier in der Hand auftauchen und sagen: Überraschung! Ich bin dein Vater!« Klaus Linnemann machte eine kurze Pause, winkte ab. »Nein. – Ich wollte nicht dafür verantwortlich sein, dass seine kleine Seele einen Knacks bekommt. Zumindest nicht von mir. – Und überlegen Sie mal, selbst wenn das kleine Geschöpf das irgendwie alles verdaut hätte, wäre doch seine erste Frage gewesen, warum ich nicht, also vom Westen aus, diese Adoption mit aller Kraft verhindert hatte. Nein, nein, nein! So oder so, er hätte mich gehasst. Und das aus gutem Grund.«

Julia pfiff auf die Corona-Regeln, die in Hannover wahrscheinlich ohnehin andere waren als in Hamburg, beugte sich auf der Bank zu Klaus Linnemann hinüber, nahm seine Hand und fühlte die Wärme, die sie abgab. So saßen sie für einige Zeit da und lauschten dem Gezwitscher zweier Rotkehlchen, das aus dem Wipfel der alten Eiche kam.

Dann war es erneut Sophia, die nachbohrte:

»Sie sprachen von zwei Gründen, Herr Linnemann. Was war der zweite Grund?«

»Ja, richtig.« Klaus Linnemann räusperte sich und versuchte die aufkommenden Gemütsbewegungen unter Kontrolle zu halten. Mit belegter Stimme fuhr er fort: »Der zweite Grund wird sicherlich aus heutiger Sicht sehr albern für Sie klingen, aber bitte vergessen Sie mein Alter nicht. Ich werde im Dezember 83 Jahre alt. Meine Generation ist mit der heutigen nicht zu vergleichen. Wir waren, wie soll ich das sagen, nicht so gewieft, einfach gutgläubiger. Wir hinterfragten nichts, gaben uns oft mit der ersten Auskunft zufrieden. Ein Fehler, natürlich! Aber damals wurde mir eindringlich untersagt, nach ihm zu suchen. Bei einer Zuwiderhandlung hätte das Folgen gehabt, sowohl für Enrico als auch für Jutta, seiner Mutter, wurde mir gesagt. Daran habe ich mich gehalten – im festen Glauben, das Richtige zu tun. Ein paar Jahre später bin ich dann erneut Vater eines Sohnes geworden und habe meine Aufmerksamkeit Andreas geschenkt, ohne Enrico aus meinem Herzen und meinen Gedanken zu streichen.« Klaus Linnemann zog den Mund-Nasen-Schutz herunter und putzte sich mit einem Stofftaschentuch die Nase. »Ich weiß, eigentlich unverzeihlich. Doch noch ist es nicht zu spät, dachte ich mir, und habe am 11. April dieses Jahres, an Enricos Geburtstag, damit begonnen, nach ihm und Jutta zu suchen. Alles, was ich hatte, war die Geburtsurkunde der Frauen- und Säuglingsklinik Karl-Marx-Stadt.«

Ein Schlüssel war im Türschloss zu hören und ließ Julia kurz aufschrecken. Sekunden später erschien Andreas mit breitem Grinsen und noch breiterem Kuchenblech auf der Terrasse. Er freute sich, Sophia zu sehen und seinem Vater vom bevorstehenden Umzug nach Hamburg berichten zu können.

»Hallo! Ich habe leckeren Kuchen dabei«, flötete er zur Begrüßung in die Runde und stellte die gemischte Platte aus Apfel- und Zwetschgenkuchen auf dem Gartentisch ab. Er hängte seine Jacke über die Stuhllehne und gab jedem ein Stück auf den Teller.

Was folgte, waren weitere Stunden, in denen über Schuld und Unschuld, Mut und Feigheit sowie Wissen und Unwissenheit sinniert wurde. Und Julia überkamen ernste Zweifel, ob Philipp nicht doch gewusst hatte, dass er adoptiert worden war, und es ihr einfach verschwiegen hatte.

Tag 24
Freitag, 9. Oktober 2020

Andreas hatte seit dem süßen Kuchen gestern Nachmittag nichts mehr gegessen und biss herzhaft in sein Frühstück, einen Dürüm-Döner, an dessen Ende Knoblauchsauce heraustropfte. Er machte einen Ausfallschritt und wählte die Nummer vom Immobilienbüro Kirschstein. Heute um 17:30 Uhr hatte er im Hafen ein erstes Vorstellungsgespräch und wollte in Erfahrung bringen, ob er die Gertigstraße 66 als Adresse angeben könne.

Nach endlosem eintönigen Freizeichen meldete sich eine gehetzte Frauenstimme:

»Petra Kirschstein hier, Immobilienbüro Kirschstein und Partner.«

»Guten Morgen! Ich bin Andreas, Andreas Linnemann, wir haben uns vor drei Tagen bei der Wohnungsbesichtigung in der Gertigstraße kennengelernt und nun wollte ich mich melden, wie vereinbart. Hab ich die Wohnung?«

Petra Kirschstein, bei der das Telefon ab acht Uhr früh kaum stillstand, konnte mit Andreas' Namen nichts anfangen und blätterte sich durch die ausgefüllten Interessentenzettel vom Dienstag. Die Immobilienmaklerin zählte noch auf die gute, alte Währung, das ausgefüllte Papier im DIN A4-Format.

»Sie meinen die helle Vier-Zimmer-Wohnung mit Balkon und dem Einbauschrank im Flur?«

»Genau die.«

Petra Kirschstein hatte Andreas' Zettel gefunden, auf dem sie bereits wegen fehlender Referenzen ein großes »Nein« mit vier Ausrufezeichen notiert hatte. Nicht ohne Grund lag der Zettel zuunterst. Doch sie war Geschäftsfrau, dachte an die Prada Mini Bag aus Re-Nylon für 520 Euro, die sich ihr gestern Abend im Netz aufgedrängt hatte, und witterte die Chance, dieses schwarze Teil schon jetzt, nach wenigen Stunden, refinanzieren zu können. Sie warf einen Köder aus.

»In der Tat sind Sie in der engeren Auswahl, verehrter Herr Linnemann aus Hannover-Bemerode. Da wäre nur noch die Kleinigkeit des Abstands zu klären.«

»Was denn für 'n Abstand, Frau Kirschstein?«, entwich es Andreas' spröden Lippen. »Davon höre ich jetzt zum ersten Mal.«

»Das tut mir leid, wenn diese Information Sie am Dienstag nicht erreicht haben sollte, und ich möchte Ihnen keinesfalls etwas aufzwingen, Herr Linnemann. Doch ohne Abstand wird es schwer für mich ...«

»Doch, doch, ist schon gut! Abstand klingt fair«, antwortete Andreas und bekam ein erstes Gefühl dafür, wie in der Großstadt Geschäfte gemacht wurden. »Aber wofür eigentlich genau?«

»Na, für den schönen und wirklich sehr geräumigen deckenhohen Einbauschrank.«

»Den kackbraunen aus dem Flur, meinen Sie?«

»Eher schlichtes Haselnussbraun, würde ich sagen. Aber ja, den meine ich.« Petra Kirschstein trank einen Schluck. »Aber nur, wenn Sie Verwendung dafür haben, Herr Linnemann. Denn ich bin mir sicher, dass die Wohnung spätestens heute Nachmittag weg ist. Und zwar mit dem Abstand.«

Was für eine Frage! Natürlich hatte Andreas keine Verwendung, niemand hatte Verwendung für dieses Monstrum. Außer dem Universal-Schredder eines Recyclinghofs vielleicht.

»Was soll denn das Prachtstück kosten?«

»600 Euro!«

600 Tacken für Sperrmüll? War die Maklerin von allen guten Geistern verlassen? Andreas war kurz davor, das Interesse an der

Großstadt zu verlieren, als Sophia vor seinem geistigen Auge erschien. Sie lächelte ihn an und ihm wurde klar, dass nur noch dieser 600-Euro-Schrank zwischen ihm und ihr stand. Okay, 600 Euro plus Abtransport. Ein Prickeln lief über seinen Nacken, während in ihm Wärme aufstieg. Er lächelte zurück.

»Alles klar, Frau Kirschstein«, erwiderte Andreas und quetschte vor Freude auch noch den Rest der Sauce aus dem Döner. »Bin schon unterwegs!«

***

Dann kam der Anruf, der alles veränderte. Dagmar Rolffs füllte gerade die Schublade ihres Schreibtischschranks auf, als kurz vor zehn die T-Taste an ihrem Telefon anfing zu blinken. Dem Work-Life-Balance-Gedanken folgend, hatte der suspendierte Thoelke beim Verlassen des Kommissariats sein Telefon auf sie umgestellt. Rolffs schob die Minibar zu, zupfte sich die Haare zurecht, als ob es sich um einen FaceTime-Call handelte, und griff zum Hörer.

»Einsatzzentrale MOKO-Asmussen. Mein Name ist Rolffs, was kann ich für Sie tun?«

»Guten Tag«, erklang es auf der anderen Seite der Leitung. »Mein Name ist Viking, ich bin Polizeibeamter aus Moisburg und würde gern mit dem Kriminalhauptkommissar Thoelke sprechen. Es ist wichtig. Könnten Sie mich bitte mit ihm verbinden?«

»Der Kriminalhauptkommissar befindet sich in einem Verhör, Herr Viking. Mein Name ist Dagmar Rolffs und ich bin die rechte und meist auch die linke Hand vom Hauptkommissar. Vielleicht darf ich ihm etwas ausrichten? Er kommt sicher im Anschluss bei mir vorbei.«

Stille.

Viking musste klären, ob er auch mit der rechten und linken Hand sprechen durfte.

»Nun ja, das geht in Ordnung. Wir sind hier in Moisburg im Landkreis Harburg an der östlichen Grenze von Niedersachsen in einer … etwas heruntergekommenen alten Villa. Heute würde man wohl von einem *Lost Place* sprechen.«

Dagmar Rolffs schrieb voller Herzklopfen mit: Viking, Moisburg, Lost Place. Genau solche Momente waren es, die den Reiz ihrer Arbeit ausmachten.

»Wir sind der Überzeugung, dass in diesem Gebäude der Anwalt Philipp Asmussen zumindest zeitweise versteckt gehalten wurde.«

»Was meinen Sie mit *zeitweise*? Haben Sie ihn gefunden oder nicht?«

»Nein, das haben wir nicht.«

»Aber wie kommen Sie darauf, dass er sich dort aufgehalten haben könnte?«

»Wir haben Fotos gefunden. Fotos, die ganz eindeutig der Person Philipp Asmussen zuzuordnen sind. Sie zeigen, wie er auf dem Bett im Kellergeschoss sitzt und eine Zeitung vom 18. September hochhält. Sie wissen schon, diese typischen Fotos, die Entführer zur Durchsetzung ihrer Forderung machen, zum Beweis, dass das Opfer lebt.«

Rumms!

Dagmar Rolffs war sofort klar, dass sie mit dieser Nachricht Thoelke den Arsch retten würde. Die Suspendierung wäre passé. Sie müsste nur dafür sorgen, dass er als Erster in Moisburg aufschlüge.

»Mit wem haben Sie schon diesbezüglich gesprochen, Kollege Viking?«

»Mit niemandem. Mein Chef hatte mich beauftragt, umgehend beim Einsatzleiter Thoelke in Hamburg-Alsterdorf Meldung zu machen. Bin ich denn nicht richtig bei Ihnen?«

»Doch, doch. Sie sind sogar goldriiiiichtiiig!«, bestätigte sie dem Nachwuchs mit langgezogenem Vokal. Ihre Stimme verriet, dass sie mit einem breiten Lächeln am Hörer saß und den Moisburger Kollegen, Corona hin, Corona her, am liebsten umarmt hätte. Doch zurück zu Asmussen. »Geben Sie mir bitte die genauen GPS-Koordinaten durch, damit sich der Einsatzleiter Thoelke umgehend, also direkt nach dem Verhör, auf den Weg zu Ihnen machen kann.«

***

Mordkommission hieß, ständig und überall mit dem Verbrechen und dem Tod konfrontiert zu werden. Das war okay für Thoelke. Er wollte es nicht anders. Deshalb hatte er es vor neun Jahren auch mehr als Auszeichnung und weniger als Strafversetzung verstanden, in Hamburg-Alsterdorf gelandet zu sein. Doch dieser aktuelle, sich mittlerweile schon über Wochen hinziehende Asmussen-Fall war einfach nur frustrierend. Denn so viel hatte er auf dem Weg nach Moisburg am Telefon in Erfahrung bringen können: Philipp Asmussens Leiche war auch hier nicht! Keine 80 Minuten später bremste er mit quietschenden Reifen seinen Wagen am Tatort ab, der weiträumig von mehreren Hundert Metern rot-weißen Plastikbands abgesperrt war. Auch sonst empfing ihn das vertraute Bild: Krankenwagen, Streifenwagen, Uniformierte, Schaulustige und erste Pressevertreter, die auf alles draufhielten, was sich bewegte. Er stieg aus, duckte sich unter der Banderole hindurch und betrat nach etwa 80 Schritten das düster-verlotterte Gebäude auf der Suche nach dem diensthabenden Kollegen. Er wollte einen Überblick.

Im Hochparterre stieß Thoelke auf den Kollegen Viking, bei dem es sich, anders als von der Rolffs beschrieben, nicht um eine junge Nachwuchshoffnung im Stimmbruch am niedersächsischen Polizeifirmament handelte, sondern um einen ausgewachsenen 1,90 Meter großen Beamten im mittleren Alter mit Bauchansatz, Vollbart und Halbglatze.

»Sie müssen der Einsatzleiter aus Hamburg sein«, sagte Viking mit einer jungenhaften Stimme.

Der Hauptkommissar stockte in seiner Bewegung und nickte. Diese helle Klangfarbe hatte er von einem 120-Kilo-Bären nicht erwartet, konnte nun aber Dagmar Rolffs' Ausführungen besser einordnen.

»Dann folgen Sie mir bitte«, piepste die Bärenstimme weiter, »ich bringe Sie in den Keller. Dort finden Sie Polizeiobermeister Dirk Herne.«

Thoelke zog sich außer dem Nasen-Mund-Schutz noch ein Paar Einmalhandschuhe und Schuhschutz über, dann folgte er der Halbglatze durch die Kellertür. Er schritt vorsichtig die Stufen hinunter und ging etliche Meter durch den Raum, während der feuchte Geruch von Schimmel und Erde in seine Nase und unter seine Haut kroch. Am Ende des Kellers standen Bettgestell, Tisch und Stuhl, davor zwei Männer. Als sie Viking mit Thoelke kommen sahen, hoben sie zugleich den Kopf, streckten die Ellbogen zum Gruß entgegen und nahmen den Hamburger in die Mitte. Links Obermeister Dirk Herne, rechts Dr. Walthers von der Spurensicherung, der ihm schon einen ersten Bericht geben konnte.

Er nuschelte, dass Bettgestell, Holztisch und Toilette von denselben Fingerabdrücken übersät gewesen seien, dass man fünf Fotos von Philipp Asmussen, die auf dem Bett gemacht worden waren, sichergestellt hatte sowie Notizen, die unter der hauchdünnen Auflage, die mehr an ein übergroßes Handtuch als an eine Matratze erinnerte, versteckt gewesen waren. Das ganze Setting hier, so Thoelkes Überzeugung, vermittelte den Eindruck eines abrupten Aufbruchs. Dirk Herne bestätigte kopfnickend und ergänzte, es sei auch auffällig, dass sich die Fingerabdrücke, die vermutlich Philipp Asmussen zuzuordnen seien, ausschließlich hier unten befanden. Oben fehlten sie, dafür wimmelte es dort von zig anderen Abdrücken. Dies alles sprach für ein furchtbares Verbrechen, für die grausame Entführung von Philipp Asmussen. Mindestens.

Dann stürmte ein weiterer Streifenpolizist zum Dreiergespann:

»Wir haben einen männlichen Leichnam gefunden! Wir haaaben einen Leichnam gefunden!«

Herne, Walthers und Thoelke schauten ihn erwartungsvoll an und fragten sich, warum er nicht weitersprach. Erwartete er einen Trommelwirbel? Einen roten Teppich? Eine Extra-Aufforderung? Doch er stand nur mit weitaufgerissen Augen vor ihnen und wiederholte:

»Wir haben einen männlichen Leichnam gefunden.«

»Wen haben Sie gefunden, Kollege?«, fragte schließlich Thoelke, der so dringend eine Leiche benötigte.

»Draußen in einem Schuppen, von Sägespänen und einer Decke bedeckt, haben wir einen männlichen Leichnam gefunden. Dunkle Haare, etwa 40 Jahre alt. Leider trägt er keinerlei Papiere bei sich. – Deshalb kann ich Ihnen die Frage nicht beantworten.«

Dann rannte der Streifenpolizist plötzlich wie von einer Tarantel gestochen los, die drei Männer hinterher. Treppe rauf, raus aus dem Gebäude, um die Villa herum und dann etwa 150 Meter durch Gras, Kräuter und Buschwerk, das bis zum Oberschenkel hoch wucherte, vorbei an einem Steinbrunnen bis zu dem Schuppen. Dort blieb der Polizist stehen, rang nach Luft und wies mit dem Arm den drei Kollegen den Weg.

Thoelke betrat als Erster den halbverfallenen Schuppen und sah zwischen dem Rasenmäher und zwei Anhängern die Leiche liegen, bereits von Decke und Spänen befreit. Er hockte sich neben den Toten, beugte sich vorsichtig über ihn, inspizierte und schnüffelte. Wer einmal in seinem Leben Verwesungsgeruch wahrgenommen hat, der vergisst ihn nicht. Dieser in der Nase beißende süßliche, moschusartige Duft alternden Fleisches war unverkennbar. Hinzu kam der deutlich sichtbare Fortschritt des Fäulnisprozesses. Die gesamte Haut hatte sich bereits verfärbt, erste Maden krochen darüber. Dieser Mann war schon einige Tage tot. Thoelke stand wieder auf, blickte Obermeister Dirk Herne und Dr. Walthers an und bestätigte, dass es sich bei dem Leichenfund, der auf den ersten Blick keinerlei tödliche Verletzungen aufwies, um den gesuchten Hamburger Anwalt Philipp Asmussen handele.

Dann setzte er sich vor den Schuppen auf den Rand des Brunnens. Er fragte sich, wie man einen Menschen nur wie Abfall entsorgen konnte, und fühlte sich gleichwohl in seiner Theorie bestätigt, dass da keine Profis am Werk waren.

***

So hatte sich Andreas seinen Umzug nach Hamburg nicht vorgestellt. Statt einer Wohnung schienen nun gleich zwei Bleiben auf ihn zu warten. Zumindest wenn es nach Thoelke ging, der ihn für 15 Jahre in eine behördliche einquartieren wollte. Dank Claudias Peilsender, den Sophia am Abend zuvor mithilfe eines Magneten am Unterboden von Andreas' Wagen angebracht hatte, konnte Andreas beim Verlassen des Immobilienbüros Kirschstein umgehend in Gewahrsam genommen werden. Nun saß einer der möglichen Entführer im Polizeipräsidium und stand Rede und Antwort.

»Nur damit ich verstehe«, sagte Thoelke nach anderthalb Stunden Vernehmung. »Sie haben mit der Ermordung nichts zu tun und kannten Philipp Asmussen gar nicht. Dennoch fanden sich Ihre Fingerabdrücke vor Ort.«

»Doch, ich kannte ihn, er war ja mein Bruder, also mein Halbbruder. Nur kennengelernt habe ich ihn nie.«

Thoelke strich durch, notierte neu.

»Wollen Sie nicht doch besser einen Anwalt hinzuziehen? Wenn Sie keinen kennen oder sich keinen leisten können, dann wird Ihnen einer gestellt«, versuchte Thoelke erneut seiner Aufklärungspflicht nachzukommen und wies auf den Zettel mit Pflichtverteidigern, der unberührt auf dem Tisch lag.

Doch Andreas lehnte sich zurück, verschränkte die Arme vor der Brust und verneinte zum wiederholten Male.

»Alles, was ich Ihnen gesagt habe, entspricht der Wahrheit und nichts als der Wahrheit. Ich habe Philipp Asmussen nicht umgebracht. Warum also einen Anwalt?«

Thoelke lächelte nachsichtig.

»Nun gut«, resümierte der Hauptkommissar, der direkt nach seiner Rückkehr aus Moisburg in der fünften Etage rehabilitiert worden war und Dienstmarke und Waffe zurückerhalten hatte. »Dann danke ich Ihnen für das ausgiebig dargelegte Panorama der Ereignisse und beende hiermit die Vernehmung.«

Andreas schaute auf die Uhr. Gleich halb fünf. Mit etwas Glück könnte er es noch pünktlich zum Vorstellungsgespräch schaffen. Er stand auf und wandte sich zum Gehen.

»Wo wollen Sie hin?«, fragte Thoelke überrascht.

»Ich hab noch einen Termin im Hafen.«

»Sie gehen jetzt nirgendwohin. Zumindest nicht zum Hafen.«

»Warum nicht?« Andreas' Miene kräuselte sich zusammen. »Ich dachte, weil Sie doch gerade sagten, die Vernehmung sei beendet. Ich dachte, damit sind alle Fragen beantwortet und ich könnte dann …«

Thoelke schüttelte den Kopf und gab Claudia Reimann ein Zeichen, dem Verdächtigen die Handschellen anzulegen, wobei er bedauerte, dass nun Andreas Linnemann und nicht Julia Asmussen abgeführt wurde. Aber er nahm, was er bekam, und wusste genau, wem er diese Verhaftung zu verdanken hatte. Claudia Reimann war es gewesen, die ihm nach dem Leichenfund ihre Ermittlungsergebnisse in Sachen Andreas Linnemann gesteckt hatte.

»Auch das müssen Sie wohl falsch eingeschätzt haben«, fuhr Thoelke fort. »Wir im Polizeipräsidium sind mit Ihnen fertig, doch Sie, Andreas Linnemann, noch lange nicht. Sie sind am Arsch … und verhaftet. Verhaftet wegen des dringenden Tatverdachts der Entführung, der Erpressung und der Ermordung zum Nachteil von Philipp Asmussen. Jetzt werden Sie dem Haftrichter in Dammtor vorgeführt.« Der Beamte tippte auf den Tisch und schob ihm die Liste rüber. »Ich kann Ihnen nur wärmstens empfehlen, sich einen Anwalt zu suchen.« Dann klappte er die Akte zu, verließ den Raum und überließ Claudia die symbolträchtige Übergabe des Häftlings Linnemann.

***

»Kannst du mir bitte verraten, wie ich das anstellen soll?«, presste Julia wenig später mit tränenerstickter Stimme hervor und sah dabei aus, als wolle sie aus ihrer Haut flüchten. Nun war wahr geworden, was sie geahnt und eigentlich auch gewusst hatte. Philipp war tot und Andreas, sein Halbbruder, der Täter. Was für ein Horror! Doch Claudia nahm ihre Hand und wiederholte, dass die amtliche Identifizierung von Philipp nur durch sie, seine Ehefrau, erfolgen könne. Doch sie würde sie natürlich begleiten.

»Jetzt?«

»Ja.«

»Und dann?«, fragte Julia verzweifelt.

»Nachdem du deinen Mann zweifelsfrei identifiziert hast, wird er obduziert.«

Julia verstand und wollte sich umziehen. Sie ging nach oben, während Claudia Reimann in der Küche auf sie wartete. In der Spüle stapelten sich Teller, Gläser und Geschirr, neben dem Kühlschrank lag eine alte, angebissene Toastscheibe mit Wurst herum. Claudia räumte alles auf, warf das Brot weg und wischte mit einem nassen Tuch über die Anrichte. Sie kannte sich mit Depressionen aus. Seit ihren Dreißigern wurde sie immer mal wieder von dunklen Wolken heimgesucht, während ihr Langzeitverlobter sich nie durch Verständnis oder sogar Unterstützung auszeichnete. Im Gegenteil, sie glaubte sogar, dass er diese Phasen nicht einmal mitbekam. Erstaunlich eigentlich, da ja gerade Autoren ein gewisses Einfühlungsvermögen nachgesagt wurde. Doch Christian war wohl der eine unter tausend, die Ausnahme. Schlimmer aber, als sich während einer Depression mit einem Elefanten im Porzellanladen herumzuärgern, war es, mit dieser Diagnose allein zu sein. Und Julia war allein. Philipp würde in ein paar Tagen unter der Erde sein. Die Ermittlungen würden sich ab sofort auf Andreas Linnemann und die Mittäter konzentrieren. Claudia war heute wahrscheinlich sogar das letzte Mal in ihrer Funktion als Kommissarin in Harvestehude. Was konnte sie Julia noch mitgeben? Wie nur sollte Julia diesen ganzen Schmerz kanalisieren? Wie konnte diese Wunde jemals wieder heilen? Claudia starrte stumpf durch das Küchenfenster in den herrlichen Garten, als sie hinter sich Schritte vernahm.

»Ich bin jetzt fertig«, erklang es leise, als Julia in die Küche kam. Sie war komplett schwarz gekleidet und hatte sich einen ebenfalls schwarzen dicken Kajal-Strich unter die Augen geschminkt.

***

Der Ausdruck in Andreas' Gesicht hatte sich verändert. Das latente Lächeln war verschwunden. Seine Muskeln wirkten angespannt, er war nervös. Soeben hatte der Haftrichter nach einer 20-minütigen Anhörung die Unterbringung in einer Isolationszelle angeordnet. Standard im Gefängnisbetrieb bei Kapitalverbrechen. Immer wurde von einer suizidalen Gefährdung des mutmaßlichen Täters ausgegangen, die nach wenigen Tagen durch einen Psychologen bestätigt oder entkräftet wurde. Im zweiten Fall folgte eine Verlegung. Doch so weit war es noch nicht und Andreas schaute sich in den etwa acht Quadratmetern um, eingerichtet mit Bett, Tisch und einem Stuhl. Das Klo gleich vorne rechts sowie das Waschbecken waren aus Edelstahl, vandalensicher. An der Hinterwand, etwa in zwei Meter Höhe, ein vergittertes Fenster, darunter Heizungsgitter. Doch das alles hier konnte ihn nicht schocken, die Worte des Haftrichters schon eher. Er hatte ihm mitgegeben, dass es bei einer Verurteilung wegen Mordes nur eine mögliche Strafe gab: lebenslangen Freiheitsentzug.

Er musste kämpfen. Er hatte Philipp Asmussen nicht getötet, da war er sich sicher. Doch das musste besser vorgebracht werden.

Trotz Unschuld. Er wischte sich die Tränen aus dem Gesicht und klopfte gegen die schwere Tür, wollte Papier und etwas zum Schreiben, doch niemand öffnete ihm. Das Einzige, das sich bemerkbar machte, war das ihm bekannte Piepen im Ohr, das immer zum Vorschein kam, wenn er am Abgrund stand. *Nur nicht in Panik geraten*, dachte er, legte sich auf die Pritsche und schaute instinktiv gen Himmel weit über den Gitterstäben, in die leuchtende Abendsonne. Der Himmel? Schon seltsam, wie schnell er vermisste, was ihm genommen worden war. Nie hatte er sich für das Blau über seinem Kopf oder die Sterne interessiert, geschweige denn überhaupt mal bewusst nach oben geschaut. Und nun war es plötzlich das Einzige, was ihm von seinem alten Leben blieb. Es war erschreckend für Andreas zu realisieren, dass er die Kontrolle des eigenen Tagesablaufs mit Eintritt ins Innere der Gefängnismauern auf unbestimmte Zeit abgegeben hatte. Nicht einmal Stift und Papier hatte er erhalten. Er würde es am nächsten Tag erneut versuchen. Vielleicht wäre die Frühschicht entgegenkommender? Doch davor lag noch die endlose Nacht, in der er kein Auge zubekommen würde.

Längst hatte der Mond die Sonne ersetzt und Andreas' Erschöpfung machte sich breit. Doch noch immer erstrahlte seine Zelle in voller Pracht, das grelle Neonlicht brannte in seinen Augäpfeln. Er stand auf und suchte die Wände nach einem Lichtschalter ab. Doch er fand keinen. Es gab keinen. Genauso wenig wie einen Vollzugsbeamten, der das Licht von außen hätte ausschalten wollen. Ihm wurde klar, dass das Teil der Strategie war. – Zählte durch die Gefängnisleitung angeordneter Schlafentzug eigentlich als Folter? War das Nichtlöschen der Deckenbeleuchtung eine Verletzung der Europäischen Menschenrechtskonvention? So wie Waterboarding in Guantanamo? Also anders, aber doch ähnlich? Über diese Fragen vergingen die nächsten Stunden, bis endlich die Tür geöffnet wurde. Es war Frühstückszeit. Man reichte ihm eine Tasse Tee und zwei Scheiben Graubrot mit Butter, Blütenhonig und Nuss-Nougat-Creme in Mini-Hotelverpackungen. Sein Wunsch nach Stift und Papier wurde notiert. Gegen halb neun öffnete sich erneut die Tür und ein Beamter brachte ihn in einen Besucherraum im Untergeschoss. Mittlerweile völlig gerädert, lernte er hier den Anwalt Henrik Mortensen kennen, den ihm sein Vater am Vorabend noch organisiert hatte.

»Bitte, Herr Linnemann, erzählen Sie mir, warum Sie hier sind«, forderte ihn der Anwalt nach kurzer Vorstellung auf. »Am besten von Anfang an.«

Andreas hatte sich schon so etwas gedacht. Genau deshalb wollte er keinen Anwalt. Sollte er jetzt zum wiederholten Male und *von Anfang an* alles haarklein ausklamüsern, was er gestern erst Thoelke und später dem Haftrichter erzählt hatte? Nur damit der Anwalt alles in einen teuren Schriftsatz gekleidet nochmals beim Richter einreichen konnte? Er erkannte dessen Sinn nicht, außer dass der Anwalt Geld an ihm verdienen würde. Er hatte gelernt, selbst für seine Sachen geradezustehen. Hatte er Mist verbockt, musste er es wieder hinbiegen, allein. Andreas' Blick wanderte über Mortensens Schulter durch den kargen Raum und suchte nach Erlösung.

»Herr Linnemann? Wollen Sie mir nicht erzählen, wie alles begonnen hat?«, brachte sich der Anwalt in Erinnerung.

»Von Anfang an?«

»Das wird sicherlich das Beste sein. Ja.«

»Nun gut«, startete Andreas mit dem Habitus eines Todgeweihten und dachte an seinen alten Herrn. »Alles fing damit an, dass ich am 20. Oktober 1984 in Hannover geboren wurde.«

»Stopp!«, unterbrach Mortensen und hob die Hand. »Ich bin nicht Ihr Feind. Ihr Vater macht sich ernste Sorgen und bat mich, Ihnen zu helfen. – Wollen Sie überhaupt, dass ich Ihnen helfe?«

Seine Stimme klang inzwischen kühl wie ein frühherbstlicher Abend.

Andreas rutschte unbehaglich auf seinem Stuhl herum und wollte eigentlich nur noch schlafen. Am liebsten auf seiner blauen Schlafcouch in seiner neuen Wohnung in der Gertigstraße. Doch bis es so weit war, musste er sich zusammenreißen. Er nickte, gähnte und begann zum dritten Mal von den Geschehnissen zu berichten. Er versuchte dabei chronologisch und alles so detailliert wie in seinem übermüdeten Zustand nur möglich zu schildern. Zum Ende hin überreichte ihm Mortensen einen schwarzen Filzstift und einen Notizblock.

»Ich weiß, das ist hier Mangelware. Aber falls Ihnen noch etwas einfällt, schreiben Sie es auf. Gedanken, Stichworte, alles, was Ihnen durch den Kopf irrt. Egal, wie töricht, vage oder unwichtig es Ihnen erscheinen mag. Einfach alles aufschreiben!«

Der Anwalt sammelte seine Sachen vom Tisch zusammen, stand auf und klopfte an die Tür. Und während beide auf einen Vollzugsbeamten warteten, drohte er scherzhaft mit dem Finger:

»Aber denken Sie auch daran, dass hier drin alles mitgelesen wird.«

***

Gelesen wurden auch die neuesten Schlagzeilen. Wie das Coronavirus verbreitete sich die Nachricht, dass Philipp Asmussen tot in einer Ruine südlich von Hamburg aufgefunden und bereits ein erster Verdächtiger verhaftet worden sei. Gott und die Welt waren bestürzt und spekulierten über das Wieso, Weshalb, Warum – und das Wo. Wo beispielsweise waren die restlichen Entführer untergetaucht? Gab es eine Verbindung zu den Wójcik-Brüdern? Waren die Brüder nicht nur in die Asmussen-Kanzlei, sondern auch in die Asmussen-Villa eingestiegen? Wo war die Million?

»Das ist ein verdammt schmaler Grat«, sagte Möller, als er Thoelke in den Fünften gerufen hatte. »Jetzt wird die Polizei gefeiert, aber wie lange?« Er tippte mit dem Finger gegen Thoelkes Brust. »Wenn wir jetzt nicht nachlegen, kippt das Ganze. Was wir jetzt benötigen, ist ein Eins-a-Geständnis von diesem Linnemann.«

Thoelke schaute zu Boden, nickte und war erleichtert, als Möller das Tippen unterließ.

»Was ist übrigens dran an dem Gerücht, die beiden seien Brüder?«

»Ja«, antwortete Thoelke trocken.

»Was heißt *ja*?«

»Das Gerücht stimmt, Asmussen und Linnemann sind Halbbrüder, derselbe Vater, verschiedene Mütter.«

Über Möllers Gesicht huschte ein gequälter Ausdruck, er wandte sich ab und ging auf den Balkon. Beim Gehen konnte er besser nachdenken. Hatte wohl etwas mit der besseren Durchblutung bei Bewegung zu tun. So hatte er es zumindest für sich wahrgenommen. Er holte eine Schachtel aus der Jackentasche und zündete sich eine Zigarette an. Thoelke folgte ihm.

»Wenn das erst mal publik wird, Bruder entführt Bruder …«

»Halbbruder, Herr Möller«, korrigierte Thoelke.

»Ist doch ganz egal«, Möller wanderte auf dem Balkon auf und ab. »Und dann … Bruder tötet Bruder! Das wird ein großes Ding. Das Interesse an solchen Geschichten geht weit über das Hamburger Stadtgebiet hinaus. Alle überregionalen Medien werden sich darauf stürzen. Und dann auch noch die Klatschpresse. Die werden so ein Kain-und-Abel-Ding daraus machen. Ganz klar.« Möller blies Rauch aus, blieb stehen und musterte Thoelke nachdenklich. »Nur dass es hier umgedreht ist. Hier hat der Jüngere den Älteren getötet.«

Thoelke war überfragt, nickte aber weiter.

»Soll mir aber alles recht sein, wir dürfen nur keine Fehler machen, Thoelke. Nicht einen! – Bekommen wir das dieses Mal hin?«

***

Der Leichnam war in der Zwischenzeit vom ortsansässigen Bestatter in das Hamburger Institut für Rechtsmedizin nach Eppendorf transportiert worden. Auf dem Parkplatz angekommen, sah Thoelke, wie Julia Asmussen aus dem Gebäude kam. Mit Adleraugen beobachtete er jede ihrer Bewegungen, wie sie komplett in Schwarz gekleidet zum Dienstwagen von Claudia Reimann ging und dort wartete. Ihre Trauer schien nicht gespielt zu sein, sie war blass und gezeichnet. Eine Minute später folgte Claudia mit ein paar losen Zetteln in der Hand. Als beide in den Wagen eingestiegen waren, schaute er ihnen durch den Rückspiegel nach, wie sie den Parkplatz verließen. Jetzt erst stieg er aus und betrat ebenfalls das kühle Reich der Dr. Anke Kylau, Hamburgs bester Gerichtsmedizinerin.

»Das war Tierquälerei, im doppelten Sinne«, ergriff Kylau das Wort, als sie Thoelke hereinkommen sah, und winkte ihn eilig zu Asmussens Leichnam, der auf einer Trage unter einem kastenförmigen, kalten Röhrenlicht lag. Sie wusste, dass der Hauptkommissar chronisch in Zeitnot war und begann damit, ihre Einschätzung zu teilen. Dafür drehte sie den toten Körper leicht zur Seite, sodass die Totenflecken auf der Rückseite sichtbar wurden. Sie zeigten quer verlaufende, streifige Aussparungen.

»Sehen Sie das?«

»Sieht übel aus.«

»Die stammen von der Druckwirkung, ausgelöst durch eine Fixierung an Hand- und Fußgelenken am Bett. Dadurch wurde der Körper so eng an den Metalllattenrost gedrückt, dass das Blut, sobald der Kreislauf zum Erliegen kam, in die tiefer liegenden Körperpartien absank. – Wie bei Wasser, das sich stets den Weg des geringsten Widerstands sucht. Die Beschaffenheit der Umgebung bestimmt, wohin es fließt.«

Thoelke holte seinen Block heraus und machte sich Notizen, während Kylau den Leichnam wieder zurück auf den Rücken drehte und sich dem Hals widmete.

»Obwohl die Fäulnis bereits weit fortgeschritten ist, sehen wir auch am Hals noch Blutunterlaufungen.« Sie zeigte auf drei Druckstellen. »Diese Hämatome sind Folge lokaler Gewebsquetschungen. Typisch für einen zweihändigen Würgegriff. Zusätzlich konnten Stauungsblutungen in den Augenbindehäuten nachgewiesen werden, was eine Folge dieses Verletzungsmusters ist.«

»Er wurde also erstickt?«

»Nein.«

»Nein?«

Kylau zeigte auf den Kehlkopf und fuhr unbeirrt fort:

»Das Kehlkopfskelett ist unversehrt. Bei einem Mann dieses Alters sind Kehlkopf und Zungenbein längst verknöchert, zuweilen auch verkalkt. Es hätte hier zu strukturellen Verletzungen kommen müssen.«

»Das heißt was übersetzt?«

»Brüche. Es hätte zu Brüchen des Schildknorpels oder des Zungenbeins kommen müssen.«

»Und das heißt?«

»Diese länger anhaltende Strangulation ist nicht die Todesursache.«

»Sondern?«

Kylau straffte die Schultern.

»Nicht so ungeduldig, Thoelke. Wir müssen ohnehin auf den Staatsanwalt warten.« Sie schaute zur großen runden Uhr mit den dunklen Zeigern an der gegenüberliegenden Wand hinauf. »Wo bleibt der Winkler überhaupt?«

Thoelke verzog nichtwissend sein Gesicht. Es war ihm auch egal.

»Haben Sie ihn nicht kontaktiert?«

»Doch, natürlich. Der wird schon kommen, macht er doch immer«, antwortete Thoelke mit einem gleichgültigen Lächeln.

»Ja, ja. Ich weiß schon, warum ich Single bin«, murmelte Kylau und wanderte vom Hals der Leiche zu den Armen. Dort fanden sich einige Injektionsstellen.

»Schauen Sie mal.«

Thoelke verengte die Augen.

»Etwa ein Junkie?«

»Ach herrje, Sie schon wieder, Thoelke! Kaum liegt ein erfolgreicher 80-Stunden-Workaholic bei mir, sagen Sie, es müssen Drogen im Spiel sein.« Kylau schüttelte den Kopf. »Böse!«

Thoelke spürte, wie das Blut in seine Wangen schoss. Der letzte Satz war dumm, geradezu kindisch. Er beugte sich, als wäre nichts passiert, über die Einstichstellen.

»Wurde ihm etwas verabreicht?«

»Willkommen zurück, Herr Hauptkommissar!«, erwiderte Kylau amüsiert und zwinkerte ihm zu. »Ja, wurde es. Und zwar Embutramid.«

»Embu was?«

»Em … bu … tra … mid.«

Thoelke verzog den Mund, von diesem Embu-Zeug hatte er noch nie gehört und fragte Kylau, was das sei. Doch was sie antwortete, kam ihm so unglaublich vor, dass er noch wortlos dastand, als sie bereits Bodo Winkler begrüßte, der mit einem gehetzten »Sorry für die Verspätung« im Sektionssaal eintraf.

Sie hatte gesagt, dass Embutramid ein stark narkotisch wirkender Arzneistoff sei, ausschließlich für die Anwendung bei Tieren vorgesehen!

Tag 25
Samstag, 10. Oktober 2020

»Bertie?«, krächzte Julia erfreut, als sie am nächsten Morgen, versteckt hinter einer dunklen Brille, die Haustür öffnete. »Du hier? Ich dachte, dass … ach, ist ja auch egal. – Komm doch rein.«

Bertie gab seinem Fahrer ein Zeichen, schloss die Tür hinter sich, hing seinen Mantel an die Garderobe und folgte ins Wohnzimmer, wo er Julia in den Arm nahm und fest an sich drückte. Es zerriss ihm fast das Herz, sie so zu sehen. Die Brille konnte nichts verschleiern, sie musste die ganze Nacht geweint haben, allein in dieser großen Villa, und sich dabei als einsamster Mensch auf der Welt vorgekommen sein.

»Es tut mir so leid, Liebes. Mein herzliches Beileid. Philipp hatte sein ganzes Leben noch vor sich. Was sage ich, Ihr beide hattet euer gemeinsames Leben noch vor euch.«

Julia nahm die Brille ab und begann erneut zu weinen.

»Schon gut! Ist schon gut!«, flüsterte Bertie einfühlsam. Wenigstens das konnte er für sie tun. Sie festhalten. Nach einigen Minuten führte er sie zur Couch, setzte sich neben sie und reichte ihr ein Taschentuch. Die restliche Packung legte er gleich neben sie. »Sag mir einfach, was ich tun kann.«

Julia wischte sich die Tränen ab und wollte wieder die Brille aufsetzen, als Bertie vorsichtig ihre Hand ergriff.

»Lass bitte. Wir sind doch unter uns. Es gibt nichts, wofür du dich schämen müsstest. Und ich muss es wissen, schließlich bin ich von Berufs wegen Experte für Scham und Unschuld, hörst du?«

»Doch, das gibt es!«

Bertie verstand nicht.

»Nein, Liebes. Da ist nichts, wofür du dich schämen müsstest.«

»Aber …«, begann sie flüsternd, »Philipp ist tot und ich lebe.«

»Ja, das ist furchtbar, entsetzlich, nicht zu begreifen. Aber letztlich war es Fügung. – Du bist immer so typisch katholisch, musst auch immer gleich noch die andere Wange hinhalten«, sagte Bertie und nahm ihr die Brille aus der Hand. »Dabei hat das Schicksal schon hart genug zugeschlagen. Es braucht keine rechte Wange. Im Gegenteil, du musst jetzt an dich denken. Weitermachen. Und ich will dir dabei gerne helfen.«

»Wie bitteschön soll das gehen? Nicht nur, dass ich Witwe bin. Ich bin auch pleite!«

Bertie dachte an das Geld, von dem bis heute jede Spur fehlte.

»Die Polizei geht davon aus, dass bei der Entführung mindestens zwei Leute involviert waren. Wir werden das Geld wiederfinden.«

»Oder das, was davon übrig ist!«, schluchzte Julia und drückte sich das nächste Taschentuch in die Augen.

Bertie horchte auf. Julia war in ihren Gedanken schon weiter, als er dachte. Doch ob das ein gutes Zeichen war, konnte er nicht beurteilen.

»Aber Julia!«

»Bertie, darf ich offen sein?«

»Ich bitte darum!«

»Mir geht der Arsch auf Grundeis. Ich weiß nicht, wie es weitergehen soll. Spätestens in zwei Monaten steht Michels auf der Matte.«

Bertie schaute sie irritiert an. Den Namen Michels konnte er nicht zuordnen.

»Wer steht in zwei Monaten wo?«

»Philipps Berater. Schon bei meinem letzten Besuch in der Hamburger Sparkasse machte er Andeutungen, der Abfluss der liquiden Mittel sei zu hoch und das Vermögen neige sich dem Ende entgegen. Auch sei er kein Immobilienmakler. Er erinnerte mich daran, dass die Hauptaufgabe der HASPA die Kreditvergabe und nicht der Notverkauf einer Villa in Harvestehude sei.«

Bertie kam aus dem Staunen nicht mehr heraus. Sein ohnehin schon schlechtes Gewissen, Julia in den vergangenen Tagen, ja Wochen allein gelassen zu haben, stieg ins Unermessliche. Doch solange Telefon und Villa von den Kollegen überwacht wurden, ging es nicht anders. Gestern Abend waren allerdings sämtliche Maßnahmen eingestellt worden. Nun war er zurück und musste nachdenken. Einerseits wollte er Julia nicht unnötig beschämen, indem er ihr wiederholt Geld anbot. Andererseits war es genau das, was Freunde in solchen Situationen tun sollten. Helfen! Er stand auf, ging in die Küche und kam mit zwei Gläsern und einer Karaffe Wasser zurück, in der einige Zitronenscheiben schwammen.

»Ich habe es dir schon einmal angeboten und ich biete es dir wieder an. Wenn ich finanziell aushelfen kann, sage nur Bescheid. Über Geld musst du dir wirklich keine Gedanken machen. Und den Rest schaffen wir auch.«

»Was meinst du mit *Rest*?«, fragte Julia angestrengt und mied seinen Blick.

»Zum Beispiel muss Philipps Beerdigung organisiert werden.«

***

»Ich weiß, Leute, heute ist Samstag und wir wären jetzt alle lieber woanders, aber wie ihr wisst, wurde gestern früh die Leiche von Philipp Asmussen geborgen«, begann Thoelke vor seinem Team Claudia, Youssef und Thomas, der online aus dem Homeoffice zugeschaltet war. »Und der dazugehörige Autopsiebericht von Frau

Dr. Kylau liegt mir auch schon vor. Nach nicht einmal 24 Stunden – das ist Rekord, würde ich mal behaupten.«

»Der Presse sei Dank«, warf Youssef ein und erntete ein anerkennendes Lächeln von Thoelke, der sich die Lesebrille aufsetzte und nun schwarz auf weiß vorlas, dass die chemisch-toxikologische Untersuchung Reste von Embutramid aufwies, das in T61-Injektionslösungen für Hunde, Katzen und Pferde vorkam.

»Hunde, Katzen und Pferde?«, fragte Claudia.

Thoelke nickte und überflog den Bericht nach der näheren Erläuterung zum T61-Präparat.

»Ah ja, hier haben wir es. – Bei T61 handelt es sich um ein Kombinationspräparat auf Basis des Betäubungsmittels Embutramid.« Er schaute kurz auf und las weiter von Blut-Hirn-Schranke, von der stark hypnotischen, narkotischen und auf das Atemsystem ausgeprägt depressiven Wirkung und dass es nur von Tierärzten angewendet werden dürfe. Thoelke nahm die Brille ab, stand auf, öffnete das Fenster und ließ frische Luft herein. Er hatte zwar in der Rechtsmedizin schon einen Überblick von Kylau erhalten, doch so etwas zu lesen war noch mal eine andere Nummer. Er setzte sich wieder und griff nach seiner Brille. »Die Obduktion hat darüber Hinweise zum möglichen Tathergang geliefert«, fuhr er stoisch fort. »Philipp Asmussen wurde am Hals gewürgt, doch dieser Vorgang war nicht tödlich.« Thoelke machte eine kurze Pause, schlug die Beine übereinander und stellte fest: »Wahrscheinlich eine Warnung.«

»Eine Warnung?«, fragte Thomas aus dem Homeoffice.

»Ja, ich denke schon. Denn erstens war das Würgen nicht die Todesursache und zweitens gab es keine Verletzungen an Handinnenflächen oder Handrücken, die zwangsläufig bei einer Abwehrreaktion des Opfers hätten auftreten müssen. Deshalb muss dies geschehen sein, als Philipp Asmussen fixiert und vollkommen wehrlos war. Hätte der Täter ihn in diesem Moment erwürgen wollen, hätte er es problemlos geschafft. – Nein, das alles spricht für einen emotionalen, einen impulsiven Ausbruchs des Täters, aber gegen eine Tötungsabsicht.«

»Hast recht. Klingt logisch, Chef«, erklang es vom Bildschirm.

»Dennoch hat Frau Dr. Kylau laut Bericht«, setzte Thoelke wieder an, »routinemäßig noch Abriebproben vom Hals am Ort der starken Einblutung genommen, um diese auf Fremd-DNA zu untersuchen.« Thoelke nahm erneut die Brille ab und fragte: »Dreimal dürft ihr raten, vom wem die stammen!«

»Andreas Linnemann?!«, sagte Youssef in einem Mix aus Frage und Antwort.

Thoelke bestätigte und las den Befund zu Ende. »Todesursache: Herzstillstand durch Kreislaufversagen, hervorgerufen durch eine Überdosierung des Arzneimittels Embutramid. Todeszeitraum: 19. bis 21. September 2020.«

***

Schon von Weitem sah Julia einen Unbekannten in der Kiesauffahrt stehen, als sie nach einer kurzen Autofahrt ins Niendorfer Gehege nach Hause kam. Es war wohl naiv gewesen zu hoffen, die Presse würde sie nach Philipps Fund und Andreas' Verhaftung in Ruhe lassen. Dass sich die Meute nun aber direkt vorm Haus postierte, war neu. Julia parkte den Wagen, setzte die dunkle Brille auf, nahm ihre Tasche, stieg aus und fauchte:

»Das ist Hausfriedensbruch und kann mit einer Freiheitsstrafe von bis zu einem Jahr geahndet werden. Gehen Sie zu Ihren Kollegen und schicken Sie Ihre Anfrage per Post.« Julia fuchtelte mit ihrer Tasche in der Luft herum. »Los, verschwinden Sie schon, bevor ich die Polizei rufe.«

»Bitte entschuldigen Sie. Mein Name ist Ole Kappler, bin ein Freund von Andreas Linnemann.«

Julia erschrak und trat intuitiv einen Schritt zurück. Weg von der Gefahr. Weg von dieser unberechenbaren Entführertruppe.

»Was wollen Sie hier? Wollen Sie mir Angst machen?«, brüllte sie nunmehr. »Glückwunsch, ist Ihnen gelungen.«

Ole, der nichts Böses im Schilde führte, wusste nicht, wie ihm geschah. Wieso diese Person wie eine Furie auf ihn losging. Er wollte nach den neuesten Enthüllungen in der Presse doch nur mit jemandem aus Hamburg sprechen, versuchen zu verstehen, was vorgefallen und in was Andreas da hineingeraten war. Er antwortete in sorgsam bedachtem Ton:

»Nein, nein, nein, wo denken Sie hin. Ich bin nur hier, weil Andreas vor wenigen Tagen erst von Hamburg, von seinem Halbbruder Philipp, von irgendeiner Sophia und von Ihnen erzählt hat. Er war voller Vorfreude und Energie. Er wollte nach Hamburg ziehen, doch stattdessen sitzt er wegen Mordes im Knast.« Ole rückte sein Basecap zurecht. »Ich komme da einfach nicht mit!«

Wortlos und mit knallrotem Gesicht drehte sich Julia um, ging die Stufen zur Haustür hinauf, schloss mit zittrigen Fingern auf und verschwand im Haus.

***

Nach der Teambesprechung ging Thoelke zum Tankstopp in Dagmar Rolffs' Büro vorbei, die sofort ihr Herz und ihre Schublade öffnete. Sie hatte nach dem Moisburg-Anruf indirekt für die Zurücknahme seiner Suspendierung gesorgt und sie wusste, dass er das wusste. Thoelke lehnte sich an die Wand und musterte sie. Er mochte es, wie sich kleine Fältchen in ihren Augenwinkeln bildeten, wenn sie ihn erblickte. Er genoss den Ausblick, bis das Telefon störte und die T-Taste blinkte.

»Ist wohl für dich«, hauchte Dagmar, leerte ihr Gläschen und reichte ihm den Hörer. Möller verlangte nach ihm, während Thoelke sein eigenes Verlangen abermals zurückstellen musste und das Büro verließ.

Oben angekommen, wurde Thoelke nicht von Möller allein empfangen. Der Innensenator und Pohl saßen ebenfalls am Besprechungstisch und grüßten in gebührendem Abstand mit einem kurzen Kopfnicken.

»Meinen Herren«, begann Möller staatstragend und spielte mit dem Füllfederhalter. »Wir haben die Leiche, wir haben den mutmaßlichen Täter, doch eigentlich haben wir nichts!«

Thoelke verstand nicht und schaute ziemlich verwundert in die Runde. Dass man nichts hätte, empfand er … naja, jedenfalls hätte er es so nicht formuliert. Doch die Mienen von Bertie und Pohl blieben unbeeindruckt auf Möller liegen, regten sich nicht einen Millimeter. Also schaute er zurück zu Möller und blieb ebenfalls dort kleben.

»Mein Telefon klingelt ununterbrochen. Alle haben Fragen, unzählige Fragen, auf die ich keine Antwort kenne. Und Sie wissen doch: Die Fragen werden bohrender, wenn wir keine Antworten haben. Allen voran die Königsfrage nach dem Motiv.«

Auch wenn im Strafrecht das Motiv kein Element der Straftat war und man es somit für eine Verurteilung nicht kennen musste, lebte es sich einfach besser, wenn man es kannte und damit das Verbrechen untermauern konnte. Möller, der jetzt eine Reaktion von Thoelke erwartete, zeigte mit seinem Füller auf ihn.

»Ja, Herr Möller. Das ist in der Tat noch nicht geklärt, ebenso wenig die Frage nach möglichen Mittätern und die nach dem Verbleib der Million.«

Möller hob die Hand. Das ging ihm zu schnell, zu unkoordiniert vonstatten. Er bat die Zahnlücke zu sich. Patricia Stieg sollte auf der Metaplanwand mitschreiben und somit für Übersichtlichkeit sorgen. Er begann damit, was sie schon ermittelt hatten, und diktierte:

- Andreas Linnemann und Philipp Asmussen kannten einander.

- Andreas Linnemann und Philipp Asmussen waren Halbbrüder.

- Andreas Linnemann hatte aufgrund einer wochenlangen Krankschreibung Gelegenheit und Zeit, die Verbrechen zu begehen.

- Andreas Linnemann war in der Kanzlei Asmussen, das ist zweifelsfrei durch die Überwachungskamera belegt.

- Andreas Linnemann ist mit dem Cayenne von Philipp Asmussen gefahren, was ebenfalls die Kanzleikamera festgehalten sowie die Oma am Fenster bestätigt hat.

- Andreas Linnemann war also in Moisburg, seine DNA befand sich auch in der alten Villa sowie am Hals des Opfers. Die übrige Zeit trug er wohl Handschuhe.

Möllers Blick wanderte von der Wand zurück zum Besprechungstisch. Nun, so sein Vorschlag, sollte es reihum gehen. Er bat jeden Anwesenden, seine *offenen Fragen* im Fall Asmussen in die Runde zu werfen, während Patricia eifrig alles niederschrieb:

- Welches Motiv?
- Gab es Mittäter?
- Oder Hintermänner?
- War Linnemann auch der Einbrecher in der Asmussen-Villa?
- Wo ist die Million?
- Woher stammt das Embutramid?
- Wer hat die tödliche Spritze verabreicht?
- Gibt es eine Verbindung zwischen Andreas Linnemann und den Wójcik-Brüdern?

Nach einer Dreiviertelstunde Brainstorming forderte Möller Thoelke auf, die Metaplanwand für die Kollegen abzufotografieren, und schickte ihn zurück an seinen Schreibtisch. Der Innensenator und Pohl hingegen blieben im Fünften und feilten an einer Pressemitteilung.

Tag 26
Sonntag, 11. Oktober 2020

Thoelke wollte Andreas Linnemann einen Deal anbieten und fuhr nach der morgendlichen Besprechung mit Youssef vom Polizeipräsidium in Alsterdorf die siebeneinhalb Kilometer über den Winterhuder Marktplatz und den Mittelweg zum Untersuchungsgefängnis am Holstenglacis 3, unweit des Bahnhofs Dammtor.

»Wir können wohl davon ausgehen, dass der Richter beim heutigen Haftprüfungstermin weitere Untersuchungshaft angeordnet hat«, murmelte der Anwärter, um überhaupt auf der Fahrt etwas zu sagen. Denn wenn sie erst mal die Haftanstalt betreten hatten, galt Thoelkes *Zuhören, Zuschauen, Lernen.*

»Äh … die war heute?«

»Ja, Chef. Um halb zehn. Wussten Sie das nicht?«

»Doch, doch. Natürlich. Die war heute! – Aber anhand der erdrückenden Beweislage brauchen wir uns diesbezüglich keine Sorgen zu machen. So große Tomaten wachsen selbst bei unseren Haftrichtern nicht«, sagte Thoelke erleichtert, fuhr auf den Parkplatz rechts vom Eingang und stellte den Dienstwagen ab. Dann betraten beide das 140 Jahre alte Rotklinker-Gebäude, in dem unter den Nazis noch Menschen mit dem Fallbeil hingerichtet worden waren. Thoelke schwirrte eine Zahl von knapp 500 Enthauptungen durch den Kopf, doch das sagte er dem sensiblen Nachwuchs besser nicht.

Drinnen der gewohnte Ablauf: In der trostlosen Kälte des Verhörraumes warteten beide darauf, dass sich die hintere Tür öffnete.

»Sesam öffne dich«, flüsterte Youssef zweimal kurz hintereinander und prompt wurde Andreas Linnemann von einem untersetzten Vollzugsbeamten mit buschigem roten Bart in den Raum gebracht. Beide setzten sich, Andreas an den Besuchertisch, der Beamte still und leise auf den Holzstuhl in der Ecke.

»Was kann ich für Sie tun?«, eröffnete Andreas das Gespräch, lehnte sich zurück und wartete auf gute Nachrichten. Henrik Mortensen hatte ihn vorhin vor dem Haftprüfungstermin gebrieft, dass die Staatsanwaltschaft ihm bis jetzt lediglich eine Freiheitsberaubung andichten könne. Dafür gebe es maximal fünf Jahre. Hinzu komme, dass bei Ersttätern die Zwei-Drittel-Regelung greife. Sprich: Er könnte bei guter Führung spätestens nach drei Jahren und vier Monaten bereits wieder draußen sein. Er müsse nur die Klappe halten, denn die Behörde würde sich damit nicht zufriedengeben. Nicht bei dem Presseauflauf. Irgendwann würde jemand kommen und etwas anbieten.

»Die Frage, Herr Linnemann, ist nicht richtig gestellt. Die Frage ist, was wir für Sie tun können.«

»Sie könnten mich gehen lassen.«

Thoelke schaute gelangweilt zum Anwärter, dann wieder zurück.

»Sie wollen gehen? Einfach so?«

Andreas kam sich allmählich wie in einem drittklassigen Film vor, der es allerdings nie in seine Fünf-Kilo-Filmenzyklopädie geschafft hätte. Aber es gefiel ihm und er bejahte.

»Dann geben Sie mir was. Wo ist die Million? Warum haben Sie Ihren Halbbruder entführt? Wer sind Ihre Mittäter? Gibt es sogar einen Boss des Ganzen? Jemanden, der aus dem Hintergrund agierte? Sprechen Sie, Linnemann. Sprechen Sie mit uns und sprechen Sie jetzt!«

»Ich glaube, Sie haben ein falsches Bild von mir. Aber das macht nichts, wir haben uns ja erst gerade kennengelernt.«

Erneut schaute Thoelke zum Anwärter und wieder zurück. Diesmal war sein Puls bereits leicht gestiegen.

»Also, was ist? Geben Sie mir was an die Hand, etwas Brauchbares, oder vergeude ich nur meine Zeit in diesem Käfig, der ansonsten für die nächsten zwölf bis fünfzehn Jahre Ihr neues Zuhause sein wird?«

Stille.

»In Ordnung«, hörte sich Andreas wenig später sagen, und es kam ihm vor, als würde an seiner Stelle eine fremde Person sprechen. Glaubte er wirklich, dass ihn die Beantwortung dieser Fragen reinwaschen könne? Dass er hier einfach so hinausspazieren könne? »Das brauche ich aber schriftlich.«

»Sie geben also zu, dass Sie das Geld noch haben?«

Andreas erschrak. War das eine Falle gewesen? Und er voll reingestampft? Hatte sein Anwalt ihm nicht gerade noch gesagt, er solle einfach die Schnauze halten? Und was sollte er bei der nächstbesten Gelegenheit machen? *Volldepp*!, dachte er und sagte:

»Ohne meinen Anwalt spreche ich nicht weiter. Ich werde Ihnen gerne helfen, aber nur im Beisein meines Anwalts, Herrn Henrik Mortensen.«

»Dann rufen Sie ihn an und vergessen Sie nicht«, sagte Thoelke mit einem bitteren Lächeln, »dass mein gesamtes Team in alle Richtungen gegen Sie ermittelt, wegen Mordes. Und sobald *wir* die Antworten gefunden haben, gibt es nichts mehr, worüber wir uns beide unterhalten könnten. Dann ist der Zug in die Freiheit abgefahren. Ohne Sie.«

***

Eigentlich hatte Bertie um 11:15 Uhr einen Termin in der Behörde, um das Treffen am Donnerstag im Deutschen Zentrum für

Luft- und Raumfahrt in Hamburg-Finkenwerder vorzubereiten. Dort sollten dem Senator aktuelle Forschungsarbeiten zur Transformation des Lufttransportsystems präsentiert werden, die Hamburgs beziehungsweise Deutschlands Vorreiterrolle in der Luftfahrt eindrucksvoll untermauern sollten. Doch er schob seinen Staatsrat Bernd Klotz kurzerhand per SMS auf 14:30 Uhr und ließ sich stattdessen nach Harvestehude kutschieren. Er hatte noch Fragen zur bevorstehenden Beerdigung und Abschiedsfeier. Natürlich hätte er dies auch telefonisch mit Julia klären können, doch er wusste, dass sie in ihrer Trauer vertraute Menschen um sich brauchte. Das war aber nur die halbe Wahrheit. Tatsächlich brauchte Bertie selbst ihre Nähe, um sich von Philipp verabschieden zu können. Er bediente sich der Vorstellung eines großen Bootes, dessen Leinen sie *beide* loszumachen hätten, damit Philipp zur letzten Fahrt in See stechen und neuen Abenteuern entgegenfahren konnte. Erst dann könnte sich Philipps Seele vollständig lösen und ins Licht aufsteigen. Erst dann würde auch Bertie begreifen können, dass sein alter Freund Philipp nicht mehr zurückkommen würde, dass sie nie wieder zusammen einen Wein trinken, niemals mehr zusammen lachen würden.

Bertie seufzte und wurde von den immer wiederkehrenden Fragen gequält: Hätte er die Ermordung seines Freundes verhindern können, wenn der Kontakt damals nicht abgebrochen wäre? Hätte er es überhaupt verhindern können, dass er sich mit den falschen Leuten einließ? Oder war der Lebensweg ohnehin vorgeschrieben und das Schicksal bereits am Tage der Geburt vorbestimmt? Doch so sehr er auch seinen Verstand bemühte – Antworten erhielt er keine.

Gegen elf Uhr legte er die Sonntagszeitung und eine Tüte mit Brötchen auf Julias Küchenanrichte ab.

»Schon gelesen?«, fragte er und zeigte auf das Abendblatt.

»PHILIPP ASMUSSEN. DAS TRAURIGE PROTOKOLL EINES LEIDENSWEGS!«, las Julia in großen Lettern und schob die Zeitung angewidert beiseite. »Ich kann das alles nicht, Bertie. Ich ertrage das einfach nicht mehr.«

Bertie ging einen Schritt auf Julia zu.

»Soll ich uns Frühstück machen? Omelett à la Bertie oder Croissants mit Marmelade und Honig?«

»Kaffee reicht, es müsste auch noch etwas in der Maschine sein«, antwortete sie resigniert, nahm sich ein Brötchen aus der Tüte und ging auf die Terrasse.

Bertie folgte wenig später mit zwei Bechern Kaffee und setzte sich zu ihr. Die Wärme der letzten Tage war vergangen, doch die Laubbäume leuchteten in allen Farben.

»Was soll ich nur tun?«, fragte Julia. »Ganz ehrlich, Bertie. Wenn ich lese, wie Philipp allen leid tut und was er alles hat durchleiden müssen, könnte ich kotzen!«

Bertie war sich nicht sicher, ob er verstand, was Julia meinte, und wartete erst einmal ab. Schon klar, jeder ging anders um mit Trauer und Verlust. Welche Möglichkeiten blieben einem schon? Es nicht wahrhaben wollen? Empfindungslosigkeit? Zorn? Selbstvorwurf? Selbstzerstörung? Doch Bertie war kein Psychologe und Julia eine Person, die Verantwortung für alles und jeden zu übernehmen versuchte außer für sich selbst. Trauer war nicht kontrollierbar, schon gar nicht planbar, so viel hatte er selbst leidvoll erfahren müssen.

»Was meinst du, Liebes! Tut dir Philipp nicht leid?«

Julia zuckte verlegen mit den Achseln.

»Nicht?«

Doch statt zu antworten, schaute sie ihn nur verloren an.

»Julia, du sagst mir jetzt, was los ist. – Bitte!«

»Ich meine doch nur, dass nicht nur Philipp leiden musste.«

Bertie rückte mit dem Gartenstuhl an sie heran und nahm ihre Hand.

»Das weiß ich doch. Du leidest auch, und das ist auch ganz natürlich. Aber du bist nicht allein. Ich bin da. An deiner Seite.«

»Ahhhhrrr!«, entwich es ihr laut und sie zog verärgert ihre Hand weg. »Das meine ich doch gar nicht, Mann!!! Ich meine, dass nicht nur er gelitten hat, sondern auch ich. Früher. Unter ihm. Stets habe ich meine Bedürfnisse untergeordnet, fühlte mich zuweilen hilflos ausgeliefert und ohnmächtig.«

»Wann?«, fragte Bertie irritiert. »Wann warst du hilflos ausgeliefert und ohnmächtig?«

»Zu Beginn seiner Selbstständigkeit.«

»Du meinst, als er die Kanzlei in der Ferdinandstraße übernommen hat?«

Julia nickte und ergänzte:

»Das war so schlimm damals. Doch für das *Protokoll meines Leidenswegs* interessiert sich keine Sau. Im Gegenteil. Jetzt sitze ich hier im Garten und weiß nicht, wie es weitergehen soll!«

Für Bertie ging das alles in die falsche Richtung. Eigentlich war er hier, um sich gemeinsam mit Julia von Philipp zu verabschieden und Details für die Beerdigung abzuklären. Doch Julia war bereits inmitten ihrer Trauerbewältigung. Emotionsausbrüche in Form von Schuldzuweisungen, Wut und Aggression waren in dieser frühen Phase wichtig, da war er sich sicher, doch er war dafür der Falsche. Er würde ihr eine Therapeutin besorgen. Doch vorerst versuchte er das Gespräch sanft auf den eigentlichen Grund seines Besuches zu lenken.

»Du weißt, dass ich immer für dich da bin. Sei es, wenn es um diesen Bankberater geht oder um alles andere. Aber wir müssten jetzt leider doch erst über die Beerdigung sprechen … Ist das okay für dich?«

Julia lächelte ihn tapfer an, atmete tief ein und sagte:

»Natürlich, Bertie. Du hast vollkommen recht. Bitte verzeih. – Ich hatte mir auch schon überlegt, dass Philipp eine sehr persönliche Beerdigungsfeier gefallen würde. Nicht laut, aber schön.« Sie riss sich ein weiteres Stück Brötchen ab und steckte es in den Mund. »Und als Leichenschmaus gibt es Würstchen mit Kartoffelsalat für alle.«

Tag 27
Montag, 12. Oktober 2020

Day off.

Tag 28
Dienstag, 13. Oktober 2020

Der freie Montag hatte Thoelke gut getan. Es war sein erster freier Tag seit Wochen gewesen und er hatte ihn zusammen mit seinem Hund Bill am Elbstrand verbracht. Hier, zwischen Strandperle und dem Museumshafen Oevelgönne, hatte er bei einer steifen Herbstbrise endlich wieder so etwas wie Leben gespürt, neben unzähligen Sandkörnern in seinem Gesicht. Apropos Gesicht. Dort unten hatte keiner eine Maske getragen, es wirkte wie ein Abtauchen in eine längst vergangene Zeit.

Sowieso hatte sich seit der Festnahme von Andreas Linnemann einiges in Wohlgefallen aufgelöst. Zum einen der Deal mit Tomasz Wójcik, zum anderen die Spitzen der Kollegin Claudia Reimann im Kommissariat. Mehr noch, Claudia hatte sich für ihn als unverzichtbar herausgestellt und er war ihr dankbar. Entsprechend gut erholt trommelte er kurz vor zehn sein Team zusammen, schaltete Thomas per Monitor dazu und verteilte die offenen Fragen. Er selbst wollte sich um Andreas kümmern.

Nach der Besprechung tätigte er den längst überfälligen Anruf in der Innenbehörde. Er musste sich endlich bei Bertie für seinen ursprünglichen Verdacht, Julia Asmussen könne etwas mit der Entführung zu tun haben, entschuldigen. Er wusste schließlich, dass sich beide nahestanden, und hoffte, dass die Verhaftung Julias in der Zukunft nicht zwischen ihnen stehen würde. Der Senator dankte und verneinte. Auch er hoffte auf eine weitere gute Zusammenarbeit, verwies allerdings noch auf die gegenwärtige:

»Wenn ich Ihnen noch bei diesem Fall helfen kann, geben Sie mir bitte Bescheid.«

Thoelke hatte gehofft, dass er das anbieten würde, ballte erleichtert die Faust und versuchte möglichst gelassen weiterzusprechen:

»Da wäre in der Tat etwas, wobei ich Unterstützung gebrauchen könnte.«

»Geht es um Linnemann?«

»Ja, Herr Senator!«

»Was kann ich tun?«

Thoelke umriss in kurzen Sätzen die momentane Pattsituation. Dass Andreas Linnemann, wenn er weiter schweigen würde, mit lediglich fünf Jahren davonkommen würde. Es fehlten Beweise dafür, dass er die tödliche Dosis verabreicht hatte. Man habe zwar zwischenzeitlich ermitteln können, dass er früher einen Hund, einen Beagle, gehabt hatte und so auch die Wirkung von Embutramid kennen könne, aber was sage das schon?

»Haben Sie nicht auch einen Hund, Thoelke?«

»Ja, habe ich, Herr Senator.«

»Und kommen Sie deshalb besser an dieses Zeug für den Privatgebrauch heran?«

»Nein. Keine Chance. Habe bereits mit meinem Tierarzt gesprochen.«

»Also, wie kann ich helfen?«

Thoelke druckste noch ein wenig herum, bis er schließlich von Sophia anfing.

»Sie meinen Frau Bogdanovich?«

»Ja, richtig, Herr Senator.«

Bertie verstand sofort, worauf der Hauptkommissar hinauswollte, wollte ihn aber noch zappeln lassen.

»Was ist mit Frau Bogdanovich?«

»Nun ja, ich habe mitbekommen, dass Andreas Linnemann … sehr angetan von Frau Bogdanovich zu sein scheint.«

»Haben Sie das?«

»Ja.«

»Wie?«

»Wie?«

»Wie haben Sie davon Kenntnis bekommen?«

»Meine Kollegin Claudia Reimann erwähnte es, beiläufig.«

»Verstehe. Doch warum sagen Sie mir das jetzt?«

»Vielleicht wäre Frau Bogdanovich ... vielleicht könnte sie ja ... vielleicht wäre sie bereit, für uns zu ermitteln, für uns zu vermitteln?«

»Indem sie was machen soll?«

»Indem sie Andreas Linnemann in Dammtor besucht und Fragen stellt, die richtigen Fragen stellt. Nach den Mittätern, nach dem Geld.«

»Ist das nicht etwas offensichtlich?«

»Es wäre ein Versuch. Also wenn Sie, Herr Senator, zustimmen würden. Die Gefahr ist gleich null, es ist ja schließlich immer ein Beamter anwesend. Und Linnemann würde ihr ohnehin nichts antun.«

»Lassen Sie mich darüber nachdenken. Einverstanden?«

***

Thoelke und Youssef kehrten noch einmal zur Asmussen-Kanzlei in die Ferdinandstraße zurück. Vorzimmerdame Petra Brandt schaute verwundert hoch, als sie die beiden Beamten eintreten sah und fragte:

»Sie auch? Sie stehen gar nicht auf meinem Zettel.«

Der Hauptkommissar fühlte sich in seinem Bauchgefühl bestätigt, hergekommen zu sein, und deutete ein Lachen an, während er sich vor dem Empfangstresen aufbaute.

»Wer steht denn noch alles auf Ihrem Zettel, Gnädigste?«

Petra Brandt stand auf und beugte sich mit ihren 1,85 Meter zu Thoelke rüber.

»Frau Asmussen und Herr Dr. Wurzel sind im Büro von Philipp Asmussen. Sie klären dort die letzten Details.« Scheu schaute sie kurz nach rechts und links, dann setzte sie flüsternd fort: »Es geht um die Abwicklung der Kanzlei.«

Nachvollziehbar, dachte Thoelke und fragte trocken:

»Werden Sie mitgehen?«

Sofort begann Petra Brandt zu grinsen und zuckte unschuldig schuldig mit den Achseln.

»Hängt vom Angebot ab.«

Dann setzte sie sich den Kopfhörer auf, tippte auf das rechte Ohr, kam um den Tresen herum und führte die Herren zur Besprechung, während Youssef tunlichst darauf achtete, sich nicht erneut ablenken zu lassen. Sie öffnete die Bürotür einen Spalt, steckte den Kopf dazwischen und informierte die beiden, dass die Polizei im Hause sei. Doch noch bevor eine Antwort zurückkam, schob Thoelke Brandt sanft beiseite und betrat das Büro.

»Guten Tag! Schön, dass wir sie gleich *beide* hier antreffen. Das erspart uns einen Weg«, begann Thoelke und setzte sich ungefragt an den ausladenden Mahagonitisch. Anwärter Youssef folgte und Petra Brandt ging in die Küche, um noch etwas Gebäck und zwei Tassen zu organisieren.

»Was tun Sie hier?«

»Arbeiten! – Für die Mandanten geht das Leben weiter«, versuchte Dr. Wurzel dem Kommissar den Wind aus den Segeln zu nehmen. »Ich bin hier, um für einen möglichst geräuschlosen Übergang zu sorgen. Das werden Sie sicherlich nachvollziehen können.«

Thoelke nickte, blieb aber kämpferisch.

»Das machen Sie doch schon längst, Herr Dr. Wurzel. Die Akten des einzigen Mandanten, den Sie und Philipp Asmussen, nun ja, ich weiß nicht wie man das juristisch korrekt ausdrückt … ich würde einfach sagen … den Sie und Philipp Asmussen gemeinsam betreuten, haben Sie bereits an sich genommen!«

»Wie meinen?«

»Wie ich das meine?«

Wurzel nickte mit stoischer Miene.

»Ich meine die Akten der Gebrüder Wójcik. Die aus diesem Büro hier von Ihren Mandanten nach dem Einbruch, für den die beiden in Haft sind, entwendet wurden. Genau diese Akten meine ich. – Die haben Sie bereits.«

»Wer sagt das?«

»Ich sage das, Herr Dr. Wurzel. Bei der Durchsuchung der Wójcik-Villa konnten die Akten jedenfalls nicht gefunden werden.«

»Dann sind sie wohl wirklich verschwunden.«

»Herr Dr. Wurzel, mal ehrlich, was sollen diese Spielchen? Sollen wir jetzt in Ihrer Kanzlei und in Ihrem privaten Umfeld eine Hausdurchsuchung veranlassen?«

Thoelke schaute zu Youssef und gab ihm ein Zeichen, dass er sich umgehend um die Erwirkung eines Durchsuchungsbeschlusses bemühen solle. Wurzel schaute indes zu Julia Asmussen und erwiderte:

»Die dann … ich weiß nicht wie man das polizeilich korrekt ausdrückt … ich würde einfach sagen … die dann so jämmerlich endet wie die Verhaftung von Frau Asmussen?«

Thoelke sah erneut zu Youssef, der nun endlich verstand, sein Handy aus der Tasche holte und zu wählen begann.

»Schon gut, schon gut! Das reicht!«, grätschte Wurzel dazwischen. »Ich habe die Akten von den Brüdern bekommen, zur Vorbereitung auf den Prozess. Aber was beweist das? Ich habe Ihnen schon einmal gesagt, dass man nicht etwas stehlen kann, das einem ohnehin gehört.«

»Das können wir zu einem späteren Zeitpunkt klären! Doch nun freue ich mich erst einmal über ihre ungeteilte Aufmerksamkeit«, sagte Thoelke triumphierend. »Was haben die Brüder mit der Entführung und Ermordung von Philipp Asmussen zu tun?«

Julia schreckte auf und schaute mit großen Augen zu Wurzel, der sie umgehend zu beruhigen versuchte.

»Julia, das ist dummes Geschwätz. Die beiden haben nichts damit zu tun, es gibt nichts, was auf solch eine Verbindung hindeuten würde. Das ist nicht mehr als eine leere und nicht haltbare Behauptung des Hauptkommissars, der leider immer noch im Dunkeln zu stochern scheint. Mir ist jedenfalls keine Verbindung bekannt. Glaub mir bitte!«

Die Bürotür öffnete sich erneut und Petra Brandt brachte die Tassen und ein paar Biskuits. Doch Thoelke hatte keinen Bedarf, er hatte seinen Stich gesetzt. Er stand auf, verließ die Kanzlei und fuhr zufrieden mit dem Anwärter weiter nach Hannover.

***

Andreas' Bedarf hingegen war noch lange nicht gedeckt. Seine Augen leuchteten regelrecht auf, als *Blondie* mit hochgesteckter Frisur ins Besucherzimmer der Untersuchungshaftanstalt trat. Er war pünktlich gewesen, wollte keine Sekunde der kostbaren 60 Minuten verschwenden, aber Sophia hatte auf sich warten lassen. Ganze siebeneinhalb Minuten. Er stand auf, wollte sie zur Begrüßung umarmen, was prompt von der kleinen, aber durchsetzungsstarken Vollzugsbeamtin unterbunden wurde, nicht nur wegen der Corona-Auflagen.

»Kein Körperkontakt! Sonst brechen wir ab«, ermahnte sie und untermauerte ihre Warnung durch einen bitterbösen Blick, der keine zwei Meinungen zuließ.

Sophia setzte sich an den Holztisch, holte eine 300-Gramm-Schokolade aus ihrer pinkfarbenen Handtasche und schob sie langsam an der Schutzscheibe vorbei über den Tisch, während sie bedächtig die Beamtin anschaute. Die ließ sie gewähren und lehnte sich zurück.

»Und … stimmt es, was man dir vorwirft? Hast du es getan?«, fragte Sophia frei Schnauze heraus. Sie redete nie lange um den heißen Brei herum, was ihr schon immer mehr Ärger als Freude eingebracht hatte. Doch mittlerweile, nach drei lukrativen Scheidungen, war es ihr egal.

Vor Schreck ließ Andreas die XXL-Tafel auf den Tisch fallen.

»Du meinst, ob ich ihn umgebracht habe?«

Sophia nickte zaghaft.

»Nein, natürlich nicht.«

»Aber entführt, oder?«, blieb sie dran, hielt sich den rotlackierten Zeigefinger vor die Schmolllippen und schaute kleinmädchenhaft zu Boden.

»Sophia? Hast du gesehen, dass wir hier nicht allein sind?«, fragte Andreas und schwenkte den Kopf in Richtung Beamtin.

»Ja natürlich, aber du kannst ja flüstern. Ich muss das einfach wissen, Andreas. Für mich!«

»Und wer denkt an mich?«, fragte Andreas und riss die Tafel auf, es galt den Blutzuckerspiegel zu erhöhen. »Bist du etwa hier, um mich auszufragen?«

»Nein, natürlich nicht«, besann sich Sophia eines Besseren und schaltete einen Gang zurück. »Entschuldige.«

»Gut, dann lass uns über etwas anderes reden.«

»Was ist mit der Wohnung? Ich habe gehört, dass sie dich direkt nach Unterzeichnung des Mietvertrags hier eingebuchtet haben. Soll ich mal mit der Frau vom Immobilienbüro sprechen? Vielleicht lässt sich der noch auflösen?«

»Sophia!«, wiederholte Andreas angestrengt und biss in ein Stück abgebrochener Schokolade. »Glaubst du gar nicht an die Möglichkeit, dass ich hier wieder rauskomme? Dass sich alles zu meinen Gunsten aufklärt?«

Sophia schluckte, schaute zur Beamtin und sagte in bemüht optimistischem Ton, während sie einen weiteren Gang zurückschaltete:

»Natürlich glaube ich das, aber nicht heute und wohl auch nicht morgen. Was ist mit der Kaution? Sind das immer noch drei Monatsmieten?«

»Mmmh …«

»Dann noch die Anwaltskosten. Hast du denn überhaupt noch so viel?«

Andreas brauchte ein paar Sekunden, um sicher zu sein, dass sie wirklich meinte, was er glaubte gehört zu haben.

»Fragst du mich gerade ernsthaft, ob ich Philipps Geld habe?«

Stille trat in den Besucherraum, dessen Temperatur augenblicklich um 20 Grad sank. Dann stand Andreas ernüchtert auf und bedeutete der Beamtin, gehen zu wollen. Sein Bedarf nach Süßem war gedeckt.

***

In der Stadt herrschte wenig Verkehr, Thoelke und Youssef kamen zügig über die Amsinckstraße und die Billhorner Brückenstraße zur Autobahn, wo sie sich nach knapp anderthalb Stunden auf der

Ausfahrt B65 Richtung Hannover-Bremerode einfädelten. Von dort waren es nur noch wenige Minuten bis zum Hedwigsweg.

Als Thoelke vor dem Haus von Klaus Linnemann den Wagen schließlich zum Stehen brachte, stieg er mit schmerzverzerrtem Gesicht aus und streckte sich in alle Richtungen. Jeder Muskel seines Rückens ächzte gequält und schien sich gegen die Dehnung zu sträuben.

»Kleine Auszeit gefällig, Chef?«, fragte Youssef grinsend und kassierte umgehend die Retourkutsche.

»Das Grinsen wird dir gleich vergehen«, begann Thoelke, als er in einer nächsten Übung versuchte, mit den Fingerspitzen bis unter die Knie zu kommen. »Ich sage nur: zuhören, zugucken und von mir lernen.«

Youssef verdrehte die Augen, Thoelkes Verspannungen lockerten sich nach und nach und dann gingen beide, vorbei am Vorgarten-Zoo, die Stufen hinauf und klingelten.

Mit einem »Guten Tag, meine Herren«, öffnete Klaus Linnemann die Tür und lud die beiden mit gemischten Gefühlen zu sich auf die Terrasse ein. Statt Kuchen gab es eine Karaffe Saft aus sonnengereiften Orangen, die wahrscheinlich seit Thoelkes telefonischer Ankündigung, er würde für ein paar Fragen nach Hannover kommen, dort stand und so zusätzliche Sonnenstunden einsammeln konnte.

Thoelke verzichtete und kam gleich zur Sache.

»Herr Linnemann, jetzt auch persönlich noch einmal unser herzliches Beileid zum Tod ihres Erstgeborenen Enrico. Eine Tragödie, auch dass Sie sich nicht mehr treffen konnten. Das tut uns allen sehr, sehr leid. – Aber wir sind wegen Ihres anderen Sohnes hier. Sie wissen sicherlich, dass Andreas Linnemann seit vier Tagen in Untersuchungshaft in Hamburg einsitzt.«

»Ja, das weiß ich. Ich habe ihm bereits einen Anwalt besorgt. Kennen Sie Rechtsanwalt Mortensen?«

Thoelke kam kurz ab von der Spur.

»Ob ich den Anwalt Ihres Sohnes kenne?«, fragte er.

Klaus Linnemann nickte und schaute ihn erwartungsvoll an. Er hoffte, dass er in der kurzen Zeit einen guten, einen sehr guten Anwalt für seinen Jungen gefunden hatte. Henrik Mortensen war der vierte Versuch gewesen. Die ersten drei hatten wegen Überlastung abgelehnt.

»Ja, äh, nein. Ich kenne ihn nicht. Tut mir leid, Herr Linnemann. Aber ich denke, dass er als Strafrechtler seine Sache gut machen wird.«

»Meinen Sie wirklich?«

»Auf jeden Fall.«

Klaus Linnemann lächelte zufrieden und war sichtlich erleichtert. Die ganze Sache machte ihm zu schaffen. Noch nie hatte er Besuch von der Polizei gehabt und fragte sich, warum ihm dieses Kapitel in seinem Alter nicht erspart blieb. Er trank einen Schluck warmen Saft und bot seine Hilfe an.

»Was wollen Sie wissen?«

»Ich würde gern in Erfahrung bringen, wie Ihr Verhältnis zu Ihrem Sohn ist. Ganz allgemein. Sehen Sie sich häufig? Gibt es Streit? Wenn ja, worüber? Was hat es mit Ihrem Erstgeborenen Enrico, also Philipp Asmussen, auf sich? Und last but not least, wieso haben Sie erst jetzt, nach so vielen Jahren, angefangen nach ihm zu suchen?

Klaus Linnemann empfand die Fragen erneut als schmerzende Pfeile, ähnlich wie beim Besuch von Julia Asmussen und Sophia Bogdanovich. Immer wieder brachte jede einzelne Frage sein Gefühl des Versagens auf den Punkt, dafür mussten nicht auch noch zwei Beamte aus Hamburg kommen, die den Finger in die Wunde seines Lebens legten. Er atmete schwer und schaute nervös in die Runde. Er fühlte sich auf seiner eigenen Terrasse wie auf einer Anklagebank. Doch am meisten ärgerte er sich darüber, dass er erst vor wenigen Monaten mit der Suche nach Enrico begonnen hatte, und beantwortete zuerst diese Frage.

Er sprach von der »anderen Generation«, von »Naivität«, »leichtfertigem Glauben« und »fehlendem Mut«. Doch jetzt, im letzten Lebensdrittel, habe er Enrico in die Arme schließen, sich aussprechen, sich entschuldigen und sein Erbe gerecht aufteilen wollen. Er zählte das Haus, zwei Wohnungen in Kleefeld sowie ein Aktienpaket im mittleren sechsstelligen Bereich auf. Das sei das Mindeste, was er nach all den Jahrzehnten habe tun können. Wenn er Enrico schon keine gemeinsame Zeit schenken konnte, dann sollten er oder seine Ehefrau zumindest den finanziellen Anteil erhalten, der ihm zustehe.

Sein Verhältnis zu Andreas hingegen sei, meinte er, ein ganz natürliches. Glücklicherweise wohne er nur ums Eck und komme ein bis zwei Mal pro Woche bei ihm vorbei, um nach dem Rechten zu schauen. Wenn Andreas klamm war, auch häufiger. Klaus Linnemann sah die Beamten an und schenkte ihnen ein sanftes Vater-Lächeln.

»Andreas ist ein guter Junge, müssen Sie wissen.«

Thoelke ließ ein paar Sekunden vergehen, dann blickte er Klaus Linnemann direkt ins Gesicht.

»Können Sie sich vorstellen, warum der *gute Junge* dann seinen eigenen Halbbruder Philipp beziehungsweise Enrico entführt und möglicherweise ermordet hat? Wusste er von Ihrer Suche nach Ihrem ersten Sohn?«

Klaus Linnemann, der wieder mit der letzten Frage begann, antwortete:

»Als das *Detektivbüro Klagenfurt* in Hannover Enrico gefunden hatte, der mittlerweile als Anwalt Philipp Asmussen in Hamburg arbeitete, bat ich Andreas, Kontakt zu ihm aufzunehmen, vorzufühlen. Mein Wunsch war es, dass er ein Treffen vereinbart. Ein Treffen mit mir auf dieser Terrasse.«

Thoelke bemerkte, wie sich Linnemanns Augen mit Tränen füllten. Er wollte ihn wieder in Ruhe lassen, doch eine Frage war noch unbeantwortet. Er wiederholte sie behutsam:

»Können Sie sich vorstellen, warum Andreas seinen Halbbruder entführt und mutmaßlich ermordet haben könnte?«

»Nein, das weiß ich nicht. Und ich kann mir auch nicht vorstellen, dass er es getan hat. Was ich aber weiß, Herr Hauptkommissar: Der Junge hat viel zu wenig aus seinen Möglichkeiten gemacht. Er war stets ein guter Schüler, klug und patent. Er hätte alles erreichen können, stattdessen arbeitete er in einem Lager …«

Thoelke schaute zu Youssef und signalisierte mit einem Kopfnicken Richtung Straße, dass sie hier fertig waren. Dann verabschiedeten sie sich. Thoelke überreichte Klaus Linnemann seine Visitenkarte, wünschte ihm viel Kraft und fuhr zurück nach Hamburg, während der Anwärter die soeben erwähnten Aktiva mithilfe des Smartphones zusammenrechnete:

»600.000 für das Grundstück mit Haus in Bremerode, 250.000 bis 300.000 laut Schätzung der Immobilienseiten pro Wohnung in Kleefeld – einer sehr guten Wohnlage Hannovers – plus das Aktienpaket von etwa 500.000. – Summa summarum round about 1,6 bis 1,7 Millionen Euro«, posaunte Youssef heraus. Bei solchen Summen konnte auch ein unschuldiges Polizeiherz in Wallung geraten. »Wenn das mal kein Eins-a-Motiv ist, Chef!«

Auch Thoelke wollte durch Wiederholung begreifen und ließ Youssef an seinen Gedanken teilhaben.

»Wenn du dein ganzes Leben als Einzelkind fest mit dem beträchtlichen Erbe des Vaters rechnest und plötzlich taucht ein ominöser Halbbruder auf, dann kann man schon auf dumme Gedanken kommen. Ja, Youssef. Das ist ein handfestes Motiv«, sagte Thoelke und klatschte sich auf den Oberschenkel.

»Wissen Sie was, Chef? Philipp Asmussen tut mir wirklich so unendlich leid«, sagte Youssef.

»Weil er tot ist?«

»Nein, weil er zwangsadoptiert wurde und seine leiblichen Eltern nie kennenlernen durfte. Klar, seine Adoptiveltern haben ihn bestimmt auch geliebt und so. Auch hat es ihm sicher an nichts gefehlt, schließlich ist ja etwas Anständiges aus ihm geworden. Aber …«, Youssef stockte kurz und musste an seine eigene Flucht nach dem Abitur aus Syrien im Jahr 2011 denken und daran, dass er seitdem seinen Vater nicht mehr gesehen hatte. »Aber im Endeffekt gibt es nur Verlierer in dieser Familie. Der eine ist tot, der andere im Gefängnis und Klaus Linnemann gebrochen.«

Thoelke nickte und überlegte, dass die Menschen wohl nie dazulernen würden, bis sie schließlich untergehen – oder ihr Land, wie einst die DDR. Und natürlich würde es auch in Zukunft immer wieder zu familiären Zwangstrennungen und persönlichen Tragödien kommen, wie die derzeitigen Fluchtwellen auf dem Globus zeigten. Aber konnte der Untergang wirklich die Lösung sein? Er schüttelte den Kopf und wollte zur Zerstreuung das Radio anstellen, als Youssef fragte:

»Was war eigentlich *damals* das Motiv?«

»Damals?«

»Bei Kain und Abel, in der Bibel.«

Thoelke staunte und fühlte fast etwas wie Rührung gegenüber

dem Anwärter, der ihm offenbar nicht nur zuhörte, sondern auch lernen wollte. Er verwies auf das Alte Testament:

»Neid und Eifersucht. Deshalb erschlug Kain seinen Bruder.«

»Schon interessant, wie sich die Geschichte, wenn auch in Variationen, immer und immer wieder wiederholt.«

Thoelke schaute auf den Beifahrersitz. Er wollte Youssef von nun an mehr an seinen Überlegungen teilhaben lassen. Seit Tagen geisterte nämlich ein weiterer Gedanke in seinem Kopf herum, der das Potenzial hatte, ihm auch in den kommenden Nächten den Schlaf zu rauben.

»Die Frage ist, wollte er doppelt abkassieren? Gehen wir davon aus, Andreas wollte Philipp umbringen, um der alleinige Erbe zu bleiben. Wieso hat er es nicht in der Kanzlei getan? Er war nachweislich dort und beide waren allein. Petra Brandt war längst weg. Wieso also der beschwerliche und riskante Umweg über eine Verschleppung? Wollte er zusätzlich zum Erbe noch eine Million als Lösegeld kassieren?«

»Möglich, ja. Allerdings, falls ihm die Idee mit der Entführung und der Million erst in der Kanzlei kam, spricht das dafür, dass es keine Mittäter gab und er das Ding ohne die Wójcik-Brüder durchgezogen hat.«

»Richtig, nur dass eine Entführung von langer Hand geplant werden muss und ich mir beim besten Willen nicht vorstellen kann, dass Linnemann so ein Ding allein durchgezogen hat. Anders als bei Totschlag, wenn man aus einem Affekt heraus jemanden erschlägt, was er ja in der Kanzlei hätte tun können, aber nicht getan hat.«

Youssef nickte und finalisierte:

»Das bedeutet aber, dass der ursprüngliche Plan Andreas Linnemanns, zumindest erst einmal, Entführung hieß. – Mit offenem Ende.«

Tag 29
Mittwoch, 14. Oktober 2020

Die neuerliche Berichterstattung über den Fund der Leiche von Philipp Asmussen brachte abermals zahlreiche Hinweise aus der Bevölkerung, von Bürgern, die Philipp und Andreas gesehen haben wollten. Mal einzeln, mal gemeinsam. Interessant dabei war, dass sich diese Beobachtungen über das gesamte Bundesgebiet verteilten. Man hatte sie auf Sylt gesehen, ebenso in Köln und im Münsterland. Die Koordination der Überprüfung übernahm Thomas Krug vom Homeoffice aus und er wusste gleichzeitig, was für eine undankbare Aufgabe dies war. Hunderten Hinweisen nachzugehen bedeutete erfahrungsgemäß nicht nur erhöhten Zeitaufwand, sondern vor allem massig Trittbrettfahrer.

Auch die in der verlassenen Fabrikantenvilla sichergestellten Spuren und Fingerabdrücke stimmten nicht positiv. Keinen einzigen Namen eines potenziellen Mittäters hatte die Datenbank ausgespuckt. Das Einzige, was das Kommissariat hatte, waren die Spuren von Andreas Linnemann. Und der brauchte, wenn es nach seinem Strafverteidiger ging, keine allzu großen Befürchtungen bezüglich des Mordvorwurfs zu haben. Alles reine Spekulation. Seine Beteiligung an der Entführung hingegen war offensichtlich. Dies hätte kein Holmes oder Watson dieser Welt wegdebattieren können. Etwas relativieren, vielleicht.

Genau das wollte Henrik Mortensen versuchen. Auch beim heutigen Besuch in der Untersuchungshaft bekräftigte der Rechtsanwalt seine Bitte an Andreas, stets die Aussage zu verweigern, egal was oder wer kommen und fragen würde. Doch Andreas war nicht mehr so gelassen. Dieses fremdbestimmte Dahinvegetieren in einer

Acht-Quadratmeter-Zelle machte etwas mit ihm, es begann ihn bereits nach wenigen Tagen zu zermürben.

»Was passiert eigentlich, wenn die mir Philipps Tod irgendwie doch noch in die Schuhe schieben? Worüber reden wir dann eigentlich?«, fragte Andreas seinen Anwalt.

»Aber Sie haben ihn doch nicht umgebracht, sagen Sie.«

Andreas nickte und antwortete:

»Schon richtig. Ich will es trotzdem wissen. Wenn man hier drin sitzt, kommen einem die seltsamsten Sachen in den Kopf und die Presse macht den Rest.«

»Sie lesen hier die Zeitungen?«

»Ja, die liegen überall rum!«

»Bitte«, flehte Mortensen, »tun Sie das nicht. Tun Sie sich selbst einen Gefallen und lesen nicht den ganzen Mist.«

Andreas lächelte gequält und erinnerte seinen Anwalt an die letzte Frage, mit wie vielen Jahren er zu rechnen habe, wenn die Staatsanwaltschaft ihm Philipps Tod anlasten würde.

»Es hängt davon ab, ob von Vorsatz ausgegangen werden kann. Sowohl Mord als auch Totschlag sind vorsätzliche Tötungen. Sie unterscheiden sich nur durch die Beweggründe.«

»Gründe wie Habgier? Meinen Sie so was?«

»Im Prinzip schon.« Mortensen nickte. »Mord zeichnet sich durch eine gewisse Skrupellosigkeit bei der Ausführung und den Beweggründen aus, wie beispielsweise Habgier, während Totschlag durch eine heftige seelische Belastung ausgelöst werden kann. Also impulsiv.«

Andreas ließ seinen Blick durch den Raum schweifen und schien verschiedene Szenarien zu durchdenken. Dann fragte er:

»Wissen Sie, was wirklich ein Jammer ist?«

Der Anwalt verneinte.

»Dass das Essen hier drin so schlecht ist. Ich bin zwar kein Gourmet oder so was, aber der Fraß hier geht gar nicht.«

Der Anwalt schaute ihn verwundert an und lächelte verlegen.

»Was ist mit der Strafe? Wo ist da der Unterschied?«, fragte Andreas weiter.

Der Anwalt sprang vom Essen zurück zum Strafgesetzbuch.

»Mord ist immer lebenslänglich. Ohne Wenn und Aber, während Totschlag in der Regel zwischen fünf und fünfzehn Jahren für den Täter bedeutet.«

Wieder ließ Andreas seinen Blick durch den Raum schweifen und dachte nach. Dann sprachen sie über Thoelkes Deal. Der Anwalt wiederholte seine Empfehlung, unter keinen Umständen darauf einzugehen und weiterhin Stillschweigen zu bewahren. Doch Mortensen war nicht hier, um Fragen zu beantworten, er wollte welche stellen. Sein Job war es, den Entführungsvorwurf weichzuspülen und weiter an der Verteidigungsstrategie zu feilen. Dafür benötigte er die Namen möglicher Komplizen.

»Waren noch andere an dieser Entführung beteiligt? Sowohl aktiv als auch passiv?«

»Ich verweigere die Aussage.«

»Herr Linnemann. Diese Diskussion hatten wir doch schon. Ich bin nicht Ihr Feind!«

»Das weiß ich doch«, antwortete Andreas. »Und nun?«

»Es könnte Ihre Strafe beträchtlich reduzieren, wenn wir dem Gericht zweifelsfrei nachweisen könnten, dass der Impuls von einem Dritten ausging, Sie mit der Entführung beauftragt wurden und, sagen wir mal, lediglich Mittäter waren.« Mortensen nahm die Brille ab und legte sie neben seine Unterlagen. »Vielleicht gab es einen Chef des Ganzen, der die Planung übernommen hat. Wer hat sich beispielsweise um die Villa in Moisburg gekümmert? So etwas besorgt sich ja nicht von heute auf morgen. Wer hat das Embutramid-Präparat beschafft? Nennen Sie mir Ross und Reiter und Sie kommen mit fünf Jahren davon, vielleicht weniger.«

Mortensen merkte, wie mit jedem weiteren Wort die Nervosität seines Gegenübers wuchs, das mittlerweile bereits den direkten Augenkontakt mied. Stattdessen schaute sich Andreas verloren im Raum um. Es war eines dieser angespannten Anwalt-Mandant-Gespräche, bei dem sich der Anwalt wie Falschgeld vorkam. Doch er konnte nur helfen, wenn ihm Andreas vertraute. Er versuchte es erneut und holte seine Schaufel raus. Nicht zum Zuschütten, sondern um freizulegen, was sein Mandant verbarg.

»Ich bitte Sie noch einmal, mir die Namen Ihrer Mittäter zu nennen oder mir zu erklären, warum Sie sie nicht benennen wollen. Haben diese Personen etwas gegen Sie in der Hand? Werden Sie erpresst? Wird Ihr Vater erpresst? – Warum nur um Gottes Willen wollen Sie alle Schuld auf sich nehmen?«

***

Bertie ließ sich nach Einbruch der Dunkelheit von seinem Fahrer in Harvestehude absetzen und machte beim unbeantworteten Punkt der letzten Unterredung weiter. »Was meintest du eigentlich damit, dass nicht nur Philipp leiden musste?«

Doch Julia überhörte die Frage geflissentlich und scrollte sich weiter durchs Smartphone auf der Suche nach musikalischer Untermalung.

»Du sagtest, dass du deine Bedürfnisse immer unterordnen musstest, zum Beispiel damals, als Philipp die Kanzlei von Eberts & Partner übernahm«, wurde Bertie konkreter und schaute abwartend zu Julia, in deren sanften Gesichtszügen er ein kurzes Aufflackern bemerkte. Sie hatte gefunden, was sie gesucht hatte, und drückte auf die »Best of 2000s-Playlist«. Nur Sekunden später ertönte »Hey Ya!« von Outkast.

»Möchtest du etwas trinken?«, fragte sie und stand auf, ohne die Antwort abzuwarten. Sie ging in die Küche, wählte einen leichten Weißwein und kam mit zwei Gläsern zurück. Während Bertie die Flasche entkorkte und einschenkte, zündete sie vier neue Kerzen an, hob schließlich den Kopf sowie ihr Glas und prostete Bertie zu.

»Ich habe mit Pfarrer Paul gesprochen«, sagte sie. »Es wird eine sehr würdevolle Bestattung werden. Ich glaube, er hat genau verstanden, was Philipp wichtig wäre.«

»Das freut mich zu hören, Liebes«, antwortete Bertie, öffnete den obersten Knopf seines Hemdes und hob ebenfalls sein Glas. Es war ein harter Tag in der Innenbehörde gewesen und jetzt bereits wieder 23 Uhr vorbei. Er überlegte, ob er wirklich noch in der Lage sein würde, mit Julia eine nächtliche Diskussion über ihre Gefühlslage anzustoßen, und was das jetzt bringen würde. Er wusste ohnehin nicht mehr, woher er die Zeit nehmen sollte. Die täglichen Sitzungen, der Untersuchungsausschuss, die Presse und seit Monaten diese entsetzliche Pandemie. Drei seiner engsten Mitarbeiter hatte er vergangene Woche erneut in Quarantäne schicken müssen.

Doch zumindest in einer Sache hatte die Pandemie eine gute Seite. Weil durch das lokale Corona-Infektionsgeschehen in Hamburg die Inzidenz, aktuell bei 39,18, weiter exponentiell in Richtung der von Bund und Ländern festgelegten rote Linie von 50 Neuinfektionen pro 100.000 Einwohner innerhalb von sieben Tagen stieg, dominierte Corona wieder die Titelseiten und hatte seinen Freund Philipp Asmussen in die Spalten des Innenteils geschoben. Bertie gähnte und schlug sich verschämt die Hand vor den Mund.

»Entschuldige bitte.«

»Warum bleibst du heute nicht einfach hier?«, fragte Julia. Du weißt ja, wo das Gästezimmer ist.«

»Vielleicht ist das gar keine schlechte Idee, Julia. Ist es okay, wenn ich mich gleich aufs Ohr lege? Ich bin ziemlich platt.«

»Wenn es für dich okay ist, dass ich hier noch meine Nullerjahre-Party feiere?«

Bertie stand auf, umarmte Julia und war erleichtert, sie so entspannt zu sehen. Scheinbar war ihr mit der Beerdigungsprozedur ein weiterer Stein von den Schultern genommen. Dann tänzelte Bertie mit dem Weinglas zu Amy Winehouse' »Valerie« Richtung Gästezimmer.

Am nächsten Morgen, Julia schlief noch tief und fest unter der Decke auf dem cremefarbenen Sofa, fand Bertie einen Zettel und einen Haustürschlüssel in seiner Manteltasche vor. Julia hatte beides dort deponiert und ihn gebeten, heute Abend wiederzukommen, egal wann. Geschrieben hatte sie die Nachricht, so war auf dem Zettel gekritzelt, um 4:38 Uhr. Er schrieb zur Antwort »Bis heute Abend« darauf und legte den Zettel auf den Wohnzimmertisch zwischen die leere Weinflasche und die heruntergebrannten Kerzen. Den Schlüssel nahm er mit.

Tag 30
Donnerstag, 15. Oktober 2020

Andreas musste nicht lange überlegen, als ihn zwei Tage später ein Vollzugsbeamter fragte, ob er eine gewisse *Sophia Bogdanovich* treffen wolle. Sie sitze bereits im Besucherraum. Natürlich wollte er. Was interessierte ihn ihr Geschwätz von vorgestern? Und sowieso war alles besser als die Monotonie in diesem Gemäuer, die nach einem strikten Zeitplan ablief: Um sechs Uhr wurde man mit einem lauten »Guten Morgen!« geweckt, auf das die Insassen unbedingt reagieren mussten. Anders als erwartet hatte das morgendliche Weckkommando allerdings nicht das primäre Ziel, den Häftling zu wecken, sondern diente der Überprüfung, ob er noch lebte. Dieser *Lebendbeweis* bedeutete den fürsorglichen Start in den Tag. Um zwölf Uhr folgte der Mittagsfraß, um drei die Stunde Hofgang. Wer nicht daran teilnahm, blieb volle 24 Stunden eingeschlossen. Doch selbst der Hofgang war streng reglementiert. Alle Jungs hatten ihn gegen den Uhrzeigersinn zu laufen. Ob das eine Hamburger Spezialität war, konnte Andreas nicht sagen, und er hoffte, dass er es auch nie herausfinden musste. Lehnte man sich gegen den Uhrzeiger auf und spazierte andersherum, fiel der nächste Hofgang aus, was übersetzt 48 Stunden in der Zelle bedeuten konnte, mindestens. Das Abendbrot folgte Links- oder Rechtsdrehung zum Trotz wieder ordnungsgemäß um halb sechs. Doch nun ging es erst einmal auf dem kürzesten Weg zu Sophia.

Kaum hatte er im Besucherraum Platz genommen, begannen beide gleichzeitig loszusprechen, als wollten sie den letzten Besuch vergessen machen:

»Tut mir leid mit Dienstag!«

Und als beide zu lachen begannen, schob Andreas erleichtert

seine Hand um die Scheibe zu Sophia. Vielmehr als Sophia und seinen Anwalt hatte er nicht mehr.

»Keinen Körperkontakt!«, ertönte es dumpf aus der Ecke.

Andreas schreckte zurück und es ärgerte ihn. Mortensen hatte ihm vor Tagen erklärt, wie aufwändig sich Besuchsgenehmigungen von Freunden und Angehörigen im Knast gestalten konnten und dass diese Besuche nicht als selbstverständlich zu betrachten seien. Und er? Er durfte sich nicht mal mit einer Berührung bei Sophia für ihren Aufwand und ihre Zeit bedanken. Doch auch so freute er sich, dass sie es geschafft hatte, gleich heute wiederzukommen. Auch wenn das für ihn bedeutete, dass nun sein Monatskontingent von zwei Besuchen à einer Stunde ausgeschöpft war.

Oder war sie gar nicht seinetwegen da? Wollte sie ihm gar nicht helfen? Er sammelte seine Gedanken und ließ alle Möglichkeiten Revue passieren – auf der Suche nach einem klugen Plan. Vielleicht hatte ja sogar Thoelke Sophia hergeschickt? Oder war es seine Schwägerin gewesen, die Sophia als Flüstertüte sandte?

Seine Miene verfinsterte sich weiter, als er *Blondie* fragen hörte:

»Was ist nun mit der Gertigstraße?«

»Ja, ja. Hast ja recht. Kannst du die netterweise für mich kündigen? Bei deinem Charme komme ich vielleicht auch ohne Kündigungsfrist da raus.«

Sophia nickte.

»Eigentlich wolltest du ja ohnehin eine Wohnung kaufen …«, säuselte sie schelmisch und begann Andreas wieder um den Finger zu wickeln.

Wie weggeblasen waren die kritischen Gedanken, wer oder was hinter ihrem Besuch steckte. Hauptsache, sie war da. Er fragte:

»Würdest du denn auf mich warten?«

»Andreas, wir kennen uns doch noch gar nicht wirklich.«

»Aber du bist hier?«

»Schon, aber ...«

»Zählt das nicht?«

»Doch schon, aber ...«

Andreas gestikulierte hinter der Scheibe mit den Händen.

»Okay, stopp, anders gefragt. Würdest du mich denn kennenlernen wollen, wenn ich rauskomme? Also den Reset-Knopf drücken und bei null starten?«

»Wann kommst du denn raus?«

»In 40 Monaten, spätestens«, schoss es wie aus der Pistole aus ihm heraus. »Was ist das schon?«

Sophia, die das Handy bei der Anstaltsverwaltung in einem Schließfach hatte abgeben müssen, bemühte ihre Finger, um die Monate auf Jahre umzurechnen.

»Drei Jahre?«

»Drei Jahre und vier Monate.«

»Das ist lang, Andreas! Das ist länger, als meine Ehen im Schnitt gehalten haben. Ich fühle mich ganz offensichtlich außerstande, über einen so langen Zeitraum Versprechen abzugeben«, erwiderte sie und blinzelte ihn aufmunternd an. »Aber ich komme dich im nächsten Monat wieder besuchen.«

Dann irgendwann waren die 60 Minuten vorbei und Sophia verabschiedete sich in Richtung Freiheit.

***

Andreas' steiniger Weg zurück in die Freiheit begann erst einmal mit dem nächsten Hofgang um drei. Wegen des einsetzenden Regens bekam er von den Beamten einen abgetragenen Kapuzenmantel gereicht. Das Teil war noch fertiger als er, doch kein Unwetter dieser Welt hätte ihn davon abbringen können. Diese eine Stunde an der frischen Luft machte den Unterschied. Er zog sich den Mantel über und fragte sich, wem alles dieser Stofffetzen in den vergangenen Jahrzehnten wohl schon Schutz geboten hatte.

Auf dem Hof war es ziemlich ausgedünnt. So hart waren die Jungs dann doch nicht, dass sie bei so einem Schietwetter rausgingen. Sie waren wohl gemeinschaftlich doch mehr aus Zucker, die Nasen. Andreas musste innerlich schmunzeln, als sich Milan von hinten an ihn heranpirschte.

»Grißgoddle! Du bisch do wega einr Endführung dahana, isch do so, gell?«

Andreas drehte den Kopf und bejahte.

»Wasch sagdh noh der Anwald, wann du wiedr rauskommschd?«

»In 40 Monaten, spätestens. Also eigentlich fünf Jahre, aber bei guter Führung ist es das, womit ich rechnen sollte.«

»Des siend um die drei Joahr?«

»Ja, drei Jahre und vier Monate eigentlich.«

»Isch er au guad? Dai Anwald?«

»Ich kenn ihn erst seit hier. Ja, ich denke. Und hoffe.«

Betreten, mit einem Gesicht, das zu Wetter und Weltuntergangsstimmung passte, wurde Milan deutlicher:

»Dann bass mol uf, dess du am End ned wie oi bgossenr Hond doasdehschd«. Er kam einen weiteren Schritt auf Andreas zu, während sie im Gleichschritt gegen den Uhrzeiger gingen. »A vrschiddeds Wassr kannsch nemme uffheba!«

Milan kam aus der Nähe von Stuttgart und wartete wegen Raubüberfalls auf seinen Prozess. Er war ein typischer *Drehtürkandidat*. Ein Inhaftierter, der, kaum war er draußen, wieder eingeflogen kam. Sein jetziger Aufenthalt war bereits der fünfte, dabei schätzte ihn Andreas auf maximal Ende 30. Und das, obwohl Milan, so viel hatte

Andreas schon von den anderen Häftlingen in Erfahrung bringen können, sehr belesen war, was das Strafgesetzbuch anging. Viele Mitinsassen nutzten den Hofgang, um ihn zu konsultieren.

»I han mol für di nachgeläsa. Des isch völligr Mischdzuigs mid den drei Jahra.«

»Eigentlich auch drei Jahre und vier Monate«, ging Andreas dazwischen.

»Wie au äwwl. Völligr Mischdzuigs. Erbresserischr Menschenraub mid Dodesfolg? – Mindeschdens zehn Jahre, mai Freind. Mindeschdens!«

Durchnässt und völlig verunsichert wurde Andreas nach einer Stunde von einer Vollzugsbeamtin durch die Katakomben zurück in seinen Trakt gebracht. Er hatte schon früher in Hannover lernen müssen, dass *Recht haben* und *Recht bekommen* zwei verschiedene Paar Schuhe waren. Nur ging es jetzt um sein Leben, davon hatte er nur eines. Und ja! Mortensen hatte recht gehabt, warum sollte er weiter schweigen? Er wollte nicht zehn Jahre im Knast versauern und warten, bis eines Tages die Todesanzeige seines Vaters eintrudelte. Nein! Er wollte die verbleibende Zeit mit ihm verbringen, wollte reinen Tisch machen und bat die Beamtin, als sie die Zelle aufschloss, seinen Anwalt zu kontaktieren, ihm dies mitzuteilen verbunden mit der Bitte, noch heute vorbeizukommen.

***

Gesagt, getan. Um kurz vor sechs wurde Andreas erneut von der Beamtin aus der Zelle geholt und in den Besprechungsraum im Untergeschoss gebracht, den wenige Sekunden später auch der Anwalt hastig betrat.

»Was ist passiert, Herr Linnemann? Die Vollzugsbeamtin sagte mir, Sie wollen ein Geständnis abgeben? Noch heute«, begrüßte Mortensen Andreas und warf den Mantel über die Stuhllehne. »Also, was kann ich für Sie tun?«

»Sie sprachen doch letztens von Mord, Totschlag und Vorsatz.«

Mortensen nickte und legte Strafakte samt Stift auf den Tisch.

»Was ist eigentlich, wenn es keinen Vorsatz gibt?«

»Bei einer Tötung?

»Ja.«

»Dann spricht man von Fahrlässigkeit, das geht in Richtung Unfall. Es sei denn, Sie haben etwas getan und dabei, ohne Vorsatz zwar, aber dennoch billigend, einen möglichen Tod in Kauf genommen. Dann sieht die Sache anders aus.«

»Kompliziert!«

»Dafür bin ich ja da.«

»Was sagen Sie zu erpresserischem Menschenraub mit Todesfolge? Wie viel gibt das?«

»Herr Linnemann. Was sollen diese Fragen? Worum geht es genau?«

»Wissen Sie, mein Anwalt sagt immer, ich soll schweigen, egal, wer oder was kommt.« Andreas Augen flackerten unruhig. »Aber nun möchte ich nicht mehr schweigen.«

Mortensen nickte weiter.

»Apropos schweigen. Ist es richtig, dass alles, was ich hier sage, unter uns bleibt?«

»Da kann ich Sie beruhigen, Herr Linnemann. Genauso so ist es. Nach § 43a Absatz 2 der Bundesrechtsanwaltsordnung bin ich zur Verschwiegenheit verpflichtet. Alles, was Sie mir anvertrauen, bleibt unter uns und wird von mir ausschließlich zu Ihrer Verteidigung verwendet.

Andreas wirkte zufrieden und begann endlich zu reden:

»Okay, ich bin einverstanden. Ich werde Ihnen alles erzählen.« Er sammelte sich einen Moment, bevor er weitersprach. »Sie haben recht gehabt. Ich war nur Mitläufer, Handlanger, auf jeden Fall nicht der Kopf. Der thronte zwischen zwei anderen Schultern.«

»Das heißt, Sie haben Philipp Asmussen ermordet?«

»Ja, nein. Ach Scheiße. Ich weiß es nicht.«

»Sie wissen es nicht?«

»Es war ein Unfall, so viel weiß ich. Und ich wollte das nicht. Wirklich nicht. Also nicht mehr. Ich hatte Philipp gerade erst kennengelernt und angefangen, mich mit ihm auseinanderzusetzen, mich mit ihm zu unterhalten, mit ihm warm zu werden. Wir sprachen über unsere jeweilige Kindheit, Jugend und so. Ich wollte noch viel mehr über ihn erfahren, obwohl … dass muss ich zugeben … ich ihn anfangs gehasst habe. Er tauchte einfach so aus dem Nichts in meinem Leben auf: nicht nur als neuer Bruder, sondern gleich noch als super erfolgreicher dazu, während ich im Lager rumdümpel und nichts auf die Reihe bekomme. Aber mit der Zeit, wie er da so unschuldig am Bett festgekettet dalag, wurde er mir vertrauter. In einigen Momenten erinnerte er mich sogar krass an meinen Vater. So von seiner Einstellung her. Das war ziemlich spooky, aber auch … nun ja … vertraut eben. Es war ein tragischer Unfall, den ich nicht gewollt habe. Das müssen Sie mir glauben.«

Nichts war klar, zumindest nicht für den Anwalt. Er wollte Druck aus dem Kessel hochkochender Emotionen nehmen und bat Andreas, langsamer zu sprechen.

»Lassen Sie uns die Sache in Ruhe aufarbeiten. Ich bin nun hier und wir haben Zeit.«

Andreas spürte, dass seine Entscheidung auszupacken die einzig richtige gewesen war, und bejahte.

»Erzählen Sie mir von dem Unfall«, sagte Mortensen, bereit, sich weitere Notizen zu machen.

»Es war Freitag, nein, Samstag war es. Genau. Eigentlich wollten wir am Freitag bei Julia anrufen, aber Philipp war abends so müde, dass er nicht in der Lage dazu war. Ich bekam ihn einfach nicht wach.«

»Müde, weil müde? Oder weil Sie ihm tagsüber vielleicht zu viel Embutramid injiziert hatten?«

»Möglich, ja, aber vielleicht auch eine Kombi aus beidem. Ich war auch immer müde«, antwortete Andreas überfragt und nickte. »Auf jeden Fall wollten wir den Anruf Samstagabend nachholen, doch am Samstagvormittag dasselbe Bild. Als ich kam, lag Philipp schon wieder vollurinisiert in seinem Bett. Und ich ärgerte mich, also über mich, dass ich den zweiten Tag in Folge so spät dran war. Aber ich war am Vorabend zurück nach Hannover gefahren. Wollte auch mal wieder in einem richtigen Bett, zumindest auf einem bequemen Schlafsofa pennen.« Andreas schaute kurz auf, suchte in Mortensens Augen vergeblich nach Verständnis. »Und als ich ihn dann so liegen sah, wusste ich zuerst nicht, ob ich lachen oder weinen sollte, und sagte zur Begrüßung, wie schon am Vortag, dass er ja wohl jetzt nicht mehr aufs Klo müsse. Doch dieses Mal kam keine Reaktion von ihm. Kein Anfauchen, kein Anschreien, einfach gar nichts.«

»Und dann?«

»Dann rüttelte ich an ihm und sah sein fahles Gesicht. Er sah aus wie die alte Marmorpuppe meiner Oma, blass und friedlich. Es war beängstigend. Dann rüttelte ich weiter an ihm, schrie ihn an, doch nichts passierte. Mindestens 20 Minuten ging das so, bis ich endlich kapierte, was nicht hätte sein dürfen, nämlich dass ich eine Leiche anschrie.«

Mortensen hätte bei einer Besprechung in der Kanzlei in dieser Phase jetzt eine Pause vorgeschlagen, um sich kurz die Beine zu vertreten und für frische Luft die Fenster aufzureißen, doch sie waren in Dammtor und er wollte Nägel mit Köpfen machen. Also fragte er weiter:

»Sie sagten vorhin, dass Sie nur Mitläufer waren und nicht der Kopf. Sie sagten wörtlich«, Mortensen suchte in seinen Notizen, »dass der Kopf zwischen zwei anderen Schultern throne. Zwischen wessen?«

»Denen seiner Frau.«

Der Anwalt stockte und schaute auf.

»Seiner Frau, sagen Sie?«

»Exakt!«

»Julia Asmussen?«

»Jahaa!«

Mortensen, der Julia nie begegnet war, notierte. Er kannte lediglich Philipp Asmussen. Jeder Kollege in Hamburg kannte Philipp Asmussen. Jeder träumte davon, so erfolgreich zu sein wie er.

»Was genau bezweckte Julia Asmussen?«

»Sie wollte ihn loswerden. So einfach ist das.« Andreas lachte bitter. »Aus diesem Grunde hat sie auf dem Kiez jemanden gesucht, der das für sie erledigen würde.«

»Ein Auftragsmord?«

»Getarnt als Entführung, die schief gehen sollte, was dann ja auch passierte, durch mich, aber ungewollt, und deshalb ein Unfall war.«

»Und Sie sind so ein Jemand? Oder wie kommen Sie ins Spiel?«

»Über meinen Kumpel Achim, der auf dem Kiez arbeitet und über Ecken von jemandem angezapft wurde, der wiederum über Ecken von der Asmussen angequatscht wurde. – Sie wissen schon.

Ich kenne jemanden, der jemanden kennt, der jemanden kennt, und von dem dann der Kumpel.«

»Und Achim hat Sie kontaktiert und gefragt, ob Sie bei diesem Höllenritt mitmachen wollen.«

»Ja. Er meinte, ob ich in kurzer Zeit viel Geld verdienen möchte.«

»Wie läuft so etwas ab?«, fragte Mortensen und schaute erneut auf. »Schickt man sich da eine Textnachricht, ruft man an, trifft man sich?«

»Erst anrufen, dann treffen! Wie in jedem anderen Business, denke ich. War doch bei uns auch so. Erst hat Sie mein Vater kontaktiert, dann haben wir uns getroffen.«

Mortensen, dem der Vergleich mit seiner Arbeit in diesem Kontext alles andere als gefiel, schaute wieder auf seine Notizen und fragte:

»Wussten Sie damals schon, als sich Achim mit Ihnen in Verbindung setzte, dass es sich bei der Zielperson um Ihren Halbbruder handelt?«

»Aber sicher. Das war doch der Witz. Als er mich anrief und mir grob die Sache und die Person umriss, dachte ich, Weihnachten und Ostern fallen auf einen Tag. Und dann versprach er mir noch Geld.«

Mortensen runzelte die Stirn und strich sie gleichzeitig mit den Fingerspitzen wieder glatt. Er fragte weiter:

»Weihnachten, Ostern? Ich verstehe nicht.«

»Mensch, Anwalt. Weil ich doch auf der Suche nach ihm war, und plötzlich wird er mir auf dem silbernen Tablett serviert. Alles klar?«

Mortensen hielt alles so genau wie möglich schriftlich fest.

»Warum waren Sie auf der Suche nach Philipp Asmussen?«

»Aber das habe ich Ihnen doch schon erzählt, nicht?«

»Doch, doch, aber erzählen Sie bitte einfach noch mal.«

»Vor einigen Wochen informierte mich mein Vater darüber, dass ich einen Halbbruder habe, der in Hamburg lebe und den er nun kennenlernen wollte. Aussprechen und so, bevor es zu spät ist.«

»Das muss eine große Überraschung für Sie gewesen sein?«

»Natürlich.«

»Ein neuer Bruder bedeutet eine neue Aufteilung des Vermögens. Sie hätten teilen müssen.«

»Anzunehmen.«

»Verstehe«, sagte Mortensen und wusste sofort, wie ihm das vor Gericht ausgelegt werden würde. »Doch kommen wir zurück zu Weihnachten und Geburtstag …«

»Nicht Geburtstag!«, korrigierte Andreas. »Weihnachten und Ostern.«

»Okay, dann eben Weihnachten und Ostern«, wiederholte Mortensen und notierte es im Geist. »Und der Preis für die Dienste betrug eine Million Euro?«

»Das ist korrekt.«

»Zu zahlen von Julia Asmussen?«

»Ebenfalls korrekt, Anwalt.«

»Wo befindet sich das Geld jetzt?«

»Es gab keine Übergabe, somit haben wir nie welches erhalten.«

Erneut schaute der Anwalt verwundert auf.

»Was ist mit dem Einbruch in der Asmussen-Villa?«

»Ich verweigere die Aussage.«

Mortensen musste schmunzeln, schließlich war er als Anwalt und nicht als Polizist hier. Er war der Gute und Linnemann sein Mandant, der die beste Verteidigung verdiente.

»Und Sie wollen mir weismachen, dass Achim und Sie nach dem ganzen Risiko, das Sie beide eingegangen sind, so mir nichts, dir nichts auf die Million verzichtet haben? Sie entführen Philipp Asmussen, töten ihn, wenn auch ungewollt, pfeifen aufs Geld und lassen Frau Asmussen ungeschoren davonkommen? Julia Asmussen, die lachende Dritte?«

»Deshalb habe ich ja Kontakt zu ihr aufgenommen. Bin in Harvestehude vorbeigefahren.«

»Wie war denn der ursprüngliche Plan der Geldübergabe?«

»Ganz normal, an einem noch zu definierenden Treffpunkt.«

»Keine Anzahlung?«

»Doch, sie hatte Achim 60 Mille in die Hand gedrückt.«

»Verstehe. Okay, zurück nach Harvestehude.« Mortensen nahm für einen Moment die Brille ab, rieb sich die Augen, setzte sie wieder auf. »Und dann stehen Sie vor der Haustür und Julia Asmussen erkennt Sie nicht?«

»Wieso sollte sie mich erkennen? Sie hatte mich nie zuvor gesehen. Genauso wenig wie ich sie. Sie hatte sich nur mit Achim getroffen, zwei oder drei Mal.«

Mortensen schlug die Seite um, schrieb weiter und fragte:

»Was hat es mit diesem T61-Präparat auf sich? Woher hatten Sie das? Und wer hat es Philipp Asmussen verabreicht?«

»Mein Halbbruder war sehr aufgeregt und ungeduldig. Er hatte auch Schmerzen am Kopf und an den Rippen. Er konnte deshalb nicht schlafen, nie zur Ruhe kommen. Er bat, er flehte mich an, ihm etwas zu geben.«

»Einmal? Mehrmals?«

»Mehrmals. Meist zweimal am Tag.«

»Haben Sie es ihm verabreicht?«

Stille.

»Herr Linnemann, ich dachte, wir wollten uns jetzt ehrlich machen? – Haben Sie Philipp Asmussen das Embutramid verabreicht?«

Stille.

»Herr Linnemann?!«

»Ja, verdammt, habe ich. Es gab eine klare Arbeitsaufteilung. Ich kümmerte mich in Moisburg um Philipp, dafür hatte ich mich extra bei der Arbeit krankschreiben lassen. Achim blieb auf dem Kiez, hörte sich um, was die Ermittlungen machten. Wir waren zweimal zusammen in der Villa, ansonsten nur ich. Alles klar?«

»Und Frau Asmussen?«

»Vielleicht war Sie vorher mal da. Aber solange ich dort war, definitiv nicht. Das kann ich ausschließen.«

»Woher hatten Sie das Präparat?«

»Achim.«

»Und ich gehe davon aus, dass er keinerlei medizinische Fachkenntnisse besitzt.«

Andreas zuckte mit den Schultern.

»Und Sie wohl auch nicht.«

Doch statt zu antworten, fragte er:

»Können Sie mich jetzt hier rausholen?«

»Nun mal langsam, Herr Linnemann.«

»Aber Sie haben doch gesagt, wenn ich nur Mittläufer bin, dann sitze ich das auf einer Arschbacke ab.«

»Wir haben, soweit ich das zurzeit sehe, zwei Straftatbestände vorliegen. Entführung, darüber hatten wir schon gesprochen, und wenn es gut läuft, eine fahrlässige Tötung. Eventuell, das wäre weniger gut, ist auch eine Körperverletzung mit Todesfolge in Betracht zu ziehen.«

»Und das heißt?«

»Jede Menge Arbeit!«

***

»Können wir nochmal darüber sprechen?«, fiel Bertie mit der Tür ins Haus, als er kurz vor zehn Uhr abends bei Julia erschien. Trotz Schlüssel hatte er geklingelt und gewartet, bis sie die Tür öffnete. Er folgte ihr ins Wohnzimmer, wo die Reste der letzten Nacht bereits in die Küche verlagert worden waren und neuen Gläsern und Kerzen Platz gemacht hatten.

»Wenn du nicht müde bist, Bertie, können wir noch einen klitzekleinen Drink zusammen nehmen und sprechen. Ja natürlich.«

Bertie wollte Antworten und nahm den Umweg über weiteren Schlafentzug in Kauf.

»Ein Glas Weißwein wäre schön«, antwortete er und ging direkt weiter in die Küche, um Wein aus dem Kühlschrank zu holen.

Julia war an diesem Abend nervöser als sonst. Die letzten Tage hatte sie nur noch Leere verspürt, doch heute wollte sie sich wieder als selbstbestimmte Frau fühlen und hatte Stunden im Badezimmer verbracht.

Mit einem geöffneten 2016er Sauvignon Blanc setzte sich Bertie in den Sessel, füllte die Gläser und schob Julia ein Glas rüber.

»Auf dich, Julia!«, prostete er ihr zu. »Siehst übrigens sehr gut aus.«

Julia freute sich, dass sich der Aufwand gelohnt hatte, prostete zurück und erwiderte:

»Auf dich! Und danke, dass du da bist.«

Dann besann sich Bertie auf das, was er wollte.

»Und nun raus mit der Sprache«, begann er erneut, während aus der Anlage »Wake Me Up« von Avicii erklang. Julia war bereits in den 2010er Jahren angekommen. »Inwiefern musstest du deine

Bedürfnisse unterordnen? Ich dachte, du und Philipp, ihr wart glücklich miteinander?«

Sie leerte das halbvolle Glas in einem Zug, füllte sich nach und sprach mit glasigen Augen, während sie sich eine Strähne hinters Ohr strich.

»Weißt du, Bertie, er war nicht immer der nette Kerl, von dem ihr alle glaubtet, dass er es sei: von wegen unkompliziert, hilfsbereit, selbstlos – rundum nett. Weit gefehlt. – Er konnte auch anders!«

Wie Julia sprach, klang es fast wie eine Drohung.

»Anders?«

Julia nickte kurz.

»Wie anders? Was hat Philipp gemacht?«

»Mich benutzt!«

Bertie stand auf und setzte sich zu Julia aufs Sofa. Dabei sagte er keinen einzigen Ton, sondern ließ ihr Zeit, die richtigen Worte zu finden.

»Damals, bei der Kanzleiübernahme von Eberts & Partner musste ich Dinge tun, die ich nicht tun wollte, aber getan habe, weil ich ihn liebte.«

Verstört schaute Bertie Julia an und reichte ihr ein Papiertaschentuch. Doch er verstand noch immer nichts und lauschte angestrengt ihrem Atem, bis er sich mit ihrer Stimme vereinte.

»Es gab da zwei Mandanten, musst du wissen. Einflussreiche Mandanten, die sich bereit erklärt hatten, ihre Geschäfte auch nach der Übernahme von Philipp juristisch begleiten zu lassen. Für ein gewisses Entgegenkommen. – Verstehst du?«

Baam!!!

Nun hatte Bertie verstanden. Andererseits verstand er gar nichts mehr. Sein Herz versagte ihm kurzzeitig den Dienst.

Doch Julia sprach unbeirrt weiter:

»*Heul nicht!*, befahl mir Philipp, wenn ich ihn vor Angst und Scham anflehte, dies nicht von mir zu verlangen.« Julia stockte. Es war ihr anzusehen, wie tief der Schock immer noch in ihr saß. Schlummernd, aber explosiv. Dann hob sie den Kopf und sah Bertie an. »Weißt du, was er mir geantwortet hat?«, fragte sie. »*Stell dich nicht so an. Die Ware heult nicht!*«

Bertie war geschockt und nahm sie in den Arm.

»Aber Liebes, warum nur hast du mir nie davon erzählt?«

»Was hätte das geändert? Sollte ich Philipps Lebenstraum zerstören? Meine Familie enttäuschen? Von der heftigen Kreditlast ganz zu schweigen.«

Nun war es Bertie, der Zeit für die richtigen Worte brauchte und doch keine fand. »Wie oft hat er das von dir verlangt? *Nur* bei diesen beiden Mandanten oder öfters?«

»Macht das einen Unterschied?«

Was bin ich bloß für ein Vollidiot!, dachte Bertie und hätte sich am liebsten in Luft aufgelöst. Peinlich berührt schaute er zu Boden, studierte das Karomuster des Teppichs und ärgerte sich über diese dämliche Frage. Julia musste es unendlich viel Mühe gekostet haben, ihm gegenüber ihr Herz zu öffnen! Und alles, was ihm einfiel, war es, sie zu fragen, ob sie es *nur* anfangs über sich hatte ergehen lassen müssen oder öfters. Natürlich machte das keinen Unterschied. *Vollidiot! Trottel! Hornochse!*

»Drei Mal«, hauchte Julia mit zittriger Stimme. »Drei Mal hat er es von mir verlangt.«

»Aber, aber, du musst ihn doch gehasst haben dafür? Ehe hin, Ehe her!«

»Zu Anfang schon, ja, aber eben nur für diese Momente. Wahrscheinlich ist das für dich nicht nachvollziehbar, aber die Liebe zu ihm war stärker. Und mit der Zeit habe ich die Scham, die Trauer und den Schmerz darüber ganz tief in mir vergraben. Die Kanzlei lief gut, unser Leben lief gut, wir konnten den Kredit problemlos bedienen, uns vergrößern und irgendwann diese Villa hier in feinster Lage kaufen. Ja, wir waren glücklich«, seufzte sie. »Doch in letzter Zeit kam der toxische Stress zurück. Philipp mutierte wieder zu einem selbstherrlichen, selbstverliebten Arschloch, gefühlskalt und widerlich. Wie damals. Und plötzlich kamen die Kränkungen zurück und ich merkte, wie alte Wunden aufrissen und mich allein und ohnmächtig zurückließen.« Julia beugte sich vor, leerte das zweite Glas und schaute Bertie an: »Das ach so weise Sprichwort ›*Die Zeit heilt alle Wunden*‹ ist totaler Quatsch. Die Zeit heilt überhaupt nichts. Sie macht dich nur älter!«

Tag 31
Freitag, 16. Oktober 2020

Sein alter Freund und ehemaliger Schützling Philipp ein Zuhälter? Das war ein Widerspruch, der Bertie zutiefst schockierte. Schon das Wort *Zuhälter* im Zusammenhang mit Philipp wirkte surreal auf ihn. Doch wie sollte man sonst jemanden bezeichnen, der die eigene Frau als *Ware* in fremde Betten schickte? Es gab keinen anderen Begriff für dieses Verhalten und eine Entschuldigung schon gar nicht. Bertie, mittlerweile in der Innenbehörde angekommen, griff zum Telefon und rief Thoelke an. Er musste unbedingt verhindern, dass dieser Teil der Geschichte jemals ins Licht der Öffentlichkeit kam, und wollte sich ein Bild über den aktuellen Ermittlungsstand machen. Doch Thoelkes Team wühlte, zu seiner Beruhigung, in ganz anderen Regionen.

Danach rief er Sophia an und bat sie, in den nächsten Tagen bei Klaus Linnemann vorbeizufahren und sich dort umzuschauen. Im Keller, auf dem Dachboden. Irgendwo musste die Million aus dem Einbruch verstaut worden sein. Denn bei der momentanen Beweislage in Sachen Einbruch würde kein Richter dieser Welt einer Hausdurchsuchung im Hannoveraner Hedwigsweg zustimmen. Sie könnte ja sagen, sie sei auf der Suche nach Unterlagen, die Andreas entlasten. Sophia sagte zu und wollte sich bald auf den Weg machen. Zufrieden legte Bertie den Hörer auf und verlangte nach frischen Nelken.

***

Es war immer dasselbe Muster: Schon beim ersten Anzeichen schnürte es Julia die Kehle zu. Sie war wie gelähmt, wenn die zerstörerische Kraft des Erlebten von ihr Besitz ergriff. Auch heute begann es fast unbemerkt mit einem losen Gedanken der vergangenen Wochen, der sich innerhalb von Sekunden zu einer tonnenschweren Last aufbaute, die sie zu zermahlen drohte. Niemand konnte an diesem Punkt noch zu ihr durchdringen. Außer – bis vor Kurzem noch – ihrer Mutter. Sie hätte als einzige Person helfen können. Doch seitdem in der Presse immer mehr über mögliche Gründe für Philipps Verschwinden spekuliert wurde, konnte oder wollte sie nicht mehr. Vielleicht war Julia ihrer Mutter auch einfach nicht wichtig genug?

Sie schloss die Augen, zog sich die Bettdecke über den Kopf und wischte sich den kalten Schweiß aus dem Gesicht. Es beruhigte sie und ihre Atmung kam langsam zurück ins Gleichgewicht. Irgendwann, es musste gegen elf Uhr vormittags sein, klingelte es an der Haustür. Sie schob die Bettdecke beiseite, stand auf und ging ins Bad. Sie griff nach der elektrischen Zahnbürste, die ihr Philipp im vergangenen Jahr zum *Tag der Zahngesundheit* geschenkt hatte, und begann zu putzen. Dabei versank sie erneut in den Sog aus Beklemmung und Frustration. Sie drückte auf Stopp, spülte den Mund aus, lächelte ihr Spiegelbild an und erschrak bei dem, was sie sah.

Es klingelte nochmal. Es musste wichtig sein, wenn jemand so hartnäckig dort wartete. Sie band sich die Haare zum Pferdeschwanz hoch und lief die Treppe hinunter, über den Flur zur Haustür und öffnete.

»Sie sind ja doch zu Hause! – Ein Einschreiben für Sie«, begann der neugierige Postbote, reichte ihr den Umschlag und quittierte – coronakonform – anstelle Julias die Übergabe. »Geht es Ihnen gut, Frau Asmussen?«

»Ich bin allein, wie Sie sicher wissen, aber ich stehe noch«, faselte sie und nahm den Brief entgegen. Dann verabschiedete sie sich und ließ die Tür ins Schloss fallen.

»Ich bin allein«, flüsterte sie und schüttelte den Kopf, während sie den gelben Umschlag auf den Flurtisch legte. Sie begriff, dass ihr *Ich-bin-allein*-Mantra zu ihrem Alibi geworden war, immer einsatzbereit, wenn eine Situation sie überforderte. Mit dieser Losung brachte sie sich Stückchen für Stückchen selbst um ihr Glück. Sie ging frustriert ins Wohnzimmer und zog die Gardinen zu. Licht bedeutete Leben. Sie wollte die Nacht.

***

Als Berties Dienstlimousine abends gegen elf die Kiesauffahrt in Harvestehude hochfuhr, war es dunkler als sonst. Weder das Außenlicht noch die Strahler im Garten leuchteten. Auch Julias Wagen sah er nicht. Bertie verabschiedete seinen Fahrer in den Feierabend und klingelte. Als nach dem zweiten Läuten immer noch nicht geöffnet wurde, fasste er in seine Innentasche, griff nach dem Haustürschlüssel, steckte ihn ins Türschloss und öffnete.

»Ich bin's, Bertie! Bist du da?«

Keine Antwort.

Bertie tastete mit den Händen an der Flurwand entlang, bis er den Lichtschalter fand.

»Julia, bist du noch wach?«

Er legte den Schlüssel auf die Anrichte und entdeckte dort den aufgerissenen Umschlag des Einschreibens. Er ging weiter bis zum Wohnzimmer und machte dort Licht an. Ebenfalls nichts. Ein kurzes Gefühl der Panik ergriff ihn. Er rannte die Stufen hinauf, schaute im Schlafzimmer nach und dann in den restlichen Zimmern. Julia war nirgends zu finden.

Er lief wieder hinunter, setzte sich in den Sessel und rief Julias Handy an. Freizeichen! Gott sei Dank! Dann hörte er Julias Klingelton im Haus. Es kam von oben. Er folgte dem Ton ins Badezimmer, wo das Telefon auf dem Badewannenrand lag.

»Das ist nicht gut. Das ist gar nicht gut«, murmelte er in die Ungewissheit hinein, nahm Julias Handy und lief abermals hinunter. Dann nahm er das Einschreiben zur Hand, es war von der *Sozietät Wurzel, Rechtsanwälte, Steuerberater, Notare*, setzte sich in den Sessel zurück und begann zu lesen.

Julia hatte ihm berichtet, dass sie sich mit Dr. Wurzel bezüglich der Übernahme der Kanzlei einig geworden war. Nach Abzug aller Kosten würden ihr knapp 160.000 Euro bleiben. Geld, das sie dringend brauchen konnte. Doch statt 160.000 zu zahlen, forderte Wurzel, so stand es hier geschrieben, nun 2,4 Millionen von ihr. Bertie blätterte weiter und sah sich die beigefügte Auflistung an. Dort war Philipps Verwicklung in die Wójcik-Geschäfte der vergangenen Jahre minutiös aufgelistet. Punkt für Punkt, Deal für Deal, Ausgabe für Ausgabe. Bertie wurde heiß und kalt zugleich. Er hatte Philipps Fähigkeit immer bewundert, gut betuchte Mandanten an Land zu ziehen, öfter bei großen Prozessen Hauptanwalt zu sein und Sozietäten wie Wurzel auf die Plätze zu verweisen. Doch er war es scheinbar nur von Wójciks Gnaden gewesen. Ein Anwalt des Bösen, der vor vielen Jahren erst Julias, dann seine eigene Seele verkauft hatte.

Mit starkem Pochen in den Schläfen entnahm Bertie der letzten Seite, dass die Brüder den ursprünglichen Kaufpreis der Villa zu einem beträchtlichen Teil als Darlehen vorgestreckt hatten und dieses nun, da Philipp das Geld nicht mehr abarbeiten konnte, zurückforderten. Abzüglich der Asmussen-Kanzlei blieben noch 2.386.501,37 Euro. Zahlbar innerhalb von 30 Tagen nach Zustellung. Bertie hielt den Atem an.

Wo bist du nur?, fragte er sich, setzte sich um auf Julias Couch und legte sich ihre Decke über die Beine. Vielleicht musste man, um Dinge erfühlen zu können, mit der Materie verbunden sein. Alles im Leben hatte einen Sinn, da war sich Bertie sicher. Diese ganze Katastrophe musste einen Sinn haben. Warum sah er ihn bloß nicht? Wo war die Verbindung zwischen Philipps und Julias heutigem Verschwinden?

Er schloss die Augen und versuchte sich noch mehr in Julia hineinzuversetzen, die seit Tagen auf dieser Couch unter dieser Decke ausgeharrt hatte. Meist trauernd, aber vielleicht zuweilen auch befreit? Erlöst von Philipps Last, bis sie heute durch das Einschreiben erneut von blanker Angst erfasst worden war. Wurzels Einschreiben war der Tropfen gewesen, der das Fass zum Überlaufen brachte. Doch wohin wurde sie weggeschwemmt? Wo angespült? Wäre Philipp bereits unter der Erde, hätte er auf den Friedhof Ohlsdorf getippt, aber so?

Doch dann, von einer Sekunde zur anderen, ergab alles einen Sinn. Alle Steine passten plötzlich zueinander. Natürlich! *Frauenrache verjährt nicht,* schoss es ihm durch den Kopf und er schlug die Augen auf. Julia hatte sich an Philipp gerächt, hatte ihn verschwinden und wahrscheinlich auch ermorden lassen. Deshalb war Andreas Linnemann so mir nichts, dir nichts hier aufgetaucht. Das war die einzig mögliche Erklärung. Julia wollte sich befreien, doch diese Idee zu ihrer Befreiung war ein Trugschluss. Und jetzt gab es kein Zurück. Sie liebte Philipp immer noch, und als sie das begriffen hatte, wollte sie ihm folgen.

Ruckartig stand Bertie auf, warf die Decke beiseite und rief ein Taxi. Er verließ das Haus und rief Thoelke an, erzählte ihm von seinem Verdacht und bat ihn, die Kollegen aus Moisburg zu informieren. Sie sollten umgehend zur alten Villa fahren und am besten gleich einen Krankenwagen anfordern. Es kam auf jede Minute an.

Er lief derweil die Kiesauffahrt hinunter, dem bestellten Taxi entgegen, und wies den Fahrer an, so schnell wie möglich nach Moisburg zu fahren. Bis dahin seien sämtliche Geschwindigkeitsbeschränkungen aufgehoben.

***

Julia hatte Sicherheit und Gewohnheit stets dem wahren Glück vorgezogen, doch die Gewohnheit war verschwunden, die Sicherheit bröckelte und der Weg zum Glück verstellt. Die Erniedrigung und Ohnmacht, die nach so vielen Jahren wieder aus der Erinnerung auftauchten, waren derart real, dass sie jedes Mal zusammenzuckte. Plötzlich waren die alten Bilder zurück, der Nebel, der alles lautlos verhüllt hatte, war aufgelöst. Nach Philipps neuerlicher Metamorphose hatte sich alles nur noch falsch angefühlt. Die Villa, Philipp, ihre Ehe. Wäre sie mutiger gewesen, hätte sie ihn tagelang angeschrien. Doch sie hatte es vorgezogen, so zu tun, als sei nichts passiert. Als sei nicht der wichtigste Mensch in ihrem Leben in sein altes Verhaltensmuster zurückgefallen, als habe er sie nicht allein zurückgelassen. Alles kam ihr erschreckend vertraut vor. Doch diese Selbstlüge hatte nicht mehr funktioniert. Julia war älter geworden, hatte verstanden, dass sie handeln musste, wenn sie nicht daran zerbrechen wollte. Dann lieber selbst brechen. Und das hatte sie getan, obwohl es zu spät war. Inzwischen wusste sie, dass sie aus dem Loch, in das Philipp sie vor Ewigkeiten gestoßen hatte, nicht entrinnen konnte. Das Licht hatte den Kampf gegen die Dunkelheit verloren. Sie hatte verloren. Sie war verloren.

Als Julia gegen 15 Uhr auf dem Gelände der alten Fabrikantenvilla in Moisburg ankam, wies noch vieles darauf hin, dass hier bis vor

Kurzem ein Tatort gewesen war. Hier und da hingen noch Fetzen der Absperrungsbänder in den Büschen. Die kniehohen Gräser und das Unkraut waren niedergestampft. Regelrechte Laufwege hatten sich gebildet. Sie stellte den Wagen ab und folgte einem dieser Pfade zum Gebäude. Sie drückte ihre Handtasche und die Flasche Whisky an sich und war erstaunlich ruhig, geradezu euphorisiert, als sie über die Schwelle trat. Ihr Blick streifte durch das dunkle Gebäude. Die großen Fenster an der hinteren Wand waren mit Brettern vernagelt worden. Es dauerte einen Moment, bis sich Julias Augen an die Dunkelheit gewöhnten. Hinter einer Tür entdeckte sie eine Treppe ins Untergeschoss. *Da haben sie ihn hingebracht*, dachte sie und ging ohne Zögern auf die Treppe zu, betätigte den provisorisch installierten Lichtschalter und stieg Stufe für Stufe hinab. Unten angekommen, meinte sie ein Knacken zu hören, hielt den Atem an und lauschte. Aber sie hörte nur das aufgeregte Pumpen ihres Herzens. Wollte sie das wirklich durchziehen? Noch konnte sie zurück, zurück zum Auto und dann nach Hamburg. Doch sie blieb. Behutsam schritt sie weiter, die linke Hand schützend vor dem Gesicht, bis sie in der hinteren Ecke einen Tisch, einen mit Aufklebern übersäten Plastikstuhl und ein Bettgestell entdeckte. Hier also hatte Philipp seine letzten Tage verbracht. Ein eisiger Schauer durchlief sie. Was hatte sie nur getan? Sie musste schlucken, setzte sich an den Tisch und stellte die Flasche ab.

»*Ich will dich lieben, achten und ehren, in guten wie in schlechten Tagen, in Reichtum und Armut, Gesundheit und Krankheit, bis dass der Tod uns scheidet*«, hatte er ihr groß und heilig versprochen. Damals! Alles Lüge! Benutzt hatte er sie! Was für ein Scheißkerl, was für ein großartiger und toller Scheißkerl, den sie noch immer liebte. Sie wischte sich die Tränen aus dem Gesicht, nahm die Handtasche und breitete den Inhalt vor sich aus …

***

65 Minuten dauerte die Fahrt nach Moisburg, dann reihte sich das Taxi in den hellbeleuchteten Fuhrpark ein, wo neben zwei Dienstfahrzeugen der Niedersächsischen Polizei auch ein RTW sowie Julias SUV standen. Bertie gab dem Fahrer einen Hundert-Euro-Schein und rannte aus dem Wagen direkt in die Arme eines Beamten. Es war mittlerweile 0:40 Uhr.

»Guten Abend, Herr Innensenator, obwohl es eigentlich kein guter Abend ist.« Der Beamte deutete ein verlegenes Kopfnicken an. »Ich bin Polizeiobermeister Dirk Herne und bringe Sie zu Frau Asmussen.«

»Wie geht es ihr?«

»Bitte folgen Sie mir, Herr Innensenator. Hier entlang.«

Bertie, mit purem Adrenalin vollgepumpt, zog von hinten an Hernes Schulter, zwang ihn stehenzubleiben.

»Was ist mir ihr?«

»Frau Julia Asmussen … der Anruf des Hamburger Kollegen, der uns bat, wir sollten schnell herkommen … nun ja, er kam zu spät. Leider! Wir konnten nur noch ihren Tod feststellen.«

Bertie ließ vom Obermeister ab und rannte dem Licht entgegen und die Stufen zur Hölle hinab. Dort, in der hinteren Ecke lag Julia rücklings auf dem Bettgestell. Daneben eine leere Flasche Whisky und ein geleertes Fläschchen Diazepam. Er drehte sich um, brauchte Gewissheit auf das Offensichtliche und blickte hilfesuchend Herne an, der dem Senator ins kalte Gewölbe nachgeeilt war.

»Es liegen keine Hinweise auf ein Fremdverschulden vor. Todesursache ist wohl eine Überdosis Diazepam in Verbindung mit Alkohol. Wie gesagt, die Wiederbelebungsversuche blieben leider erfolglos«, erklärte Herne.

»Das darf doch alles nicht wahr sein«, flüsterte Bertie. Ein weiterer Beamte reichte ihm einen handschriftlichen Abschiedsbrief in Klarsichtfolie. Dieser bestand aus acht Worten:

Ich vermisse ihn so sehr. Trotz allem.
Julia

»Können Sie uns helfen? Können Sie uns sagen, ob es sich hierbei um die Handschrift von Julia Asmussen handelt? Können Sie das bestätigen, Herr Senator?«

Bertie nickte, reichte die Folie zurück und wandte seinen Blick auf die leblose Julia.

»Todeszeitpunkt?«

»Irgendwann zwischen 20 und 21:30 Uhr. Genaueres ergibt sich nach der rechtsmedizinischen Untersuchung.«

Bertie hatte genug gehört. Er hob seine linke Hand zum Zeichen, dass er einige Minuten allein mit der Toten sein wolle. Er schloss die Augen und bat Julia um Vergebung, dass er in den vergangenen Jahren nicht besser auf sie aufgepasst hatte. Dabei liefen gemeinsame Erinnerungen vor seinem geistigen Auge ab. Capri, Nizza, Montreal, er sah das mondäne Paar, das sie einst gewesen waren, doch er sah auch die Uni-Abschlussfeier mit Philipp, den Junggesellenabschied, die Hochzeit und wie sie zuletzt auf dem cremefarbenen Sofa saß …

Irgendwann öffnete er die Augen und betrachtete ihr zierliches Gesicht. Er beugte sich zum Abschied vorsichtig zu Julia hinunter, deutete einen Kuss auf ihren Mund an und meinte genau in dieser Sekunde ein kurzes Zucken, ein kleines Lächeln erkannt zu haben. Sie war bei Philipp angekommen.

ABSPANN

Julia Asmussen

Glücklich bis in alle Ewigkeit? Oder einfach nur Glück im Unglück? Wie kann das Ende um Julia am besten umschrieben werden? Fakt ist, dass gegen Tote nicht ermittelt werden darf und ihr so nicht nur die Zurschaustellung unangenehmer privater Einblicke, sondern auch zwölf bis fünfzehn Jahre Gefängnis erspart blieben.

Thoelke

Zurück im Kommissariat ging Thoelke als Erstes in den Fünften. Er wusste, bei wem er sich zu bedanken hatte, und machte sich bei Möller für eine Beförderung Claudia Reimanns stark. Das war er ihr schuldig.

Dr. Wurzel

Nachdem sich der gefühlte Feldherr im Dezember das kleine Gallien in Form der Asmussen-Kanzlei einverleibt hatte, sah er sich am Ziel seiner Expansionsträume. Er ließ umgehend ein standesgemäßes Porträt seiner Person mit goldenem Lorbeerkranz anfertigen und ersetzte das Ölgemälde seines Vaters und Kanzleigründers Willibald Wurzel in seinem Büro.

Bei dem Berufungsprozess gegen die Wójcik-Brüder hingegen lief es nicht ganz so rund für Wurzel. Gleich am ersten Prozesstag tauchte eine anonym eingereichte Liste auf, die minutiös Punkt für Punkt, Deal für Deal und Ausgabe für Ausgabe seine persönlichen Verstrickungen in die Geschäfte der Gebrüder aufzeigte. Ein gefundenes Fressen für Presse wie Gericht und Beginn seines beruflichen Niedergangs. Erst legte er das Mandat nieder, wenig später verkaufte er seine Anteile an der Kanzlei, um weiteren Schaden abzuwenden. Offiziell hieß es, er ziehe sich »aus gesundheitlichen Gründen« zurück. Die Ermittlungen der Staatsanwaltschaft gegen ihn dauern weiter an.

Henrik Mortensen

Julia Asmussens Suizid eröffnete dem Anwalt Henrik Mortensen, der sich auch Achim Kapplers annahm, ungeahnte Perspektiven der Verteidigung. Sämtliche Beweggründe und Schuld wurden mehrheitlich auf Julia Asmussen abgeladen und seine Mandanten zu Erfüllungsgehilfen heruntergestutzt. Der sogenannte *Einbruch* in der Asmussen-Villa war hingegen nicht Bestandteil der Anklage.

Nach den schmeichelhaften Schuldsprüchen war es nun seine Tür, die gut betuchte Mandanten einrannten. Er konnte sich berechtigte Hoffnungen darauf machen, die Lücke zu füllen, die Philipp Asmussen hinterließ. Auch Petra Brandt wurde bereits bei ihm vorstellig und hat sich als Vorzimmerdame mit »allerlei Wissen« beworben.

Achim Kappler

Andreas' Kumpel wurde wegen Beihilfe zur Entführung zu zwei Jahren Haft verurteilt. Eine direkte Beteiligung an der Entführung vom 16. September aus der Asmussen-Kanzlei in der Ferdinandstraße konnte ihm nicht nachgewiesen werden, aber die Kontaktvermittlung auf dem Kiez wog schwer. Nach Absitzen seiner Strafe ging er dahin zurück.

Andreas Linnemann

Andreas wurde wegen Entführung mit Todesfolge zu fünf Jahren und drei Monaten Haft verurteilt. Nun hoffte er, dass die bei der Villa eilig vergrabenen Scheine in dieser Zeit nicht den Würmern zum Opfer fallen würden. Doch das sollte nicht sein einziges Problem bleiben …

Wenige Monate später erreichte ihn die Hiobsbotschaft, dass die Gemeinde in Niedersachsen die Fabrikantenvilla samt großzügigem Grundstück erworben hatte, sanieren lassen und zum Zentrum des neuen »Wohnparks Moisburg« mit 24 Wohnungen machen wolle. Es begann ein Wettlauf gegen die Zeit. Er wollte Sophia einen dezenten Hinweis auf das Versteck des Geldes geben, bevor die Bagger kamen. Doch *Blondie* ließ sich nie wieder blicken.

Sophia Bogdanovich

Sophia hatte erst einmal genug von Hamburg und Berties Aufträgen. Fernab von Viren und Verbrechen erholte sie sich für einige Monate vor der französischen Mittelmeerküste mit Vertigo – einer Segelyacht und gleichzeitig eines der wenigen schönen Überbleibsel ihres dritten Ehemanns nach der Scheidung.

Claudia Reimann

Sie gab sich eine große Mitschuld an Julias Suizid. Sie hätte es durch ihre Erfahrung besser wissen müssen und sie nach dem Leichenfund nicht ihrem Schicksal überlassen dürfen. Claudia versuchte auch gar nicht, dieses Fehlverhalten im Nachhinein mit der Arbeit und der Betreuung ihres Langzeitverlobten zu erklären. Es war einfach ein absolutes No-Go. Sie brauchte eine Veränderung, auch weil die Jungs im Fünften trotz Thoelkes

Fürsprache weiterhin ohne sie planten. Sie reichte daraufhin zum 31. Dezember ihre Kündigung ein und würde, sollte Sophia dann noch im Mittelmeer rumschippern, sich ihr anschließen.

Klaus Linnemann

Nachdem es Klaus Linnemann nicht vergönnt war, seinen Erstgeborenen in die Arme schließen zu können, ließ er bei der Friedhofsverwaltung Hamburg-Ohlsdorf eine Grabstelle in unmittelbarer Nähe zum Asmussen-Doppelgrab reservieren und hat seitdem keine Angst mehr davor, an Corona zu erkranken.

Wójcik-Brüder

Sowohl Tomasz als auch Andrzej wurden in allen Punkten schuldig gesprochen und für viele Jahre weggesperrt. Ihre Hoffnung war nun, in einigen Monaten in die Heimat abgeschoben und dort mit Hilfe des Onkels umgehend freigelassen zu werden.

Darüber hinaus stellte die Polizei bei einer Großrazzia auf Mallorca und Ibiza 26 Gemälde im Wert von 13 Millionen Euro, fünf Sportwagen, zwölf Luxusuhren, knapp sechs Kilogramm Kokain und 120.000 Euro Bargeld sicher. Auch ein Vermögen in Bitcoins wurde beschlagnahmt.

Bertie

Immer noch geschockt von Philipps Verhalten, tat er alles in seiner Macht Stehende, um das Thema *häusliche Gewalt* mehr in die öffentliche Debatte zu rücken. Denn Gewaltsamkeit war nie Privatsache und kannte nur Verlierer.

Philipp Asmussen

Ob Philipp je wusste, dass er adoptiert worden war und von seinem eigenen Halbbruder entführt und letztlich auch getötet wurde, konnte nicht geklärt werden. Andreas Linnemann zumindest sagte vor Gericht aus, dass er sich nie zu erkennen gegeben hatte und dies im Nachhinein zutiefst bedauere.

Youssef Nadi

Sichtlich berührt und durch seinen eigenen Lebensweg geprägt, nahm der Kommissaranwärter Philipps Schicksal zum Anlass, sich in seiner Freizeit dem bis heute kaum untersuchten Thema DDR-Zwangsadoptionen zu widmen. Im April 2021 erhielt er einen persönlichen Termin bei Marco Wanderwitz, dem Ostbeauftragten der Bundesregierung in Berlin, und stellte unangenehme Fragen. Wir bleiben dran!

Covid-19

Im Herbst 2020 stiegen die Corona-Zahlen in Deutschland weiter an, was die Bundesregierung um Kanzlerin Angela Merkel dazu veranlasste, am 2. November, bei einer bundesweiten 7-Tage-Inzidenz von 120,1, erst einen »Lockdown Light« und Mitte Dezember einen harten Corona-Lockdown – den zweiten in Deutschland – zu verhängen.

HAUPTCAST

In alphabetischer Ordnung

Julia Asmussen

Philipp Asmussen

Bertie

Andreas Linnemann

Thoelke

NEBENROLLEN

Sophia Bogdanovich:
Langjährige Weggefährtin des Hamburger Innensenators

Frau Brahms:
Mitarbeiterin der Hamburger Sparkasse

Petra Brandt:
Gute Fee der Kanzlei Asmussen

Andrea Detmold:
Außenreporterin von RTL aktuell

Sebastian Fischer:
Sachbearbeiter der Polizei-Notrufzentrale

Dirk Herne:
Polizeiobermeister aus Moisburg

Achim Kappler:
Freund von Andreas Linnemann, Bruder von Ole Kappler

Ole Kappler:
Freund von Andreas Linnemann, Bruder von Achim Kappler

Petra Kirschstein:
Geschäftsführerin des Immobilienbüros Kirschstein & Partner

Thorsten Kling:
Journalist

Bernd Klotz:
Staatsrat der Hamburger Innenbehörde

Thomas Krug:
Kommissar

Dr. Anke Kylau:
Leiterin der Hamburger Rechtsmedizin

Klaus Linnemann:
Vater von Andreas Linnemann

Matthias:
IT-Mitarbeiter der Hamburger Polizei

Dr. Michels:
Filialleiter der Hamburger Sparkasse

Milan:
Insasse der Untersuchungshaftanstalt Hamburg

Cordt Möller:
Polizeipräsident der Polizei Hamburg

Henrik Mortensen:
Rechtsanwalt, Andreas Linnemanns Pflichtstrafverteidiger

Igor Münch:
Sachbearbeiter bei einem süddeutschen Telefonanbieter

Youssef Nadi:
Polizeikommissaranwärter

Klaus Pohl:
Pressesprecher der Hamburger Innenbehörde

Claudia Reimann:
Kommissarin

Dagmar Rolffs:
Teilzeitsekretärin mit gut sortierter Minibar

Sandra:
Assistentin des Hamburger Innensenators

Käthe Schramm:
Oma am Fenster

Patricia Stieg:
Assistentin von Möller

Thumfeld:
Kripo-Beamter des Einbruchsdezernats

Viking:
Polizist aus Moisburg

Boris Wildstein:
Leiter der Hamburger Spurensicherung

Andrzej Wójcik:
Investor, Bruder von Tomasz Wójcik

Tomasz Wójcik:
Investor, Bruder von Andrzej Wójcik

Dr. Wurzel:
Inhaber der Sozietät Wurzel Rechtsanwälte, Steuerberater, Notare

Auch als e-Book erhältlich

INTENSIV, RASANT UND FESSELND BIS ZUR LETZTEN SEITE.

320 Seiten
Paperback | 12,90 €
ISBN: 978-3-947145-44-7

Rob Lampe

Elbmörder

Als Andrea Böcker ihre beste Freundin tot in der Wohnung in Hamburg-Rahlstedt vorfindet, ist der Hauptverdächtige schnell ausgemacht. Doch dieser beteuert seine Unschuld und kann fliehen. Als nur einige Tage später auch seine Leiche gefunden wird, steht die neu gegründete Mordkommission um Hauptkommissar und Medien-Profi Thoelke unter massivem öffentlichem Druck. Doch alle Spuren führen ins Nichts.

Was am Anfang wie ein einfacher Mord aussah, entpuppt sich als perfides Vorgehen, das Thoelke und sein Team an ihre Grenzen bringt. Wen hat der Elbmörder noch auf seiner Liste?

Elbmörder ist ein raffiniertes Katz- und Mausspiel zwischen dem Einzelgänger Thoelke und einem impulsiven Serienmörder, der stets nach Instinkt und Reflex handelt.

hansanord